Aus dem Englischen von Hans-Christian Oeser

BÜCHERGILDE GUTENBERG

Für meinen Enkel William

Titel der irischen Originalausgabe:
»Bogmail«, erschienen in der Reihe *Modern Irish Classics*
bei New Island, Dublin 2013
Erstmals erschienen 1978 bei Martin Brian and O'Keefe, London
Copyright © Patrick McGinley, 2013

Lizenzausgabe für die
Büchergilde Gutenberg Verlagsgesellschaft mbH,
Frankfurt am Main, Zürich, Wien
www.buechergilde.de
Mit freundlicher Genehmigung des Steidl Verlags, Göttingen

© Copyright für die deutsche Ausgabe:
Steidl Verlag, Göttingen 2016
Alle deutschen Rechte vorbehalten
Lektorat: Claudia Glenewinkel
Druck und Bindung: CPI books GmbH, Leck
Printed in Germany 2017
ISBN 978-3-7632-6942-6

EINS

Roarty machte ein Omelett mit den Pilzen, die Eamonn Eales am Morgen in Davy Long's Park gesammelt hatte. Es waren gute Pilze, mittelgroß, delikat und wohlschmeckend, genau das Richtige für ein ganz besonderes Omelett, eine *Omelette surprise* sozusagen. Die besten Pilze hatte er für sein eigenes Omelett herausgesucht; das Omelett, das er für Eales zubereitete, war deshalb etwas ganz Besonderes, weil es nicht nur die Pilze aus Davy Long's Park enthielt, sondern auch eine Handvoll fieser Düngerlinge mit schwarzen Lamellen, die er selbst auf dem Misthaufen hinter dem Stall gesammelt hatte. Er hoffte, vier davon würden genügen, um seinen wollüstigen Barkeeper zu vergiften; mehr hineinzutun wagte er nicht, falls dieser Lunte roch.

Eales war ein wählerischer Esser, der niemals die Kruste des Frühstücksspecks, die krosse Schwarte eines Schweinebratens oder die dünnen Adern weißen Fetts anrührte, die den besten Räucherschinken so schmackhaft machten. Weder aß er den gekräuselten Fettrand gegrillter Lammkoteletts und Lendensteaks noch die knusprige, erdige Pelle von Ofenkartoffeln. Dass er Letzere verschmähte, hätte Roarty ihm normalerweise nicht übel genommen, denn die Schalen der Kartoffeln einiger Bauern waren rissig, schorfig und von Wucherungen überzogen. Aber Roartys Kartoffeln waren anders; liebevoll im sandigen Boden bei der Flussmündung angebaut, fühlten sie sich so glatt an wie vom Meer blank geschliffene Strandkiesel. Ein Mann, der sich nicht dazu bewegen ließ, die Schale solcher Kartoffeln zu essen, war nichts anderes als ein Schuft. Er war blind gegenüber den Schönheiten des Lebens und den wahren Freuden einer gesunden Küche. Vermutlich war er ein Mann, der böse Gedanken gegen seinen Nachbarn hegte, jemand, vor dem alle klugen Männer ihre Töchter wegschließen würden, zumindest jene, die sich ihre Jungfräulichkeit bewahrt hatten. Die Schlussfolgerung war unvermeidlich: Eales musste vernichtet werden.

Die Düngerlinge waren eine glänzende Idee, besser als das Jakobskreuzkraut, das ihm zunächst in den Sinn gekommen war, das als Methode jedoch ernsthafte Nachteile gehabt hätte. Erst vergangene Woche hatte Sergeant McGing am Tresen von seinen giftigen Eigenschaften gesprochen, und fände dann der Gerichtsmediziner bei der Obduktion Rückstände der Pflanze in Eales' Verdauungstrakt, würde McGing schnell zwei und zwei zusammenzählen.

»Wie ist das Jakobskreuzkraut in den Magen des Verstorbenen gelangt?«, würde er in seiner ganzen selbstgewissen Aufgeblasenheit fragen. »Schließlich war Eales keine Kuh.« Jakobskreuzkraut konnte nicht rein zufällig in den Magen eines Menschen gelangen, ein Düngerling hingegen schon. Eales hatte die Pilze selbst gesammelt, und es war durchaus möglich, dass er in der Eile auch ein paar giftige erwischt hatte. Bekümmert würde Roarty gestehen, das Omelett zubereitet zu haben; da man ihm jedoch kein Mordmotiv nachweisen könnte, würde er ungeschoren davonkommen. Es wäre ein perfekter Mord, sauber ausgeführt, mit so wenig Aufhebens und Aufwand wie möglich, besser als unnützes Blutvergießen; das war etwas für Dummköpfe, die ihre Leidenschaften nicht bezähmen konnten.

Eales saß in der ekelhaft gelben Weste, die er an Wochentagen trug, auf einem hochbeinigen Hocker hinter dem Tresen und las Old Crubog die Rennergebnisse vor. Er war gerade mal zwanzig Jahre alt, hochgewachsen, mit dunklem

Teint und schmalem Gesicht, und strahlte jene unerschütterliche Ruhe aus, die in der unverhohlenen Überzeugung gründete, dass andere Menschen nur zu seinem Amüsement existierten. Old Crubog, der einzige Gast, hörte ihm aufmerksam zu, den Kopf schief gelegt, vor sich einen unberührten Pint Stout.

»Dein Abendessen ist fertig«, rief Roarty von der Küchentür.

Eales faltete die Zeitung zusammen, legte sie vor Crubog auf den Tresen und hechtete hungrig an seinem Arbeitgeber vorbei.

»Ich fürchte, mit der Zeitung kann ich nichts anfangen. Hab meine Brille zu Hause gelassen«, sagte Crubog, nahm einen langen Schluck aus seinem Glas und schmatzte mit gekräuselten Lippen, die sich über seinem locker sitzenden künstlichen Gebiss schlossen. »Der erste Pint heut Nachmittag«, sagte er, und seine wässrigen Augen leuchteten auf vor gierigem Genuss.

Roarty lehnte sich über den Tresen, hörte ihm zu und pries vergangene Zeiten, während er sich in einer entlegenen Kammer seines Geistes fragte, wann Eales wohl krepieren werde. Würde er unmittelbar nach der Mahlzeit das Bewusstsein verlieren? Oder würde er sich mannhaft durch den Abend kämpfen und in der Nacht sanft entschlafen? Ihn so problemlos, so perfekt loszuwerden schien zu schön, um wahr zu sein.

Die Hand auf dem Zapfhahn für das Stout, blickte er aus dem Westfenster in das intensive Abendsonnenlicht hinaus, das auf dem Meer lag, einer ebenen Fläche glitzernden Wassers. Um Rannyweal, das unter der Wasseroberfläche liegende Riff, das sich von der Südküste fast über die Hälfte der Bucht erstreckte, war nicht einmal ein Schaumspritzer zu sehen. Es war ein herrlicher Sommer gewesen, der beste, an den sich irgendwer erinnern konnte, ausgenommen Old Crubog. Seit Ostern war kein einziger Tropfen Regen gefallen, und jetzt war bereits die erste Augustwoche. Das Getreide stand nur halb so hoch wie sonst, und die Kartoffeln, obwohl schön mehlig, waren kümmerlich, sowohl nach Größe wie nach Zahl. Die Bauern murrten schon seit Juni, und der Gemeindepfarrer, selbst Landwirt, betete in den Sonntagsmessen um Regen. Nur die Touristen, die Torfstecher und die Fischer waren zufrieden. Aber auch für Gastwirte war es ein guter Sommer. Noch nie hatte Roarty Abend für Abend so durstige Männer erlebt; noch nie hatte er so viel Ale und Stout ausgeschenkt. Ständig kam jemand in den Pub, und stets mit gewaltigem Durst, der gelöscht werden musste. Als Roarty bemerkte, dass das Regal mit den Flaschen Stout fast leer war, holte er aus dem Vorratsraum zwei neue Kästen und stellte die Flaschen in drei ordentlichen Reihen auf, bereit für den abendlichen Ansturm. Dann schenkte er sich ein großes Glas irischen Whiskey und Wasser ein und sagte zu Crubog: »Kommt nicht oft vor, dass man über Rannyweal keine weißen Wellenkämme sieht.«

»Die Pilze waren richtig gut«, sagte Eales, der aus der Küche zurückkam. »Noch nie bessere gegessen.«

»Ich finde, ein paar von denen haben etwas streng geschmeckt«, sagte Roarty.

»Einbildung. Meine waren köstlich.«

»Wo hast du sie denn gefunden?«, fragte Crubog.

»In Davy Long's Park. Hab jeden von ihnen eigenhändig gepflückt«, brüstete sich Eales.

»Die beste Stelle für Pilze.« Crubog sprach mit Autorität. »In Davy Long's Park findest du nie 'nen schlechten Pilz, jeder von denen ist so saftig wie 'ne Jaffa-Orange.«

Roarty überließ Eales und Crubog ihrem Gespräch und ging hinters Haus, wo der Anblick des vertrockneten Nadelbaums alle Gedanken an Pilze aus seinem Kopf vertrieb. Er füllte zwei Eimer mit Wasser aus dem Außenhahn und goss den Inhalt an die Wurzeln des absterbenden Baumes. Die aufgesprungene Erde sog das Wasser auf, als wäre es nur ein Fingerhutvoll, und Roarty schleppte sechs weitere Eimer herbei, beharrlich und entschlossen, wenn auch mit dem schwarzen Gefühl der Hoffnungslosigkeit im Herzen. Den angeblich immergrünen Baum hatte er siebzehn Jahre zuvor gepflanzt, an dem Tag, als Cecily zur Welt gekommen und seine Frau gestorben war. Im ersten Winter hatte ein Sturm aus dem Westen ihn eines Nachts entwurzelt, doch mit Hilfe eines Stützpfahls hatte Roarty ihn wieder aufgerichtet, und so war er zusammen mit Cecily herangewachsen, hoch und schlank, dunkelgrün, mit sich verjüngenden Zweigen, die sich unter dem Gewicht der Nadeln bogen. Mit der Zeit hatte Roarty den wachsenden Baum mit den Veränderungen in Verbindung gebracht, die Cecily durchmachte: mit der kaum merklichen Veränderung der Form ihrer Nase, für die selbst er keine Worte finden konnte, als sie sechs war; mit dem Nachdunkeln ihres flachsblonden Haars, als sie neun war; dann mit dem Längerwerden ihrer spindeldürren Schulmädchenbeine; und schließlich mit der Herausbildung ihrer Brüste. Sie war ein liebes Mädchen, dem Aussehen nach ihrer Mutter nicht unähnlich und doch so anders. Obwohl er sie nie geküsst hatte, nicht einmal, als sie noch ein Kind war, fühlte er sich ihr nahe. Inzwischen konnte er kaum an sie denken, ohne den Stich einer bösen Vorahnung zu verspüren. Es hatte recht daran getan, sie damals nach London zu schicken. Nun aber konnte er den Gedanken, dass sie so verletzlich und so weit fort war, kaum ertragen. Seit der Baum begonnen hatte zu vertrocknen, hatte er nicht mehr an sie denken können, ohne den Atem anzuhalten.

Als er nach einem Ast über seinem Kopf griff, zerbröselten die brüchigen Nadeln in seiner Hand zu Staub. Die Zweige hatten angefangen, sich zu verbiegen, während das dunkle Grün einem helleren Grün mit gelblichem Farbstich gewichen war, und doch weigerte er sich zu glauben, dass ihr Baum sterben würde. All den anderen Bäumen im Garten ging es prächtig, möglicherweise wegen ihrer tieferen Wurzeln. Er hatte sich dafür entschieden, einen Nadelbaum zu pflanzen, weil dieser kein Laub abwarf. Hätte er doch nur gewusst, wie empfindlich der Baum gegen Trockenheit war! Hätte er doch nur rechtzeitig bemerkt, wie hell das dunkle Grün geworden war!

Aus den Augenwinkeln sah er, wie Allegro, eine von Eales' Katzen, auf das niedrige Vogelhäuschen sprang. Er hechtete quer durch den Garten und packte die elende Kreatur am Nackenfell, aber er kam zu spät – der Sperling in ihrem Maul war bereits tot. Eales war das Böse. Roarty bereute den Tag, an dem er ihn so gutgläubig zu seinem Barkeeper gemacht hatte. Eales' anzügliches Grinsen, als er an einem Sommerabend in die Bar hereinspaziert war, einen Rucksack auf dem Rücken und unter jedem Arm eine schwarze Katze, hätte ihm eine Warnung sein sollen. Die eine Katze hatte er als Allegro, die andere als Andante vorgestellt und das zweifellos lustig gefunden. Diese Unverfrorenheit, seine Katzen vorzustellen, als wären es Menschen!

»Einen Pint Porter«, hatte er gesagt. »Und einen Job, falls Sie einen für mich haben.«

Schon damals hätte Roarty wissen müssen, dass ein Mann, der mit zwei schwarzen Katzen herumzieht, niemand ist, auf den man sich einlässt, aber er brauchte einen Barkeeper, und keiner der Ortsansässigen wollte den Job.

»Was führt Sie ausgerechnet zu mir?«, hatte er gefragt.

»Ich hab mich im Pub am andern Ende des Dorfes erkundigt, und es hieß, Sie hätten Arbeit für mich. Ich versteh was davon, hab früher schon Bier gezapft.«

Er war ein guter Barkeeper, konnte rasch die Gedanken eines langsamen Gastes lesen und an Abenden, wenn viel Betrieb herrschte, ebenso rasch das Wechselgeld herausgeben, war beliebt bei den Stammgästen und geschäftig auch dann, wenn es nicht viel zu tun gab. Doch die aufreizende Art, wie er einen ansah, hatte etwas Unnatürliches. Er war verschlossen, scharfzüngig und übertrieben selbstbewusst, hatte aber keinen einzigen engen Freund. Obwohl er mit jedem Mädchen ausging, das ihm auch nur einen zweiten Blick zuwarf, benahm er sich, als würde er nicht einmal die Möglichkeit in Betracht ziehen, dass eine von ihnen jemals seine Frau werden könnte.

Auch sein Sinn für Humor war unnatürlich. An seinen freien Tagen stellte er einen Teller mit Brotkrumen ins Vogelhäuschen, setzte sich ans Küchenfenster und wartete darauf, dass Allegro oder Andante zuschlug. Das Vogelhäuschen hatte er absichtlich in der Nähe der Blumenbeete aufgestellt, damit sie seinen Katzen Deckung verschafften. Und jedes Mal, wenn eine von ihnen einen Vogel fing, schlug er sich lachend auf den Schenkel. Dann schüttelte er beide Fäuste und rief: »Guter alter Allegro. Schon den zweiten heute erlegt.«

Eines Abends Ende Mai hatte Roarty ihn dabei beobachtet, wie er so lange den Bergahorn schüttelte, bis von einem der oberen Äste ein kleines Vogeljunges herabfiel. Während die beiden Eltern in der nahe gelegenen Esche wütend schimpften, war das arme Vögelchen vor Angst wie gelähmt und konnte nur schwache Flugversuche unternehmen, und Eales ging lachend davon, um seine Katzen zu suchen. Roarty war so entsetzt, dass er die Leiter holte und das Küken wieder ins Nest setzte. Gerade stieg er wieder herunter, als Eales mit Allegro und Andante zurückkam und den weiß-gelben Fleck auf seinem Hemdärmel sah.

»Das ist der Dank dafür, dass du ein Küken rettest: Vogelscheiße auf deinem Ärmel.«

Das war Beweis genug. Eales war das Böse. Eales musste vernichtet werden.

Den ganzen Abend hindurch behielt er ihn im Auge, doch es gab keinerlei Anzeichen, dass er schwächer wurde. Noch nie hatte er so aufmerksam gewirkt, zapfte Bier, als wär's der Tag einer Beerdigung, riss Witze und diskutierte mit Old Crubog, dem obergescheiten Fischer Rory Rua, dem Engländer Potter, Cor Mogaill Maloney und dem Journalisten Gimp Gillespie, der einem eine Klinke an die Backe labern konnte, ohne auch nur ein wahres Wort zu sprechen. Aber ein guter Abend fürs Geschäft. Die Schankstube war brechend voll, und die Bauern debattierten über die Sturmwolken, die sich im Osten zusammenzogen und die Luft mit Feuchtigkeit sättigten. Einige von ihnen schüttelten den Kopf und sagten, an Regen würden sie erst dann glauben, wenn sie ihn sähen, doch Crubog, mit der ganzen Autorität seiner achtzig Jahre, meinte, er habe noch nie einen Himmel gesehen, der das Zeug zu einem gewaltigeren Wolkenbruch gehabt habe.

ZWEI

Am nächsten Morgen war sein erster Gast Crubog; dieser beschwerte sich über den Wolkenbruch, der ausgeblieben war.

»Hast du gesehen, was passiert ist?«, fragte er. »Die Wolken sind einfach nur von Ost nach West über den Himmel gezogen. Der Regen ist über dem Meer niedergegangen, wo man ihn am allerwenigsten gebrauchen kann.«

Roarty zapfte ihm einen Pint Stout und nahm aus seiner zitternden Hand eine zerknautschte Pfundnote entgegen. Nachdem er ihm zweiundsechzig Pence Wechselgeld zurückgegeben hatte, schenkte er ein großes Glas Whiskey ein und stellte es neben den Pint auf den Tresen.

»Was hast du im Sinn?«, fragte Crubog.

»Nichts, was nicht noch warten kann«, sagte Roarty mit einem gedankenverlorenen Blick auf Rannyweal und das Blau der Bucht.

»Immer, wenn du einen Drink ausgibst, weiß ich, dass du Unfug im Sinn hast. *Do shláinte, a chailleach!*«

»*Sláinte na bhfear, is go ndoiridh tú bean roimh oíche.*«

Crubog hob das Glas und goss sich den unverdünnten Whiskey hinter die Binde. In der Tat war es eher ein Gießen als ein Trinken, dachte Roarty. Er hatte Crubogs Adamsapfel beobachtet, und der hatte sich nicht bewegt.

»Geht doch nichts über 'nen Whiskey pur als Erstes am Morgen, um die alten Röhren durchzuspülen. Wenn man sich's nur leisten könnte …«

»Könntest du schon, wenn du nur wolltest«, sagte Roarty vertraulich.

»Wie das?«, fragte Crubog und glättete das einzige Büschel Haare, das auf seinem ansonsten kahlen Schädel spross. Es war wie ein Büschel verdorrter Quecken, in der Mitte hatte er es gescheitelt und sich je eine Strähne über die Ohren gekämmt. Er bot einen ungewöhnlichen Anblick, klein, mager und sonnengebräunt – und verschlagen wie ein alter Fuchsrüde.

»Hab ich dir doch schon gesagt. Du brauchst nur dein Land zu verkaufen.«

»Und wie viel bietest du heute dafür?« Crubog war clever genug, ein gewisses Interesse anzudeuten, das Thema aber gleichzeitig wie einen alten Witz zu behandeln.

»Genauso viel wie letzte Woche. Viertausend sind ein anständiger Preis. Die würden dich bis zu deinem letzten Atemzug mit Whiskey versorgen.«

»Das ist Ansichtssache, aber ich muss zugeben, es ist eine starke Versuchung.«

»Was hält dich dann noch zurück?«

»Du bist nicht der Einzige, der's auf mein Land abgesehen hat. Rory Rua, um nur einen zu nennen, hat auch ein Auge drauf geworfen.«

»Rory Rua ist ein Großkotz. Er redet viel, wenn der Tag lang ist.«

»Wenn ich verkaufe, dann nur an jemanden, der Bauer ist wie ich und wie mein Vater und mein Großvater vor mir. Land ist zum Bestellen oder zum Beweiden da. Was würde jemand wie du damit anfangen?«

»Und was würde Rory Rua damit anfangen? Der ist eher Fischer als Bauer.«

»Er hat zwei Kühe und zwei Färsen, und er denkt daran, sich einen Bullen zuzulegen. Ein Bulle braucht Auslauf. Würdest du einen Bullen kaufen?«

»Ich habe noch keine Pläne. Vielleicht benutze ich's als Weide- oder Ackerland. Mal sehen, wie's läuft.«

»Wenn du's kaufen willst, musst du mir zuerst verraten, was du damit vorhast. Das wäre Teil des Geschäfts.«

Crubog war unmöglich. In den vergangenen vier Jahren hatte ihm Roarty jeden Morgen einen Whiskey eingeschenkt, ohne ihm auch nur ein Verkaufsversprechen entlocken zu können. Es ergab einfach keinen Sinn. Alles, was Crubog zum Leben hatte, war seine Rente, während sein Land nur als Tummelplatz für Krähen diente und ihm keinen Penny einbrachte. Das hätte weiter nichts ausgemacht, wenn es fruchtbares Land gewesen wäre. Sein sechs Morgen umfassender Grundbesitz bestand aus felsigem Ödland, aber was Roarty daran interessierte, war »das große Stück Land am Berg«, das dazugehörte. Von einem Freund in Dublin hatte er erfahren, dass die Fremdenverkehrsbehörde eine Panoramastraße über den Hügel bauen wollte, genau durch Crubogs Land, und er sah schon den Tag nahen, an dem der Straßenrand von Wochenendhäuschen und Ferienchalets gesäumt würde. Falls die Straße wirklich zustande käme und er der Besitzer des »großen Stücks Land am Berg« wäre, wie Crubog es nannte, hätte er gute Chancen, ein Riesengeschäft zu machen.

»Na dann, ich muss meine Rente abholen«, sagte Crubog und schlürfte den Schaum, der sich auf dem Boden seines Glases abgesetzt hatte. »Du brauchst dir keine Sorgen zu machen, vor dem Mittagessen komm ich vorbei und lass dir etwas davon da.«

Roarty goss sich den zweiten Whiskey an diesem Morgen ein. Die Schankstube war leer, und Eales, dieser Teufel, war nach Killybegs gefahren. Roarty schaute aufs Meer hinaus, das genauso dalag wie am Vortag und am Tag davor. Gelangweilt ging er mit seinem Glas nach oben in Eales' Zimmer. Das Fenster stand offen, aber es hing ein Geruch im Raum, kein unangenehmer, aber doch ein Geruch – ein Geruch nach Lotion und Talkumpuder. Kein gesunder männlicher Tagesgeruch, sondern ein Geruch, der an die üblen Ausdünstungen nächtlicher Manöver erinnerte. Das Zimmer war ordentlicher als sein eigenes, der niedrige Frisiertisch mit allen möglichen Fläschchen und Haarbürsten bedeckt. Die Eitelkeit dieses Kerls! Die völlig unangebrachte Selbstgefälligkeit! Jedenfalls pflegte er seinen räudigen Kadaver. Wusch sich ständig die Haare oder nahm ein Bad, trotzdem stanken seine Füße wie ein Misthaufen. Die Düngerlinge hatten versagt; munter wie eine Lerche war Eales um sechs Uhr aufgestanden und hatte Allegro und Andante zu sich gerufen, noch bevor das Morgenkonzert der Vögel ganz verstummt war. Was also als Nächstes? Fingerhut? McGing hatte gesagt, aus den Blättern könne man Digitalisglykoside gewinnen, sofern man sie zum richtigen Zeitpunkt sammelte. Aber was war der richtige Zeitpunkt? Wenn er das Ausmaß seiner Unwissenheit bedachte, fühlte er sich ganz klein; nicht einmal die *Encyclopædia Britannica* wusste die Antwort. Bis Samstag musste er sich etwas ausdenken. Vielleicht ein weiteres Omelett, diesmal aber mit einer größeren Überraschung?

Er ging zum Bett und hob die rosafarbene Tagesdecke hoch, dann das parfümierte Kopfkissen. Darunter lag, eingerollt in einen rot-braunen Pyjama, ein Sexmagazin, wo immer Eales es auch herhaben mochte. Die Hochglanzseiten voller Farbbilder von nackten Schönheiten, die in den einladendsten Posen ihre retuschierten Hintern und Muschis darboten oder mit geschlossenen Augen in Verzückung gerieten, weil sie ihre dicken Möpse zusammenpressten. Bei dem Andrang schier ungeahnter Möglichkeiten wurde Roarty ganz schwindelig. Er warf einen Blick auf die Leserbriefseite. Triolismus. Fellatio. Cunnilingus. Alles war vorhanden, der ganze verrückte Zirkus einer moralisch abnormen Welt. Eales war Bürger dieser Welt. Eales musste vernichtet werden.

Voller Schuldgefühle legte Roarty das Magazin weg und hob müßig einen Werbecoupon vom Nachttisch, der von Eales ausgefüllt worden war, von wem auch sonst? Ungläubig las er laut:

Intensivieren Sie die Lust Ihrer Partnerin – und Ihre eigene – auf einen Schlag! Bestellen Sie noch heute unser neues herzförmiges Kopfkissen, schieben Sie es ihr unter den Hintern und »fühlen« Sie den Unterschied! Sie haben die Wahl zwischen Schaumgummi oder Heißwasserbefüllung. Ergonomisches Design. Erfolg garantiert. Bestellen Sie vor dem 3. September, und Sie erhalten postwendend einen kostenlosen Lustfinger aus Gummi, ein Muss für den wirklich modernen Lover.

Er sann über die Bedeutung von »ergonomisch« nach, ging über den Flur in sein eigenes Zimmer und nahm eine alte Ausgabe des *Concise Oxford English Dictionary* vom Regal, doch das einzige Wort, das dem gesuchten ähnelte, war »erg«, eine Maßeinheit für Arbeit oder Energie. Er würde Potter fragen. Der war Ingenieur, der musste es wissen. Zerstreut schlug er den fünften Band der Ausgabe der *Encyclopædia Britannica* aus dem Jahre 1911 auf und zog einen halbseitigen Brief aus dem Vorsatzblatt. Die Enzyklopädie hatte er an einem Samstagnachmittag vor über zwanzig Jahren für zehn Shilling in einem Ramschladen in Sligo erstanden. Sie war das Geschäft seines Lebens und das einzige literarische Werk, das er besaß, das Wörterbuch und eine Biographie Schumanns einmal ausgenommen. Er hielt sich den Band dicht unter die Nase und atmete tief ein. Der leicht rauchige Geruch des Buchrückens löste jedes Mal einen Schauer esoterischen Vergnügens aus, das noch dadurch erhöht wurde, dass viele der Artikel seit langem veraltet und völlig unzuverlässig waren.

Als er den Brief las, den er bereits auswendig kannte, konnte er nicht umhin, sich über den Impuls zu wundern, der in ihm den Wunsch aufkommen ließ, in seiner Brust noch einmal den lähmenden Schmerz der Verunsicherung zu verspüren.

Lieber Eamonn,
 nur noch drei Wochen, nur noch einundzwanzig Tage und Nächte. Wie ich mich danach sehne, diesen Mauern zu entkommen, Dich wiederzusehen, Dich jeden Tag zu sehen. Immer wieder muss ich an den Abend unter der Minister's Bridge denken und an die seltsamen Dinge, die du mit mir angestellt hast. Ich habe versucht herauszufinden, ob die anderen Mädchen davon wissen, aber immer, wenn ich eine Andeutung mache, sehen sie mich verständnislos an. Wie unser Englischlehrer sagt: »Ich halte dafür, dass es keine Sünde gibt außer der Unwissenheit.« Gleich müssen wir das Licht ausmachen. Ich muss aufhören. Hundertundeinen Kuss von Deiner Dich liebenden
Cecily

Das war vor den Weihnachtsferien gewesen, den Brief hatte er allerdings erst nach Ostern entdeckt. Gott allein wusste, was für seltsame Dinge Eales seither mit ihr angestellt hatte. Zum Glück war es noch zeitig genug, um sie vor der unaussprechlichen Finesse des Lustfingers zu bewahren.

DREI

Es war Samstagabend, der Pub war überfüllt und Roarty ganz der Gastwirt. Nach dem vierten doppelten Whiskey seit dem Mittagessen hatte er ohne wahrnehmbare äußerliche Veränderung die »Wohlfühlbarriere« durchstoßen. Es lief immer auf dasselbe hinaus. Der erste Doppelte zeigte keine Wirkung, ebenso wenig der zweite; der dritte taute ihn auf; der vierte wärmte ihn; und der fünfte entzündete eine Kerze in seinem Kopf, deren Licht die innere Dunkelheit durchdrang und in Farben tauchte wie ein Wintermond, der durch eine dichte Wolkendecke bricht. Der selbstzerstörerische Impuls verflüchtigte sich aus seinen Gedanken, Worte strömten wie helles Quellwasser aus ihm heraus, und mühelos und ohne ersichtlichen Grund stellte sich Heiterkeit ein. Zwischen dem fünften und dem achten Doppelten lebte er auf einem Plateau bedenkenlosen Vergnügens, das er bis zur Sperrstunde auszudehnen suchte. Auf den zehnten Doppelten folgte stets ein rasanter Niedergang – die gebräuchlichsten Wörter wurden zu Zungenbrechern, und die Gedanken formten sich so langsam wie der letzte Tropfen einer ausgequetschten Zitrone. Das war wenig erfreulich – ein Stadium, das er tunlichst vermied. Er richtete es so ein, dass sein »Zehnter« mit der Sperrstunde zusammenfiel. Wenn Eales und er abgewaschen hatten, ließ er den Dosierer beiseite und schenkte sich einen »häuslichen Doppelten«, so nannte es Potter, direkt aus der Flasche ein. Den nahm er mit in sein Zimmer und nippte daran, während er sein »Offizium« für den Tag las, einen unzeitgemäßen Artikel über irgendeinen Aspekt der Wissenschaft in der gelehrten *Encyclopædia Britannica*.

Für einen Touristen auf der Suche nach Lokalkolorit zapfte Roarty einen Pint und lauschte voller Genuss einem nicht enden wollenden katechetischen Gespräch zwischen Crubog, Cor Mogaill, Rory Rua, Gimp Gillespie und dem Engländer Potter, der, obwohl er neu im Tal war, schnell lernte.

»Warum folgen die Möwen nicht mehr dem Spaten oder dem Pflug?«, fragte Crubog.

»Weil zu wenig Regenwürmer im Erdboden sind«, antwortete Rory Rua, der diese Unterhaltung schon einmal gehört hatte.

»Und warum sind Regenwürmer so selten wie Sovereigns?«, wollte Crubog wissen.

»Weil der Kunstdünger sie tötet«, kicherte Cor Mogaill.

»Es wird Zeit, dass ihr alle mal ein neues Gesprächsthema findet«, beschwerte sich Rory Rua.

»Würdest du's vorziehen, wenn wir uns über dich unterhalten?«, höhnte Cor Mogaill.

»Als wir noch Seetang und Kuhmist in den Boden getan haben und sonst nichts«, sagte Crubog, »hat's in der Erde von Regenwürmern nur so gewimmelt, von dicken, fetten roten Regenwürmern, die sich wie Aale gewunden haben, wenn man sie mit dem Spaten durchschnitt. Und an Frühlingstagen war der Himmel schwarz von Möwen, so viele gab's von denen. Jetzt kannst du von Juni bis Januar graben und pflügen, ohne dass auch nur ein Rotkehlchen aufmerkt. Die Düngemittel haben alles Nahrhafte im Boden abgetötet, sodass nicht mal ein Regenwurm darin leben kann. Wie soll man in toter Erde guten Hafer züchten? Weißt du darauf eine Antwort, Rory Rua?«

»Ihr seid samt und sonders verrückt«, sagte Rory Rua.

»Ich geh rauf zu McGonigle's für ein vernünftiges Gespräch.«

»Drei Kreuze!«, sagte Cor Mogaill, als Rory Rua gegangen war. »Der ruiniert jedes gesellige Beisammensein und jede Unterhaltung. Hat nur die Hummerpreise im Kopf.«

»Und Land!«, warf Crubog ein. »Ständig liegt er mir in den Ohren, dass ich ihm mein großes Stück Land am Berg verkaufen soll.«

»Aber um darauf zurückzukommen, was wir eben besprochen haben«, schaltete sich Gimp Gillespie, der Lokaljournalist, ein. »Was wir brauchen, ist Humus. Die Wissenschaft hat den Kreislauf der Natur zerstört. Gebet der Erde, was der Erde ist, und dem Labor die Erzeugnisse der Wissenschaft.«

»Wer hat das gesagt?«, fragte Potter. »Ich bin sicher, dass ich das irgendwo schon mal gehört habe.«

»Wie viele Tonnen Erdreich lockert der durchschnittliche Regenwurm im Jahr?« Crubog ließ sich nicht ablenken. »Weißt du darauf eine Antwort, Cor Mogaill? Du darfst auch gern deine Privatbibliothek konsultieren!«

Cor Mogaill, ein junger Mann von nicht mehr als zwanzig Jahren, sah sich als den Dorfintellektuellen. Er kam nie ohne seinen Rucksack in den Pub; darin bewahrte er seine Fahrradpumpe, alte Ausgaben der *Irish Times* und *A History of Ireland and Her People* von Eleanor Hull auf. Dann versuchte er den ganzen Abend über, ein Streitgespräch zu entfachen, das ihm eine Gelegenheit böte, seine Privatbibliothek zu konsultieren. Jetzt warf er Crubog einen kritischen Blick zu, doch der Rucksack blieb auf seinem Rücken.

»Was weißt du schon über die Physiologie des Regenwurms, Crubog?«

»Ich hab's aus zuverlässigster Quelle. Hab's vor zwanzig Jahren, als du noch in die Windeln gemacht hast, in der

People's Press gelesen. Die Antwort lautet: vierzig Tonnen und keine Unze weniger. Ein Bachelor der Agrarwissenschaft könnte sich die Seele aus dem Leib scheißen, so viel er will, und würd's doch nicht schaffen. Jetzt werde ich meinen täglichen Tribut an die Natur entrichten und die Qualität des Bodens verbessern.«

»Ich komme mit«, sagte Cor Mogaill. »Wir setzen unser Gespräch fort und schlagen zwei Fliegen mit einer Klappe.«

»Nein, das tun wir nicht. Das Rezept für ein langes Leben lautet: Scheiße in Frieden und lass dein Wasser ungehindert fließen.« Auf dem Weg zur Außentoilette lachte Crubog in sich hinein.

Es war ein Abend schwungvoller Unterhaltung. Crubog war so einnehmend wie lange nicht, voll spritziger Anekdoten und überlieferter Geschichten, und Gimp Gillespie und Cor Mogaill lockten ihn mit unauffälligem Geschick aus der Reserve – zum offensichtlichen Entzücken des Engländers Potter; dieser leitete das Gespräch mit dem intellektuellen Urteilsvermögen eines Mannes, der sich für eine Art Wissenschaftler hält. Ihre Beiträge gewannen Farbe dank der Abseitigkeit der Themen und dem Bedürfnis der Redner, ihre relative Unwissenheit dadurch wettzumachen, dass sie ihre Gedanken mit gutgelauntem Humor ausschmückten. Zuerst erörterten sie die Frage, ob eine Häsin ihren Nachwuchs auf einmal wirft oder sicherheitshalber jedes Junge in einem getrennten Nest unterbringt. Als sie keine Antwort fanden, wandten sie sich der Fallenjagd auf Füchse zu. Als Sachkundigster oder zumindest als Meinungssicherster von allen erwies sich hierbei Gimp Gillespie. Er überraschte jedermann mit der Bemerkung, er verwette das Hemd auf seinem Leib, dass eine tote Katze, vorzugsweise in einem fortgeschrittenen Stadium der Verwesung, der beste Köder sei, da ein

Fuchs sie sogar in windstiller Nacht wittern könne. Als Cor Mogaill sich nach der Quelle dieser wenig überzeugenden Information erkundigte, sagte ihm Gillespie, er habe sie von Rory Rua, der im *Farmers' Journal* davon gelesen habe.

»Auf Rory Rua kannst du dich nicht verlassen! Der zählt noch an den Fingern ab.«

Crubog ließ sich jedoch nicht zum Schweigen bringen. Er fragte, woher Brachvögel, wenn sie im Binnenland nach Nahrung suchten, wüssten, dass die Flut nachzulassen beginnt und es Zeit ist, wieder dem Ufer zuzustreben. Und er stellte die Frage mit einer Miene so düsterer Allwissenheit, dass Potter meinte, es sei gut, dass kein Ornithologe unter ihnen sei, da sein Fachwissen jedes Gespräch abwürgen würde.

Hin und wieder versuchten sie, Roarty in ihre Runde mit einzubeziehen, aber sein Verstand war anderweitig beschäftigt. An diesem Abend schienen die Gesichter auf der anderen Seite des Tresens weit entfernt. Er sehnte sich nach Zugehörigkeit, nach Teilhabe an ihrem ungezwungenen Geplänkel, doch die Erinnerung an den Traum der letzten Nacht nahm all seine Gedanken gefangen.

Er war wieder ein Junge von zwölf Jahren gewesen, der seine zehnjährige Schwester Maureen auf einer Wiese voller Gänseblümchen jagte. Plötzlich hielt sie an und sagte: »Bring mir den Schmetterling da.«

»Warum?«, fragte er und spürte, dass er keinen freien Willen hatte.

»Weil ich ihm die Flügel ausreißen will!«

Der Wunsch kam ihm so natürlich vor, dass er hinter dem Schmetterling herrannte, ganz benommen von dessen Auf und Ab im Sonnenlicht und von dem Weiß seiner Flügel, so weiß wie die Gänseblümchen im Gras.

Am Ufer eines Sees blieb er stehen. Der Schmetterling war über die glatte Wasseroberfläche geflattert und ruhte sich in der Mitte auf einer einsamen Seerose aus.

»Wenn du nicht auf deine Füße schaust, kannst du auf dem Wasser gehen«, erklärte seine Schwester hinter ihm.

Widerstrebend trat er einen Schritt vor. Das Wasser vor ihm teilte sich und gab weichen torfigen Schlamm frei, der seine Fußsohlen kühlte und zwischen seinen Zehen hervorquoll. Mit einem gluckernden und glucksenden Geräusch sog die Erde das Wasser auf, und die Seerose, ihres natürlichen Elements beraubt, lag beschmiert und beschmutzt im dunklen Schlamm. Er untersuchte den Stiel und das düstere runde Loch im Herzen der Blume. Zärtlich hielt er sie zwischen den Fingern, da steckte eine hässliche grüne Raupe ihren Kopf durch das Loch und kroch, indem sie sich auf abstoßende Weise zusammenzog, über das Blatt.

»Du hast das Böse bis in seine Höhle verfolgt«, rief Maureen vom Ufer.

»Und habe es im Herzen der Schönheit gefunden.« Er sprach mit zugeschnürter Kehle; er traute sich nicht, ein weiteres Wort zu sagen.

Die Zärtlichkeit, die er empfunden hatte, als er die Seerose in den Händen hielt, und sein Grauen angesichts der Schändung der Blume verschmolzen zu finsterer Wut, und er kam ganz durcheinander, als er die Gläser einer Runde zählen wollte.

»Roarty wird die Antwort wissen«, sagte Crubog. »Schließlich ist er der zweitbeste Schnepfenschütze in der Grafschaft.«

»Worum geht's?«, fragte Roarty, der Potter einen doppelten Glenmorangie einschenkte.

»Wie schlägt das Schnepfenmännchen im Frühjahr seinen Zapfenstreich?«, fragte Crubog.

»Was für einen Zapfenstreich?«

»Wie trommelt das Schnepfenmännchen?«, drückte Potter die Frage anders aus.

»Mit den äußeren Schwanzfedern«, antwortete Roarty. »Wenn es herabstößt, spreizt es sie steif im rechten Winkel ab.«

»Falsch«, sagte Eales. »Ihr liegt alle falsch.«

»Klär uns auf«, sagte Roarty und errötete unter seinem Bart.

»Natürlich mit seiner Syrinx«, sagte Eales.

»Alle Achtung, Eamonn«, sagte Cor Mogaill, der die zunehmende Spannung genoss.

»Mit seiner Sphinx?«, erkundigte sich Crubog, der schwerhörig war.

»Syrinx«, brüllte Eales. »Mit der bringen die meisten Vögel ihre Töne hervor.«

»Aber das Trommeln der Schnepfe? Das ist doch was ganz anderes«, sagte Roarty.

»Ich wette einen doppelten Whiskey, dass ich recht habe«, sagte Eales.

»Und ich wette eine ganze Flasche«, sagte Roarty, der es nicht leiden konnte, wenn sein in Kerry geborener Barkeeper ihn herausforderte.

»Darf ich so lange auf den Wetteinsatz aufpassen?«, fragte Crubog hoffnungsfroh.

»Kannst du beweisen, dass du recht hast?«, fragte Eales schmunzelnd.

»Im Augenblick nicht. Nach der Sperrstunde schlag ich's nach.«

Die Uhr zeigte halb zwölf, und die Gäste erwarteten, dass er ihnen zwanzig Minuten Zeit zum Austrinken ließ. Er legte zwei Geschirrtücher über die Zapfhähne und ging auf den Hof, um frische Luft zu schöpfen. Aber er wurde enttäuscht.

Es war eine schwüle Nacht mit einer schwachen Brise, die immer wieder nachließ. So stand er an der Hintertür, keinen Wind in den Segeln und mit einem Kloß im Hals, der ihm das Atmen schwer machte. Der östliche Himmel war eine tintenschwarze Wolkenmasse, ein durchhängendes Dach, das auf die Hügelspitzen drückte und sowohl den Mond als auch die Sterne verdeckte. Die Regenwolken waren schon seit der Mittagszeit aufgezogen, aber überraschenderweise hatte niemand im Pub sie erwähnt. Er lauschte auf das Gemurmel der Unterhaltung aus der Schankstube und dachte, dass ein Pub um diese Stunde der unwirklichste Ort auf Erden war.

»Und wo ist dein Beweis?«, fragte Eales, als sie abgespült hatten und der letzte Gast gegangen war.

»In meiner Enzyklopädie. Ich geh sie holen.«

Er ging nach oben in sein Zimmer und überflog den Artikel über Schnepfen, zu aufgelöst, um sich darüber zu freuen, dass er recht hatte.

Inzwischen war es still; die letzten paar Versprengten torkelten über die Landstraßen nach Hause. Trauer und unerfüllbare Sehnsucht erstickten ihn, als er sich an Sommerabende mit Cecily erinnerte – sie in ihrem Zimmer am Klavier, das ganze Haus von perlender Musik erfüllt. *Auf Flügeln des Gesanges, Für Elise, Wohl mir, dass ich Jesum habe:* all die alten Lieblingsstücke. Die Unverdorbenheit jener Abende trieb ihm eine Träne ins Auge. Die Unverdorbenheit jener Abende – für immer dahin.

Nachdem er im Papierkorb den Brief an Eales gefunden hatte, hatte er an Maureen geschrieben und sie gebeten, Cecily für den Sommer nach London einzuladen. Es war nichts, was er sich gewünscht hätte, aber es blieb ihm keine andere Wahl. Wenn sie nach Hause käme, dann zu dem Lustfinger; sie würde ihm niemals verzeihen, wenn er Eales ohne guten Grund kündigte. Und selbst wenn er ihm kündigte, würde Eales das Tal ganz bestimmt nicht verlassen. Zweifellos würde er eine andere Stelle ganz in der Nähe finden und Cecily auch weiterhin schänden. Und jetzt waren all seine Vorsichtsmaßnahmen gescheitert; Eales beabsichtigte, in der kommenden Woche nach London zu fahren. Er hatte keinen Grund genannt; er brauchte keinen zu nennen. Roartys Hände zitterten vor Wut und Verbitterung. Eales war das Böse. Eales musste vernichtet werden.

Er fand sich auf halber Treppe wieder, die rechte Hand hielt den fünfundzwanzigsten Band der *Encylopædia Britannica* umklammert, seine Finger auf dem Buchrücken öffneten und schlossen sich unwillkürlich. Eales stand, über ein Fass gebückt, hinter dem Tresen und prüfte einen Plastikschlauch.

»Na, dann lass deinen Beweis mal sehen«, sagte er, ohne aufzuschauen.

Mit beiden Händen hob Roarty das Buch in die Höhe und ließ es mit aller Kraft auf Eales' Hinterkopf herabsausen. Als Eales' Kopf gegen den Rand des Fasses schlug, wich mit dünnem Ächzen der Atem aus ihm. Bei dem Versuch, sich aufzurichten, griff er mit beiden Händen nach dem Fass. Es schwankte. Roarty hob das Buch ein zweites Mal. Eales sank in die Knie und fiel zu Boden, ohne auch nur ein Wimmern von sich zu geben.

Roarty erschauerte, eher vor Angst denn vor Entsetzen. Er hatte ohne Vorsatz gehandelt, der Eingebung des Augenblicks folgend, etwas, was ein intelligenter Mann nicht tun würde. Was, wenn jemand vorbeigekommen wäre und Eales in seinem Todeskampf um Hilfe gerufen hätte? Zum Glück hatte Eales sich schweigend gefügt, und soweit Roarty sehen konnte, gab es keine verräterischen Blutspuren. Aber was, wenn Eales nur betäubt war? Roarty schob ihm eine Zeitung unter den Kopf und holte aus der Küche einen Handspiegel, den er ihm vor Mund und Nase hielt, doch der Spiegel beschlug nicht. Kaum zu glauben, aber Eales musste durch die Wucht des Schlages sofort gestorben sein. Allerdings war der Spiegeltest nicht absolut zuverlässig. Laut Sergeant McGing, einer Autorität auf diesem Gebiet, war das sicherste Anzeichen für den Tod eines Menschen das Absinken der Körpertemperatur im Rektum auf 21 Grad oder darunter. Roarty widerstand der Versuchung, das Thermometer aus seinem Zimmer zu holen; seine Bereitschaft, mit wissenschaftlichen Methoden vorzugehen, kannte Grenzen. Außerdem war Eales' Körper noch warm. Es mochte eine Stunde oder noch länger dauern, bis die Temperatur im Rektum auf 21 Grad abgesunken war. Nachträglich kam ihm der Einfall, Eales' Puls zu fühlen, aber in seiner Blutbahn rührte sich nichts. An der Oberlippe, dort, wo Eales sich am Fassrand gestoßen hatte, bemerkte er Blutstropfen. Vorsorglich stülpte er eine Plastiktüte über den Kopf und band sie mit einem Stück Schnur um den Hals fest. Eales hatte einen ungewöhnlich dicken Hals, fast wie ein Backofenschinken. Das war ihm bis dahin noch gar nicht aufgefallen, und Cecily höchstwahrscheinlich auch nicht. Nur das konnte ihre unfassbare Schwärmerei für den soeben Dahingeschiedenen erklären.

Zwei Stufen auf einmal nehmend, hastete er nach oben und erreichte die Toilette keinen Moment zu früh. Sein Stuhlgang war der schnellste und befriedigendste, den er erlebt hatte, seit seine Mutter ihm eine Überdosis Glaubersalz verabreicht hatte. Sie wäre erstaunt gewesen, wenn sie erfahren hätte, dass Mord ein noch besseres Abführmittel war.

Die entspannende Wirkung seiner Darmentleerung war jedoch nicht von Dauer. Er schwitzte übermäßig, ein feuchtkalter Schweiß, der sein Hemd unter den Achseln durchnässte und ihm in kitzelnden Rinnsalen von der Stirn in die Augenbrauen sickerte. Als er die Treppe hinunterging, hatte er weiche Knie und verspürte großen Durst. Er griff nach der Flasche Black Bush und schraubte den Verschluss auf, doch das Ausmaß des nächsten Problems – wie in aller Welt sollte er die Leiche entsorgen? – ließ ihn innehalten. Er stellte die Flasche wieder ins Regal und füllte ein Glas mit Leitungswasser. Obwohl er sich unbehaglich nüchtern fühlte, durfte er das Risiko eines weiteren Whiskeys nicht auf sich nehmen. Wenn dies ein perfekter Mord werden sollte, würde er mit Klugheit und Weitsicht vorgehen müssen. Er befahl sich, seine Gedanken zu sammeln, doch als er es versuchte, stellte er fest, dass schlüssiges Denken seine Kräfte bei weitem überstieg. Hundert zufällige Gedanken schossen ihm durch den Kopf, keiner aber blieb lange genug haften, um sich mit irgendeinem anderen zu verbinden. Sein Verstand war ein Sieb, durch das die Gedanken rannen wie Wasser. Um sich besser konzentrieren zu können, setzte er sich mit einem aufgeschlagenen Notizbuch an den Kiefernholztisch in der Küche. Stockend kamen ihm die ersten Gedanken, und bevor sie Zeit hatten, sich ins Hinterstübchen zu verflüchtigen, schrieb er acht Wörter nieder:

Feuer > *Herd*
Wasser > *Meer, See*
Erde > *Garten, Moor*

Eine Verbrennung war undurchführbar; er hatte nur einen Herd zur Verfügung. Und verschmorendes Fleisch, Fett und Knochen würden einen unheimlichen Gestank im Dorf verbreiten. Somit blieben ihm nur Versenken oder Vergraben, und von diesen bevorzugte er Ersteres, da es weniger Arbeit bedeutete. Er könnte nach Westen zu den Klippen fahren und die Leiche über den Rand ins Meer hieven. Oder er könnte ein Gewicht an den Leichnam binden, in die Bucht hinausrudern und ihn über Bord werfen. Als er sich sein Vorgehen in allen Einzelheiten ausmalte, wurde ihm rasch klar, dass die Sache gleich mehrere Haken hatte. Er ruderte nur ungern im Dunkeln hinaus, da er die Position der Felsen unter Wasser nicht gut genug kannte, um sich ganz sicher zu fühlen. Außerdem standen entlang des Ufers Häuser, und es war denkbar, dass er jemandem begegnete. Und was, wenn die Leiche an Land gespült wurde? Bei der unvermeidlichen Autopsie würde der Gerichtsmediziner feststellen, dass sie kein Salzwasser in den Lungen hatte und der Tod demzufolge nicht durch Ertrinken eingetreten sein konnte. Man würde eine Untersuchung der Todesursache anordnen, und er würde Fragen, bohrende Fragen, beantworten müssen. Natürlich könnte er die Leiche auch in einem der Bergseen entsorgen; da diese aber weit abseits der Straße lagen, würde er einen fast achtzig Kilogramm schweren Leichnam mehr als eine Meile bergauf schleppen müssen. Keine verlockende Aussicht in dunkler Nacht und über unebenes Gelände.

Somit blieb nur noch die vierte oder fünfte Möglichkeit: Entsorgung durch Vergraben. Am leichtesten wäre es, Eales im Garten zu verscharren, möglicherweise unter dem toten Nadelbaum, doch falls es zu einer Untersuchung kam, wäre der Garten die erste Stelle, wo McGing nachschauen würde. Er würde Eales im Torfmoor vergraben müssen, dem am wenigsten offensichtlichen Ort, der ihm einfiel. Er würde zwei Meilen weit die Straße nach Garron entlangfahren, rechts in die Torfstraße abbiegen und die Leiche mitten im Moor vergraben, ein gutes Stück weit von der Stelle, wo Torf gestochen wurde. Es war ein einsamer Flecken Erde. Das nächste

Haus war drei Meilen entfernt und die Wahrscheinlichkeit, dass er gesehen wurde, gering. Die einzige Gefahr bestand darin, dass er auf der Hauptstraße einem anderen Auto begegnen könnte, vielleicht auf dem Rückweg von einer Tanzveranstaltung in Dunkineely. Hastig blätterte er den *Donegal Dispatch* durch, aber Anzeigen für Tanzveranstaltungen in einem der umliegenden Städtchen gab es nicht. Trotzdem, man wusste nie, welchem Nachzügler man spätnachts auf einer Landstraße begegnen mochte, und sein silberner Wagen war jedem im Tal bekannt. Er würde eine Ausrede benötigen, und welche nachvollziehbare Ausrede könnte er dafür vorbringen, dass er an einem Sonntagmorgen um eins in Richtung Garron fuhr? Eine plötzliche Kolik, starke Magenschmerzen, hervorgerufen von einem Black Bush zu viel? Das würde die Notwendigkeit eines dringenden Besuchs bei Dr. McGarrigle erklären. Und falls er gesehen würde, könnte er immer noch sagen, dass der Schmerz auf halbem Weg abgeklungen und er nach Hause gefahren sei, ohne den Arzt aufgesucht zu haben. Es wäre nicht die beste Ausrede, aber sie würde genügen müssen.

Er öffnete die Hintertür, um einen Blick in den Nachthimmel zu werfen. Die Wolken im Osten schienen dunkler und näher. Die Luft war nach wie vor schwül, sie hing über seinem Kopf wie ein unsichtbares Netz, beladen mit dem Duft schnupftabaktrockenen Heus von den umliegenden Wiesen. Obwohl es bereits ein Uhr war, brannte in etlichen Cottages am Südberg noch Licht; er würde bis zwei Uhr warten müssen, bevor er sich hinauswagen konnte. Die schwere Nachtluft lastete auf seinen Schultern wie die Bürde eines unerträglichen Gedankens.

Schwerfällig stapfte er die Treppe hinauf und öffnete einen Band der *Britannica*. Er legte sich aufs Bett, nippte an einem Orangensaft und überflog eine Seite. *Mord.* Siehe

Homizid. Keine Traute, die Sache beim Namen zu nennen? Der Artikel über Homizid war enttäuschend, es mangelte an Details. Das Werk eines weitschweifigen Kriminologen vermutlich, jedenfalls nicht das eines Gelehrten, der über eigene Erfahrungen verfügte. Ihm kam der Gedanke, dass der Bericht, den er nun selbst verfassen konnte, für einen scharfsichtigen Nachrichtenredakteur durchaus interessant sein mochte – eine Geschichte, die von dem bitteren Gefühl der Unvermeidlichkeit erzählen würde, mit dem der Mörder auf den hingestreckten Leib seines Opfers hinabblickt, und davon, wie der Hass, den er nur eine Stunde zuvor gegen einen anderen empfunden hat, sich nunmehr gegen ihn selbst richtet.

Von Jugend an ist er von Romanen, Erzählungen, Theaterstücken und Filmen geprägt worden, die allesamt auf dem Grundsatz beruhen, dass Verbrechen sich nicht auszahlt, dass es am Ende immer nur der Verbrecher selbst ist, der bezahlen muss. Wenn er jetzt den abkühlenden Körper betrachtet, kann er nicht umhin, sich zu fragen, ob er selbst eine dieser seltenen Ausnahmen sein wird. Und doch weiß er, dass ihm der Körper seines Feindes dank der geheimnisvollen Möglichkeiten der Forensik im Tod gefährlicher werden könnte, als er es im Leben jemals war. Monatelang war er von dem Opfer besessen, und jetzt ist er wahrhaft allein, sieht sich der instinktiven Verachtung jedes ehrbaren Bürgers, der unpersönlichen Beharrlichkeit der Polizei bei ihren Ermittlungen und möglicherweise der unerbittlichen Tretmühle der Gerichte ausgeliefert, während ihm, um sein eigenes Überleben zu sichern, nur seine Gerissenheit und seine Intelligenz zur Verfügung stehen. Einen Moment lang fragte sich Roarty, ob er intelligent genug war.

In dieser Nacht, von allen Nächten des Jahres, musste er jede Eventualität vorwegnehmen. Gab es eine Möglichkeit, die er nicht erwogen, einfache Dinge, die er übersehen hatte? So hatte er zum Beispiel den Mond nicht berücksichtigt. Nur noch zwei Tage bis Vollmond. Wenn es aufklarte, würde er Eales in gespenstischem, aber allzu enthüllendem Licht vergraben müssen. Er musste dafür sorgen, dass er wachsam blieb; beim Graben den Himmel im Blick behalten. Ein weiteres Indiz für seine hinderliche Zerstreutheit war, dass er überhaupt im *Donegal Dispatch* nachgeschaut hatte; dabei hätte er doch wissen müssen, dass es in Dunkineely samstags nie Tanzveranstaltungen gab.

Er hatte fünf Optionen notiert. Nun quälte ihn auf unerträgliche Weise die Andeutung einer unbekannten sechsten. Er war in seiner Handlungsfreiheit eingeschränkt – von seinem Unvermögen, das Spektrum seiner Wahlmöglichkeiten durch Vorstellungskraft zu erweitern. Der freieste Mensch ist der, der sich der meisten Möglichkeiten bewusst ist, und in der Vergangenheit hatte er sich gebrüstet, ein solcher Mensch zu sein. Jetzt waren die Möglichkeiten, die ihm tatsächlich offenstanden, von fünf auf eine einzige zusammengeschrumpft. Und diese eine verbleibende Möglichkeit war nicht sonderlich attraktiv.

Einen Moment lang erhellte die sechste Möglichkeit das innere Dunkel; er würde das vordere Fenster einschlagen, die Kasse aufbrechen, das Geld verstecken und vortäuschen, Eales sei von einem Einbrecher niedergestreckt worden. Das hätte den Vorteil, dass er zur gewohnten Stunde ins Bett gehen und am Morgen um die übliche Zeit aufstehen konnte. Beim Frühstück würde er Radio hören, nach einem schwarzen Kaffee mit einem gehörigen Schuss Black Bush Eales »entdecken« und die Polizei rufen. Das jedoch mochte zu heiklen Fragen führen. Wieso hatte er nicht das Geräusch der zerbrechenden Glasscheibe gehört und nicht den Krach, der darauf gefolgt sein musste? Mord, erinnerte er sich, musste verheimlicht werden, nicht veröffentlicht. Seine sechste Möglichkeit war zerfallen wie ein Gespinst. Wieder blieb ihm nur die eine.

Nachdem er die sechste Möglichkeit erwogen hatte, quälte ihn nunmehr der Gedanke, es könnte eine unbekannte siebente geben. In der Küche starrte er mit steinerner Miene auf sein Notizbuch mit der Liste der Optionen, diese aber weigerten sich hartnäckig, sich zu vermehren. Er hatte sich stets für gescheit gehalten, jedenfalls für gescheiter als die meisten seiner Kunden. Nun, da es auf Intelligenz mehr ankam denn je, schwächelte er. Viele Menschen verwechselten Intelligenz mit einem gutem Gedächtnis oder mit der Fähigkeit, sich zu merken, wie etwas getan wird, und aufs Genaueste zu imitieren oder zu reproduzieren, was sie bereits wussten. Wahrhaft intelligente Menschen waren eine ganz eigene Spezies, vom Rest der Menschheit so verschieden wie ein Schafbock von einem Spitzhengst. Ihr Scharfsinn drang stets zum Kern der Sache vor, und ihre Fähigkeit, leidenschaftslos abzuwägen, führte sie weit über die Grenzen ihrer früheren Erfahrungen hinaus. Ihre Fähigkeit ließ sich mit einem Wort zusammenfassen – Analyse. In diesem einen Wort lag sein gegenwärtiges Versagen begründet: Er war unfähig, eine Situation zu analysieren. Oder versagte womöglich seine Vorstellungskraft?

Er hielt ein Streichholz an die verfängliche Liste seiner Optionen und zerrieb die Asche mit dem Schürhaken zu Staub. Dann zog er sich eine alte Hose an, die er zum Anstreichen verwendete, ein dunkles Hemd, das im Mondlicht nicht reflektierte, und ein Paar Gummistiefel, um das Moorwasser abzuhalten.

Ihm fiel wieder der abscheuliche Lustfinger ein, und als er in Eales' Zimmer ging, fand er ihn unter dem parfümierten Kopfkissen. Jetzt würde er tief schlafen können. Nie wieder würde der Lustfinger seine Träume beunruhigen. Er holte Eales' Reisetasche aus dem Kleiderschrank und stopfte das Sexmagazin, den rot-braunen Pyjama, Eales' Zahnbürste, Zahnpasta, Rasierer und Rasierschaum, ein Hemd zum Wechseln und drei Fläschchen Deodorant hinein. Letzteres war, sagte er sich, ein genialer Schachzug, denn ohne sein Deodorant wäre Eales nicht einmal bis zur Haustür gegangen. Eine wirkliche Analyse war das zwar nicht, musste er zugeben, aber trotzdem ziemlich raffiniert.

Voreiliges Selbstlob musste jedoch unbedingt vermieden werden. Die Zeit für Überheblichkeit wäre allenfalls am nächsten Morgen oder in drei Jahren gekommen, wenn Eales in ebenso geschichtlicher Ferne läge wie ein versteinerter Pterodactylus. Versteinern würde er natürlich nicht. Torfmoore waren bekannt für ihre konservierende Kraft. In fünfhundert Jahren würde ihn ein begriffsstutziger Torfstecher mit seinem Spaten zutage fördern, eine von Tannin konservierte Zeitkapsel, das Datum des Magazins in der Reisetasche ein verwirrender *terminus a quo* für die ländlichen Ordnungshüter. Er war angetan von seiner eigenen Kaltblütigkeit. Er wusste, eigentlich sollte er Reue empfinden, aber er empfand keine. Nur die nagende Sorge, er könnte etwas vergessen haben, oder in letzter Minute könnte etwas schiefgehen.

Die Uhr zeigte zwei, als er wieder nach unten kam. Zeit, sich auf den Weg zu machen, nun da die Talbewohner in ihren Betten lagen. Leise öffnete er die Garagentür, wobei er sie für den Fall, dass sie auf dem Betonboden schabte, leicht anhob, und verstaute die Reisetasche und den widerstandslosen Eales im Kofferraum seines Autos. Die Leiche war kaum abgekühlt. Die Totenstarre hatte noch nicht eingesetzt, obwohl die Haut bereits ihre Elastizität einzubüßen begann. Schwer zu glauben, dass diese schlaffe Masse, dieser ungenießbare Kadaver, dieses unverwertbare Ding einmal der Mann gewesen war, der seinen süßen Seelenfrieden gefährdet hatte. Es kam ihm unwirklich vor, zu schön, um wahr zu sein. Halb rechnete er damit, dass Eales ein Auge aufschlug und noch einmal seine Lieblingsverse rezitierte:

Und nehm ich mir jemals ein Weib,
Dann nur des Gastwirts Töchterlein,
Denn dann trink ich eiskalten Schnaps
Und lass es mir angenehm sein.

Plötzlich fiel ihm ein, dass die Autobatterie fast leer war, und ein Schauer lief ihm über den Rücken. Wenn er zu oft den Zündschlüssel drehte, würden alle Dorfbewohner, die sich in ihren Betten herumwarfen, ahnen, wessen Auto da Schwierigkeiten machte. Er ließ das Seitenfenster herab und schob den Wagen so auf die Straße, dass er in Fahrtrichtung auf der abschüssigen Strecke am westlichen Ende des Dorfes stand. Wenn er die Häuser hinter sich gelassen hätte, würde er den Wagen anrollen lassen, vor der Umgehung kehrtmachen und die Straße nach Garron nehmen, ohne noch einmal ins Dorf zurückzufahren.

Er war schon fast auf dem Weg, als ihm einfiel, dass er den Spaten vergessen hatte. Na, großartig! Er ging in die Garage zurück und holte einen Spaten, zur Sicherheit auch noch ein Torfeisen sowie eine Taschenlampe, die er eventuell gebrauchen konnte. Er schaltete in den zweiten Gang, trat die Kupplung durch und ließ den Wagen den Abhang hinunterrollen. Auf halber Strecke, als der Wagen Fahrt aufnahm, ließ er die Kupplung kommen. Der Motor sprang sofort an, und ein Triumphlied im Herzen, war er auf und davon.

Die Straße, die aus dem Tal nach Garron führte, stieg eine Meile lang steil an. Mit durchgedrücktem Gaspedal fuhr er im dritten Gang und genoss die kühle Nachtluft, die zum offenen Fenster hereinwehte. Er blickte hinab in das zurückweichende Tal zur Linken. Auf der gesamten Länge des Nordbergs war kein einziges Licht zu sehen. Wahrscheinlich hatte der stets wachsame McGing seiner Frau den Rücken zugedreht und träumte von Sugillation, Saponifikation und einem Dutzend weiterer forensischer Geheimnisse, auf die es zu seinem Verdruss wenig ankam, wenn er Männer wegen Schwarzbrennens oder Radfahrens ohne Licht verwarnte – Delikten, die er für unter der Würde eines seriösen Polizisten hielt, wie er einer war. Wenn er wüsste, was für eine goldene Gelegenheit er verpasste!

Bald hielt Roarty geradewegs auf die schwarzen Wolken im Osten zu. Zu beiden Seiten der Straße erstreckten sich düstere heidebewachsene Hügel. Einmal musste er wegen zweier Hammel, die tollkühn mitten auf der Straße schliefen, in den zweiten Gang herunterschalten. Dann hatte er nach einer scharfen Kurve plötzlich das Hochplateau des Torfmoors erreicht, das die Zwillingsgemeinden Glenkeel und Glenroe voneinander trennte. Von der Hauptstraße bog er in eine schmale Torfstraße, kaum besser als ein Feldweg. Die Binsen am Wegrand streiften Kotflügel und Türen. Über den Hügelkamm zu seiner Linken krochen die tastenden Strahlen von Autoscheinwerfern. Er hielt an, schaltete sein eigenes Licht aus und wartete, bis der Wagen auf der Hauptstraße Richtung Tal vorübergefahren war. Er war gerade noch rechtzeitig von der Straße nach Garron abgebogen.

Er überlegte, wessen Auto es wohl gewesen sein mochte, fuhr weiter und parkte an der Stelle, wo gewöhnlich die Traktoren wendeten. Als er Motor und Schweinwerfer ausgeschaltet hatte, legte sich die dichte Schwärze der Nacht auf seine Augen. Das Moor lag still, der Himmel hing tief und undurchlässig, die Luft war drückend und klamm. Er lauschte angestrengt, aber kein Tier regte sich, nicht einmal Insekten. Und doch fühlte er sich nicht allein. Es kam ihm vor, als starrten ihn aus der Finsternis tausend unsichtbare Augen an. Er versuchte, sich zu beruhigen, indem er sich sagte, dass das gesamte Torfmoor schlief; dass nur er auf den Beinen war.

Er hievte die Leiche aus dem Kofferraum, legte sie sich über die Schulter, sodass Eales' Arme über seinen Rücken baumelten, und packte Beine und Reisetasche mit der Rechten, während er Spaten und Torfeisen in der Linken hielt. Vorsichtig überquerte er den schmalen Entwässerungsgraben neben der Torfstraße und machte sich auf den Weg durchs Moor. Er setzte seine Schritte sehr vorsichtig, damit er nicht über einen Eichenstumpf stolperte oder in ein Loch oder einen Graben fiel. Es war so dunkel, dass er die Torfhaufen erst erkennen konnte, wenn er direkt neben ihnen stand. Bald befand er sich auf dem offenen Moor, das sich zwei Meilen weit vor ihm erstreckte, flach und öde. Er würde Eales in der Mitte vergraben, an einer abgelegenen Stelle, die kein menschlicher Fuß je betreten hatte, vielleicht mit Ausnahme eines Schafzüchters, der ein verirrtes Mutterschaf oder einen Hammel suchte. Er erschrak zu Tode, als mit gespenstischem Quorren eine aufgescheuchte Schnepfe aufflog. Die armen Viecher hatten einen schwierigen Sommer. Sie bevorzugten feuchten oder morastigen Boden, doch inzwischen waren selbst die Moore nahezu ausgetrocknet.

Als er eine Meile gegangen war, prüfte er mit dem Stiefel die Beschaffenheit des Bodens und warf seine Last mit dem Gefühl wohlverdienter Erleichterung ab. Nachdem er seine Blase entleert hatte, begann er, auf einer Fläche von zwei mal einem Meter, gerade breit genug, dass er bequem graben konnte, die Moosnarben abzutragen. Die verschlungenen Wurzeln des Moorgrases waren so hart, dass er den Spaten jedes Mal mit aller Kraft in den Boden rammen musste. Bald floss ihm der Schweiß in Strömen über die Stirn und in den Bart, aber er arbeitete wie ein Besessener, bis er zwei Spatentiefen ausgehoben hatte und sich dem Torfeisen zuwenden konnte, das er dem Spaten vorzog. Trotz des trockenen Wetters der letzten vier Monate enthielten die unteren Schichten des Torfmoors erstaunliche Mengen Wasser, und binnen kurzem waren Hemd und Hose, wo sie sich an den Seitenwänden des Grabes rieben, völlig verschmutzt.

Als seine Schultern bis zum Grubenrand reichten, hörte er auf zu graben. Er bettete Eales, dessen Kopf noch immer die Plastiktüte zierte, rücklings in die Grube und legte ihm die Reisetasche auf die Brust. Es wäre Heuchelei gewesen, innezuhalten und ein tiefempfundenes Gebet über seiner sterblichen Hülle zu sprechen, und so füllte er das Grab sogleich wieder mit Erde und bedeckte es mit den Moosnarben. Zuletzt stampfte er die Moosnarben mit seinen Stiefeln fest. Dann blieb er einen Augenblick auf seinem Werk stehen und kostete die Elastizität des Bodens unter seinen Füßen aus. Es war eine jener seltenen Gelegenheiten, da eine denkwürdige Erkenntnis angebracht gewesen wäre, doch ihm kam nur der Gedanke, dass aus Eales im Handumdrehen das malerischste Wollgras in die Höhe schießen würde.

Inzwischen war sein dringendster Wunsch, ohne irgendwelche Zwischenfälle nach Hause zu gelangen und sich einen vierfachen Whiskey einzuschenken. Eine überwältigende Müdigkeit war ihm in Beine und Arme gekrochen, doch er riss sich zusammen und machte sich, Spaten und Torfeisen auf der rechten Schulter, auf den Rückweg zum Auto. Als er sich der Stelle näherte, wo er den Wagen geparkt hatte, tauchte am südlichen Himmel ein verschwommener Klecks gespenstischen Lichts auf. Einen flüchtigen Moment lang zeigte der Mond sein verhülltes Gesicht, und aus den Augenwinkeln nahm er etwas wahr, das einer Bewegung ähnelte. War es hinter dem nächsten Torfhaufen verschwunden? Seine Hand schloss sich fester um den Spaten, als er zu der Stelle hinüberschlich. Er lehnte sich gegen den Haufen und lauschte auf die schwächste Regung, das leiseste Geräusch. Er ging um den Haufen herum. Es war seine überreizte Einbildungskraft. Da war niemand. Wer in aller Welt sollte auch um diese Zeit unterwegs sein? Jemand, der den Torf eines Nachbarn stahl? Selbst das war höchst unwahrscheinlich. Mit größter Willensanstrengung verbannte er den beunruhigenden Gedanken aus seinem Kopf. Als er beim Auto ankam, schlüpfte er aus seinen verschmutzten Kleidern, verstaute sie im Kofferraum und zog sich ein sauberes Hemd und eine saubere Hose an.

Es war fast vier Uhr, als er nach Hause kam. Als er die Garagentür schloss, traf ihn ein schwerer Regentropfen im Nacken. Er achtete nicht darauf, sondern ging geradewegs in die Schankstube und goss sich ein halbes Glas Whiskey ein. Es gab einige Dinge, die er zu erledigen hatte: den Boden aufwischen, wo Eales zusammengebrochen war, ein Bad nehmen, die Hose und das Hemd verbrennen, die er bei der Beerdigung getragen hatte. Andernfalls würde er, sollte es zu einer Untersuchung kommen, nur mit Mühe erklären können, weshalb sie so torfverkrustet waren. Er beschloss jedoch, auf den Morgen zu verschieben, was er nicht noch in der Nacht verrichten musste. Er würde rechtzeitig zur Elf-Uhr-Messe aufstehen, den Pub, als wäre es ein ganz normaler Sonntag, wie gewöhnlich um zwölf Uhr öffnen und seinen Gästen ein Bild der Gelassenheit und unbeschwerter Jovialität bieten. In den »heiligen Stunden« zwischen zwei und vier, wenn alle guten Katholiken zu Mittag aßen, würde er sich um alles Notwendige kümmern.

Er sehnte sich nach Schlaf und Vergessen; nun aber, da das nächtliche Unternehmen ausgestanden war, rasten seine Gedanken wie verrückt, hielten sich mit Einzelheiten auf und stellten sogar sein Urteilsvermögen in Frage. Er legte die Schallplatte mit Schumanns Cellokonzert auf den Plattenspieler und zog sich ins Bett zurück, wo er an seinem Whiskey nippte und der immer wiederkehrenden Trauer des ersten Satzes lauschte. Er fragte sich, ob Schumann mit einem geradezu unheimlichen Verständnis seinen verwirrten Gemütszustand vorausgeahnt haben könnte. Er brauchte zwiespältige Musik, Klänge, die flüchtigen Einblick in den Himmel gewährten und zugleich auf die Düsternis im unergründlichen Brunnen des Lebens verwiesen. In dieser Hinsicht war Schumann der Komponist par excellence, besonders der Schumann des Cellokonzerts. Nirgendwo war der Kampf zwischen Licht und Dunkel, zwischen Bewusstem und Unbewusstem heftiger als bei Schumann; und doch drückte er sich nicht als Kampf aus, sondern als Verschmelzung von Gegensätzen, die den Geist mit der Andeutung anderer, weniger »unvollendeter« musikalischer Möglichkeiten quälten. Ihm zuzuhören war, als blicke man in einen Brunnen, nachdem ein Kieselstein die glatte Wasseroberfläche durchstoßen hat: Es soll sich ein genaues Spiegelbild formen, doch die Kreise, die der Stein zieht, verzerren das Bild und täuschen den Verstand, der vordergründige Symmetrie sucht. Doch wenn man genau hinsah, war es möglich, einen vagen Eindruck des Spiegelbilds zu bekommen. Das Bild mochte noch so wellig sein, es war als etwas zwar Fernes, aber zutiefst Persönliches zu erkennen.

Dankbar auf die rhythmischen Verkürzungen lauschend, schloss er die Augen, während seine Finger das Glas auf dem Nachttisch umfassten. Als er die Augen wieder aufschlug, war er sich nur noch eines schneidenden Schmerzes in seinem Rektum bewusst, eines stark brennenden Schmerzes. Er schmeckte salzige Tränen, die ihm über die Wangen in den Mund liefen. Er musste wohl eingeschlafen sein. Die Schallplatte war zu Ende, und er konnte sich nicht daran erinnern, den letzten Satz gehört zu haben. Er knirschte mit den Zähnen und drückte fest, als könnte er damit den Schmerz vertreiben. War dies etwa seine irdische Strafe, eine Heimsuchung durch den unbesiegten Feind, auf die eine Kolostomie folgen würde, um ein Leben zu verlängern, das nicht mehr verlängernswert war? Allmächtiger Gott! Als Strafe passte es eher zu Sodomie als zu Homizid. Zusammengekrümmt tastete er sich im Dunkeln zur Toilette und setzte sich auf die nackte Kloschüssel, zu sehr in seine Schmerzen versunken, um den hölzernen Sitz herunterzuklappen. Jetzt verlangte es ihn nach einer elefantösen Darmentleerung, mit der der Grundschmerz, der die Wurzeln seines Verstandes bedrohte, in einer donnernden Lawine ausgeschieden würde. Er drückte und drückte, aber es kam nichts. Eine zivilisierte Gottheit würde als gebührende Strafe doch keinen Phantomstuhlgang über ihn verhängen, der ihn bis ans Ende der Zeit folterte und quälte! Falls es in der Welt so etwas wie göttliche Gerechtigkeit gab, bestand sie gewiss nicht darin. Er drückte erneut, bis ihm das Blut ins Gesicht stieg. Unangekündigt und unerwartet fegte ein gewaltiger Furz, wie ein Schuss aus einem Gewehrlauf, durch seinen Hintern und vertrieb im Nu fast jede Erinnerung an den Schmerz. Welch himmlische Erleichterung! Es war, als wäre er an der Schwelle des Todes begnadigt worden. Die Abwesenheit irdischer Schmerzen war paradiesische Freude. Eales würde nie wieder Schmerz empfinden. Aber auch diese Freude würde er nicht empfinden. Was Roarty getan hatte, war keine perfekte Lösung. Er hatte Cecilys Reinheit größeren Wert beigemessen als Eales' verderbten Gelüsten, und welcher Vater – gewiss nicht der himmlische Vater – konnte ihm deswegen Vorwürfe machen? Das menschliche Leben, das wusste jeder Theologe, war von Natur aus unvollkommen. Er hatte lediglich den am wenigsten unvollkommenen Weg gewählt.

Gerade wollte er zu Bett gehen, als er merkte, dass er sich im Zentrum eines wasserfallartigen Wolkenbruchs befand. Ein Donnerschlag, ein berstendes, splitterndes Geräusch erinnerten ihn an seinen Baum. Er trat ans Fenster und zog die schweren Vorhänge zurück. Sie waren steif vor Nässe, und der Teppichboden unter seinen Füßen war durchtränkt. Der Regen fiel nicht in Tropfen vom Himmel, sondern wie ein spritzender Sturzbach, der durchs offene Fenster hereindrang und ihm über Gesicht und Hals lief. Die Nacht wurde von einem Donnerkeil nach dem anderen erschüttert, der Himmel von fliehendem Licht zerrissen, das weder Muster noch Methode erkennen ließ, weder Anfang noch Ende zu haben schien.

Er zog seine Hausschuhe an, ging nach unten und hinaus in den Garten. Es war eine halbe Stunde vor Morgengrauen; er konnte eben die dunklen pyramidenförmigen Umrisse des kranken Baumes ausmachen. Bald war er von Kopf bis Fuß durchnässt, als habe ihm jemand einen Eimer Wasser über den Kopf geschüttet. Unter dem Nadelbaum blieb er stehen. Der Regen bildete Rinnsale auf seinem Gesicht und seiner Brust, und er stellte sich vor, wie das himmlische Wasser von den zundertrockenen Nadeln aufgesogen und ins Splintholz und weiter ins Kernholz geleitet wurde. Der Himmel über ihm war ein Flammengewölbe. Er malte sich das Dunkel über dem Torfmoor aus, wie es von bläulichem Licht zerrissen wurde und wie das Wasser durch Bachläufe floss, wo es nie zuvor Bachläufe gegeben hatte, wie es Fußspuren verwischte, die Moosnarben anschwellen ließ, sein Geheimnis tiefer begrub und einen Grund unergründlich machte. Alles endete so unvermittelt, wie es vermutlich begonnen hatte. Das Prasseln und Platschen verminderte sich zu einem Gestöber von Tropfen. Das Wasser, das jetzt noch vom Baum stürzte, erinnerte ihn das Rauschen des Blutes in seinen Ohren.

Als der Sturm nach Nordwesten abzog, ging Roarty wieder ins Haus, trocknete sich mit verschwenderischer Fürsorge ab und legte sich nackt ins Bett. Er erwachte bei Tageslicht, erquickt von einem traumlosen Schlaf. Nach einem üppigen Frühstück aus Blutwurst, Speck, Eiern und Tomaten ging er wieder in den Garten, um den frischesten, berauschendsten Geruch in der Welt zu riechen, den Geruch der Erde nach dem Regen. In der Hitze der Vormittagssonne verströmten Blumen, Gräser und Blätter nach der langen Dürre einen zarten Duft, der sein Gedächtnis von den letzten Resten der Unruhe reinigte. Es war, als hätte er von Eales und seinen Obsessionen nur geträumt. Er war wieder stark und entschlossen. Inzwischen kam es ihm vor, als gäbe es nichts, wozu er nicht imstande war.

VIER

Vor dem Abendessen hätte Potter gern gebadet, doch ein Badezimmer gehörte nicht zu den Annehmlichkeiten des Cottage, das er von Rory Rua gemietet hatte. Als Notlösung hatte er mit Roarty vereinbart, einmal die Woche dessen Badezimmer benutzen zu dürfen; und obwohl Sonntag nicht sein regulärer Badeabend war, holte er sein Handtuch hervor, wickelte es um eine Flasche Badeöl und legte für alle Fälle beides ins Auto.

Er war seit Mai im Tal, und Roarty und seinem Pub sei Dank hatte er nach drei Monaten allmählich das Gefühl, kein Fremder mehr zu sein. Im ersten Monat hatte er McGonigle's am oberen Ende des Dorfes aufgesucht, in dem vor allem Schafzüchter aus den Tiefen des Nordbergs verkehrten, die sich hauptsächlich über unfruchtbare Zibben, Leberegel, Scrapie und Weidetetanie unterhielten. Abend für Abend hatte er dem Singsang ihrer Gespräche gelauscht, bedauert, dass seine Kenntnisse der Schafschur und des Räudebads so mangelhaft waren, und sich gefragt, ob sie sich vielleicht für die Probleme des Rasenmähens in Londoner Vororten interessierten. Eines Abends war er zur Abwechslung in Roarty's gegangen und nie wieder zu McGonigle's zurückgekehrt.

Roarty's war kleiner und verräucherter, mit altmodischem Steinfußboden und einer Schankstube, die so eingerichtet war, dass die Farmer und Fischer aus den Küstengemarkungen, die dort ihre Getränke zu sich nahmen, alle an derselben Unterhaltung teilhaben konnten. Wer immer sie konzipiert hatte, hatte sich vermutlich nicht allzu viele Gedanken darüber gemacht, aber einen Ort für geselliges Miteinander geschaffen, nach dem so mancher weltläufige Architekt vergebens strebte. An seinem ersten Abend hatten die Gäste ihn beim Eintreten gemustert und dann ihr Gespräch fortgesetzt, als ob sie ihn nicht gesehen hätten. Er bestellte einen großen Scotch und präzisierte nachträglich: einen Glenmorangie, den Roarty aus einer Flasche einschenkte, die auf dem obersten Regal Staub angesammelt hatte. Ein kleiner, hungrig aussehender junger Mann, den er später als Cor Mogaill kennenlernen sollte, blickte lächelnd zu ihm auf und sagte: »Ich habe mich oft gefragt, wie viele Jahrhunderte ein Volk braucht, um Ihre Aussprache des Wortes ›Scotch‹ zu entwickeln.«

»Ich denke, nicht länger, als Sie gebraucht haben, um Ihre Aussprache des Wortes zu entwickeln.« Er wollte sich nur ungern in eine Diskussion über Sozialgeschichte hineinziehen lassen, die zu einem politischen Streit eskalieren mochte.

»Sie müssen Engländer sein«, sagte Cor Mogaill. »Höre ich aus Ihrem Akzent den Tonfall der Home Counties heraus?«

»Ja, ich bin Engländer. Es freut mich, dass Sie's erraten haben.«

»Dann sagen Sie mir das englische Wort für *ruamheirg*«, meinte der junge Mann mit Unschuldsmiene.

Die anderen Gäste wandten die Köpfe und betrachteten Cor Mogaill und Potter mit staunendem Vergnügen.

»Wenn Sie mir sagen, was das ist, könnte ich Ihrer Bitte womöglich nachkommen«, erwiderte er trocken.

»Es ist eine Fangfrage«, sagte ein hochgewachsener Mann mit traurigem Gesicht, der neben ihm stand und von dem er später erfuhr, dass es Gimp Gillespie war. »Eine Frage ohne klare Antwort.«

»Es muss ein englisches Wort dafür geben«, sagte Potter mit einem Anflug von Chauvinismus, der den Gästen nicht verborgen blieb.

»Es ist das rötlich-braune Wasser, das man hier in Bergbächen findet, die über eisenerzhaltigen Boden fließen. Rostiges Wasser, könnte man sagen, aber die wörtliche Bedeutung von *ruamheirg* ist ›roter Rost‹.«

»Ich bin mir sicher, dass es ein englisches Wort dafür gibt«, beharrte Potter. »Ich kenn's bloß nicht.«

Auf diese Weise hatte er Bekanntschaft mit Gimp Gillespie geschlossen, der inzwischen sein Zechkumpan geworden war. Gillespie war ein Journalist, der sich über sein Handwerk keine Illusionen machte; er frequentierte Roarty's nicht nur, um seine überaktiven Sinne zu betäuben, sondern auch, um die paar Neuigkeiten aufzuschnappen, die es im Tal gab. Gillespie erzählte ihm, der hungrig aussehende junge Mann sei der Dorfintellektuelle, und »das englische Wort für *ruamheirg* finden« sei ein lokaler Ausdruck für »das Unmögliche versuchen«.

»Wenn ich das englische Wort gewusst hätte, wäre ich also ein Lokalheld?«

»So ernst nehmen wir's nun auch wieder nicht«, erklärte Gillespie. »Es gibt bestimmte Schlüsselwörter, die in unseren Gesprächen immer wieder fallen. *Ruamheirg* ist eins davon, und *cál leannógach* ist ein anderes. Immer, wenn wir sie hören, müssen wir lachen. Sie unterhalten uns in den langen Winternächten. Wenn Sie hier Spaß haben wollen, sollten Sie lernen, Wörter wie *ruamheirg* unterhaltsam zu finden.«

Er betrachtete Gillespies schwermütiges Gesicht und überlegte, ob er richtig reagiert hatte. War all dieser Unsinn ein Beispiel für kläglichen irischen Humor, oder hielt man ihn, wie freundlich auch immer, zum Besten? Er war sich nicht sicher, und er hatte den Eindruck, dass es einerlei war. Er freute sich, jemanden kennengelernt zu haben, in dessen Gesellschaft er sich wohlfühlen konnte.

»Sind alle Ihre Schlüsselwörter auf Irisch?«, fragte er.

»Meistens sind es irische Wörter, für die es kein englisches Äquivalent gibt. Die einzige Ausnahme, an die ich mich erinnern kann, ist *replevy*.«

»*Replevy?* Ich habe von *replevin* gehört, ein juristischer Begriff. Hat mit der Herausgabe gepfändeten Hab und Guts zu tun.«

»Hier meinen wir damit ein lautes Geräusch. Wenn Sie das Missgeschick erleiden sollten, in Gesellschaft heftig furzen zu müssen, könnte Cor Mogaill sagen: ›Potter hat einen *replevy* herausgegeben, der Tote aufwecken würde.‹«

»Ich frage mich, was die Anwaltskammer dazu sagen würde.«

»Ich dachte nur, ich sollte es erwähnen, um Ihnen eine mögliche Verwechslung zu ersparen.«

»Sehr zuvorkommend von Ihnen«, sagte Potter.

Er merkte, dass er eine Art Initiation durchlaufen hatte. Von nun an betrachteten sie ihn als einen der Ihren, zumindest hatte es den Anschein. Sobald er den Pub betrat, schenkte ihm Roarty unaufgefordert seinen Lieblingsscotch ein, und die Stammgäste verwickelten ihn in ihre Streitgespräche, als wäre er ein Landbewohner wie sie. Wie zu erwarten, drehten sich ihre Gespräche um Ländliches, oft um Themen, die den letzten Beitrag auf der Leserbriefseite der *Times* ausmachen mochten. Weitschweifig erörterten sie, ob Wildenten deswegen gemeinsam mit Brachvögeln fraßen, weil Letztere so wachsam waren. Ein oder zwei von ihnen brachten vor, dass die Brachvögel als Wachposten für den ganzen Schwarm agierten, während die Übrigen behaupteten, Brachvögel seien zu laut und zu unruhig, um anderen

Wildvögeln problemlos als Weggefährten zu dienen. Der Kern solcher Streitgespräche bestand darin, dass keiner die Antwort wusste, und aus diesem Grund wurden Potters olympische Urteile dankbar aufgenommen.

Er drehte sich zum Küchenfenster und blickte auf die Felsen und Hügel, die zum Meer hin steil abfielen. Die Wellen blitzten im Schein der untergehenden Sonne, und in der Bucht hob Rory Rua, der ein rotes Hemd trug, Hummerkörbe aus dem Wasser. Es wäre schön, in Roarty's am Westfenster zu sitzen und gemächlich einen Scotch zu trinken, während der Abend in die Nacht überging, dachte er. Nach ein, zwei Gläsern würde er baden, und nach noch ein paar Gläsern würde er nach Hause gehen und den Hummer kochen, den Rory Rua ihm am Morgen geschenkt hatte. Er zog die Tür zu, froh, dass er nicht abzuschließen brauchte, denn Einbrüche waren im Tal unbekannt. Nach dem Regen der vergangenen Nacht war es nun wieder ein herrlicher Abend, und er fuhr langsam ins Dorf und genoss den Ausblick auf den Nordberg, ein Puzzle aus Feldern, Straßen und Cottages. Aus den Schornsteinen stieg hier und da eine gerade Rauchsäule.

Um diese Zeit war die Schankstube gewöhnlich leer; die Stammgäste trafen nie vor neun Uhr ein. Roarty würde allein sein, da Eales an Sonntagabenden immer tanzen ging; und wenn Roarty allein war, ergab sich sicher die Gelegenheit für ein unkonventionelles Gespräch. Dank seiner Enzyklopädie war er eine Schatztruhe an unnützen Informationen. Er konnte über alles reden, von Phlogiston bis zu Fischgerichten, doch sein Lieblingsthema waren alkoholische Getränke und all ihre Begleiterscheinungen, alte wie moderne – Pins, Firkins und Hogsheads oder Oxhoft, Fasshähne, Propfen und Spünde, ganz zu schweigen von Kilderkin, Tierze und Puncheon. Wenn Roarty über die Wirkung des irischen Whiskeys auf die dunkle Seite der keltischen Seele dozierte, konnte Potter ihm stundenlang zuhören; und seine Kenntnisse auf dem Gebiet der Fischerei und der Jagd waren unübertroffen.

Er parkte seinen Wagen gegenüber dem Pub, wo die Straße am breitesten war, und zog beim Eintreten unter dem niedrigen Türsturz den Kopf ein. Roarty war in die Sonntagszeitungen vertieft, während Gimp Gillespie am Westfenster saß und nachdenklich einen cremigen Pint betrachtete, der vor ihm auf dem Tisch stand.

»Hab gar nicht mit dir gerechnet um diese Zeit«, sagte er.

»Mir war vor dem Abendessen nach einem Gläschen zumute, und ich hatte keinen Scotch im Haus.«

Vergnügt lauschte er Gillespie, der die Nachsicht irischer Junggesellen angesichts der Raffgier der Dorfwitwen pries. »Auf den Geschmack sind sie durch ihre verstorbenen Ehemänner gekommen, und jetzt sind sie so unersättlich wie Süchtige«, sagte er. Gillespie war ein gewandter Gesprächspartner; alles, was er sagte, hatte etwas Grüblerisches, was noch der unbeschwertesten Bemerkung eine tiefere Bedeutung verlieh, die sich auch in der Schwermütigkeit seines langen Gesichts spiegelte; dennoch war er jederzeit zu einem Lachen bereit.

Roarty saß auf seinem Barhocker hinter dem Tresen und hielt die Zeitung auf Armeslänge, während er las. Selbst in dieser zusammengekrümmten Haltung wirkte er imposant. Er war hochgewachsen, breitschultrig, glatzköpfig und bärtig, und er strahlte eine Ruhe aus, die Potter an frühe Morgenstunden auf dem Berg erinnerte. War es die Ruhe der Selbstbeherrschung oder der Selbstversunkenheit, fragte er sich müßig. Wenn man Roarty auf der Straße begegnete, fiel einem als Erstes sein krummbeiniger Gang auf; doch wenn er hinter dem Tresen saß, konnte man nur die obere Hälfte seines Körpers sehen, und dann war es sein mächtiger Schädel, der beeindruckte. Es war ein edles Haupt mit einem angegrauten Bart, aus dessen Tiefen eine sandgestrahlte Pfeife mit geradem Stiel ragte. Ohne Bart hätte er ein rotes Gesicht gehabt. So aber kontrastierte die Wangenröte des geübten Trinkers nicht nur aufs Sonderbarste mit der blassen Haut seines kahlen Schädels, sondern auch mit seinem grauen Bart. Der war so buschig, das er die eng anliegenden Ohren verbarg. Wenn man Roarty direkt ins Gesicht blickte, sah man sie nicht und hatte das Gefühl, dass etwas fehlte – dieser Eindruck machte seinen Kopf zu etwas Besonderem, das im Gedächtnis haften blieb.

Wenn er einen Pint Stout zapfte, behielt er mit schief gelegtem Kopf den aufsteigenden Schaum im Blick, und die Art, wie er seine halb versteckten Lippen verzog, verriet ernste Sorge. Wenn der Pint dann aber eine cremige Schaumkrone hatte und er dem erwartungsvollen Gast das Glas hinstellte, leuchteten seine Augen für einen Moment auf. In solchen Momenten hatte man das Gefühl, dass er eines pessimistischen Charakterzugs wegen mit einem so perfekten Pint nicht rechnete und die erfolgreiche Kombination von Brauereitechnik und eigener Zapfkunst ihn stets aufs Neue überraschte. Hatte er den Pint serviert, streckte er eine große Hand mit gepflegten Fingernägeln aus und nahm das Geld mit einer Zerstreutheit entgegen, die die Transaktion all jener Aspekte beraubte, die an den kaltblütigen Eigennutz des Kommerzes erinnerten.

In Redeweise und Körperhaltung unterschied er sich sehr von den Farmern und Fischern auf der anderen Seite des Tresens, zähen, knochigen Männern, die, ohne lange nachzudenken, bei jeder Witterung ins Freie gehen. Es waren Männer, bei deren Anblick Potter an kahles Hochland, graue Felsen und einsame Bergstraßen denken musste. Selbst im

Zwielicht des Pubs behielten sie ihre tief ins Gesicht gezogenen Schirmmützen auf, und obwohl man mitunter sah, dass sie darunter hervorblinzelten, hatte ihr Blick etwas Unnachgiebiges, als glaubten sie, durch Beobachtung den beobachteten Gegenstand verändern zu können. Ihre hageren Gesichter waren mit Spinnennetzen tief eingegrabener Falten überzogen, die sich von den Augenwinkeln verzweigten oder kreuz und quer über ein stoppeliges Kinn verliefen und den edlen Gleichmut ausdrückten, mit dem sie den unablässigen Widrigkeiten des Lebens begegneten. Bei Roarty hingegen deutete alles auf ein unbeschwertes Dasein hin. Er war eher fleischig als drahtig, ein Mann, der noch nie Sonne oder Wind abbekommen hatte, es sei denn, aus freien Stücken.

»Wo steckt denn Eales heut Abend?«, fragte Gillespie.
»Beim Tanz in Glentis, was?«
»Ich wünschte, ich wüsste es.« Mit ungeduldiger Miene ließ Roarty die Zeitung sinken. »Als ich heute Morgen aufgestanden bin, war sein Zimmer leer, das Bett unberührt. Wo immer er hingegangen ist, seine Reisetasche hat er mitgenommen.«

»Willst du damit etwa sagen, dass er abgehauen ist?«
»Ich weiß nicht, was ich sonst denken soll.«
»Und der Mistkerl schuldet mir 'nen Fünfer!«, sagte Gillespie.
»Das ist die jüngere Generation! Ohne jeden Verantwortungssinn«, sagte Roarty mit Gefühl.
»Ich hätte es wissen sollen. Traue niemals einem Mann aus Kerry, selbst wenn er in jungen Jahren eingefangen wurde.« Traurig durchsuchte Gillespie seine Brieftasche.
»Er muss sich davongemacht haben, nachdem ich ins Bett gegangen bin«, brummte Roarty.
»Bei dem Regen hätte er nicht zu Fuß über den Hügel gehen können. Jemand muss ihn mitgenommen haben.«

»Hinter alledem steckt eine Frau«, meinte Gillespie zu wissen. »Hab noch nie 'nen Mann gekannt, der so den Frauen verfallen war. Konnte auf der Straße keinem Mädchen begegnen, ohne ihr einladende Blicke zuzuwerfen. Sechsundsechzig gleich sechsundvierzig gleich sechzehn – das war seine Philosophie. Es heißt, er hätte sogar ein, zwei Schulmädchen flachgelegt.«

»Jedenfalls hat er mich hängen lassen«, sagte Roarty. »Wenn ihr von jemand hört, der 'nen Job als Barkeeper sucht, gebt mir Bescheid.«

Als Potter nach einem weiteren Glas nach draußen ging, um sein Handtuch und das Badeöl aus dem Auto zu holen, traf er auf Cor Mogaill, der, einen Rucksack auf dem Rücken, den Auspuff seines Volvos betrachtete. Potter ignorierte ihn und öffnete die Wagentür, aber Cor Mogaill ließ den Auspuff nicht aus den Augen. Es gab gewisse Dinge bei den Iren, die er nie verstehen würde. Potter legte sich eine halbe Stunde lang in die Badewanne und blickte durch das offene Fenster in den Abendhimmel, der sich im Westen von verwaschenem in sattes Rosa verwandelte. Zwischen Himmel und Fenster stand eine Eberesche, und auf dem obersten Ast sang eine Amsel aus voller Herzenslust, und Spatzen und Drosseln verstummten vor Bewunderung. Es lag ein Zauber über den Abenden Donegals, über der leuchtenden Dämmerung, die lange genug währte, um wie Tage in Miniaturform zu wirken. Potter seifte sich die Arme ein und dachte an den langen Abend, der ihm bevorstand, und er wusste, dass sein Abendessen bis zur Sperrstunde würde warten müssen.

»Irland ist voller Wunder«, sagte er zu Gillespie, als er zurückkehrte. »Gerade habe ich Cor Mogaill getroffen, der in den Auspuff meines Wagens starrt.«

»Cor Mogaill schaut in den Auspuff unter den Autos anderer Leute, wie ein Journalist nach einem Wort im Wörterbuch schaut.«

»Oder unter den Rock einer Frau?«, schlug Potter vor.

»Du meinst, eine sexuelle Fixierung?«

»Zweifellos. Wie interessant, dass sich die Liebe zu Autos auf so extreme Art manifestiert – und ausgerechnet im ländlichen Irland.«

»Noch dazu bei einem Mann, der auf einem Damenrad fährt.«

»So etwas gäbe es in England nicht. Ich kenne etliche Spießer, deren Leben ihr Auto ist. Sie reden darüber, sie träumen davon, sie kopulieren darin, und wenn sie sonntags ins Grüne fahren, bleiben sie darin sitzen und essen Sandwiches. Aber keiner von denen käme auf die Idee, in den Autoauspuff eines anderen zu schauen.«

»Ihr Engländer seid so kultiviert!«

»Oder vielleicht sind wir uns einfach nur unserer Sexualität bewusst. Hast du je daran gedacht, einmal etwas über unseren gelehrten Freund zu schreiben? Eine kurze Studie über die Liebe zum Auto unter besonderer Berücksichtigung der Auspufferotik – oder sollte ich sagen: der Analfixierung?«

»Aber das hieße Scherbengericht und Exkommunikation riskieren!«

»Cor Mogaill sieht sich als Dorfintellektuellen, aber meiner Meinung nach ist er eher der Dorfidiot.«

»Ein Idiot ist er nicht«, sagte Gillespie nachdenklich. »Aber auf jeden Fall der Dorfatheist.«

Bis auf einen hartnäckigen Streifen Rosa im Westen hatte der Himmel sich verdunkelt. Die warme Brise, die durchs Fenster hereinstrich, hüllte beide in einen Kokon des Wohlbehagens. Der Pub war gut besucht, aber nicht überfüllt, und Roarty hatte ein halbes Dutzend Pintgläser zum Nachzapfen aufgereiht.

»Hier, was zum Kauen – *duileasc*«, sagte Crubog, der sich zu ihnen gesellt hatte.

»Was ist das?«, fragte Potter leicht argwöhnisch.

»Dulse. Lappentang – Rotalgen, die hier an den Felsen wachsen.«

»Ist das gut für die Virilität?«, erkundigte sich Potter.

»Was ist Virilität?«, fragte der alte Mann.

»Wirkt man attraktiver auf Frauen?«, brüllte Potter ihm ins Ohr.

»Nein, gut gegen Würmer. Wenn Sie morgens als Erstes und abends als Letztes eine Handvoll *duileasc* essen, scheiden Sie nie wieder Würmer aus.«

»Schmeckt salzig«, sagte Potter. »Da brauche ich doch gleich noch einen Scotch.«

»Aber darüber wollte ich nicht mit Ihnen reden«, vertraute Crubog ihm an. »Seien Sie wachsam, wenn Sie mit Rory Rua zu tun haben. Der ist gierig auf Land. Will mir mein großes Stück Land am Berg abkaufen, und zwar zu 'nem Spottpreis. Er schenkt Ihnen 'nen Hummer, um Sie auf seine Seite zu ziehen, aber glauben Sie mir, in dem seinem Rotschopf steckt Hinterlist.«

»Danke für den Hinweis«, sagte Potter mit einem Lächeln.

»Und noch was. Wenn er Ihnen Purpurtang anbietet – noch so 'ne Algenart –, nehmen Sie ihn ruhig an, aber seien Sie auf der Hut. Danach lässt man donnernde Fürze.«

»Sie meinen natürlich *replevies*«, sagte Potter lächelnd.

»Genau das richtige Wort. Halten Sie sich an *duileasc*. Hier, noch was zum Kauen.«

Potter war überzeugt, dass Crubog auf einen Pint aus war, und nicht in der Stimmung, einen liebenswerten Achtzigjährigen zu enttäuschen.

»Darf ich Ihnen einen ausgeben?«, fragte er und stellte sein leeres Glas auf den Tresen.

»Heute Abend nicht, Sir. Vielleicht in sechs Monaten, wenn Sie mich besser kennen.«

»Du hast Eindruck auf Crubog gemacht«, sagte Gillespie, als der Alte gegangen war. »Das müssen deine anständigen englischen Manieren sein. Trotz seines Alters hat Crubog 'n bisschen was von 'nem Snob. Er findet nur Besucher sympathisch, die den richtigen Ton treffen und den richtigen Gang haben.«

»Ich weiß nicht, ob ich mich geschmeichelt fühlen soll.«

»Bist du Engländer genug, um ihn nicht enttäuschen zu wollen?«, fragte Gillespie mit entwaffnender Direktheit.

»Wäre es unbescheiden von mir, zu sagen, dass ich ihn gewiss nicht enttäuschen werde?«

Er bedauerte seine Äußerung. Gillespies wissendes Lächeln verriet ihm, dass sein Freund ihm eine Falle gestellt hatte. So war Gillespie nun einmal. Schließlich war er Journalist und als Zyniker überzeugt von seiner Fähigkeit, anderer Leute Gedanken durchdringen zu können. Potter legte eine Hand auf Gillespies Ärmel.

»Jetzt muss ich mich mit dringenderen Angelegenheiten befassen«, sagte er und hielt auf die Hintertür zu.

Er ging hinaus in den Garten und stellte sich im Dunkeln unter Roartys abgestorbenen Baum, aber sosehr er sich bemühte, er konnte nicht pinkeln. Er lehnte sich gegen den Baumstamm und fragte sich, weshalb er entkommen, weshalb er einen Moment allein sein wollte. Tränen der Sehnsucht traten ihm in die Augen. Seine Einsamkeit hatte weder mit dem Tal noch mit Irland zu tun. Seit seinem vierzigsten Geburtstag und seit seine Beziehung zu Margaret abgekühlt war, hatte er sie immer stärker empfunden. Obwohl sie nicht verheiratet waren, hatten sie alles gemeinsam unternommen. Anfangs hatte sie ihm zu einem ruhenden Pol verholfen, von dem aus er der Welt die Stirn bieten konnte. Sie hatte ihm Form und Richtung gegeben und ihm etwas von der bedenkenlosen Fröhlichkeit der Jugend wiedergeschenkt, und was noch wichtiger war, sie hatte es unaufdringlich getan, durch ihre bloße Gegenwart und Plauderei.

Damals sprachen sie nie über ihre Gefühle füreinander; meist unterhielten sie sich über die Kleinigkeiten des Alltags, versahen sie mit einem Zauber, der auf Gegenseitigkeit beruhte, verwandelten sie in Symbole, aus denen sie Kraft und Mut schöpften. Dann wurde Margaret völlig unerwartet zu einer Art Vivisezierin. In ihrer Leidenschaft fürs Analysieren begann sie, ihrer beider Leben auseinanderzunehmen. Eines Tages erkannte er, dass die Fähigkeit, sich gegenseitig zu verwandeln, seine ebenso sehr wie ihre, nachgelassen hatte. Gefangen in den Formen innerer Selbsterkundung, waren sie in einem einstmals gemeinsamen Reich zu Umherirrenden geworden und hatten den Flintstein verlegt, der die glühenden Feuer des Lebens entzündet, welche den Weg erhellen. Margaret schlug vor, ein Jahr getrennt zu leben.

»Wenn das Jahr vorbei ist, treffen wir uns wieder und schauen, was passiert«, sagte sie.

»Wo wirst du hingehen?«, fragte er und glaubte, sie hätte eine Antwort parat.

»Bis ich eine eigene Wohnung finde, ziehe ich zu Poppy. Es ist nicht so, wie du denkst. Ich brauche einfach nur mehr Raum, mehr Zeit, um ich selbst sein zu können.«

»Du suchst nach etwas – oder jemandem«, sagte er.

»Ich möchte nicht, dass wir uns entzweien. Wir werden in Kontakt bleiben. Du wirst immer Teil meines Lebens sein.«

»Ist es, weil du ein Baby möchtest, bevor es zu spät ist?«

»Nein, das ist es nicht. Versuch doch zu verstehen, Ken. Bevor ich mit irgendeinem anderen glücklich leben kann, muss ich herausfinden, ob ich allein zurechtkomme.«

Margaret war eine Frau, die sich gern alle Optionen offenhielt. Obwohl sie ihn wegen ihrer Kindheitsfreundin Poppy verlassen hatte, fühlte sie sich außerstande, ihm ganz den

Rücken zu kehren. Dauernd rief sie an, um sich zu erkundigen, wie er zurechtkam, und ihm von all den interessanten Dingen zu erzählen, mit denen sie sich beschäftigt hatte. Sie sah ihn als eine Art Auffangnetz, als jemanden, der sie nie im Stich lassen würde.

An einem Abend, vierzehn Tage, nachdem sie ihn verlassen hatte, rief sie ihn an, als er gerade aus dem Büro nach Hause kam. Sie habe einen Geistesblitz gehabt.»Heute Morgen wusste ich plötzlich, dass ich dir um der alten Zeiten willen ein Abendessen kochen muss«, fügte sie hinzu. Er sagte ihr, sie könne durchaus vorbeikommen, er sei sicher, dass sie im Kühlschrank etwas finden werde, was sie zubereiten könne. Er badete und zog sich ein frisches Hemd an, denn er wusste, wenn er es nicht tat, würde sie ihm vorhalten, sein ursprüngliches Wesen breche wieder durch, womit sie das Wesen des männlichen Höhlenmenschen meinte. Er hörte zwei Sonaten von Scarlatti an, während er auf ihr Klopfen wartete, und verfolgte aufmerksam die geschäftsmäßige Art, wie sie schnurstracks auf den Kühlschrank zustrebte, um abzuschätzen, welche kulinarischen Möglichkeiten der Inhalt zu bieten hatte. Sie war nicht beeindruckt.

»Du passt nicht auf dich auf, Ken. Du verwahrlost noch.«
»Ich dachte, wir könnten eine Pizza bestellen«, sagte er. »Die liefern innerhalb einer halben Stunde.«
»Ich lade dich zum Abendessen ein, denn hier gibt es nichts, was man kochen könnte.« Sie ging auf ihn zu und rückte seinen Hemdkragen zurecht. »Wir gehen ins Mazzini, und ich erzähle dir von dem Spaß, den ich gehabt habe. Kaum zu glauben, wie närrisch die Welt geworden ist.«
»Das Mazzini ist zu laut. Im Kühlschrank sind Würstchen. Ich kann dir mit dem Ausbackteig helfen. Ich hab Lust auf Würstchen im Schlafrock, in Restaurants gibt es die nicht.«

Die Schlichtheit seiner Erwartungen hatte eine außerordentliche Wirkung auf sie. Sie lachte, als sie ihn umarmte und ihm einen langen und, für Margaret, ziemlich leidenschaftlichen Kuss gab.

»Ich hoffe, du hast nichts dagegen«, sagte er. »Ich bin einfach zu müde, um noch auszugehen.«

»Ich weiß, worauf du Lust hast, und ich weiß, wie du's magst«, hauchte sie und berührte ihn leicht. »Wir gehen ins Bett und hören deine Musik. Dann mache ich dir dein Trostessen.«

Angesichts ihrer mühelosen Vertrautheit musste er lachen. Aber er wusste, dass sie wusste, was er mochte und wie er es mochte. Was er nicht wusste und niemals wissen würde, war, ob auch sie es mochte. Manchmal argwöhnte er, dass sie ihn im Grunde nur bei Laune halten wollte. Zu anderen Zeiten fragte er sich, ob sie ein Gefühl von gönnerhafter Überlegenheit und Macht empfand, weil sie ihn auf eine Weise kannte, wie keine andere Frau ihn je gekannt hatte.

Im Schlafzimmer stellte er fest, dass sie in voller Montur gekommen war. Sie trug den BH und das Höschen, die er ihr zum Valentinstag gekauft hatte. »Ich dachte, ich verhelfe dir zu einem kleinen Kitzel«, lächelte sie und drehte eine Pirouette, um ihm ihre funkelnde Rüstung vorzuführen. Er wusste, dass sie es gut meinte, dass es ihre Art war, romantisch zu sein, trotzdem fand er es leicht herablassend. Sie würde nie die verletzende Macht ihrer aufgerüschten Pfeile begreifen, Pfeile, die ihren Zweck verfehlten und die in ihm nur die Sehnsucht nach den Tröstungen dessen weckten, was sie die »weibliche Art« nannte. Wehmütig dachte er, dass es diese weibliche Art nach der langen, langen Geschichte des Feminismus kaum noch gab.

Ihr unerwarteter Besuch war der erste von mehreren. Danach begann er, den Zweck der Trennung, als die sie es offensichtlich verstand, in Frage zu stellen. Sie schien ganz darauf versessen, einen Fuß in der Tür zu behalten, verweigerte ihm jedoch jede Möglichkeit, seinerseits einen Fuß in der Tür zu behalten. Er wollte sie nicht kränken oder gar alle Verbindungen zu ihr kappen. Da er es für das Beste hielt, sich für eine Weile von *ihrer* weiblichen Art fernzuhalten, hätte das Angebot einer einjährigen Versetzung nach Irland zu keinem passenderen Zeitpunkt kommen können. Sie würde ihm Gelegenheit geben, vor Ort zu sein und womöglich Dinge zu entdecken, die er in einem Büro oder in der betriebsamen Geschäftigkeit einer aus allen Nähten platzenden Stadt niemals entdecken würde. Vielleicht würde er ja sogar herausfinden, wie man mit einer Frau leben konnte, ohne in ihren heiligen Bezirk einzudringen; wie man mit ihr leben konnte, ohne dass ihr in den Sinn kam, ihn der bequemen Sicherheit einer Kindheitsfreundin wegen zu verlassen.

Margarets Reaktion auf die Neuigkeit seiner Versetzung war vorhersehbar. »Armer Ken, ich beneide dich nicht«, sagte sie, als er ihr mitteilte, er werde nach Donegal entsandt. »Poppys Großmutter stammte aus Donegal, und sie sprach ein unbegreifliches Kauderwelsch – weder Irisch noch Englisch. Vielleicht wird man verstanden, aber verstehen wird man nie.«

Er ignorierte Margarets nicht ganz uneigennützige Sichtweise, und als er in Glenkeel eintraf, war er entschlossen, das Beste aus allem zu machen. Von Rory Rua, dem Fischer, mietete er sich ein Cottage und gewöhnte sich an ein einsiedlerisches Leben auf dem Land. Anfangs vermisste er die sexuelle Befriedigung, die ein wesentlicher Bestandteil des Zusammenlebens mit Margaret gewesen war. Nachts fiel es ihm schwer, Schlaf zu finden. Obwohl mildes Maiwetter herrschte, fröstelte ihn im Bett. Allmählich aber begann er die Freuden der Selbstgenügsamkeit zu genießen. Wenn er abends nach Hause kam, kochte er sich eine Suppe, und während er darauf wartete, dass seine schlichte Mahlzeit fertig war, hörte er Kammermusik, am liebsten Bach oder Mozart, und trank ein, zwei Scotch. Das Junggesellenleben hatte seine Vorteile, bisweilen aber wurden seine Tage von der Einsamkeit der Berge verdüstert. Dann konnte er sich nur auf einen Abend bei Roarty's freuen, auf ein Gespräch mit Gimp Gillespie, Cor Mogaill und den anderen. Margaret schrieb ihm zwar noch, aber er wusste, dass sie ihn an diesem entlegenen Außenposten wohl kaum je besuchen würde.

Als er in die Schankstube zurückkehrte, erzählt Roarty Gillespie gerade einen Witz, und auf dem Tresen wartete ein weiterer Scotch auf ihn. Er fühlte sich leicht beschwipst, dabei war es noch eine Stunde, bis der Pub schloss, und aus Erfahrung wusste er, dass die nächsten sechzig Minuten verfliegen würden, ohne dass er eine Chance hätte, auch nur eine von ihnen zu erhaschen.

»Hast du schon was Gutes geritten hier auf dem Land?« Gillespie warf ihm einen ernsthaften Blick zu.

»Das letzte Mal, dass ich ein Pferd geritten habe, war auf einem Reiterfest vor zwanzig Jahren.«

»Ich meinte nicht Stuten«, sagte Gillespie und schenkte sich aus seiner Flasche Stout nach, wobei sich trotz aller Sorgfalt zu viel Schaum bildete. »Ich meinte Frauen.«

»Nur ein Journalist könnte auf ein so fürchterliches Wortspiel verfallen.«

»Du hast meine Frage nicht beantwortet.«

»Die Antwort ist nein.«

»Aber es hat Frauen in deinem Leben gegeben?«

»Genug, um meine Neugier zu stillen.«

»Du sagst es. Hat ein Mann erst einmal seine Neugier gestillt, ist der Rest Routine.«

»Darüber würde ich gern in einer kalten Winternacht im Bett nachdenken.«

»Ich hab in meinem Leben erst eine Frau gehabt, und das war nur, um herauszufinden, wie das so ist. Hab sie in 'nem Pub in Shepherd's Bush aufgelesen. 'ne alte Nutte, die's für Gin gemacht hat. Sie muss an die Sechzig gewesen sein, und ihre roten Haare waren vor lauter Festiger so steif, dass sie sich zwischen den Fingern wie Draht anfühlten. Im Schlafzimmer zog sie 'n Mieder aus, das seit vor meiner Geburt nicht mehr gewaschen worden war.«

»Wie war denn das mit dem Mieder? War's erotisch, oder hat's dir die Frauen für immer verleidet?«

»Frauen mit lockerem Lebenswandel hat's mir verleidet, aber nicht die Frau an und für sich. Seit ich vierzehn war, bin ich in dieselbe Frau verliebt und hab nicht mal 'nen Kuss von ihr bekommen.«

»Solcher Hingabe ist keine Frau würdig.«

»Diese Frau hat eine Kerze in meiner Seele entzündet, die niemals erlöschen wird. Der Gedanke an sie hat mich in kälteren Wintern gewärmt, als du sie in London je erlebt hast.«

Gillespie starrte in sein Glas, als lese er in der Physiognomie der cremigen Schaumkrone seine Vergangenheit. Sein langes Gesicht schien immer länger zu werden, seine Unterlippe hing herab, und einen peinlichen Augenblick lang dachte Potter schon, er würde anfangen zu weinen. Er empfand große Anteilnahme für Gillespie, einen Leidensgenossen, der am Sich-Verfehlen der Geschlechter verzweifelte. Mit einem schwermütigen Lächeln blickte Gillespie auf. »Ohne sie wär ich ein saft- und kraftloser Stecken«, sagte er.

»Lebt sie hier am Ort?«

»Mindestens einmal die Woche seh ich sie aus der Ferne, sonntags, in der Elf-Uhr-Messe. Du bist ein ganz anderer

Fall. Du bist noch frei und ungebunden, kannst noch Lust drauf haben, mehr als nur eine Reliquie zu reiben.«

»Was ist denn das für eine Reliquie, von der ihr alle immer redet?«

»Man nennt's auch 'ne Nummer schieben.«

»Eine Runde drehen. Bitte fahr fort.«

»Wenn du hier 'ne Affäre haben könntest, was für eine würdest du dir wünschen?«

»Etwas Beschwingtes und Amüsantes, etwas für Herz *und* Hirn.«

»Du meinst, du möchtest Kopulation *und* Konversation?«

»Im Kern ja. Ich bin über vierzig, verstehst du, in einem Alter, da der Intellekt sein Recht einzufordern beginnt.«

»Kein Wort mehr. Ich werd dir jemanden besorgen, noch bevor die Nacht zu Ende ist.«

Potter sah Gillespie an, um herauszufinden, ob er es ernst meinte. Gillespie zog an einer heruntergebrannten Zigarette, ein Auge gegen den Rauch geschlossen, den rechten Arm lässig zwischen den Flaschen auf den Tresen gestützt.

»Es gibt drei Möglichkeiten«, erklärte Gillespie. »Da ist einmal Monica Manus, aber die ist ein männermordender Vamp. Da ist Biddy Mhór, aber ich hab gehört, dass ihre natürlichen Säfte vertrocknet sind, und wer will sich mit Schmieröl abmühen? Und dann ist da noch Maggie Hession.«

»Wer ist Maggie Hession?«

»Das ist die Ortskrankenschwester und 'ne schlagfertige Konversationskünstlerin. Du hast gesagt, du möchtest Konversation.«

»Unter anderem. Aber wie alt ist sie?«, fragte Potter, der die komischen Aspekte seiner Situation zu würdigen begann.

»Sie ist kaum dreißig, reif zum Pflücken. Als sie ein sechzehnjähriges Mädchen war, hat sie für 'nen Schotten im Kilt, der hier Ferien machte, ihr Höschen fallen lassen; und seitdem hat kein Sterblicher bei ihr Glück gehabt.«

»Vielleicht wartet sie auf die Rückkehr ihres Schotten.«

»Ich glaube, er hat ihr wehgetan. Er war 'n Bulle von 'nem Mann, verstehst du, und sie ist nur 'n Spinnewipp. Einige sagen, der war mit 'nem richtigen Baumstamm ausgestattet.«

»Aber das hat doch nichts zu bedeuten!«

»Du bist mir ein seltsamer Ingenieur. Es ist eine Frage der Volumen, Mann. 'n Liter passt nicht in 'nen Halbliterhumpen.«

»Jetzt weiß ich, warum du noch Junggeselle bist.«

»Trink aus. Wir werden sie noch vor dem Schlafengehen abfangen.«

»Aber es ist schon fast elf!«

»Niemand hier geht vor zwölf ins Bett. Und wenn wir sie im Nachthemd antreffen, umso besser.«

Es war eine angenehme Nacht. Ein kühles Lüftchen ging, und vom Meer herauf wehten Geräusche, die wie Rezitative klangen. Sie blieben noch einen Augenblick auf der Straße stehen und lauschten auf das wilde Gepolter der Unterhaltung im Pub. Heiser vor Erschöpfung rief Roarty: »Austrinken!«

»Roarty ist ein einmaliger Wirt«, sagte Potter. »In gewissem Sinne ist er hier verschwendet.«

»Er ist ein entlaufener Priester, weißt du. Er hat die Glorie der Goldenen Stadt geschaut und ihr den Rücken gekehrt.«

»Heute Morgen hat er mich gefragt, was ›ergonomisches Design‹ bedeutet.«

»Ich frage mich, weshalb er das wissen wollte. Was in aller Welt hast du ihm gesagt?«

»Leistungssteigernd, leicht handhabbar und bequem zu benutzen.«

»Er will wohl so 'nen neumodischen Zapfhahn für Stout installieren«, sagte Gillespie.

An der Kreuzung außerhalb des Dorfes bogen sie links in eine Straße ohne Zaun ein. Auf dem mondbeschienenen Berg vor ihnen blinkten die Lichter der Cottages. Bis auf das tiefe Schnaufen der Rinder in den Stallungen am Straßenrand, das gelegentlich durch den unheimlichen Schrei eines Brachvogels vom Strand übertönt wurde, war die Nacht vollkommen still. Schweigend schritten sie dahin, und Potter fragte sich, was in aller Welt er bei einer solchen Mission verloren hatte. Er fühlte sich wahrhaft glücklich, erfüllt von dem Frieden der Landschaft und dem unverbrüchlichen Gefühl der Abgeklärtheit. Und was ihn am meisten freute, war, dass Margaret, wenn sie ihn jetzt sehen könnte, überrascht, ja entsetzt wäre. Alles in allem fühlte er sich beflügelt.

Auf halbem Weg den Hügel hinauf blieb Gillespie an einem Schlehdornbusch stehen und ließ einen Furz. Potter stellte sich an den Straßengraben und wartete darauf, dass sein Wasser kam. Während er seinen schlaffen Penis zwischen Zeigefinger und Daumen hielt, studierte er den mit leichten Wolken getupften Himmel; ein Makrelenhimmel mit Sprenkeln trüben Blaus, und in der Mitte ein nahezu voll gerundeter Mond, dessen Rand so hell leuchtete, dass Potter sich fragte, ob solcher Glanz bloße Reflektion sein konnte. Die Wolken waren so leicht, dass man sie nicht einmal über das Gesicht des Mondes gleiten sah. Sie sahen aus, als hielten sie sich hinter dem Mond versteckt, während hinter beiden das unergründliche Blau des Nachthimmels lag. Er sah zu, wie der Mond rasch höher stieg, bis er geradewegs in ein Meer reinen Blaus segelte, wo er, seines Hofes jählings beraubt, einen Moment lang ruhig verweilte. Potter fragte sich, ob das Fassungsvermögen seiner Vorstellungskraft ausreichte, um die wahre Tragweite und Bedeutung seiner Beobachtungen zu ermessen, und plötzlich musste er erneut an Margaret denken. Sie stand am Rand einer Klippe am Meer. Mit seiner Kamera hatte er sie im Profil eingefangen, wie sie das Gesicht in den Wind hielt und ihr langes blondes Haar hinter ihr flatterte. Nie konnte er dieses Foto betrachten, ohne sich klein zu fühlen. Ihre Schönheit war wie die des Nachthimmels, außerhalb seines erdgebundenen Verständnisses. Nun, da sie ihn verlassen hatte, war er wie Gillespie oder jeder andere gewöhnliche Mann.

»Damit sich der Wind legt, braucht's Regen«, sagte Gillespie, als sein Wasser kräftig gegen einen Felsen platschte, doch Potter, der sich mit hoher Konzentration die Hose zuknöpfte, antwortete nicht.

»Maggie Hession wohnt in der Hügelfalte. Von hier aus kann man ihr Licht sehen.« Gillespie zeigte in die Richtung.

»Ich hab's mir anders überlegt. Ich geh nicht weiter. Sie wird unsere Absichten spitzkriegen.«

»Ich habe einen Plan. Du tust so, als hättest du dir den Knöchel verstaucht und wärst gekommen, um ihn verbinden zu lassen.«

»Aber ich habe mir den Knöchel nicht verstaucht!«

»Woher soll sie das wissen?«

»Sie ist doch Krankenschwester, oder?«

»Du denkst wie ein abgetakelter Junggeselle. Was du brauchst, ist noch 'n Scotch.«

»Ich brauch nicht noch 'n Scotch. Ich hab so schon einen sitzen.«

»Dann ein kleiner Tipp. Überlass dich dem *genius loci*.«

Sie hatten bereits die Auffahrt erreicht, die zu dem Haus führte. Sie konnten das Licht sehen, das vom Küchenfenster quer über den Rasen bis zur unbeschnittenen Fuchsienhecke am Ende des Grundstücks fiel. Sie standen im Schatten der Giebelwand, justierten Kleidung und Gesichtsausdruck und unterdrückten wie zwei Schuljungen ein Lachen.

»Es muss überzeugend wirken«, sagte Gillespie. »Spring auf meinen Rücken, und ich trag dich rein.«

»Und was, wenn du mich fallen lässt? Du bist auch nicht gerade nüchtern.«

»Dann muss sie uns eben beide verbinden.«

Er bückte sich und umfasste Potters Knie, während Potter ihm die Hände auf die Schultern legte.

»Hopp!«, sagte Gillespie und hievte ihn sich auf den Rücken.

»Wenn du nicht aufpasst, werden wir noch wegen versuchter Sodomie festgenommen«, kicherte Potter.

»Aber wir werden geltend machen, dass alles im Dienste der Heterosexualität vonstatten ging.«

Schwankend und torkelnd bog Gillespie um die Hausecke ins Licht der offen stehenden Tür. Dabei hielt er sich dicht an der Mauer, falls er das Gleichgewicht verlor.

»Ich führe eine Mission der Barmherzigkeit aus. Nichts Geringeres als ein körperliches Werk der Barmherzigkeit«, rief Gillespie von der Tür ins Haus.

»Immer hereinspaziert, leg deine Bürde auf der Sitzbank ab«, sagte eine junge Frau, die am Kamin strickte.

»Meine Bürde ist nichts Geringeres als ein englischer Gentleman. Nora Hession, Kenneth Potter.«

Sie reichte Potter die Hand und lächelte mit kleinen Zähnen über sein offensichtliches Unbehagen. Sie war anders, als er erwartet hatte; obwohl jünger als Margaret, sah sie nicht so gut aus wie diese. Um Mund und Augen hatten sich Lach-, möglicherweise auch Trauerfalten gebildet, die ihrem Gesicht einen Anflug ruhiger Innerlichkeit verliehen und ihm mitteilten, dass sie eine Frau war, die das Leben nicht eben leichtnahm. Er gewann den Eindruck äußerster

Zerbrechlichkeit, durchsichtiger Haut und leichter Knochen, die danach verlangten, mit äußerster Sorgsamkeit behandelt zu werden. Einen Moment lang fragte er sich, ob sie wohl gerade von einer jener auszehrenden Krankheiten genas, unter denen so häufig talentierte Damen des neunzehnten Jahrhunderts gelitten hatten. Aber nein, vermutlich war sie eher wie einer jener seltenen Wasservögel, die sich alle Jubeljahre einmal auf einem abgeschiedenen Gebirgssee niederlassen.

»Wir brauchen eine Krankenschwester. Wo ist Maggie?«, fragte Gillespie.

»Sie ist unten bei Paddy Óg – seine Frau liegt in den Wehen«, antwortete die Frau.

»Was fehlt Ihnen denn?« Sie wandte sich an Potter.

»Mein Knöchel«, sagte er, streckte sein Bein auf der Sitzbank aus und beugte sich vor, um die Quelle seines Elends zu betasten. »Bin ausgerutscht, als ich Gara's Brae hochgekommen bin.«

»Ziehen Sie Schuh und Socken aus, und ich bade Ihren Fuß.«

»Mach dir keine Umstände. Ich bringe ihn zu Paddy Óg, wo Maggie sich um ihn kümmern kann«, versprach Gillespie.

»Der Weg ist beschwerlich, und es ist dunkel unter den Bäumen«, riet Nora ihm ab. »Bleibt, wo ihr seid, und ich sehe, was ich tun kann.«

Sie setzte den Kessel auf, und während sie einen Verband aus dem Schlafzimmer holte, erzählte ihm Gillespie, Nora sei nicht die unbeschwerte Frau, die er im Sinn habe, Maggie sei eher sein Typ. Er war so erpicht darauf, ihn zu Maggie zu bringen, dass Potter bald zwei und zwei zusammenzählen konnte. Nora goss warmes Wasser in ein Emaillebecken und stellte es neben der Sitzbank auf den Boden. Potter ließ seinen Fuß in das Becken gleiten, und sie kniete sich mit einem Schwamm neben ihn. Ihr schwarzes Haar, ihr blasser

Teint und ihre hohlen Wangen boten ein Bild aus Licht und Schatten, das ihn an eine Gestalt von El Greco erinnerte. Als sie aufblickte, spürte er das Licht ihres Lächelns auf seinem Gesicht, ein kurzer Sonnenstrahl an einem Januartag, der alles, was wandelbar war, verwandelte: in Silber, nicht in Gold. Sie trug hellblaue Jeans und eine Bluse von dunklerem Blau mit offenem Kragen, die über ihren Brüsten eher Falten warf als spannte. Die unlackierten Zehennägel, die aus ihren Sandalen hervorlugten, erinnerten ihn an Margarets, bevor sie Modeillustrierte zu lesen begann. Er sagte sich, dass er hier eine junge Frau vor sich hatte, die mit den Frauen, denen er bis dahin begegnet war, nichts gemein hatte, eine Frau, die einen Mann, ohne groß darüber nachzudenken, aus dem Labyrinth herausführen konnte, in dem er sich verirrt hatte.

»Sie sind die erste Frau in Jeans, die ich hier sehe.«

»Heute ist mein freier Tag. Gewöhnlich trage ich sie nicht, weil Kanonikus Loftus sie nicht billigt.«

»Was hat der mit Ihnen zu tun?«

»Ich bin seine Haushälterin.«

»Haben Sie ihm Ihre Seele verkauft?«

»Er ist nur der Gemeindepfarrer, nicht der Teufel.« Ihre großen schwarzen Augen glitten forschend über sein Gesicht.

»Sie würden eine gute Krankenschwester abgeben, Nora. Der Schmerz lässt schon nach.«

»Sie brauchten nur etwas Mitgefühl«, lächelte sie. »Männer sind so. Selbst der Kanonikus lässt sich gern verwöhnen.«

Sie trocknete seinen Fuß ab und ging nach draußen, um das Wasser in die Abflussrinne zu schütten. Als sie das Zimmer durchquerte, bemerkte er, dass ihre Füße nicht weiß, sondern braun waren, so als hätte sie den ganzen Tag in

Moorwasser gestanden, ein Gedanke, der ihn sonderbar rührte.

»Wir gehen jetzt«, sagte Gillespie. »Wir gehen zu Paddy Óg, um Maggie zu treffen.«

»Genug ist genug«, sagte Potter mit Nachdruck.

Während sie sich im Cottage aufhielten, war im Osten ein großer, von einem Landwind getriebener Wolkenkontinent aufgezogen. Er verbreitete sich in alle Himmelsrichtungen, dünnte an den Rändern aus und zog über das Gesicht des Mondes hinweg, das eine trübe Scheibe geworden war; aller Glanz war daraus verschwunden. Die Wolke dehnte sich weiter aus, bis ihr schwarzes Zentrum den Mond verschluckte und nur noch ein paar ungewisse Sterne im Westen ein wenig Licht am Himmel spendeten.

Schweigend gingen sie die Auffahrt hinunter, überraschend nüchtern nach dem abendlichen Trinkgelage. Als sie zur Straße kamen, sagte Gillespie: »Dass du mir nicht auf dumme Gedanken kommst, hörst du? Nora ist mein Mädchen und gehört sonst keinem.«

»An ihren Zehen ist mir etwas aufgefallen. Der dritte ist länger als der zweite.«

»Sie ist ein interessantes Mädchen, aber warte, bis du ihre Schwester Maggie siehst.«

FÜNF

Kann jemand glücklich sein, der jeden Tag ans Glücklichsein denkt?, fragte sich Roarty, als er ein Pintglas polierte.

Er hatte gerade aufgemacht, und in seinen Augen sah der leere Pub tipptopp aus: Die Stühle waren ordentlich aufgereiht, die Regale mit Bierflaschen gefüllt und der Boden gefegt; auf jedem Tisch stand ein sauberer Aschenbecher und im leeren Kamin ein frischer Strauß Farne. Er drehte sich zum großen Westfenster um und sah ein offenes Boot in der Bucht, das Hummerkörbe einsammelte. Obwohl er den Kopf des Irish Setters im Bug nicht sah, konnte er doch Rory Ruas roten Pullover ausmachen, und mit einiger Genugtuung fragte er sich, wie viele von den Männern, die in seinem Pub verkehrten, wohl in der Lage waren, einen Mann auf der anderen Seite von Rannyweal zu erkennen. Dafür brauchte es ein schärferes Auge, als die meisten Männer, selbst die meisten Landbewohner, für sich beanspruchen konnten. Er wollte nicht prahlen, aber von seinem Standort aus konnte er die Schießscharten und die Zinnen des Turms auf Glen Head zählen. Das war einer der Gründe, weswegen er ein ebenso guter Schütze war wie Dr. Loftus, auch wenn Loftus als bester Schütze der Grafschaft galt.

Sein Blick wanderte über die Wiesen am Meer, wo Männer in kurzen Ärmeln Gras mähten und Frauen in Schürzen das Heu mit dem Rechen wendeten. Es war ein strahlender Morgen; ein weiterer warmer Tag kündigte sich an. Und die über ihre Sensen gebeugten Männer würden schwitzen und durstig sein und sich einen kühlen Pint Ale oder Stout nach Feierabend ausmalen. Es ließ sich nicht leugnen; dieser

Sommer war großartig fürs Geschäft. Er blickte hinauf zu Gara's Brae, und tatsächlich, Crubog war schon auf halbem Weg; mit unregelmäßigen Hopsern hielt er sich an den grünen Rand des Weges und mied dessen Mitte, die Gift war für die Hühneraugen und Ballenzehen an seinen alten Füßen. Bis auf vereinzelte Handlungsreisende, die zwischen einem Hausbesuch und dem nächsten Lust auf ein Bierchen hatten, war er stets der erste Gast.

»Kann jemand glücklich sein, der jeden Tag ans Glücklichsein denkt? Ja«, sagte Roarty. »Ich bin glücklich, und ich denke die ganze Zeit ans Glücklichsein.«

Diesen ungewohnten Glückszustand hatte er dem Mord zu verdanken. Es war ein perfekter Mord, ein Triumph der Intelligenz unter schwierigsten Bedingungen. Und statt Macbeths »heftgem Gram« zum Opfer zu fallen oder »jener giftgen Last, / Die schwer das Herz bedrückt«, hatte seine Auffassungsgabe sich noch gesteigert, seine Lebensfreude sich noch verstärkt. Am Morgen nach der schicksalsschweren Nacht hatte er eine Rose betrachtet und sich in eine Dimension hineingezogen gefühlt, deren Vorhandensein er nie vermutet hätte. Ihre Schönheit schien ihn auf Welten zu verweisen, die jenseits seiner wildesten Sehnsüchte lagen und doch greifbar nahe waren, wenn er nur ... Mit dem Zeigefinger strich er über ein Blütenblatt und erlebte eine so seltene und unmittelbare Freude, die nur daher rühren konnte, dass er die Welt zu einem sichereren Ort für Unschuld gemacht hatte. Es kam ihm der Gedanke, dass er sich durch die Beendigung eines Lebens eine ausgeprägtere Empfindsamkeit und eine präzisere und feinsinnigere geistige Durchdringungskraft erworben hatte.

Es war eine Woche potenzieller Katastrophen gewesen, aber da er mit einem Gespür für Missgeschick geboren war, traf es ihn nicht unvorbereitet; er hatte die Geistesgegenwart besessen, eine mögliche Gefahr in reale Sicherheit zu verwandeln. Als er sich am Morgen nach dem Mord in der Küche sein Frühstück schmecken ließ, war Allegro hereingeschlendert, hatte ihn gleichgültig angeschaut und gegähnt. Er traute seinen Augen kaum. Wie hatte er Eales' Katzen vergessen können? Allegro musste die ganze Nacht im Freien verbracht und getan haben, »was Kater am besten können«, wie Eales sich auszudrücken pflegte. Aber wo steckte sein unzüchtiger Kompagnon, Andante? Und wie sollte er irgendjemanden, besonders McGing, davon überzeugen, dass Eales seine Katzen bereitwillig zurückgelassen hatte? Instinktiv wusste er, dass ihm nur eines zu tun blieb: den Stier bei den Hörnern zu packen. Als McGing eintrat, um seinen morgendlichen Pint zu trinken, erzählte er ihm, Eales' Bett sei unberührt, und fragte ihn, ob er irgendetwas gehört habe. McGing nahm die Frage nicht auf die leichte Schulter. Er sagte, man müsse der Sache nachgehen.

»Er kann sich nicht einfach aus dem Staub gemacht haben«, sagte Roarty. »Er hat Allegro zurückgelassen. Ich glaube nicht einen Moment daran, dass er jemals freiwillig eine seiner Katzen verlassen würde.«

»Sie wollen doch nicht etwa Fremdeinwirkung andeuten?«, sagte McGing brüsk.

»Ich weiß es nicht, aber ich mache mir Sorgen. Wenn Eales nicht zurückkommt, hab ich zwei Katzen am Hals, die ich nicht will. Andante ist verschwunden, verstehen Sie? Keiner der beiden Kater würde den anderen im Stich lassen. Die waren wie David und Jonathan.«

»Offensichtlich verstehen Sie nichts von Katzen, Roarty«, beruhigte ihn McGing. »Katzen sind so kaltblütig wie Makrelen. Im Gegensatz zu Hunden haben sie keine Gefühle. Sie sind nur daran interessiert, wo die nächste Schale Milch herkommt.«

Am folgenden Tag schaute McGing erneut vorbei. Roarty las gerade Zeitung, und Allegro saß auf dem Tresen und rieb seine Wange an Roartys Arm.

»Sehen Sie, was ich meine?«, fragte McGing. »Katzen haben keine Moral. Sie schmeicheln sich bei jedem ein, der ihnen Milch gibt. Was den Kater betrifft, sind Sie nur ein Ersatz für Eales.«

»Jetzt reden Sie aber Unsinn, Sergeant. Früher hatte ich eine Katze, die mich sehr mochte. Wenn ich nachts gelesen habe, hat sie immer auf meiner Schulter gesessen und mir mit der Schwanzspitze das Ohr gekitzelt.«

»Ich werde Ihnen das Gegenteil beweisen. Wenn Sie einverstanden sind, nehme ich Ihnen Allegro ab. Wetten, dass er seine Milch mindestens genauso gern von mir nimmt wie von Ihnen? Katzen sind wie Menschen; sie lassen sich nur von Eigennutz leiten.«

Als McGing mit Allegro unter dem Arm hinausgegangen war, musste Roarty lachen. Es schien zu schön, um wahr zu sein. Dann aber fing er an, darüber nachzudenken, ob McGing womöglich heimliche Nachforschungen anstellte. Einen Augenblick lang war ihm ausgesprochen unbehaglich zumute. Er fragte sich, ob es nicht doch ein schrecklicher Fehler gewesen war, Allegro zu erwähnen.

Als Roarty am nächsten Morgen die Eingangstür öffnete, saß Allegro auf der Schwelle. Er freute sich, dass Allegro ihm den Vorzug vor McGing gab, denn schon immer hatte er Allegro für einen Kater von ausgeprägter intellektueller Urteilskraft gehalten. Andererseits argwöhnte er, die Rückkehr des Katers könnte ein cleverer Trick von McGing sein.

»Haben Sie vielleicht Allegro gesehen?«, fragte McGing, als er hereinkam, um sein morgendliches Black and Tan zu trinken.

»Ihre Theorie, dass Katzen ohne Gefühle sind, hat er widerlegt. Heute Morgen hat er auf der Türschwelle auf mich gewartet. Der Kater mag mich.«

»Glauben Sie das bloß nicht«, sagte McGing. »Er mag nur den starken Geruch nach Stout und Ale. Denken Sie bloß nicht, ich wäre eifersüchtig. Das ist mir völlig schnuppe. Ich habe ihn nur mitgenommen, um Ihnen zu helfen.«

Roarty konnte sehen, dass McGing verstimmt war. Allegro blieb im Pub, und McGing erwähnte ihn nie wieder.

Zwei Tage später rief Eales' Mutter aus Dingle an, und Roarty erzählte ihr, ihr Sohn sei weggegangen, ohne zu sagen, wohin. Das war nichts weiter als gesunder Menschenverstand; wirklich intelligent hingegen war seine Entscheidung, McGing von dem Anruf zu berichten, sodass er, falls es im Radio eine Suchmeldung gab – »Gesucht wird Eamonn Eales, der im Südwesten Donegals unterwegs sein soll und dessen Vater schwerkrank ist« –, dieser keine Bedeutung beimessen musste. Außerdem traf er weitere Vorkehrungen: Er reinigte den Kofferraum seines Wagens gründlich, ebenso Spaten und Torfeisen, verbrannte seine alten Kleidungsstücke und die Gummistiefel und wischte an der Stelle, wo Eales hingefallen war, den Fußboden. Natürlich machte er nicht in der gesamten Schankstube sauber, denn ein Pub ohne Fingerabdrücke des Barkeepers würde ihn nur verdächtig machen. Er hatte Maßnahmen gegen alle erdenklichen Eventualitäten ergriffen, und doch stiegen von Zeit zu Zeit Zweifel in ihm auf und nagten an seinem Gemüt.

Dennoch, Eales' Hinrichtung hatte noch einen ganz anderen Nutzen für ihn. Sie veranlasste ihn, auf eine Weise über die Welt nachzusinnen, wie er es seit dem Verlassen des Priesterseminars vor mehr als fünfundzwanzig Jahren nicht mehr getan hatte. Möglicherweise hatte sie einen besseren Menschen aus ihm gemacht – falls ein denkender Mensch besser war als ein nicht denkender Mensch. Ein Theologe oder selbst ein weltlicher Humanist würde Eales' Hinrichtung vermutlich als etwas Böses werten, doch konnte er beim besten Willen nicht *empfinden,* dass sie böse war. Eher sah er sich als eine Art Wohltäter der Menschheit; selbst wenn er lange nachdachte, vermochte er in seinem Herzen nicht ein Fünkchen Reue oder Kummer über seine Tat zu entdecken. Und genau dieses grelle Licht der Überzeugung, dieser ungewohnte Mangel an Schatten brachte ihn zum Nachdenken. Inzwischen wünschte er, er besäße noch seine kommentierte Ausgabe von *De malo,* wo so einfach zwischen moralischem und körperlichem Übel unterschieden wurde, und sei es nur, um noch einmal die göttliche Klarheit des Doctor Angelicus zu erleben. Würde ihm Thomas von Aquin, der die Welt mit den Augen Gottes sah, einen Vorwurf daraus machen, dass er Eales getötet hatte? Würde er nicht einräumen müssen, dass der mörderische Schlag ebenso unwillkürlich erfolgt war wie ein Patellarreflex? Roarty ging nach oben und sah in der *Encylopædia Britannica* nach, aber es gab keinen Artikel über das »Böse«, nur einen kurzen Eintrag zu »Böser Blick«.

Susan Mooney, seine neue Bardame, kam aus der Küche, einen Becher schwarzen Kaffee in der Hand. Es war ihr zweiter Tag, und schon war sie darauf bedacht, alles richtig zu machen, ein lernwilliges Mädchen, das sich unter seiner Anleitung noch vervollkommnen würde. Wieder eine junge Frau im Haus zu haben wirkte belebend. Sie ging meist schweigend umher, und wo immer sie gewesen war, hinterließ sie Spuren. Abgesehen von ihrer Arbeit hinter dem Tresen, schrubbte und putzte sie in der Küche und kochte – ein ungeheurer Fortschritt gegenüber ihrem schlampigen Vorgänger. Mit der Zeit würde er ihr die wesentlichen Bestandteile der Diät eines trinkenden Mannes nahebringen: ihm morgens einen Grog zu machen und diesen, wenn er sich rasierte, im Badezimmer zu servieren. Er lächelte, als er den Kaffee entgegennahm, und bemerkte ihren entspannten Gang auf dem Rückweg in die Küche. Sie war kräftig gebaut, mit breiten Hüften und einem Bauch, der unter dem Gürtel ansprechend hervortrat. Schade, dass er nicht länger die alten Handpumpen hatte; dann hätte er zuschauen können, wie beim Pumpen ihre Brüste aus dem Dekolleté quollen. Seine verstorbene Frau war eher knochig gewesen; an jenen pneumatischen Qualitäten, die für Seligkeit und Schläfrigkeit zugleich sorgten, hatte es ihr gemangelt. Sein Verstand funktionierte einwandfrei an diesem Morgen; das alles war ihm früher nie in den Sinn gekommen.

Ein Räuspern und Schlurfen an der Tür verriet ihm, dass Crubog eingetroffen war.

»Na, dann wollen wir mal einen weiteren Tag ertränken«, keckerte der alte Fuchs.

»Das einzige Freizeitvergnügen bei diesem Wetter«, sagte Roarty und wählte ein Glas aus.

»Ist doch nichts so herzerfrischend wie der Anblick eines leeren Pubs am Morgen, die Regale voll, alles blitzblank, bevor die Barbaren einfallen und alles verwüsten. Wer Flaschenbier trinkt, ruiniert das Aussehen der Regale, da ist doch gezapftes Bier was ganz anderes – man sieht nie, dass das Fass sich leert.«

Crubog hievte sich gemächlich auf einen Hocker und legte seine Schirmmütze auf den Tresen, um seinen rheumatischen Ellbogen abzupolstern.

»Viertausendzweihundertfünfzig«, sagte Roarty, als er einen Pint Stout vor ihm hinstellte.

»Geht der aufs Haus?«, erkundigte sich Crubog, während er in seinen Taschen nach Kleingeld kramte.

»So ist es. Schließlich sind wir zwei allein. Viertausendzweihundertfünfzig, hab ich gesagt.«

»Ich weise einen Freund nur ungern ab, aber viertausendzweihundertfünfzig bringen mich nicht in Versuchung. Ich bin nicht hinter dem Geld her, verstehst du? Ich will mitentscheiden, was geschieht, wenn ich nicht mehr bin.«

»Du willst noch nach deinem Tod Geschichte schreiben?«

»Würden wir das nicht alle wollen, wenn wir könnten?«

»Du bist ein Querkopf, Crubog. Dein Land gehört den Krähen, und du willst keinen Finger rühren, um ...«

»Mach mir ein Angebot, das ich nicht ausschlagen kann. Und damit meine ich nicht Geld, ich meine ein Programm. Was würdest du mit dem Land anfangen?«

»Kommt ganz drauf an ... Ideen hab ich genug.«

»Es ist ein heilloses Ärgernis, dieses Land. Ohne würde ich gesünder schlafen, das lässt sich nicht bestreiten. Von allen Seiten Angebote, aber nie ein Programm.«

»Was meinst du damit?«

»Gestern Abend kam Rory Rua mit einer Flasche Whiskey vorbei, um mich mit allem Drum und Dran auszukaufen. Er kam zur Tür herein und sagte, er würde nicht eher gehen, als bis wir uns handelseinig wären. Er blieb bis Mitternacht, musste aber mit leeren Händen abziehen und ohne seine Flasche.«

»Rory Rua ist ein Geizhals. Er hat Nabla Dubhs und Den Beags Haus gekauft und ist immer noch nicht zufrieden. Merkst du nicht, dass er nur ein Raffzahn ist? Er sieht in deinem Land nichts Besonderes; er will's einfach nur kaufen, weil's Land ist.«

»Genau deswegen hat er's nicht bekommen! Am liebsten würde ich es einem jungen Mann mit einer jungen Frau verkaufen, einem Mann, der dieses lauschige Fleckchen Erde wie eh und je bewirtschaften und Kinder aufziehen würde, die sich ihrerseits darum kümmern. Du verstehst meine missliche Lage, nicht wahr? Du bist Geschäftsmann, und

Rory Rua ist ein Fischer, der auf Land versessen ist. Ich will einen fleißigen Bauern.«

Crubog war unmöglich. Roarty hörte ihm mit wachsender Ungeduld zu, bis die anderen Dorfkäuze für ihr morgendliches Gläschen hereinkamen. Doch selbst dann war er nicht zu bremsen. Er faselte weiter von seinem Land, als wäre es das Gut des Duke of Buccleuch. Roarty war nicht traurig, als er schließlich loszog, um seine Rente abzuholen.

Fast Schlag zwölf kam McGing für seinen einzigen Drink des Tages.

»Und was beschäftigt Sie heute Morgen, Sergeant?«, fragte Roarty und schenkte ihm sein Black and Tan ein.

»Jakobskreuzkraut und Brucellose. Hier, hätten Sie was dagegen, das Poster aufzuhängen?«

Roarty warf einen Blick auf das gelbe Blatt: *Brucellosebekämpfung – Kontrolle von Rinderbewegungen. Ausgestellt vom Ministerium für Landwirtschaft und Fischerei.*

»Von Jakobskreuzkraut steht da aber nichts«, sagte Roarty.

»Sind nicht alle Wiesen voll davon? Einige Landwirte scheinen nichts anderes anzubauen. Die müssten doch wissen, dass es giftig ist; man sollte meinen, sie würden etwas dagegen unternehmen, ohne darauf zu warten, dass ich ihnen auf den Pelz rücke.«

»Das ist der Weg allen gefallenen Fleisches«, sagte Roarty. »Keine Achtung vor dem Gesetz.«

»Es ist eine Schande, dass ein Polizist mit meiner Erfahrung nichts Besseres zu bedenken hat als Jakobskreuzkraut«, sagte McGing und hakte seine Daumen in die Brusttaschen seines wohlgefüllten Uniformrocks. Er war ein hochgewachsener Mann, mehr als 1,90 groß, mit rosigem Gesicht und von kräftigem Körperbau. Er stand nur zwei Jahre vor der Pensionierung, hatte aber noch immer einen frischen Teint und flinke Füße, trotz der vielen Meilen, die er auf der vergeblichen Jagd nach Kupferkesseln und -schlangen mit schwarzgebranntem Poteen über weiches Moorland gestapft war. Unter den Talbewohnern genoss er den wohlverdienten Ruf übersteigerten Diensteifers. Besonders hart ging er mit Gastwirten ins Gericht, die es versäumten, ihre Kundschaft rechtzeitig zur Sperrstunde aus dem Pub zu treiben. Etwa zehn Jahre zuvor hatte er Roarty eine Vorladung zugestellt, weil er ihm, als er um Mitternacht anklopfte, nicht geöffnet hatte. Vor Gericht sagte er unter Eid aus, von drinnen habe er das Gemurmel angeregter Gespräche und gedämpftes Gelächter gehört.

»Haben Sie das Klopfen an der Tür gehört?«, fragte der Richter.

»Jawohl, Euer Ehren«, antwortete Roarty.

»Und warum haben Sie nicht aufgemacht?«

»Ich war mir sicher, dass es ein Betrunkener war, der hereinwollte, und das konnte ich nicht zulassen.«

»Und was ist mit dem Gemurmel angeregter Unterhaltung?«, fragte der Richter.

»Das war ich«, antwortete Roarty. »Wenn ich abwasche, rede ich immer mit mir selbst.«

»Und was ist mit dem Gelächter?«

»Ich fürchte, das war ebenfalls ich. Ich muss immer über die Witze lachen, die ich im Verlauf des Abends gehört habe. Das ist meine Art, mich zu entspannen, verstehen Sie?«

Da lachte Sergeant McGing so höhnisch und herablassend, dass er von dem Richter, der Roartys Geschichte voll und ganz schluckte und ihn sogar ohne Verwarnung davonkommen ließ, zurechtgewiesen wurde. Seitdem behandelten Roarty und McGing einander wie zwei misstrauische Kontrahenten – mit höflichem, aber distanziertem Respekt.

»Wenn ich den Bauern einen Monat lang wegen ihres Jakobskreuzkrauts zugesetzt habe, wünsche ich mir manchmal, ich wäre in London bei Scotland Yard und würde Dutzende von Mord- und Vergewaltigungsfällen aufklären.«

»Aber sollten Sie sich nicht darüber freuen, dass wir alle so gesetzestreu sind?«

»Das ist das Paradox des Polizisten. Seine Aufgabe besteht darin, Verbrechen zu verhüten, aber wenn er keines untersuchen kann, ist er unzufrieden.«

»Glauben Sie, dass er durch seine bloße Anwesenheit zu Verbrechen ermutigt?«

»Nicht in Glenkeel. Auf dem Land, davon bin ich überzeugt, finden alle Verbrechen nur in der Vorstellung statt. Die Leute leben ihre Phantasien nicht aus, anders als in der Stadt. Das letzte bekannte Verbrechen in dieser Gegend (wenn wir mal von Alkoholkonsum nach der Sperrstunde absehen) ereignete sich vor fünf Jahren: der Fall des zertrampelten Heuhaufens.«

»Der mit dem zerrissenen Höschen?«

»Genau der. Und wer hat ihn gelöst, frage ich Sie?«

»Jedermann in Glenkeel weiß darauf die Antwort«, sagte Roarty lächelnd.

»Die anderen beiden Polizisten beschuldigten die zwei jungen Touristen, die auf der Nachbarwiese zelteten, aber ich habe ihnen widersprochen. Wissen Sie, wie ich den Fall gelöst habe?«

»Ich kann's mir nicht vorstellen.«

»Kein Sperma auf dem Höschen«, sagte McGing feierlich. »Einige von den jungen Kerlen kennen sich mit Kriminaltechnik nicht aus.«

»Das war ein kniffeliger Fall«, sagte Roarty, der das Gespräch von seiner Warte unangreifbarer Sicherheit genoss.

»Für den richtigen Polizisten ein leichter Fall. Schauen Sie sich die Fakten an. Eines Morgens wacht Old Crubog auf und stellt fest, dass einer seiner Heuhaufen zertrampelt ist. Wie ein Bettlager sieht er aus, und darauf liegt ein zerrissenes Höschen. In der Nacht hat es heftig geregnet, und das Heu im Wert von zehn Pfund, eine hübsche Summe für einen Rentner, ist verdorben. Der junge Beamte McCoy stellt Nachforschungen an, findet Fußabdrücke, die zur Nachbarwiese führen, wo zwei Teenager aus Derry im Regen zelten. Er kehrt zur Polizeikaserne zurück und glaubt, den Fall gelöst zu haben, bis ich das bedeutungsschwangere Wort ›Sperma‹ hauche.

›Aber vielleicht hat er ihr das Höschen ausgezogen, bevor er sie flachgelegt hat!‹, sagt er. ›Weshalb sollte er es ihr vom Leib reißen‹, frage ich, ›wenn sie fröhlich auf der Nachbarwiese zelten?‹ ›Ein Fetischist‹, sagt Sergeant McCoy triumphierend. ›Ein Scherzkeks‹, sage ich, ›und ein Ortsansässiger noch dazu. Das Ganze ist inszeniert worden, damit Crubog denkt, die jüngere Generation sei sexbesessen. Die Jungs erzählen ihm andauernd irgendwelche Märchen.‹ Und ich hab meine Dienstmütze aufgesetzt und mich schnurstracks zu dem Mann begeben, der die Tat begangen hat.«

»Cor Mogaill Maloney.«

»Ein Polizist braucht Phantasie, nicht Logik. Ein geborener Polizist verfügt über kriminelle Phantasie. Der einzige Unterschied zwischen ihm und dem Kriminellen besteht darin, dass er seine Phantasie benutzt, um ein Verbrechen aufzuklären, nicht, um es zu begehen.«

McGing nahm einen großen Schluck von seinem Pint und zwinkerte Roarty zu.

»Ein Polizist«, fuhr er fort, »fühlt sich dem Kriminellen näher als dem gesetzestreuesten Bürger. Es ist das Band zwischen Jäger und Gejagtem. Sie sind doch Jäger. Sie werden mir zustimmen, dass ein guter Jäger seine Beute kennt.«

»Ein guter Jäger ist zuallererst Naturliebhaber.«

»Und ein erfolgreicher Polizist ist zuallererst Kriminologe – seine Tage und seine Nächte widmet er dem Studium des kriminellen Geistes. Auch wenn ich selbst es sage, es ist schade, dass ich nie die Gelegenheit bekommen habe. Ach, gäb's in Glenkeel doch nur einen Moriarty! Ich habe den richtigen Spürsinn, verstehen Sie? Aber was nützt der beste Spürsinn, wenn's niemanden gibt, der ...«

»... eine Spur hinterlässt?«, schlug Roarty vor.

»Richtig, eine Spur«, sagte McGing und schüttelte traurig den Kopf.

Aus der Diele ertönte ein dumpfer Schlag. Doalty O'Donnell hatte seinen Postsack abgestellt.

»Sie haben sich verspätet«, sagte McGing gebieterisch.

»Viel Post heute. Das Sortieren hat über 'ne Stunde gedauert.« Doalty schnürte den Bindfaden auf, der um ein Bündel Briefe gewickelt war.

»Lass sehen, was du heute bringst«, sagte Roarty.

»Nichts als Rechnungen«, sagte Doalty entschuldigend. »Das ist etwas, was mir in letzter Zeit aufgefallen ist, die Zunahme amtlicher Schreiben und die Abnahme privater Korrespondenz. Die Freuden eines Postboten halten sich in Grenzen, wenn er immer nur Behördenkram zustellt.«

Flüchtig überflog Roarty die Handvoll brauner Umschläge. Einer von einem Abfüllbetrieb, einer von den Elektrizitätswerken, einer von einem Schallplattenklub und ein zerknitterter, der schon einmal verwendet und dann mit Tesafilm zugeklebt worden war. Obwohl er sich durch die derbe Handschrift eine wenig gekränkt fühlte, riss er den Umschlag aus Neugier auf, aber als er den Brief las, fühlte er, wie seine Beine nachgaben.

»Doalty hat recht«, sagte McGing. »Das Telefon hat der Kunst des Briefeschreibens den Todesstoß versetzt.«

Roarty murmelte eine Antwort und hielt ein Whiskeyglas unter den nächsten Dosierer. Sein Mund war übelerregend trocken. »Da fällt mir ein«, sagte er und verschwand in die Küche. Er bat Susan, sich zehn Minuten um den Tresen zu kümmern, und ging geradewegs nach oben. Mit weichen Knien setzte er sich auf die Bettkante und las den Brief noch einmal durch, wobei er sich unnötig lange bei jedem einzelnen der zweifellos mit einem Streichholz geschriebenen Druckbuchstaben aufhielt.

Lieber Roarty,

Eales ist verpflanzt, nicht aber sein Magazin, das ich nach wie vor guttiere. Wenn Du seinen Aufenthaltsort vor McGing geheim halten willst, zahlst Du dreißig Pfund die Woche auf Konto Nr. 319291 bei der Bank of Ireland, College Green, Dublin 2, ein. Bezahle mit Banknoten, nicht mit Schecks, fange in drei Tagen, am 13. August, an und komme der Bitte nach.

Mit freundlichen und ernsten Grüßen

Bogmailer

PS. Ich mag Deinen Pub. Er ist der beste in Tork. Es wäre jammerschade, Dich zu verlieren.

SECHS

Roarty war so erschüttert, dass er nicht denken konnte. Er bewegte sich in einer Art mittäglicher Trance; mechanisch zapfte er Bier, gab Wechselgeld heraus und redete mit seinen Gästen, ohne zu wissen, was er sagte. Er schlang sein Mittagessen herunter und starrte dabei mit leerem Blick auf den toten Nadelbaum, der im Garten stand. Als er fertig war, konnte er sich nicht mehr erinnern, was er gegessen hatte. Er ließ den Pub in Susans Obhut und ging fischen. Das würde seine Nerven hoffentlich beruhigen.

Er hatte keine Lust auf den Fluss, wo er Gefahr lief, auf andere Angler zu stoßen. Die Forellenrute auf der Schulter, erklomm er den Hügel zu den abgelegeneren Seen und zwang sich dazu, sein Augenmerk auf die vertraute Landschaft zu richten: graue Böschungsmauern aus flechtenbewachsenen Steinen, die in beengteren Zeiten errichtet worden waren, Schafpferche und behelfsmäßige Tröge zum Dippen, Farn- und Schilfbüschel, ein vereinzelter Fingerhut, der Schutz an einem Bachufer suchte, rötlich-braune tiefe Stellen, in denen er als Junge nach Aalen gefischt hatte. Das rötlich-braune Wasser war jene *ruamheirg,* für die es im Englischen kein eigenes Wort gab, und er lauschte auf die flüssige Musik, die sich in einem Miniaturwasserfall auf glatte Kiesel ergoss. Weiter bachaufwärts, an einer anderen tiefen Stelle, schwankten mit brauner Erde und Schmutz behaftete Pflanzen auf dem Grund, während die Oberfläche von irisierendem rotem, goldenem und silbernem Schaum gefleckt war.

Er folgte zertrampelten Schafspfaden, die von den glänzenden schwarzen Erbsen der Kötel übersät waren; vorbei an einer Fläche mit weichem Gras nahe einem alten Kalkbrennofen; vorbei an dem dichten Röhricht, aus dem stets eine Schnepfe aufflog; vorbei an schwammigen Mulden, die sich unerwartet auch in festerem Boden auftaten; vorbei an Tümpeln, wo zwischen Steinen dicker brauner Schaum strudelte, geronnener Schaum, der wirbelte und wirbelte, Schaum, der Warzen verursachte – so jedenfalls hatte es ihm seine Mutter erzählt, als er noch ein Junge war. Hier und da waren die Steine mit grünen Algen bewachsen, *cál leannógach,* wieder so ein Wort, das einen Teil des komischen Bewusstseins der Talbewohner bildete.

Als er die Hügelspitze erreichte, ließ er sich dankbar auf einem Büschel Heidekraut nieder. Unter ihm lag das weite offene Tal – ein Fest für die Augen, an dem er nicht teilhaben konnte. Er versuchte, die Freude wiederzufinden, die er normalerweise an der Szenerie empfand, aber er wusste, dass er an diesem Tag nur noch Beobachter war, nicht länger mitfeiernder Gast. Der Grund des Tals mit seinem Flickenteppich aus Feldern; der unregelmäßig mit weißgetünchten Cottages gesprenkelte Nordberg; das Dorf Tork, wo er lebte, ein jämmerliches Gewirr mittelmäßiger Häuser, ein Schandfleck in der schönen Landschaft; der sichelförmige Strand im Westen und dahinter das grünliche Blau des Meeres – all das waren ungleiche Teile, die sich nicht zu einem befriedigenden Ganzen vereinigen wollten. Eine wilde Biene, die über einem weiteren Büschel Heidekraut schwebte, schreckte ihn auf. Er pflückte eine Handvoll Moos, hielt es sich vor die Nase und atmete den Duft frisch gestochenen Torfes ein, den er so gut aus seiner Kindheit kannte.

Auf dem Hügel befand sich eine Hochebene, auf der sein Vater immer Torf gestochen hatte, bevor er ein Torffeld auf dem Abar Rua erschloss. Jetzt erstreckte sie sich vor seinen Augen, ein Teppich aus hellem und dunklerem Braun, das von verwaschenem Grün durchzogen war. Das väterliche Torfmoor war inzwischen Ödland, die alten Torfstapel wie aufgeschüttete Gräber, von Binsen überwucherte Haufen verschimmelten Torfs, während hier und da der weißliche Baumstumpf einer Moortanne aus der Heide ragte. Das Antlitz des Moors war zerschrammt von Winterfrösten und rinnendem Wasser und zertrampelt von den Hufen der Bergschafe. In Erdspalten wuchsen Heidekrautbüschel, und die Spatenstiche, die die verschiedenen Grabungstiefen kennzeichneten, waren in alle Ewigkeit verschwunden, verweht von atlantischen Winden. In einem Moment schneidender Klarsicht hatte er eine Vision: Jahrhunderte flogen vorbei, während der lange Sog seiner eigenen verzweifelten Existenz nie enden zu wollen schien.

Um sich abzulenken, fing er an, die Dinge aufzuzählen, die ihm beim Gehen ins Auge fielen. Der Boden vor ihm fiel ab und formte Zwillingskessel, in denen zwei Seen lagen, der Lough of Gold und der Lough of Silver. Zu dem größeren der beiden, dem Lough of Silver, gelangte er zuerst. Ein westlicher Wind kräuselte die Wasseroberfläche, sodass die Wellen zwischen den schwarzen Steinen am Leeufer aufschäumten und ein unablässiges Singen hervorbrachten, das sich von dem rhythmischen Schlagen der Meereswellen merklich unterschied. Er ging einen schmalen Damm aus Trittsteinen entlang und behielt den Streifen Sonnenlicht im Auge, der auf das Wasser fiel und bis zu einer kleinen Bucht links von ihm reichte. Diese war voll von aufgewühltem weißem, von Braun durchzogenem Schaum. Zu seiner Rechten war eine Stelle mit Wasserpest, deren Stängel die Strömung zum östlichen Ufer ausrichtete.

Auf der anderen Seite des Sees ließ sich ein einsamer Wasservogel vom Wind treiben, sein schwarzer Körper hoch auf dem Wasser, sein langer Hals anmutig gebogen. Roarty ging wieder zurück zum Ufer und legte sich hin, um den Vogel zu beobachten. Dieser lag nicht tief genug im Wasser, um als Kormoran durchzugehen, und besaß auch nicht die nervöse Wachsamkeit eines Kormorans. Friedlich ließ er sich vom Wind treiben, sah weder nach links noch nach rechts und hatte den Blick auf das Wasser unterhalb seines Kropfes geheftet. Roarty konnte sich des Gefühls nicht erwehren, dass der Vogel ein Fremdling in dieser Gegend war, vielleicht sogar ein böses Omen. Als der Vogel das östliche Ufer erreichte, schwang er sich gegen den Wind in die Luft und kehrte mit langsamen Flügelschlägen zur Windseite des Sees zurück. Dann, als wolle er wieder auf Fischfang gehen, schwamm er ein weiteres Mal vor dem Wind, und als er das östliche Ufer erreichte, wiederholte er seine Darbietung.

Roarty zog den Brief aus seiner Tasche und breitete ihn vor sich auf dem groben Riedgras aus. Die Übelkeit, die ihn beim ersten Durchlesen befallen hatte, war verschwunden und an ihre Stelle ein dumpfer Schmerz unbestimmter Beklemmung getreten, eine Art Ziehen, das seine Gedanken verzerrte und alles, was er erblickte, ebenso unwirklich erscheinen ließ wie das trügerische Gefühl der Sicherheit, das er empfunden hatte, als er sich am Morgen mit McGing über Jakobskreuzkraut unterhielt. Seine Denkmuster waren in tausend Bruchstücke zerfallen. Wenn er überleben wollte, musste er sich zusammenreißen und noch heute über eine vernünftige Vorgehensweise entscheiden.

Zuerst musste er herausfinden, wer den Brief geschrieben hatte. Das war natürlich nicht unbedingt notwendig, aber er spürte instinktiv, dass ihm die Entscheidung leichter fallen würde, wenn er den Charakter seines Gegners kannte. Eine Weile beschäftigte er sich mit der Handschrift, doch die unpersönlichen Druckbuchstaben verrieten ihm nichts. Alle Hinweise mussten in der Sprache selbst zu finden sein, stellte sich die Bachforellen vor, die im Dunkel des torfigen Grundes lauerten, befestigte die Fliege am Vorfach, nahm seinen Leinenbeutel zur Hand und wollte sich eben auf den Weg am Ufer entlang zur anderen Seite des Sees machen. Als er sich zum Gehen wandte, hob der Vogel den Kopf und sah ihm einen langen Moment direkt in die Augen, bevor er sich wieder seinem unaufdringlichen Fischfang widmete. Dieser lange Moment stimmte Roarty um. Ihm war schwindelig, als er sich an den *malocchio* erinnerte und an den Artikel über den bösen Blick. Er würde sich hüten, mit einem so seltenen Besucher zu wetteifern, dessen Herkunft und Absicht sich nur vermuten ließen. Er würde den Hügel zum geschützteren Lough of Gold überqueren und auf diese Weise einer unnötigen Konfrontation aus dem Weg gehen.

Der Wind blies steif über die Heide und von hinten gegen seine Beine. Plötzlich fand er sich auf der anderen Seite des Hügels wieder, wo sich kein Lufthauch regte. Der geschützte See unter ihm war eine Glasscheibe, auf einer Seite gebeugte Gräser, nahe dem Uferrand ein Büschel rot-grüner Wasserpest, flach dahintreibende Kreise, bei denen Segmente fehlten. Da fiel sein Blick auf eine vertraute Gestalt: ein grauer, hochschultriger Fischreiher, der mit gesenktem Kopf auf einem Stein in Ufernähe stand. Roarty ließ sich im Heidekraut auf die Knie sinken, den Blick noch immer auf den stockdünnen Wachposten gerichtet. Er war sich nicht sicher, ob der Fischreiher ihn gesehen hatte. Falls ja, so gab er nicht den geringsten Anhaltspunkt, nicht einmal mit einer Neigung des gefiederten Kopfes. Roarty betrachtete den langen Schnabel auf der rauen Brust und begriff allmählich die wahre Bedeutung von Regungslosigkeit. Sofort wusste er, was er zu tun hatte. Wie der Fischreiher würde er weder Kopf noch Fuß bewegen; er würde ein Bild intelligenter Wachsamkeit bieten, meisterhaft Untätigkeit vortäuschen und Potter vielleicht dazu bringen, sein Vorhaben noch einmal zu überdenken.

Ein teuflischer Gedanke kam ihm; er würde die Nerven des Fischreihers auf die Probe stellen, so wie Potter zweifellos die seinen auf die Probe stellen würde. Er erhob sich und begann geradewegs auf den Vogel zuzugehen, entschlossen, herauszufinden, wie weit er kommen würde, ehe der Vogel die Flucht ergriff. Würde dieser sich noch auf dem Stein umdrehen und nach Osten fliegen, oder würde er in den Wind fliegen und erst im Flug abdrehen? Er suchte sich einen Weg über den unebenen Boden und näherte sich langsam, die Augen auf den gesenkten Kopf des Vogels geheftet. Ein plötzlicher Flügelschlag erschreckte ihn. Aus dem Röhricht flog ein weiterer Fischreiher auf, den er nicht bemerkt hatte, und als er den Blick wieder auf den Stein richtete, war seine Gefährtin ebenfalls aufgeflogen. Am Vortag wäre ihm das nicht passiert. Seine Nerven waren überreizt; er ließ sich zu leicht ablenken. Er sah zu, wie sie mit kraftvollen Flügelschlägen und langgestreckten Beinen in verschiedene Richtungen flogen. Irgendwie freute es ihn, als sie auf einem kleinen Hügel östlich von ihm wieder zusammenfanden.

»Ihrem Gang nach zu urteilen, würde ich sagen, ihr Fang ist nicht gerade üppig ausgefallen.« Die Stimme kam vom Hügelhang hinter ihm. Ängstlich zusammenzuckend erkannte er McGings nasales Brummen.

»In dem Gewässer hier tut sich nichts«, sagte Roarty und wandte sich zu dem massigeren Mann um.

»Haben Sie's am Lough of Silver versucht?«

»Ja«, log er. »Sie steigen nicht, die Mistviecher.«

»Unmöglich. Nicht bei Wind aus dieser Richtung. Die beste Richtung, die's gibt.«

McGing kam den Hang herunter, gefolgt von Roartys

Blicken. Das hohe Heidekraut streifte die Gummistiefel des Polizisten. Er trug eine grüne Cordhose, die er in seine Stiefel gesteckt hatte, und eine dornensichere grüne Jacke mit prallen Taschen, sodass er noch breiter und unbeholfener wirkte als in seiner Uniform. Sein Gesicht war gerötet, und als er zu Roarty trat, bemerkte dieser in McGings linkem Auge eine Träne, da er gegen den Wind gegangen war. Er war deutlich übergewichtig; sah aus wie ein Mann, der auf einen frühen Herzinfarkt zusteuerte.

Sie standen am Ufer, die Gesichter dem ruhigen Gewässer zugewandt, zwei einstmals kräftige Männer, die ihre besten Jahre hinter sich hatten. Roarty dachte, dass man, wenn sie miteinander ringen müssten, nicht sagen konnte, wer von ihnen gewinnen würde. Aber sie würden nicht miteinander ringen. Jeder Konflikt zwischen ihnen wäre der Zusammenprall zweier unversöhnlicher Intellekte.

»Und was für eine Fliege haben Sie genommen?«, fragte McGing.

»Eine Connemara Black.«

»Dann versuch ich's mit 'ner Zulu. Am Lough of Silver müssten beide Erfolg haben, so wie der Wind steht und der Himmel aussieht.«

»Sie können jede Fliege probieren, die Sie wollen. Wird nicht den geringsten Unterschied machen. Hab mein Bestes getan, aber ein großer schwarzer Wasservogel hat den bösen Blick nach mir ausgesandt.«

»Ein großer schwarzer Wasservogel? Sie meinen einen *duibhéan?*«

»Es war kein *duibhéan*. Kein Kormoran hat seinen Kopf je so stillgehalten.«

»Es gibt nichts anderes«, sagte McGing. »Habe ihn doch letzte Woche selbst gesehen, einen großen *duibhéan,* groß wie ein Schwan.«

»Aber es gibt keinen *duibhéan,* der so groß wäre wie ein Schwan.«

»Stellen wir ihn auf die Probe. Wir erschrecken ihn, damit er seinen Ruf ausstößt.«

Mühsam erklommen sie den Hügel. Als sie sich in Sichtweite des anderen Sees befanden, war von dem Wasservogel nichts mehr zu sehen.

»Er ist fort«, sagte Roarty. »Vielleicht fangen Sie ja jetzt etwas.«

»Es war bestimmt ein *duibhéan.* Die kommen vom Meer ins Landesinnere, um Abwechslung in ihren Speiseplan zu bringen.«

»Es war kein *duibhéan,* wenn ich's Ihnen doch sage. Es war ein großer dunkler Vogel, wie ich ihn noch nie zuvor gesehen habe.«

»Den haben Sie sich nur eingebildet«, legte McGing den Streit schließlich bei. »Wollen Sie jetzt, wo Sie ihn nicht länger sehen können, noch mal Ihr Glück versuchen?«

»Nein«, antwortete Roarty. »Ich werde heute keine weitere Fliege nass machen.«

McGings flauer Versuch, witzig zu sein, hatte ihn verärgert. Er machte sich auf den Weg über das braune Moorland, seine Gedanken eilten ihm voraus. Noch immer war er beklommen, inzwischen aber hatte er ein unmittelbares Ziel vor Augen. Noch am Abend würde er so undurchschaubar sein wie ein Fischreiher und zugleich ein wachsames Auge auf Potter haben. Sein Ausflug zu den Seen war nicht umsonst gewesen.

SIEBEN

Am Tor des Pfarrhauses wartete Potter auf Nora Hession. Ein paar Tage zuvor war er ihr zufällig im Dorf begegnet, als sie gerade in eine Schaufensterauslage blickte. Als er sie fragte, ob sie ihr Spiegelbild studiere, antwortete sie, sie suche nach etwas, das nicht vorhanden sei.

»Wenn Sie mögen, fahre ich Sie am Samstag zum Einkaufen nach Donegal Town. Vielleicht finden Sie ja dort, was Sie hier nicht finden, was immer es auch ist.«

»Wie kommen Sie darauf, dass ich einkaufen gehen möchte?«, fragte sie lächelnd.

»Würden Sie sich lieber einen Film ansehen?«

»Warten Sie um fünf Uhr vor dem Tor des Pfarrhauses auf mich, kommen Sie nicht herein«, sagte sie und wandte sich ab.

In der Zwischenzeit hatte er, ohne dass es auffiel, Roarty ein paar beiläufige Fragen über ihre Schwester gestellt und dann, in einem Nachsatz, ein paar Fragen zu Nora selbst.

»Sie sind ein seltsames Paar«, sagte Roarty. »Beide ohne Glück in der Liebe, beide von unwürdigen Männern nicht gewürdigt. Maggie verzehrt sich noch immer nach ihrem Gentleman aus dem schottischen Hochland, und Nora, die früher Lehrerin war, ist nicht mehr die Alte, seit sie mit einem nichtsnutzigen Lump aus Glenroe nach England durchgebrannt ist. Niemand weiß, was sich zwischen den beiden zugetragen hat. Nach sechs Monaten kam sie nach Hause und sah aus wie ein Gespenst, nur noch ein Schatten ihrer selbst. Sie hielt es nicht mehr aus, zu unterrichten, und so endete sie als Haushälterin von Kanonikus Loftus. Ach, sie ist ein trauriges Mädchen. Noch am lichtesten Sommertag kann man's in ihren Augen sehen.«

Potter stellte den Motor ab und beobachtete, wie ein Regenschauer vom Meer den Felsvorsprung im Norden einhüllte. Der Schauer zog am Berg entlang, ein grauer Schleier, der die Helligkeit der Landschaft trübte. Ein paar glitzernde Regentropfen fielen auf die Windschutzscheibe des Wagens. Die Tür des Pfarrhauses ging auf, und Nora Hession kam die Auffahrt herunter. Mit der Vorsicht eines Fischreihers stakste sie zierlich in hohen Absätzen heran. Bei dem Vergleich empfand er einen vorübergehenden Kitzel, sah er doch unter einer Abendsonne Seen und Moore vor sich und einen einsamen Reiher, der fischte. Im Nu hatte sie den Wagen mit einem Duft gefüllt, der ihn an zerriebene Hasenglöckchen erinnerte und an einen Tag in Derbyshire, als er noch ein Junge war.

»Warum haben Sie mich gebeten, draußen vor dem Tor auf Sie zu warten?«

»Ihr Auto ist größer als das des Kanonikus. Für einen Priester hat er durchaus weltliche Charakterzüge. Möglicherweise wird er neidisch.«

»Sie wollen ihm also Neid ersparen?«

»Neid ist eine der sieben Todsünden. Obwohl ich dafür bezahlt werde, für sein leibliches Wohl zu sorgen, halte ich es für meine Pflicht, ihn nicht in Versuchung zu führen.«

»Sie sind eine vorbildliche Haushälterin, die sich nicht nur um die Hauswirtschaft kümmert.«

Er lächelte in sich hinein und fuhr durchs Dorf. Beinahe hätte er einen jungen Hahn überfahren. Während sie ihm erzählte, was der Kanonikus gern morgens auf seinem Toast aß, lenkte er den Wagen über den Hügel hinter dem Dorf hinauf. Bald fuhren sie über den Abar Rua, das Moorland, das sich zu beiden Seiten der Straße erstreckte. Auf einem blauen See war ein einziges gelbes Boot zu sehen, zur Rechten die dunkle Masse des Slieve League. Die Straße war schmal, und die Kurven kamen so überraschend, dass er kaum die Hand vom Schaltknüppel nehmen konnte. Hinter Glenroe fuhren sie durch eine freundlichere Landschaft mit Auffahrten zu Cottages und Bauern und ihren Söhnen, die auf den Wiesen neben der Straße Heu machten.

Die Westküste Irlands war rau und karg, Lichtjahre entfernt von »Englands grünem und lieblichem Land«, eine Landschaft, die von einer vertrackten Geschichte geformt worden war, bis zum Äußersten von den Kräften der Erosion zerfressen, in ihrer Unfruchtbarkeit nicht zu unterbieten. Es war eine Landschaft grüner Flecken, die zaghaft gegen die Wildheit der sich ausbreitenden Heide ankämpften; mit Bruchsteinmauern statt Hecken; verkrüppelten Bäumen, gebeugt von meeresfeuchten Winden; Straßen, die sich zu längst verlassenen Gehöften und kahlen Bergkuppen schlängelten; und einsamen Stränden zwischen schwarzen Felsen und dem quälenden Tosen der See.

Es war ein fremdartiges Land, das etwas Elementares in seinem Charakter ansprach. Er entnahm ihm ein Bild, das ihn nicht nur dem lebendigen Herzen der Landschaft nahebrachte, sondern auch dem innersten Kern seiner eigenen Erfahrung als Mann: ein einsamer Fischer in einem Boot auf einem Gebirgssee bei Einbruch der Nacht, Dunkelheit in den Mulden der Hügel und auf dem trüben Wasser Streifen gebrochenen Lichts. Der Mann und das Boot waren eine bloße Silhouette, dunkle Konturen vor dem Spiel des Wassers, die umliegende Landschaft undeutlich im schwächer werdenden Licht. Als er diese stumme Gestalt, einen Angler, der nicht länger fischte, zum ersten Mal erblickt hatte, war er ergriffen gewesen wie sonst nie auf dem Land. Und er hatte dieses Bild mit sich herumgetragen, bis er zufällig auf ein wirkmächtigeres gestoßen war: einen grauen Reiher, der knietief in einem steinigen Moorsee fischte, wie eine Statue, ganz für sich und zeitlos – ein Zeichen dafür, dass eine Landschaft ein eigenes Leben führte, tiefgründiger, mysteriöser noch als das Leben ihrer Bewohner. In dem Gefühl, eine weitere Haut von der Zwiebel gepellt zu haben, sagte er sich, dass er nicht so sehr ein Paradigma für Irland als vielmehr ein Paradigma für das Leben schlechthin enthüllt hatte, für das Grauen und die verzweifelte Einsamkeit, die ihm innewohnte. In einem Anfall von Erkenntnis bemerkte er die zarten Falten, die sich von Noras Mundwinkeln verzweigten, und er fragte sich, ob sie sich vor der Nacht fürchtete.

Sie fuhren zwischen zwei Zeilen traurig aussehender doppelstöckiger Häuser dahin, die er zu ignorieren versuchte.

»Heruntergekommene Dörfer sind die hässlichsten Male Irlands, Warzen im Gesicht der Landschaft.«

»Ich habe den größten Teil meines Lebens in einem davon gewohnt«, sagte sie.

»In England verschönern Dörfer die Landschaft; für die meisten Engländer verkörpern sie ein Lebensideal. Die unversöhnlichsten Feinde der Dorfbewohner sind die Städter, die jeden Sonntag meilenweit für Tee und Scones dorthin fahren. Ich kann mir niemanden vorstellen, der auch nur eine halbe Meile fahren würde, um in einer dieser armseligen Häuseransammlungen Tee zu trinken. Sie sehen alle gleich aus, eine Straße mit einer Reihe gesichtsloser Häuschen auf jeder Seite: eine Kirche, zwei Geschäfte, eine Tankstelle, sechs Pubs und das, was Sie eine ›Polizeikaserne‹ nennen. In England spielen wir alle Möglichkeiten durch; wir haben nicht nur Straßendörfer, wir haben auch Angerdörfer, Dörfer, die um eine Grünfläche herum angelegt sind, auf der die Leute früher Kricket gespielt haben. Es ist ein einfacher Grundriss, aber hier scheint niemand darauf gekommen zu sein.«

»Wenn Sie schon keine irischen Dörfer mögen, dann mögen Sie die, die darin leben, vermutlich noch weniger.«

»Haben Sie schon mal ein englisches Dorf gesehen?«

»Nein. Meine sechs Monate in England habe ich in London verbracht.«

»Das war ein Fehler. Dann haben Sie England nicht gesehen.«

»Ich habe den Serpentine gesehen und musste weinen, als ich an den Lough of Silver dachte. Der Serpentine war so künstlich, so überfüllt mit Menschen mit schwerem Magen nach dem Sonntagsbraten. Es kam mir vor, als wäre alle Hässlichkeit der Menschheit dort versammelt.«

Als er einen Blick auf ihr ernstes Profil warf, merkte er, dass das Gespräch eine falsche Wendung genommen hatte. Er wollte mit ihr nicht über den Serpentine reden, sondern am Ufer des Lough of Silver mit ihr spazieren gehen und ihr vielleicht die Regungslosigkeit eines Fischreihers zeigen. Am besten wäre es, er würde gar nichts sagen; er würde ihr erlauben, ihm ihren Lough of Silver zu enthüllen, und so vielleicht etwas entdecken, was kein Reiseführer ihm vermitteln könnte.

»Um den Lough of Silver wirklich zu kennen, hilft es, den Serpentine gesehen zu haben«, sagte er entschuldigend. »Wir finden uns nur in Gegensätzen.«

»Und es ist mein Los, von Männern ins Kino ausgeführt zu werden, die Gefallen an Haarspaltereien haben.«

»Und wer ist der andere Haarspalter in Ihrem Leben, wenn ich fragen darf?«

»Kanonikus Loftus. Wie Sie versteht er es, mir das Gefühl zu vermitteln, dass ich überaus einfältig bin.«

Donegal Town hatte das Aussehen eines Ortes, der es darauf anlegte, Stadt und Dorf in einem zu sein. Potter parkte am Diamond, und im ständigen Zwielicht der Lounge Bar des Central Hotel nahmen sie einen Drink.

»Welchen Film sehen wir uns denn an?«, fragte sie und nippte zu geziert an ihrem Sherry, nippte daran wie ein Mädchen, das es vorgezogen hätte, ihn in einem Zug auszutrinken. Sie hatte einen Fuß um das Tischbein gehakt, und er vermutete, dass sie sich seiner Bemerkungen wegen unwohl fühlte. Er fragte sich, ob seine gutgemeinte Abhandlung über irische Dörfer unbedacht gewesen war.

»Welchen Film? Ich wollte nachschauen, hab's aber vergessen.«

»Sie haben sich den Einheimischen ja schon gut angepasst. Das würde ich eher von einem Iren als von einem Engländer erwarten.«

»Sie dürfen von mir nicht erwarten, dass ich für irgendetwas typisch bin. Ich bin hierhergekommen, um ich selbst zu sein.«

»In der Fremde ist es schwierig, man selbst zu sein. Das weiß ich aus eigener Erfahrung«, sagte sie ernst.

»Dann könnten Sie mir vielleicht etwas darüber beibringen.«

»Die erste Lektion lautet, so wenig wie möglich zu sagen und alle anderen reden zu lassen.« Sie wandte sich ihm mit einem rätselhaften Lächeln zu.

Sie schlenderten zum Four Masters' Cinema hinüber. Auf dem Weg hielten sie an, um Schaufenster zu betrachten.

»Mein Gott, es ist *My Fair Lady*«, sagte er. »Dieser Film folgt mir überall hin.«

»Den wollte ich immer schon sehen«, sagte sie begeistert.

»Dank Frauen wie Ihnen habe ich ihn schon viermal gesehen, und *Pygmalion* habe ich zweimal gesehen. Trinken wir stattdessen lieber noch einen im Central.«

»Ich möchte den Film aber sehen.«

»Sie wollen doch einen herrlichen Abend wie diesen nicht in einem stickigen Flohkino verbringen. Kommen Sie, wir gehen wieder ins Central, und ich singe Ihnen ›Es grünt so grün‹ vor. Und besser als die im Film beherrsche ich Cockney allemal.«

»Nein, danke.«

»Gibt's hier noch ein Kino?«

»Nein.«

Sie kamen gerade noch rechtzeitig zum Hauptfilm. Er saß neben ihr in dem abgedunkelten Kinosaal und überlegte, ob er das mittlere Lebensalter wohl ebenso würdevoll überstehen werde wie Rex Harrison. Er fragte sich, warum er vom Schicksal dazu bestimmt war, Frauen kennenzulernen, deren Theater- und Kinogeschmack nicht dem seinen entsprach. Margarets Geschmack in Sachen Bücher, Theater und Kino war ihm völlig unverständlich geblieben, und doch hatte er volle fünf Jahre ausgeharrt in der Hoffnung, dass sie am Ende doch noch »zusammenwachsen« würden, dass sich ihrer beider Leben irgendwie ineinanderschlingen würden wie die Zweige zweier benachbarter Bäume. Sie war die Erste, die zur Einsicht gelangte; sie war entschlossener als er, eher gewillt zu verletzen. Die Art, wie sie ihn verlassen hatte, schmerzte ihn noch immer, selbst im Dunkel des Kinosaals und trotz Nora Hessions Gesellschaft und der durchscheinenden Schönheit Audrey Hepburns. Es war sein beunruhigendes Gefühl des Scheiterns, der persönlichen Niederlage gewesen, das ihn hierhergeführt hatte.

»Wir werden im Central zu Abend essen«, sagte er, als der Film schließlich zu Ende war.

»Lieber nicht. Ich komme sonst zu spät zurück. Die Stufen im Pfarrhaus sind alt, und wenn sie knarren, wacht der Kanonikus auf.«

»Ich verstehe nicht, weshalb wir dem Kanonikus gestatten sollten, uns den Abend zu verderben.«

»Er hat uns den Abend nicht verdorben. Mir zumindest hat er ihn nicht verdorben. Ich sage Ihnen, was wir tun: Auf der Rückfahrt essen wir in Garron Fish & Chips.«

»Sind Fish & Chips nach der Traumwelt von *My Fair Lady* nicht ein bisschen schäbig?«

»Nicht, wie sie in Garron zubereitet werden. Die Fische sind frisch gefangen und schmecken noch nach Meer.«

Er tat, wie geheißen. In Garron hielten sie vor dem Fish & Chips-Laden an und stellten sich in die Schlange, die sich bis zur Tür erstreckte.

»Ich bin mir nicht sicher, ob mir das gefällt«, sagte er und warf einen besorgten Blick auf die lärmenden Teenager zu beiden Seiten.

»Wir brauchen ja nicht hier zu essen. Wenn Sie wollen, essen wir im Auto.«

Sie fuhren zur anderen Seite des Hafens und parkten am Ufer. Eine Weile saßen sie schweigend da und aßen ihre in Zeitungspapier eingewickelten Fish & Chips. Er fühlte sich ein wenig ausgenutzt und redete sich ein, dass Mondschein auf Wasser überall derselbe sei.

»Für mich gibt es nichts weniger Schönes als den Mond vier Tage nach Vollmond«, sagte er.

»Warum?«

»Er ist so asymmetrisch. Er sieht aus, als hätte jemand mit der Schere das obere Stück herausgeschnitten.«

»Schauen Sie doch lieber aufs Wasser. Es ist wunderschön. Mit dem Kanonikus komme ich immer nach dem Kino hierher. Er ist in einem Fischerdorf zur Welt gekommen. Es gibt nichts, was er lieber mag als Boote.«

Die Lichter der Stadt umgaben den kleinen Hafen. Wenn man aufs Wasser blickte, mochte man glauben, es gebe unter den Wellen eine weitere Stadt. Es kam ihm vor, als lebe er in einer versunkenen Stadt, die einen gebrochenen Anblick des rätselhaften Lebens oberhalb der Wasserfläche bot. Für einen Sekundenbruchteil sah er sich mit Noras dunklen, scharfen Augen.

»Essen Sie auch mit dem Kanonikus Fish & Chips?« Während er auf ihre Antwort wartete, betrachtete er den Wald aus Masten auf der anderen Seite des Hafens und ein schwaches Licht im Ruderhaus des nächsten Kutters.

»Auf der Rückfahrt von Donegal Town essen wir hier immer Fish & Chips. Wir sitzen im Auto und betrachten die Lichter auf dem Wasser.«

»Dann ist unser Abend also nur eine Wiederholung all der Abende, die Sie mit dem Kanonikus verbracht haben?«

»Nicht unbedingt. Heute Abend ist das Gespräch anders verlaufen, das Gefühl, dass die Zeit vergeht, deutlicher.«

»Was für eine Sorte Mann ist der Kanonikus? Ist er so streitlustig, wie er in seinen Predigten klingt?«

»Wenn man ihn kennenlernt, ist er anders. In seinen Predigten behauptet er, Frauen seien die Wurzel allen Übels, aber so äußert er sich nicht Frauen im wirklichen Leben gegenüber. Man könnte sagen, er behandelt uns alle mit skeptischer Herzlichkeit.«

»Ein kluger Mann respektiert seinen Feind.«

»Ich bin überzeugt, dass er mich hin und wieder als einen Feind ansieht, zumindest als jemanden, der mit dem Erzfeind im Bunde steht.«

»Warum bezahlt er Sie dann dafür, dass Sie bei ihm bleiben?«

»Ihm schmeckt mein Essen. Er sagt, ich bin die erste Köchin, die ihn je in Versuchung geführt hat. Bevor er mir begegnet ist, sagt er, hat er nur gegessen, weil er musste.«

Er musterte ihr Profil, um herauszufinden, ob sie es ernst meinte – in Irland immer ein Problem. Obwohl ihre Bemerkungen von Scharfsinn zeugten, lag ein Glanz von Unschuld über ihrer Ausdrucksweise, der ihren Worten Originalität verlieh.

»Worüber spricht er, wenn Sie mit ihm zusammen sind?«

»Er stellt mir die ganze Zeit Fragen, genau wie Sie. Er ist ein sehr frommer Mann, auch wenn man das nie vermuten würde, wenn man ihn in seinem Overall einen Traktor fahren sieht. Sobald auf der Leinwand geküsst wird, schließt er die Augen. Wir haben eine stillschweigende Übereinkunft. Wenn die Gefahr vorüber ist und er wieder hinschauen kann, stoße ich ihn an.«

»Ich frage mich, wieso er beim Küssen nicht zusehen will.«

»Ich glaube, ich weiß es«, sagte sie bedächtig. »In seinen jungen Jahren war er ein Mann mit starken Leidenschaften.«

Er legte einen Arm um sie und zog ihren dunklen Schopf an seine Schulter. Ihr Haar auf seiner Wange fühlte sich weich an, und der warme Duft ihres Körpers vermischte sich mit dem Geruch nach Fish & Chips im Auto. Sie hob den Kopf, um ihn anzusehen. Als er sie auf die Lippen küsste, kitzelte etwas an seiner Wange. Mit den Fingerspitzen berührte er ihr Gesicht und merkte, dass es nass war.

»Vergießt du immer Tränen, wenn du geküsst wirst?«, fragte er und reichte ihr verwirrt sein Taschentuch.

»Geweint habe ich beim ersten Mal, aber das ist zehn Jahre her.«

»Und warum hast du eben geweint?«

»Ich glaube, wegen des Kanonikus. Es war so seltsam, geküsst zu werden, nach den Fish & Chips in Garron.«

Sie fuhren nach Hause, ohne viel zu reden. Potter fragte sich, weshalb eine erwachsene Frau weinte, wenn sie geküsst wurde. Das war ihm noch nie passiert, und ganz gewiss nicht bei Margaret. Lag es an Noras Zögern, sich nach sechs Jahren der Selbstverleugnung aus ihrem Gehäuse herauszuwagen? Oder daran, dass sie trotz seiner anfänglichen Kälte die Zärtlichkeit spürte, die er für sie empfand? Vielleicht hatte sie das Pfarrhaus als Zuflucht vor Männern angesehen, die ihr das Gefühl gaben, verletzlich zu sein. Der Kanonikus war ein Mann und doch kein Mann. Sie konnte sein Haus mit ihm teilen, kochen und waschen und gefahrlos auf jede seiner Launen eingehen, nie würde er Forderungen stellen, die sie nicht erfüllen konnte. Jetzt sah sie sich einem anderen Tier gegenüber, einem Fremden, der ihr einen Spiegel vors Gesicht halten und ihr vielleicht überraschend zur Selbstfindung verhelfen würde.

Wenn er sich mit ihr unterhielt, war er sich bewusst, dass er seine Worte mit Sorgfalt wählte; dass er so behutsam auftrat, als trüge er einen randvollen Becher, der beim leisesten Straucheln überzuschwappen drohte. Er war auf ein Leben mit unüberwindbaren Grenzen aufmerksam geworden, das in seiner Zurückgezogenheit beängstigender war als jedes andere, mit dem er bislang zu tun gehabt hatte. Unbeabsichtigt hatte er sich auf unbekanntes Terrain verirrt, auf das seine Beziehung mit Margaret ihn nicht vorbereitet hatte. Jetzt begriff er, wie wenig Schatten es in seinen Beziehungen mit anderen Frauen gegeben hatte. Ihm schien, als könne es ohne Schatten nur jene Blindheit geben, die von einem Übermaß an Licht herrührt.

Vor dem Pfarrhaustor hielt er an und drückte ihre Hand.

»Mir mir wirst du aufblühen, wart's nur ab«, sagte er. »Von jetzt an wirst du nur noch die Wärme der Sonne spüren.«

Sie lachte leise über seine törichte Zuversicht.

»Hier ist die Sonne niemals warm«, sagte sie. »Selbst an den schönsten Tagen weht eine Brise vom Meer.«

ACHT

In den vierzehn Tagen nach Erhalt des Briefes schlief Roarty nur wenig, und wenn er doch einmal schlief, wurde er von immer demselben Traum beunruhigt. Die Hände auf dem Rücken gefesselt, irrte er in einer düsteren Landschaft umher. An den Wurzeln seiner wehenden Haare wimmelte es von zappelnden Maden, die über seine Kopfhaut krabbelten, sich in die Haut hineinbohrten und auf den harten Knochen seines Schädels klopften. Außerstande, sich am Kopf zu kratzen, sagte er sich, dass das, was er erlebt hatte, nichts war, verglichen mit dem, was ihm noch bevorstand. Was, wenn die Maden sich durch den Knochen wühlten und das Innerste seines Schädels fraßen, das Hirnmark, welches allem Leben und Treiben einen Sinn gab? Seine Hände waren noch immer gefesselt, ungestüm rannte er mit dem Wind und hielt seinen Kopf unter einen Sturzbach, bis das eiskalte Wasser heilend um seine Ohren floss. Durch seine Beine hindurch erblickte er eine auf dem Kopf stehende Landschaft und eine auf dem Kopf stehende Kuh, die sich an einer Stelle hinter ihm an den im Wasser treibenden Maden aus seinem verseuchten Haar labte.

Als er aus dem Westfenster zum Rannyweal blickte, fragte er sich, wie lange ihn diese furchterregenden Albträume noch verfolgen würden. Er hatte die Zahlungsaufforderung des Bogmailers zwar ignoriert, sie zu vergessen war allerdings nicht so einfach. Dauernd hing eine undurchlässige schwarze Wolke in seinem Hinterkopf, die ihn niederdrückte und ihm die Erkenntnis aufzwang, dass es unter den

Männern in der Schankstube, die über seine Witze lachten, einen gab, der ...

Obwohl ihm kein Wort und keine Nuance ihrer Gespräche entgingen, blieb ihm der Moment der Gewissheit, die Enthüllung, die er ersehnte, nach wie vor versagt. Nach vierzehn Tagen hatte er bei aller Wachsamkeit nichts weiter vorzuweisen als den vagen Anfangsverdacht, dass Potter der Mann war, den er im Auge behalten musste, sowie die wachsende Angst, dass McGing ihn eines Morgens mit den gefürchteten Beweisen konfrontieren würde.

Angst und Ungewissheit konnte er ertragen, zumindest für eine Weile. Schwerer auszuhalten war die Einsamkeit des Argwohns, eines stets zweifelnden Verstandes. Es war, als blicke man durch das falsche Ende des Teleskops auf die Welt. Schade, dass es ausgerechnet Potter sein musste, denn Potter war ein potenzieller Freund. Er war eine unbekannte Größe, auf seine Art ebenso rätselhaft wie die Tierwelt, die er durchs Fernglas beobachtete, und aus diesem Grund würde er sich mit ihm anfreunden, ihm die Hand reichen über die tiefe Kluft menschlicher Einsamkeit hinweg, die jede kreatürliche Nähe bedrohte, zu der der Mensch fähig war. Er würde ihn zu einem abendlichen Angelausflug in seinem Boot einladen, und wenn sie scherzten und sich unterhielten, würde aus ungezwungener Kameradschaft wechselseitiges Vertrauen erwachsen. Selbst ein flüchtiger Einblick in Potters Absichten würde ihn beruhigen. Zudem wäre es weitsichtig, sich mit ihm anzufreunden, denn sollte es je erforderlich werden, ihn »auszulöschen«, wäre ein Freund der Letzte, der in Verdacht geriete.

Er wandte sich an Gimp Gillespie, den einzigen Gast.

»Hab gehört, dass Potter Nora Hession den Hof macht«, sagte er in der Hoffnung, Gillespies vergebliche Schwärmerei für Nora würde ihn dazu veranlassen, seine wahren Gefühle über seinen Rivalen zu offenbaren.

»So sagt man.« Gillespie sprach, ohne den Blick von seinem Glas abzuwenden.

»Ein seltener Vogel, unser Potter.«

»Er schießt aus der Hüfte, so viel will ich zu seinen Gunsten sagen.«

»Hast du ihn je schießen sehen?« Obwohl er merkte, dass Gillespie zu keinem Gespräch aufgelegt war, bohrte Roarty weiter.

»Eigentlich wollte ich damit sagen, dass er weiß, was er will, und es ausspricht.«

»Er ist sehr englisch. Hat keinen Sinn für Umwege – kommt zu schnell zur Sache.«

»Wir alle haben unsere Fehler, nehme ich an.« Gillespie lächelte schwach in sich hinein.

»Er ist anders als du und ich. Er ist stets auf der Hut, selbst wenn er lacht, und er lacht nie länger, als er es für unbedingt erforderlich hält. Einmal habe ich ihn sagen hören, Gelächter lasse den Atem stocken, Gähnen sei die bessere Medizin.«

»Das hat er gesagt, um Cor Mogaill lächerlich zu machen. Er ist zu intelligent, um nicht den therapeutischen Nutzen des Lachens einzusehen.«

»Ist dir schon mal aufgefallen, wie er redet?«, fragte Roarty hoffnungsvoll. »Alles, was er sagt, könnte man aufschreiben, ohne ein Wort zu verändern, als hätte er sich alles im voraus zurechtgelegt. Keine Spontaneität, das ist sein Problem.«

»Er spricht so, wie wir, du und ich, auf dünnem Eis gehen würden, bahnt sich vorsichtig einen Weg zwischen den Wörtern hindurch. Eine Angewohnheit, die mir an Männern aufgefallen ist, die mit Sprache nicht auf natürliche Weise umzugehen wissen.«

»Das könnte ein englischer Charakterzug sein«, versuchte Roarty ihn zu ermuntern.

»Ich halte Potter nicht für einen typischen Vertreter seiner Nation. Potter mag Engländer sein, aber er wurde von Jesuiten unterrichtet.«

»Eine wirksame Kombination«, sagte Roarty nachdenklich. »Kein Wunder, dass sein Geplauder so gequält wirkt.«

»Als Journalist würde ich es nicht gequält nennen.«

»Ich meinte gewunden.«

»Ich finde es auch nicht gewunden«, sagte Gillespie. »Ich finde es sehr pointiert.«

»Na, dann weißt du ja, wieso Nora Hession angebissen hat.«

Roarty drehte sich wieder zum Fenster um. Er fand, dass Gillespie unaufrichtig war. Offensichtlich war er eifersüchtig auf Potter, und doch ergriff er dessen Partei. Vielleicht hatte Gillespie selbst etwas zu verbergen. Als er sich vom Fenster abwandte, fand er ihn in tiefe, tiefe Nachdenklichkeit versunken, die Nachdenklichkeit eines Mannes mit schlechtem Gewissen.

Kanonikus Loftus, der mit seinem Traktor und einer Fuhre Heu die Auffahrt heraufkam, hielt an, als Nora Hession aus dem Pfarrhaus trat. Sie berieten sich kurz, und Roarty überlegte, ob möglicherweise auch der Kanonikus auf Potter eifersüchtig war. Schließlich war er ein Mann mit den Empfindlichkeiten eines Mannes und stand Nora näher als jeder andere im Tal. Fasziniert von dem Gedanken, beobachtete er ihren beschwingten Gang, als sie in flachen Schuhen und weitem Kleid die Ard Rua heraufkam, ein Inbild ruhiger Selbstbeherrschung auf der leeren Straße. Eine ungewöhnliche Frau. Eine *Rara Avis*. Hatte sie endlich den

Mann gefunden, auf den sie gewartet hatte? Eine wirksame Kombination, ein Mysterium innerhalb eines Enigmas. Vielleicht sah Gillespie ihn ja tatsächlich mit einem verzeihenden Auge. Potter war ein Chamäleon, das in unterschiedlicher Gestalt auftrat und zu unterschiedlichen Menschen mit unterschiedlichen Zungen redete. Ein Mann, auf den man ein Auge haben musste; ein Mann, der sich von gewöhnlichen Männern unterschied. Heute Abend würde er ihn sehen und das Boot erwähnen. Vielleicht würden sie es sich ja zur Gewohnheit machen, gemeinsam fischen zu gehen. An dieser rauen Küste gab es nichts Natürlicheres als Tod durch Ertrinken bei einem Bootsunglück.

»Guten Morgen, Mr Roarty.« Er brauchte sich gar nicht erst umzudrehen. Er erkannte den Hohn in dem singenden Tonfall.

»Guten Morgen, Sergeant. Sie sind früh dran, es ist erst halb zwölf.« Er griff nach einem Pintglas.

»Nein, kein Bier«, sagte McGing. »Ich bin dienstlich hier. Ich möchte Sie bitten, mich zur Polizeikaserne zu begleiten, um eine Identifizierung vorzunehmen.«

»Wovon?«, fragte Roarty. Sein Mund wurde trocken.

»Wenn ich das wüsste, würde ich Sie nicht bitten. Ich hoffe, Sie haben nichts dagegen, einem Polizisten bei seinen Ermittlungen behilflich zu sein.«

»Wenn Sie einen Moment warten, hole ich Susan, damit sie sich um den Tresen kümmert, solange ich fort bin.«

Er ging in die Küche. Auf seiner Stirn perlte kalter Schweiß. Sobald er Susan losgeworden war, strebte er zur Anrichte und holte den Gin hervor. Er goss sich einen vierfachen Gin in einen Deckelkrug und füllte diesen mit einem halben Pint Guinness und einem reichlichen Spritzer Ingwerlimonade auf. Es war ein Elixier, das er für Katastrophen in Reserve hielt, und für den Fall, dass bloßes Nippen die

Wirkung beeinträchtigte, trank er die Hälfte in einem Zug aus. Er würde McGing zur Polizeikaserne begleiten, als sei er darauf erpicht, ihm einen Gefallen zu tun. McGing war eigensinnig; er war kein Mann, mit dem man sich ohne guten Grund anlegte. Die Art, wie er beim letzten Halloweenfest mit dem Dorfschneider umgesprungen war, war typisch für einen Mann, der selbst bei den winzigsten Angelegenheiten seinen Kopf durchsetzen musste. Vermummte Gestalten hatten zum Scherz die Plätteisen des Schneiders mitgehen lassen, und der Schneider, ein ernsthafter Mann, hatte den Diebstahl McGing gemeldet.

»Die Vermummten haben zwei Schwanenhälse gestohlen«, sagte er.

»Wie lang waren die Schwanenhälse?«, fragte McGing und zückte sein Notizbuch.

»Ich rede nicht von Vögeln, ich rede von meinen Bügeleisen mit Schwanenhalsgriff«, sagte der Schneider verzweifelt.

»Ich werde der Sache gerne nachgehen«, sagte McGing. »Wenn Ihnen Schwäne abhandengekommen sind, handelt es sich um fehlende Vögel. Sind Ihnen aber Bügeleisen mit Schwanenhalsgriff abhandengekommen, ist das eine ganz andere Sache. Was ist Ihnen denn nun abhandengekommen, Schwäne oder Bügeleisen?«

»Bügeleisen«, sagte der Schneider mit bestürzter Resignation.

Damals hatte Roarty den Vorfall lustig gefunden, doch als er jetzt darüber nachdachte, war er nicht länger amüsiert. Er trank den halb leeren Krug aus und wischte sich über die Stirn. Gestärkt ging er zurück in die Schankstube, wo McGing Allegros Rücken streichelte und Gillespie sein Bestes tat, ihn dazu zu bringen, dass er mehr preisgab, als er durfte.

»Ist da 'ne Story für mich drin? Mehr will ich nicht wissen.«

»Es könnte die größte Story sein, die hier jemals an die Öffentlichkeit gedrungen ist. Merken Sie sich meine Worte, noch vor morgen Abend werden wir die Dubliner Tageszeitungen am Hals haben.«

»Dann sollte ich besser mitkommen«, sagte Gillespie.

»Noch nicht«, sagte McGing bestimmt. »Ich sage immer: Dienst ist Dienst, und Journalismus ist Journalismus. Aber wenn Sie heute Abend um sieben zur Polizeikaserne kommen, werde ich eine Erklärung abgeben. Sie werden der Erste sein, der die Neuigkeit erfährt, das verspreche ich.«

»Was ist passiert?«, fragte Roarty.

»Ich werde Sie nicht beeinflussen, indem ich es erzähle. Ich möchte, dass Sie es mit eigenen Augen sehen.«

Während Roarty mit ihm zur Kaserne fuhr, die etwa eine Viertelmeile außerhalb des Dorfes lag, unterhielt ihn McGing mit Anekdoten aus dem Polizeileben, die er aus seiner langen Beschäftigung mit den »Klassikern der Kriminologie« zusammengetragen hatte. Darauf bedacht, nichts Falsches zu sagen, hörte Roarty ihm in beklommenem Schweigen zu. Immer wieder rief er sich in Erinnerung, dass er keinen Grund zur Sorge hatte, dass McGing mindestens genau so ein Esel war wie Buridans legendäres Tier.

Als sie bei der Kaserne ankamen, ging McGing in die Küche voraus und setzte sich an den kahlen Tisch in der Mitte des Raumes.

»Was nun?«, fragte Roarty.

»Schauen Sie in den Kühlschrank.« McGing schob sich die Dienstmütze aus der breiten Stirn.

Roarty öffnete die Kühlschranktür, doch soweit er sah, waren die Fächer leer.

»Da ist nichts.« Er wandte sich zu McGing und fragte sich, worauf in aller Welt er hinauswollte.

»Schauen Sie ins Gefrierfach.«

McGing behandelte ihn wie ein Kind, und er verübelte ihm, dass er ihn offenbar für ein solches hielt. Dennoch öffnete er das Gefrierfach, das, bis auf einen weißen Plastikbeutel, ebenfalls leer war. Er drehte sich zu McGing um, der ihn mit einer Miene übertriebener Entspanntheit musterte.

»Machen Sie den Beutel auf und sehen Sie sich den Inhalt an.«

Roarty kam sich lächerlich vor, doch als er den Beutel aufmachte, wurde ihm speiübel. Er enthielt einen gefrorenen menschlichen Fuß, der etwa acht Zentmeter oberhalb des Knöchels abgetrennt worden war.

McGing stand auf, nahm Roarty den Beutel ab und legte ihn wieder ins Gefrierfach. Mit schwachen Knien und einer zu trockenen Zunge, als dass er etwas sagen konnte, setzte Roarty sich an den Tisch und begann seine Pfeife zu stopfen, ohne zuerst den Tabakrest herauszukratzen.

»Wie erklären Sie sich das?«, fragte McGing.

»Verstümmelung oder Mord«, brachte Roarty hervor. »Eins von beiden.«

»Erkennen Sie den Fuß?«

»Wie sollte ich einen Fuß erkennen? Einer sieht mehr oder weniger aus wie der andere.«

»Es ist der Fuß eines Freundes – eines abwesenden Freundes, wie ich hinzufügen möchte.«

»Ich verstehe nicht.«

»Eales«, sagte McGing mit selbstbewusster Überlegenheit.

»Woher wissen Sie das?«, fragte Roarty, weniger aus Neugier als aus dem verzweifelten Wunsch, das Gespräch in Gang zu halten.

»Um das Fußgelenk war ein Gepäckanhänger gebunden. Darauf stand: ›Eamon Eales, Fahrgast zum Hades, via Sligo.‹«

»Ein Spaßvogel mit makabrem Humor«, sagte Roarty.

»Aber ein Spaßvogel, der mir den einen oder anderen Anhaltspunkt geliefert hat, dem ich nachgehen kann.«

»Seine Handschrift?«

»Er hat mit einem Streichholz geschrieben, Druckbuchstaben, und zwar, wie ich vermute, mit der linken Hand. Aber er hat den Fehler begangen, ›Eamon‹ nur mit einem ›n‹ zu schreiben, so wie Eamon de Valera seinen Namen geschrieben hat. Die meisten Leute in Donegal würden den Namen mit zwei ›n‹ schreiben, so wie man ihn auf Irisch buchstabiert. Und welcher Bauer würde die Hölle ›Hades‹ nennen?«

»Da wäre ich mir nicht so sicher«, sagte Roarty langsam. »Seit der Bischof die Priester angewiesen hat, nicht länger über das Höllenfeuer zu predigen, nennt der junge Kurat sie in seinen Predigten oft ›Hades‹.«

»Bei Gott, da haben Sie recht«, sagte McGing. »Zwei Köpfe denken besser als einer, selbst ein guter. Jetzt möchte ich, dass Sie genau nachdenken. Hatten Eales' Füße etwas Unverwechselbares?«

»Sie haben gestunken – zum Himmel, nicht zur Hölle. Lotion und Parfüm, darin war er groß, aber den Geruch seiner Schweißfüße zu überdecken ist ihm nie gelungen.«

»Und wonach haben sie gerochen?« Aus der Brusttasche seines Uniformrocks kramte McGing ein Notizbuch hervor.

»An guten Tagen nach überreifem Gorgonzola und nach einer Woche ohne Bad nach fauligem Fisch.«

»Hätten Sie etwas dagegen, an dem Fuß im Kühlschrank zu riechen? Eine Identifizierung anhand des Geruchs müsste rechtlich ebenso akzeptabel sein wie eine visuelle Identifizierung.«

»Die Pflicht eines Bürgers, der Polizei behilflich zu sein, hat doch sicher Grenzen, oder? Ich ziehe die Grenze, wenn es darum geht, an den Füßen eines Toten zu riechen.«

»Nun gut. Ich muss Ihnen sagen, dass ich im Interesse der Wissenschaft selbst an ihm gerochen habe und ihn geruchlos fand. Was sagen Sie dazu?«

»Vielleicht ist es ja doch nicht Eales' Fuß?«

»Das ist ein Trugschluss. Der Fuß verströmt deshalb keinen charakteristischen Verwesungsgeruch, weil er gefroren war. Ich schätze, dass er kurz nach Todeseintritt abgesägt wurde und seitdem in einer Gefriertruhe gelegen hat. Sehen Sie, ein weiterer Anhaltspunkt. Nicht jeder hier in der Gegend hat einen Kühlschrank, und noch weniger Menschen haben eine Gefriertruhe.«

»Das grenzt die Liste der Verdächtigen doch schon einmal ein«, sagte Roarty, der keine Gefriertruhe besaß und den Geschmack seiner Pfeife allmählich zu genießen begann.

»Wir können sie noch weiter eingrenzen«, überlegte McGing. »Wir können sie auf allein lebende Männer – möglicherweise auch Frauen – eingrenzen.«

»Das verstehe ich nicht.«

»Nur ein allein lebender Mann könnte den Fuß im Haus aufbewahren. Was, wenn er eine Frau hätte und sie beim Herausnehmen des Sonntagsbratens den Fuß in der Gefriertruhe fände?«

»Da ist was dran.«

»Irgendwie habe ich das Gefühl, es mit einer hochkomplexen Intelligenz zu tun zu haben, möglicherweise mit einem irischen Moriarty, einem Mann, der glaubt, mich mit falschen Fährten wie ›Sligo‹ hereinlegen zu können. Und doch hat dieser raffinierte Spaßvogel einem Mann den Fuß abgehackt. Er ist zwei Männer in einem, zivilisiert, aber brutal.«

»Genau das habe ich auch gedacht«, sagte Roarty, dem aufging, dass der Sergeant auf seine phantasielose Art Potter beschrieben haben könnte.

»Schade, dass er einen Fuß statt einer Hand geschickt hat. Für einen Forensiker, verstehen Sie, wäre eine Hand von größerem Interesse. Im Todeskampf könnte sie einen Knopf, ein paar lose Haare oder ein paar Fasern von der Kleidung des Angreifers gepackt haben. Im Vergleich dazu verrät ein Fuß uns sehr viel weniger; allerdings wird er dem Gerichtsmediziner genug verraten, dass wir dem Mörder auf die Spur kommen. Er wird ihm verraten, wie lange nach Eintritt des Todes der Leichnam so brutal zerstückelt wurde. Ich selbst weiß, und ich bin kein Wissenschaftler, dass Eales nicht an Kohlenmonoxidvergiftung gestorben sein kann.«

»Nun, ich muss jetzt zurück«, sagte Roarty. »Susan wird bald das Mittagessen fertig haben.«

»Sie sind doch nicht etwa zimperlich? Sie kann nichts so leicht aus der Ruhe bringen, und dafür bewundere ich Sie. Eben noch haben Sie den Fuß eines Toten berührt, und schon freuen Sie sich auf Ihr Mittagessen.«

»Essen Sie denn nicht?«

»Eins nach dem andern. Zuerst muss ich die Mordkommission anrufen. Zweifellos wird man mit Ihnen sprechen wollen. Schließlich sind Sie die letzte Person, die Eales lebend und im Besitz seines Fußes gesehen hat.«

»Ich glaube nicht, dass ich behilflich sein kann, aber ich werde mein Bestes tun.«

»Sie haben mir geholfen, ohne es zu wissen. Sie haben mir geholfen, Klarheit im Kopf zu bekommen. Das hier könnte mich entscheidend weiterbringen, Roarty. Ich habe den richtigen Spürsinn. Jetzt endlich habe ich auch die Spur. Ich kann den Mörder buchstäblich riechen. Ich muss ihm nur noch ein Gesicht geben.«

McGing hob den Kopf und schnüffelte die Luft zwischen ihm und Roarty.

»Übrigens, wie sind Sie eigentlich an den Fuß gekommen?«

»Ich habe mich schon gefragt, wann Sie sich danach erkundigen würden. Immerhin ist es die naheliegendste Frage. Als ich heute Morgen aufgestanden bin, hing er dort am Türklopfer.« McGing hatte Roarty in die Diele hinausbegleitet, und als dieser jetzt nach der Klinke griff, fasste er ihn am Ärmel.

»Sie haben den Fuß gesehen. Nun sagen Sie mir, war es ein rechter oder ein linker?«

»Ein rechter, wenn ich mich richtig erinnere.«

»Sie irren sich, Tim. Eales, wo immer er sich befindet, ist kein Linksfüßer mehr. Und jetzt die letzte Frage: Wenn Sie einen Mann umgebracht hätten, wo würden Sie seine Leiche vergraben?«

»Ich habe keine Ahnung.«

»Denken Sie nach. Der Erfolg dieser Mörderjagd könnte sehr wohl von Ihrer Antwort abhängen.«

»Im Allgemeinen sind Mörder nicht sehr intelligent. Mit dem Mord beweisen sie ihr Unvermögen, ihre persönlichen Probleme mit Hilfe der Vernunft zu lösen. Wer immer das Verbrechen begangen hat, ist kein denkender Mensch. Wahrscheinlich ist er über seinen Garten nicht hinausgekommen.«

»Dann fangen wir also mit Ihrem Garten an.«

»Danke bestens, Sergeant.«

»Nichts für ungut. Wir suchen jeden Garten im Dorf ab und, wenn nötig, jeden Garten im Tal.«

»Sie können ruhig mit meinem anfangen.« Roarty stieg in sein Auto.

»Erzählen Sie niemandem, was Sie gesehen oder gehört haben. Ich habe Gimp Gillespie versprochen, dass er der Erste sein wird, der die Neuigkeit erfährt, aber erst, wenn ich die Mordkommission verständigt habe.«

So weit, so gut, dachte Roarty voller Erleichterung, dass

die Tortur ausgestanden war. Dass er den rechten Fuß genannt hatte statt des linken, war ein Geniestreich. Dass er sich auf sein Mittagessen freute, nachdem er Eales' Fuß berührt hatte, ein weiterer. Er hatte den Unbeteiligten gespielt und nichts preisgegeben. Allerdings stand ihm der eigentliche Test noch bevor: die Ermittlungen, der unvermeidliche Verdacht und die endlosen Fragerunden.

Er parkte den Wagen vor dem Pub und wartete auf Doalty O'Donnell, der, wieder einmal verspätet, mit der Post die Straße herunterkam. Doalty reichte ihm einen zerschlissenen, mit Tesafilm zugeklebten braunen Umschlag, den Roarty mit nach oben in sein Zimmer nahm. Mit aufsteigender Übelkeit las er die Druckbuchstaben, die mit einem Streichholz auf die zerknitterte Seite eines billigen Notizbuchs geschrieben war:

Lieber Roarty,
    die Mauke ist nur ein Antipasto. Wenn Du Dir die Qualen des Hauptgangs ersparen willst, zahlst Du bis 1. September fünfzig Pfund die Woche (beachte den höheren Tarif) auf Konto Nr. 319291 bei der Bank of Ireland, College Green, Dublin 2, ein. Andernfalls werde ich dafür sorgen, dass McGing in Deinem Garten einen abgetrennten Kopf (genau das Richtige für Presssack) entdeckt.
    Dein nie rastender Komplize in Teufeleien
                                            Bogmailer

Er hatte das Gefühl, sich übergeben zu müssen, eilte ins Badezimmer und beugte sich über das Waschbecken, doch es war nur ein zwar schmerzhafter, aber trockener Brechreiz, der ihm Tränen in die Augen trieb. Schließlich fühlte er sich in der Lage, wieder in sein Zimmer zurückzukehren und zu warten, bis der Anfall nachließ.

Den impliziten Anhaltspunkten nach zu schließen, stellte der Brief ein noch größeres Rätsel dar als der vorherige. Ein Ortsansässiger hätte ›Haxe‹ statt ›Mauke‹ geschrieben, und auch ›Antipasto‹ hätte er nicht verwendet. Sowohl ›Mauke‹ als auch ›Antipasto‹ deuteten auf Potter hin, nicht jedoch das Wort ›Presssack‹, das eher von einem Landei stammte als von einem Bonvivant aus einem Londoner Vorort. Unterm Strich war es also Potter; aber wer immer es war, ihm musste sofort Einhalt geboten werden. Blechen war die einzige Möglichkeit, ihn zum Schweigen zu bringen, bis all die Aufregung sich gelegt hatte. Morgen würde er mit der Post die ersten fünfzig Pfund schicken und sich auf diese Weise die nötige Atempause verschaffen, um sich von dem Adler zu befreien, der an seiner Leber fraß.

Er lag mit geschlossenen Augen auf dem Bett und dachte zum ersten Mal seit Jahren an Dusty Miller, einen Studenten, den er als junger Mann in London gekannt hatte. Damals arbeitete er in einem Pub in Fitzrovia, und der Student kam immer an den Wochenenden, um in der Saloon Bar auszuhelfen. Er und Roarty waren gleichaltrig. Binnen kurzem waren sie die besten Freunde. Gemeinsam sahen sie sich europäische Arthouse-Filme an, und immer wieder fand sich Miller, eine Flasche billigen Weins schwenkend, in Roartys möbliertem Zimmer ein. Dann saßen sie bis in die frühen Morgenstunden beisammen, tranken und unterhielten sich. Der Student erzählte eine Geschichte nach der anderen, und Roarty staunte darüber, über welchen Erfahrungsschatz dieser so junge Mann verfügte. Vielleicht weil er selbst, der eben erst das Priesterseminar hinter sich gelassen hatte, so ungeformt war, fing er schon bald an, wie der Student zu denken, und ahnte die dunklen Zweideutigkeiten eines Lebens, das ihm noch bevorstand. Und immer, wenn ihn Miller mit teuflischem Lachen daran erinnerte, dass Dante die Figur der Beatrice während eines Cunnilingus mit einer Nutte ersonnen hatte, wusste er nicht, ob er von der emanzipierten intellektuellen Welt des Studenten, die, verglichen mit der vom Jansenismus geprägten Enge seiner eigenen, so weitläufig und umfassend war, entsetzt oder beeindruckt sein sollte.

Miller hatte ihm erzählt, dass er am Bedford College Französisch studierte, aber Roarty kam es vor, als lese er nichts anderes als Rimbaud. Er zitierte ihn hundertmal am Abend, oder behauptete doch, ihn zu zitieren, und eines Nachts, als er zu viel getrunken hatte, vertraute er Roarty an, er habe eine Entdeckung gemacht, die seinen Ruf als Literaturwissenschaftler begründen und ihm womöglich ein Vermögen einbringen werde. Rimbaud, sagte er, sei im Alter von einundzwanzig Jahren im Herzen Afrikas verschwunden und nie wieder nach Frankreich zurückgekehrt.

»Er ist 1891 dort gestorben, in dem Jahr, als Conrad aus dem Kongo zurückkam. Sagt dir das irgendetwas?«

»Nein«, antwortete Roarty.

»Es ist ganz einfach. Im Kongo begegnete Rimbaud Joseph Conrad und wurde Mistah Kurtz in *Herz der Finsternis*. Niemand außer mir ist darauf gekommen. Sobald ich meine Dissertation veröffentlicht und mir einen Namen gemacht habe, werde ich wie Rimbaud eines Tages verschwinden, der Welt eine Nase drehen und nie mehr gesehen werden.«

Kurz darauf tat er mehr oder weniger genau das. An einem Wochenende verschwand er mitsamt dem Inhalt der Registrierkasse, und Roarty bekam ihn nie wieder zu Gesicht. Obwohl es ihm an Zechkumpanen nicht mangelte, fühlte er sich noch Monate danach in London wahrhaft einsam. Er konnte es kaum glauben, dass ein Mann sich so nach der Gesellschaft und dem Geplauder eines anderen verzehren konnte. Er blieb in demselben möblierten Zimmer und hoffte, dass Miller eines Abends wieder auftauchen würde, mit einem betrunkenen Lachen und einer Flasche billigem spanischem Wein.

Jahre später stieß er in einer öffentlichen Bücherei auf eine Rimbaud-Biographie und konnte der Versuchung, sie zu lesen, nicht widerstehen. Zu seiner Überraschung fand er heraus, dass Rimbaud seinen Auslandsaufenthalt in Äthiopien verbracht hatte und vor seinem Tod nach Frankreich zurückgekehrt war. Roarty konnte es nicht fassen, dass jemandem, der seine Poesie studierte, ein so fundamentaler Sachverhalt entgangen sein sollte. War Miller überhaupt Student gewesen? Oder war er ein literarischer Phantast, der in einem naiven Iren das wissbegierige Publikum seiner Träume gefunden hatte? Und wie stand es mit seiner Behauptung über Dante? War auch das bloße Erfindung gewesen?

Doch der Student hatte Spuren in seinem Leben hinterlassen. Nie wieder hatte er einen solchen Freund gehabt. In vieler Hinsicht erinnerte Potter ihn an Miller. Er hatte Millers kühle Sachlichkeit und ein Reduktionsvermögen, das ihn befähigte, Unwägbarkeiten mit einem Hieb der Logik den Garaus zu machen. Zu gern hätte er gewusst, wie es sich anfühlte, Potter zu sein. Er wünschte sich weder seine Gestalt, seine Hängeschultern oder sein vorspringendes Kinn noch die Miene, die er sich gab: von der Geschichte so verwöhnt, dass er seiner brutalen Seite nicht bedurfte. Nein, was er sich wünschte, war seine Abgeklärtheit. Diese würde er, Roarty, niemals besitzen, jedenfalls nicht, solange er nicht aus seinem Innersten jenes Ding herausriss, das an ihm nagte und nagte und ihn dazu brachte, all seine Gedanken an Banalitäten zu verschwenden, wo er sich doch wie ein Gott zurücklehnen und über die launischen Gezeiten des Lebens nachsinnen sollte, einen Jameson in einer Hand und seine Peterson in der anderen.

»Wenn ich doch nur mit Potter befreundet sein könnte«, murmelte er auf dem Weg zum Mittagessen.

NEUN

Potter lehnte über die Brüstung der Minister's Bridge und blickte auf den Wellenbrecher, der die Strömung zwischen zwei braunen Felsblöcken teilte. Der Fluss kam aus den Bergen durchs Tal, aus jenen melancholischen Gebirgszügen, die sich, ob Sommer oder Winter, grüblerisch übereinanderschichteten. Er ging zur gegenüberliegenden Brüstung und schaute flussabwärts zur Mündung. Dabei fielen ihm die Bewegungen eines einsamen Anglers auf, der am linken Ufer fischte.

Es war Abend. Im ärmlichen Dorf Tork hinter ihm hatte eben die Angelusglocke geläutet. Die Luft, die er atmete, war schwer vom Geruch der Torffeuer und dem Duft der Stechginsterblüten auf dem Hügel zu seiner Rechten. Es war ein warmer und befriedigender Tag gewesen. Er hatte ihn auf den Klippen am Meer verbracht und durch sein Fernglas Lummen, Krähenscharben, Kormorane, Tölpel und alle anderen Vögel beobachtet, die ihm in den Weg flogen. Ein Schleier aus Sommernebel war vom Meer hereingeweht, umhüllte die Wand des Nordbergs und verdeckte dessen Mitte, nicht aber den Gipfel. Eine gespenstische und suggestive Szene, die vor ihm schon der halb vergessene William Allingham bemerkt hatte:

Auf weißer Nebelbrücke
  Wird Columbkille durchquert,
Wenn er auf vornehmer Reise
  Von Slieveleague nach Rosses fährt.

Ein Strandläufer kam den Fluss herauf, glitt dicht über die Wasseroberfläche, ohne sie zu berühren. Er ignorierte Potters Anwesenheit und verschwand im Sturzflug unter dem Brückenbogen. Als Potter statt des erwarteten Wiwiwi einen Pfiff hörte, wandte er sich um und sah Cor Mogaill und seinen Hund Sgeolan um die Kurve biegen.

»Nach was schaust du da?«, fragte Cor Mogaill.

»Nach den Steinen im Fluss. Das torfige Wasser hat sie alle gleichförmig braun gefärbt.«

»Ich hab seit acht Uhr Heu zur Straße geschleppt und 'nen Mordsdurst. Kommste mit auf 'n Bier?«

»Eigentlich wollte ich vor Sonnenuntergang 'ne Stunde zu den Seen. Roarty hat mir erzählt, auf dem Lough of Silver gibt's 'nen seltsamen Wasservogel.«

»Ich weiß noch, wie ich vor fünf Jahren zu den Seen gegangen und wieder zurückgekommen bin. Und es war ein sehr kalter Tag.«

»Und was hast du gesehen?« Potter betrachtete Cor Mogailles traurige graue Augen und die schwarzen Locken, die ihm an der verschwitzten Stirn klebten. Beide machten Platz, als ein gebeugter alter Mann mit einem Eselskarren voller Torf, darauf ein Sack Mehl, vorbeikam. Die eisenbeschlagenen Räder knirschten und klapperten.

»Ich komme um vor Durst«, sagte Cor Mogaill. »Ich kann von Glück reden, wenn ich's bis zu Roarty's schaffe.« Und schon war er weg, den Hügel hinauf, und pfiff nach seinem gelben Hütehund.

»Ich weiß noch, wie ich vor fünf Jahren zu den Seen gegangen und wieder zurückgekommen bin. Und es war ein sehr kalter Tag.« Was konnte er damit gemeint haben? Hatte der Vorfall in seinem Leben eine Bedeutung gehabt, die sich mit Worten nicht vermitteln ließ? Oder hatte er in der äußersten Not seines Durstes Kern und Herzstück seiner Geschichte unabsichtlich ausgespart? So vieles von dem, was sich zwischen diesen beiden Hügelketten zutrug, war ein Mysterium, dachte er. Er beobachtete, wie der Angler eine Forelle zappeln ließ, und lauschte auf das Schnurren der Rolle. Mysterium und Melancholie, aber auch spiritueller Friede. Nie zuvor war er dem wahren Zentrum seiner selbst so nahe gewesen, nie zuvor hatte er unfertige Gedanken, verschwommene Andeutungen, die vagen Regungen des Unbewussten so deutlich wahrgenommen. Hatte er das womöglich Nora Hession zu verdanken?

Kanonikus Loftus' Auto, gepudert vom weißen Staub der Bergstraßen, bog um die Ecke. Der Wagen hielt auf dem Buckel der Brücke an, und der Kanonikus taxierte ihn durch das geöffnete Fenster.

»Sind Sie der Engländer, der für die Suche nach Bodenschätzen verantwortlich ist?« Er hatte eine raue Stimme, wie ein Bauer, der vom Heustaub heiser ist.

»Ja, ich bin Kenneth Potter.«

»Ich bin Kanonikus Loftus, Ihr Gemeindepfarrer, solange Sie hier sind.«

»Das weiß ich.« Potter spürte die Kraft des prüfenden Blicks, mit dem der andere ihn musterte. Er empfand ihn als überheblich, um nicht zu sagen: ungehobelt.

»Ich habe gehört, dass Sie mit Nora Hession ausgehen.«

»Richtig.«

»Ist Ihnen klar, dass sie mein Hausmädchen ist?«

»Ich habe nichts gegen Hausmädchen.« Potter musste unwillkürlich lachen.

»Das habe ich nicht gemeint.«

»Sie hat mir bereits gesagt, dass sie Ihre Haushälterin ist.«

»Das ist eine Komplikation, ein zu berücksichtigender Umstand. Haben Sie ihn berücksichtigt?« Als der Kanonikus ausgeredet hatte, reckte er ein mit dunklen Stoppeln übersätes Kinn nach vorn. Einer von diesen Männern, die sich wenigstens dreimal am Tag rasieren sollten, dachte Potter.

»Machen Sie sich Sorge, dass Sie womöglich ein neues Hausmädchen finden müssen?«

»Nein«, sagte der Kanonikus voller Verärgerung. »Ich meine, dass ich für das Mädchen verantwortlich bin und somit nicht unbeteiligt. Haben Sie ernste Absichten?«

»Woher soll ich das wissen? Ich kenne Nora erst seit zwei Wochen.«

»Sie ist ein sensibles Mädchen, und ich will nicht, dass man ihr wehtut. Sind Sie Katholik?«

»Sie wissen, dass ich Ihre Kirche besucht habe, warum fragen Sie also?«

»Aber Sie sind englischer Katholik, eine andere Spezies als wir Iren. Sie haben andere Standards. Sind Sie verheiratet?«

»Was ist das? Die Inquisition?« Potters Lachen war durchaus nicht fröhlich.

»Die meisten Engländer sind mit fünfundzwanzig verheiratet, und Sie haben die Fünfunddreißig längst hinter sich. Um des Mädchens willen muss ich mich davon überzeugen, dass Sie vertrauenswürdig sind.«

»Ihre Frage ist eine unverzeihliche Dreistigkeit.«

»Eine typisch englische Haltung. Kein irischer Katholik würde sich auch nur im Traum einfallen lassen, in diesem Ton mit seinem Gemeindepfarrer zu sprechen.«

»In England gäbe es dazu auch keine Veranlassung. Englische Pfarrer kümmern sich um ihre eigenen Angelegenheiten, die, wenn sie gute Pfarrer sind, Gottes Angelegenheiten ist.«

Kanonikus Loftus verfärbte sich purpurrot, und in seinem baumstammdicken Hals schwollen blaue Adern an. Potter freute sich, dass er ihn endlich getroffen hatte.

»Versuchen Sie bloß nicht, mir vorzuschreiben, was ich zu tun und zu lassen habe«, stotterte der Kanonikus. »Als englischem Katholiken steht Ihnen das nicht zu. Sie gehören einem Rumpf an, weniger als einer Minderheit, einer Sekte ohne jede weltliche oder geistliche Macht, weit entfernt von den Idealen, die der englischen Nation Leben einhauchen. Und doch kommen Sie, einer von diesen bunt zusammengewürfelten Irregulären, hierher und sagen mir, einem Regulären, wie ich mich in meinem eigenen Kirchspiel zu verhalten habe. Das nenne ich eine Frechheit, eine verdammte Frechheit.«

»Sie reden eine Menge Unsinn, Kanonikus. Mit einem Wort: Bockmist.«

»Ich werde Ihnen eine Frage stellen, auf die Bockmist die Antwort ist. Was haben die englischen Katholiken zur englischen Kultur beigetragen?«

»Wir hatten Alexander Pope und Gerard Manley Hopkins, um nur zwei zu nennen.«

»Die würde man nicht vermissen, wenn sie nie eine Zeile geschrieben hätten. Das Problem mit euch englischen Katholiken ist, dass ihr in Wohlanständigkeit versunken seid, in verweichlichter Wohlanständigkeit, die nur Ausdruck eurer Erkenntnis ist, dass ihr Fremde im eigenen Land seid. Ein väterlicher Rat: Gehen Sie zurück nach England und bekennen Sie sich zum Protestantismus. Sie werden feststellen, dass der besser zu Ihrer Lebensweise passt.«

»Sie halten den Verkehr auf, Padre.«

»Nennen Sie mich nicht Padre. Das mag ich nicht.«

»Es ist ein Ausdruck männlicher Kameraderie, aber vielleicht ist das nicht die Anrede, auf die Sie als irischer Gemeindepfarrer Wert legen.«

»Es ist die Anmaßung der Kasernenstube, aber vielleicht hätte ich sie von Ihnen akzeptiert, wenn Sie mit der Chindit-Brigade in Burma gekämpft hätten.«

»Hinter uns stehen drei Traktoren, die darauf warten, dass Sie weiterfahren.«

»Ich weiß.«

»Und nicht einer dieser Fahrer hat den Mut zu hupen.«

»Der Glaube bezwingt sogar den Mut.«

»Wie typisch für den irischen Katholizismus! Was diesen elenden Kerlen fehlt, ist das Aufbegehren der englischen Lollarden, ein Stadium, dass Sie in diesem priesterverseuchten Land erst noch erreichen müssen.«

»Lassen wir sie noch drei Minuten warten, um ihren Glauben auf die Probe zu stellen. Haben Sie je darüber nachgedacht, was passieren würde, wenn ihr englischen Katholiken statt des Oxford Movement ein Cambridge Movement gehabt hättet?«

»Als jemand, der in Cambridge studiert hat, ist mir dieser Gedanke nie allzu fern gewesen.« Potter lächelte mit verhohlener Ironie.

»Daran, dass eine solche Frage ernst genommen werden kann, zeigt sich, wie unfruchtbar der englische Katholizismus ist.« Und mit einer schwarzen Rauchwolke und einem Knirschen der Kieselsteine war der Kanonikus, der das letzte Worte gehabt hatte, auf und davon.

Er verbrennt Öl, dachte Potter, als er über den Erddeich neben der Brücke kletterte. Er ging das Flussufer entlang in Richtung Meer. Mit seiner inneren Ruhe und seiner Freude an dem Abend war es nicht mehr weit her. Er sagte sich, dass der Kanonikus eine Witzfigur war und somit nicht ernst genommen werden durfte. Die Talbewohner sahen die komische Seite seiner Maßlosigkeit. Cor Mogaill pflegte zu sagen: »Der Kanonikus ist überlebensgroß, aber nur in seinen eigenen Augen.«

Cor Mogaill war nicht ganz fair. Der Kanonikus war ein echtes Original, die Sorte Mann, die so viele apokryphe

Anekdoten hervorbrachte, dass es fast unmöglich war, zwischen Wirklichkeit und Legende zu unterscheiden. Selbst der dürre Cor Mogaill würde zugeben, dass der Kanonikus ein Pferd von einem Mann war, hochgewachsen, mit markanten Gesichtszügen und mächtigen Gliedmaßen. An Wochentagen eher Landwirt als Geistlicher, war er nur an Sonntagen als Seelsorger tätig. Die Woche verbrachte er bei seinen Kühen und Ochsen, lenkte seinen Traktor – sein neuestes Spielzeug – und überließ die Gemeindearbeit seinem frommen jungen Kuraten. In einem Augenblick diagnostischen Scharfsinns hatte ein hiesiger Bauer gesagt, der Kanonikus habe sich bei seiner Herde die Maul- und Klauenseuche geholt; das erkläre seinen Widerwillen, Krankenbesuche zu machen und sonntags länger als fünf Minuten zu predigen.

Gerechtigkeitshalber musste man sagen, dass der Kanonikus den Tag des Herrn auf seine Weise beging. Um zehn Uhr fuhr er immer ins Dorf und läutete fünf Minuten lang die Glocke, um die in den umliegenden Gemarkungen lebenden Gläubigen zu warnen, dass es Zeit war, aufzustehen und die Elf-Uhr-Messe zu besuchen. Seine große Körperkraft zeigte sich sogar beim Glockenläuten, das kein Dingdong, Ding-dong war, sondern ein Dong-bling, Dong-bling, Dong-bling. Von Glockenkunde verstand er ebenso wenig wie von englischer Geschichte, die er nicht angemessen zu deuten wusste. Sosehr er sich bemühte, nie gelang ihm ein einzelner Glockenschlag, stets war es ein doppelter, und zwar von solcher Wucht, dass der Küster befürchtete, der Kanonikus werde die Glocke eines Tages aus ihrem Stuhl reißen und sowohl sich selbst als auch den Glockenturm zerstören. Nach dem ersten Sonntagsgeläut eilte der Kanonikus wieder nach Hause, um seine Kühe zu füttern. Um zehn Minuten vor elf kehrte er zurück, um ein zweites Mal zu läuten, diesmal, wie er sich ausdrückte, zu Nutz und

Frommen der Gläubigen, die der Kirche am nächsten wohnten und daher Gott am fernsten waren.

Seine Auftritte auf der Kanzel waren kurz, aber aufschlussreich. Die riesigen Fäuste wie Brüste unter das Messgewand geklemmt, hielt er mit dem ganzen Gottvertrauen eines Pfarrers aus dem 17. Jahrhundert eine fünfminütige Predigt. Er sagte den Gemeindemitgliedern nicht nur, was sie zu tun hatten, sondern wo sie enden würden, wenn sie es nicht taten. Unter den Päpsten hatte er zwei Helden: Julius II., den er als Erbauer verehrte, und Leo XIII., den er als Verfasser von Enzykliken bewunderte. Eines Sonntags verstieg er sich zu der Behauptung, der Prosastil von *Rerum Novarum* sei dem von *De senectute* überlegen, und er stellte diese Behauptung mit dem Selbstbewusstsein eines Mannes auf, der von seinen Zuhörern nicht einmal gemurmelten Widerspruch zu befürchten hatte.

Obwohl er es nie direkt aussprach, glaubte er doch, dass die Schuld am Elend der Männer dem weiblichen Geschlecht zuzuschreiben sei, und eine seiner Lieblingsmaximen lautete: »Wann immer ein Mann fällt, kann man sicher sein, dass zuerst eine Frau gefallen ist.« Bei den männlichen Gemeindemitgliedern stand er natürlich in hohem Ansehen. Sie nannten ihn einen Mann für Männer, und ganz gewiss einen Beichtvater für Männer. Während er einer Frau für Unzucht im Heuschober fünf Rosenkränze auftrug, kam der Mann mit sechs Vaterunsern und einer Verwarnung davon. Begreiflicherweise gingen Frauen nur selten zu ihm in den Beichtstuhl; stattdessen vertrauten sie ihre erotischen Abenteuer dem eher femininen jungen Kuraten an, von dem es hieß, er könne sich besser in ihre spirituellen Bedürfnisse einfühlen.

Der Ehrgeiz des Kanonikus war es, als Erbauer in die Annalen der Gemeinde einzugehen. Bei seiner Ankunft in

Glenkeel sechs Jahre zuvor hatte sein erster Gedanke dem Vorhaben gegolten, die alte Kirche durch eine neue zu ersetzen. Die Gemeindemitglieder waren alles andere als wohlhabend, und so war es eine mühselige Aufgabe, Geld für das Unternehmen zusammenzubringen. Doch der Kanonikus ließ sich nicht abschrecken. »Gott hat euch zwar nicht reich gemacht«, sagte er eines Sonntags im Verlauf seiner Predigt zu den Männern, »aber er hat euch ein gesundes Herz und kräftige Glieder geschenkt. Wenn ihr für den Bau der neuen Kirche kein Geld geben könnt, so gebt stattdessen eure Zeit und eure Arbeit.« Und so entstand die neue Kirche – durch »freiwillige« Arbeit.

Der Kanonikus beauftragte einen Dubliner Architekten mit dem Entwurf einer Kirche nach den Vorgaben des Zweiten Vatikanischen Konzils und den Erfordernissen der neuen Liturgie. Es war ein würfelförmiges Gebäude aus abweisendem blau-schwarzem Mauerwerk mit einem Flachdach, in dessen Mitte ein gefliester Kegel saß. Bis auf den Kanonikus und den Schullehrer war jedermann entsetzt. Die Farmer und Fischer, die die Kirche erbauten, schüttelten ungläubig den Kopf, als sie unter ihren Händen Gestalt annahm. Der Kanonikus versicherte ihnen, sie vermittle die Nüchternheit wahrer Spiritualität, etwas von dem Geist des altirischen Zönobiums; der Kegel sei ein genialer Versuch, die Kraggewölbe der Bienenkorbhütten auf der Felseninsel Skellig Michael in eine moderne Architektursprache zu übersetzen.

Das Meer war in Sichtweite. Es herrschte Ebbe, der Strand war leer. Potter zog Schuhe und Socken aus, krempelte die Hosenbeine hoch und lief über den gewellten Sand zu der kleinen Lagune aus Stillwasser auf der Landseite der Sandbank. Er planschte in dem lauwarmen Wasser und lauschte auf das Getöse des Atlantiks auf der anderen Seite des Oitir.

Meer und Strand hatte er ganz für sich. Er stand mit dem Rücken zur Sonne und beobachtete einen Bauern in dem dreieckigen Kornfeld am Berghang oberhalb. Der Bauer beugte sich über seine vom goldenen Abendlicht berührte Sense, und Potter kam der Gedanke, dass vielleicht noch ein Augenpaar zusah und darüber staunte, dass eine einsame Gestalt an einem rauen Strand von demselben Zauberlicht so verklärt werden konnte. Die Vorstellung einer ganzen Reihe solcher Augenpaare gefiel ihm.

»Ich muss ihm einen Denkzettel verpassen«, sagte er laut. »Einem Priester, der die Stirn hat, so mit einem Landsmann von John Wycliffe zu sprechen, mangelt es an historischem Gespür, erst recht an Gespür für die Realität des Diesseits.«

Er ging zum Strand zurück und wischte sich mit den Socken den Sand von den Füßen.

»Ich muss mit Roarty reden«, sagte er entschlossen, als er sich die Schuhe zuband.

ZEHN

Roarty hatte sich verspätet. Er hatte versprochen, um sechs Uhr am Bootsslip zu sein, und jetzt war es bereits halb sieben. Potter fragte sich, welche Auswirkungen irischer Whiskey auf das Erinnerungsvermögen von Männern mittleren Alters haben mochte. Er lehnte sich gegen das umgedrehte Boot und ließ seinen Blick ungeduldig über die Felsen schweifen, über die grau-blauen Strandkiesel, die Taue und das ausgebleichte Holz, die aufeinandergeworfenen Fischernetze, die rostigen Anker und die zerbrochenen Krabbenschalen, die als Hummerköder dienten. Es war ein geradezu frischer Abend mit einer südlichen Brise und einer leichten Dünung, die ausreichte, um den Eindruck von Wellen hervorzurufen, auch wenn es sich um Stillwasser handelte. Er ignorierte den Geruch nach verfaulendem Krabbenfleisch, der gelegentlich zu ihm herüberwehte, und behielt die zerzauste Ziege am gegenüberliegenden Ufer im Auge, die auf einem Felsvorsprung den Hals nach einem weichen Grasbüschel streckte. Er fragte sich, wie die Ziege auf den Felsvorsprung hatte klettern können, denn nirgends war ein Pfad zu sehen. Wieder der eklige Gestank nach verwesendem Fisch. Um sich abzulenken, versuchte er herauszufinden, wie die Ziege wieder zurückklettern würde.

Roarty kam in einer Wathose den Weg herunter. In der Hand trug er den Außenbordmotor, aus seiner Pfeife stieg blauer Rauch.

»Tut mir leid, dass ich mich verspätet habe. Als ich eben aufbrechen wollte, kam noch ein Vertreter vorbei.«

»Ich habe meine neue Angelrute ausprobiert. Lässt sich gut auswerfen.«

»Stabile Glasfaser und Multirolle – genau das Richtige.« Roarty befestigte den Außenborder am Heckbalken und ging zurück zu seinem Auto, das er am oberen Ende des Weges geparkt hatte. Als er wieder auftauchte, hatte er seine Angelrute, eine Jagdbüchse und einen Wollpullover dabei.

»Was willst du denn schießen?«, fragte Potter.

»Weiß ich noch nicht. Hab nur gern ein schussbereites Gewehr dabei.«

»Ich wüsste nicht, was man zu dieser Jahreszeit auf See schießen könnte.«

»Wir werden sehen«, sagte Roarty. »Oder wie Abraham zu Isaak sagte: ›Mein Sohn, Gott wird sich ersehen ein Schaf.‹«

Sie schoben das Boot den Slip hinab ins Wasser. Potter sprang zuerst ins Boot, setzte sich auf die Ruderbank in der Mitte und legte die Riemen ein. Roarty versetzte dem Boot einen Stoß und kletterte behände an Bord, während Potter aus der schmalen Bucht, die gerade breit genug war, dass zwischen Riemen und Ufer noch ein, zwei Meter Abstand blieben, aufs Meer hinausruderte. Als sie die Flussmündung hinter sich gelassen hatten und der Wind den Bug erfasste, blickte Potter über die Schulter und zog nur den linken Riemen durch, als wolle er einen bestimmten Kurs nehmen. Roarty stand am Heck, wickelte das Starterseil um das Schwungrad und zog daran. Der Motor stotterte und erstarb. Roarty nahm die Pfeife aus dem Mund, und Potter fragte sich, ob er sich womöglich auf eine abendliche Ruderpartie eingelassen hatte. Beim zweiten Versuch sprang der Motor an, und schon nahmen sie Fahrt auf.

Von einem unerwarteten Glücksgefühl erfasst, legte Potter die Ruder ins Boot. Roarty und er hatten nie zuvor in einem Boot gesessen, und ohne das ein Wort gefallen war, hatte jeder von ihnen seine Aufgaben verrichtet, als hätten sie bis zur Perfektion geübt. Sein Glücksgefühl entsprang dem Wissen, dass ein praktisch veranlagter Mann wie er in Gesellschaft eines Ebenbürtigen war, eines Mannes, dem man stillschweigend zutraute, in einer schwierigen Lage das Richtige zu tun. Aus irgendeinem seltsamen Grund musste er an Margaret denken, wie sie in Whitstable bis zu den Knöcheln im Wasser gestanden hatte, da sie sich nie dazu überwinden konnte, tiefer hinauszuwaten. Und ihm kam der Gedanke, dass ein Mann ohne die Gesellschaft und das Gespräch mit einer Frau zwar der Hälfte der Freuden des Lebens entbehrte, ein Mann ohne Sinn für männliche Kameraderie und männliche Beschäftigungen jedoch der anderen Hälfte.

Sie tuckerten die Bucht entlang, der Wind kam von achtern, und über ihren Köpfen rasten weiße Wolken nach Norden. Vor ihnen öffnete sich das Tal; mittlerweile konnten sie die Häuser und Straßen erkennen, die vom Ufer aus nicht zu sehen gewesen waren.

»Auf See habe ich immer ein Gefühl der Freiheit«, sagte Roarty. »Das Gefühl, fort zu sein ... weit fort. Geht dir hier draußen noch irgendetwas durch den Kopf?«

»Nicht viel. Eben habe ich gedacht, was für ein herrlicher Abend zum Segeln.«

»Mit dem Segel würde das Boot heute Abend schneller vorankommen als mit dem Motor. Wenn wir nicht auf Köhler angeln würden, würde ich das Segel hissen. Köhler folgen langsam geführten Ködern.«

»Es gibt nichts Langsameres als Rudern«, sagte Potter und machte sich bereit, die Angel auszuwerfen.

»Zu viel Arbeit für einen Mann, der seine besten Tage hinter sich hat. Aber ich würde noch nicht anfangen, wenn ich du wäre. Noch sind wir über nacktem Sand. Warte, bis wir über dem Wrack sind; da fressen die Köhler.«

Sie näherten sich einem runden Felsen, der sich unter seiner weißen Kappe aus Vogelkot düster aus den Wellen erhob. Potter war überzeugt, dass sie geradewegs auf ihn zusteuerten, bis er den Eingang zu einer schmalen Fahrrinne zwischen dem Felsen und der Küste entdeckte.

»Das ist Éaló na Mágach, die Rinne des Köhlers«, erklärte Roarty. »Wenn du hier keinen an den Haken bekommst, kehren wir besser um.«

Roarty verlangsamte das Boot, lehnte seine Angelrute ans Dollbord und stellte seinen Fuß auf den Schaft, sodass der Feder-Jig, den er als Köder verwendete, nachgeschleppt wurde. Dann stellte er die Bremse an der Rolle ein, damit die Schnur nicht nachgab, es sei denn, ein Fisch biss an. Potter hatte seine Rute achtern ausgeworfen und saß auf dem Dollbord, während Roarty behutsam Gas gab, sodass sie mit genau der richtigen Geschwindigkeit durch die Fahrrinne glitten, um nach Köhlern zu angeln. Enttäuscht kamen sie am anderen Ende an – kein Einziger hatte angebissen.

»Die fressen wahrscheinlich weiter unten, jetzt wo die Flut steigt«, sagte Roarty.

Er löste die Bremse und gab mehr Schnur. Potter tat es ihm nach.

»Wir fahren weiter Richtung Norden«, sagte Roarty. »Wenn sonst nichts passiert, genießen wir wenigstens den Ausblick.«

Er hatte noch nicht zu Ende gesprochen, als sich Potters Angelrute bog und die Rolle schnurrend auf das Zucken eines Köhlers reagierte. Die Kraft des Wegtauchens elektrisierte Potters Handgelenk, und er konzentrierte sich auf den Kampf und auf den Augenblick.

»Ein Monstrum«, sagte er mit zusammengebissenen Zähnen.

»Du wärst überrascht, wie viel Kampfgeist in einem kleinen Köhler steckt, der in einem Wrack haust«, sagte Roarty bedächtig. »Er hält auf das Wrack zu. Ich hätte dich warnen sollen, dass der Meeresgrund hier voller Hängermöglichkeiten ist.«

»Ich hab ihn«, sagte Potter und veränderte die Zugrichtung.

Kaum hatte er gesprochen, als auch Roartys Angelrolle surrte und einem wegtauchenden Köhler Schnur freigab. Beide konzentrierten sich auf den eigenen Drill und federten Flucht um Flucht ab, bis sie ihre Fische gleichzeitig ins Boot ziehen konnten.

»Zwei ansehnliche Köhler«, sagte Roarty und warf seinen Fisch zu seinen Füßen auf die Bootsplanken.

Potter nahm seinen Fisch langsamer vom Haken. Als er zusah, wie der sterbende Köhler nach Luft schnappte, musste er sich eingestehen, wie unvollkommen das Leben doch war. Es war ein stattlicher Fisch mit dunkelgrünem Rücken, olivfarbenen Seiten und einem rötlich-braunen Schimmer, der sich deutlicher gezeigt hatte, als er aus dem Wasser kam. Als Potter die perfekt geschwungene Seitenlinie bemerkte und sah, wie sich der lange Unterkiefer bei jedem Luftschnappen jämmerlich auf und ab bewegte, hatte er das vielleicht etwas zu frömmlerische Gefühl, dass die Liebe zu seiner Beute das Leben eines Sportanglers nicht eben vereinfachte. Dennoch nahm er seine Vorbehalte nicht ernst genug, um die Leine einzuholen.

»Der Köhler ist ein munterer Kämpfer, wenn man ihn nahe der Oberfläche drillt«, sagte Roarty. »Wenn man ihn in der Tiefe an den Haken bekommt, setzt er sich nicht so zur Wehr. Nach dem ersten Wegtauchen ist er erschöpft – wird er zu schnell herausgezogen, bläht sich seine Schwimmblase auf. Die einzige Möglichkeit, zum eigenen Vergnügen auf Köhler zu angeln, ist mit leichtem Gerät. Dann ist der Kampf ausgeglichener, aber sag das nicht Rory Rua. Ich habe ihn auf dem Lough of Silver mit einem Schleppgeschirr mit zehn oder zwölf köderbestückten Haken nach Forellen fischen sehen. So etwas könnte ich nie über mich bringen.«

Inzwischen war das Tal außer Sicht; die Landschaft war wilder und prächtiger geworden. Über ihnen ragten die Steilklippen auf, große, geschrammte Felswände aus dunklem und cremefarbenem Gestein, unregelmäßigen Schichten, die auf mächtige geologische Verwerfungen deuteten. Als Potter zu ihnen aufsah, verspürte er ein seltenes Hochgefühl, als wenn die Sorgen des Lebens fünf Faden tief unter ihm lägen. Die senkrechten Klippen beflügelten ihn, ihm war, als würde er sich in die Höhe schwingen. Er atmete tief ein, als könne er von der salzigen Luft nicht genug bekommen.

Sie setzten ihre Fahrt nach Norden eine Meile lang fort, bis sie zu einem verlassenen Dorf auf der anderen Seite der Berge gelangten, doch bei keinem von ihnen hatte auch nur ein Fisch angebissen. Für Potter spielte das keine Rolle; er genoss das Spiel von Sonne und Wind auf dem grün-blauen Wasser ebenso wie die dösenden Möwen und die wachsamen Kormorane, an denen sie vorüberfuhren. Roarty nutzte die Zeit, um ihn auf Felsen und Buchten hinzuweisen und ihm die Legenden zu erzählen, die in ihren Namen aufbewahrt waren, und Potter lauschte mit derselben Aufmerksamkeit, die er Coleridges Altem Matrosen entgegengebracht haben mochte.

»Lass uns 'ne Weile treibend fischen«, sagte Roarty und stellte den Motor aus. Als wolle er die Wonnen des Himmels auskosten, stopfte er sich seine Pfeife und streckte die Beine aus, eins auf jeder Seite seiner Jagdbüchse. Unterdessen trieb das Boot auf der Strömung dahin, ihre Schnüre folgten ihnen auf der Wasseroberfläche, doch beide Rollen blieben stumm.

»Was denkst du über die Suche nach dem Mörder?«, fragte Roarty zwischen zwei Zügen an seiner Pfeife.

»Alles ziemlich unwirklich. Ich kann nicht recht glauben, dass hier im abgelegenen Glenkeel ein solches Verbrechen begangen worden sein soll. Der Hauptkommissar, der mich verhört hat, schien derselben Ansicht zu sein. Er hat mir ein paar oberflächliche Fragen gestellt, sich dann für meine Hilfe bedankt.«

»Und doch war da ein menschlicher Fuß. Ich habe ihn mit eigenen Augen gesehen.«

»Ich habe davon gehört – ein gefrorener Fuß in gutem Zustand. McGing machte sich Sorgen, ob ein Fuß wohl ein hinreichend großer Bestandteil des menschlichen Körpers sei, um ein christliches Begräbnis zu rechtfertigen. Als Kanonikus Loftus sich weigerte, ihm eine eindeutige Antwort zu geben, hat er damit gedroht, den Bischof anzurufen.«

»McGing ist ein Dummkopf – schlimmer noch, ein übereifriger Dummkopf. Er nimmt das Ganze viel zu ernst.«

»Er zieht großen Genuss daraus. Sein ganzes Leben hat er auf einen Mordfall gewartet, den nur er lösen kann.«

»Wenn er ihn nicht lösen kann, wird niemand es tun. Die Mordkommission ist wieder nach Dublin zurückgekehrt. Ich wette, die haben wir zum letzten Mal gesehen.«

»Was ich nicht verstehe: weshalb ein Mann, der mutmaßlich den perfekten Mord begangen hat, sich selbst in Schwierigkeiten bringt, indem er der Polizei den Fuß des Opfers zukommen lässt.« Potter sprach, als habe er ausführlich über die Angelegenheit nachgedacht.

»Ich glaube, dass es sich um das Werk eines Witzbolds handelt, der darauf versessen ist, McGing als den Esel hinzustellen, der er ist. Vielleicht ist es ja doch nicht Eales' Fuß. Vielleicht stammt er von der Leiche eines Menschen, der eines natürlichen Todes gestorben ist. Ich rechne fast damit, dass Eales eines schönen Morgens wieder auftaucht und nach seinen Katzen sieht. Wenn er irgendwo noch am Leben ist, wird er zurückkommen, um sie einzusammeln.«

»Möglich, aber unwahrscheinlich«, sagte Potter nach einem Moment des Nachdenkens. »Andererseits könnte der Mörder den Wunsch gehabt haben, McGing mit einem rätselhaften Fall zu versorgen, den er als willkommene Abwechslung von Jakobskreuzkraut und Brucellose zu schätzen wüsste. Wer weiß, womöglich ist der Fuß nur eine erste Lieferung. Eine Hand oder ein Kopf könnten folgen. Wir werden sehen.«

Im scharfen Abendlicht über dem Meer bemerkte Potter Roartys prüfenden Blick. Es war ein versonnener Blick. Er zog an seiner Pfeife und ruckte an der Schnur, um dem Köder im Wasser den Anschein von Leben zu geben.

»Schwer vorstellbar, weshalb irgendjemand den Wunsch haben sollte, den armen Eales umzubringen«, sagte Roarty langsam. »Überhaupt schwer vorstellbar, was einen Menschen dazu bewegt, einen anderen Menschen umzubringen.«

»Einige Menschen haben eine stärkere Neigung zum Bösen als andere.«

»Nicht der Mensch ist böse, sondern Gott.« Roarty sprach mit überraschender Heftigkeit. »Er hat eine unvollkommene Welt erschaffen, in der das Böse wieder und wieder triumphiert. Wie kann eine solche Welt das Werk einer gütigen Gottheit sein?«

»Vielleicht ist Gott vielschichtiger, als du dir vorstellst, nicht einfach nur ein ›flacher‹ Charakter aus einem Roman von Dickens. Vielleicht ist er gut *und* böse, genau wie seine Schöpfung. Vielleicht steht er mit sich selbst auf Kriegsfuß, so wie wir alle. Immer in Hader, nie in Frieden mit uns selbst.«

Roarty musterte Potters glattrasiertes Kinn und fragte sich, ob er das ernst meinte oder nur zu seiner eigenen Belustigung redete. Es gab solche Männer. Männer, die redeten und redeten und die nichts ernst nahmen.

»Nimm sein vielgepriesenes Ökosystem«, fuhr Potter unbekümmert fort. »Herbivore fressen Pflanzen, und Karnivore fressen Herbivore – einen Sinn ergibt das nur für Wissenschaftler. Betrachte es für einen Moment als fühlendes Wesen, und es wird zu einer Obszönität.«

»Reden wir eigentlich über dasselbe?« Mit Mühe verdrängte Roarty seinen Argwohn, dass Potter ihn auf die Schippe nahm.

»Nein, du sagst, dass Gott böse ist, ich aber sage, dass er gut *und* böse ist. Während du nur krankheitserregende Viren siehst, sehe ich auch gutartige Mikroorganismen, die uns in die Lage versetzen, starkes Bier und köstlichen Wein herzustellen, dir zu einem Lebensunterhalt zu verhelfen und abends hin und wieder zu seliger Trunkenheit.«

»Wenn er nicht durch und durch gut ist, weshalb dann an ihn glauben? Weshalb das Leben nicht vereinfachen, indem man ihn ganz abschreibt? Das ist nicht schwer. Ich hab's getan, und ich bereue es nicht.«

»Ich fürchte, seine Abwesenheit würde zu viele Fragen aufwerfen. Eine gottlose Welt ist eine Welt ohne Musik, und die ist etwas für schlichte Gemüter, für Männer, die nach Maß leben, für Männer ohne Gespür für das Numinose, das eigentlich ein Gespür für Poesie ist. Fehlt es dir an Gespür für Poesie, Roarty?«

Inzwischen war sich Roarty ganz sicher, dass Potter ihn

provozieren wollte. Potter war von seiner eigenen intellektuellen Überlegenheit so überzeugt, dass er sich in keine Gespräche außer den belanglosesten verwickeln ließ.

»In der Mathematik steckt mehr Poesie als in den Gesammelten Werken Shakespeares, Miltons und Dantes zusammen«, sagte Roarty. »Ich bin überzeugt, dass in tausend Jahren alle ernsthaften Poeten Mathematiker sein werden und ihre Poesie sich nicht in Worten, sondern in mathematischen Formeln ausdrücken wird.« Elektrisiert vom Surren seiner Angelrolle, wandte er sich zur Ruderbank um.

Potter sah zu, wie er den Fisch mit der unauffälligen Geschicklichkeit eines Mannes drillte, der eine Tätigkeit häufiger verrichtet hat, als er zählen kann. Er paffte seine Pfeife, als stehe er hinter dem Tresen, als sei der Kampf mit einem Köhler auch nicht mühsamer als das Zapfen eines Pints Stout. Im Wasser zeigte sich ein roter Schimmer, und der erschöpfte Köhler schnellte über das Dollbord und zappelte, schwächer werdend, auf dem Boden. Es war ein großer Wrackfisch, mindestens sieben Pfund, und Roarty würdigte ihn mit feierlicher Sachlichkeit.

»Ein starker Kämpfer«, sagte er. »Er hat am Haken gezerrt wie ein wilder Stier am Strick.«

»In unserem Gespräch haben wir uns von Eales' Fuß weit entfernt«, sagte Potter.

»Das stimmt.« Plötzlich hob Roarty sein Gewehr und zielte blitzschnell. Als Potter sich umdrehte, sah er etwa sechzig Meter rechts vom Bug ein Seehundmännchen von einem Felsen gleiten.

»Blattschuss. Hat nichts gemerkt.« Eine kleine Abwechslung, um Mr Potter aus seiner Selbstgefälligkeit aufzurütteln, dachte Roarty.

»Das war nun wirklich nicht notwendig.« Potter war sichtlich erschüttert.

»Wenn Gott böse ist, wozu gut sein? Einen Augenblick hatte ich das Gefühl, ich sei er, unnahbar, launisch, todbringend. Was dem Seehund widerfahren ist, widerfährt unschuldigen Kindern tagtäglich, nur dass sie leiden, bevor sie sterben.«

Potter war verblüfft über diese Seite von Roarty, die er zuvor nicht bemerkt hatte. Er hatte ihn nicht als Mann rascher Impulse wahrgenommen, sondern für bedächtig und überlegt gehalten, in seinen Gedanken ebenso wie in seinen Bewegungen.

»Das war alles anderes als gottähnlich. So beeindruckend die Treffsicherheit auch war, es mangelte ihr in jeder Hinsicht an Grund und Zweck.«

»Ich habe ihn fair getötet. Und aus den hehrsten Motiven – um den Geschmack des Kabeljaus zu verbessern, den ihr, du und Nora Hession, auf dem Rückweg vom Kino in Garron esst.«

»Was für ein Unfug!«

»Vielleicht interessiert es dich zu wissen, dass der Kabeljau in diesen Gewässern von Parasiten befallen ist, die aus den Eiern der Würmer im Magen des Seehunds schlüpfen. Denk daran, wenn ihr das nächste Mal in Garron Fish & Chips esst.«

»Schwachsinn und Geschwafel«, sagte Potter und stand auf. Er wandte Roarty den Rücken, knöpfte in Windrichtung seinen Hosenstall auf und machte Anstalten, einen kräftigen Strahl über das Dollbord zu senden. Das Boot tanzte, und jedes Mal, wenn er versuchte, Wasser zu lassen, führte das Stampfen des Bootes dazu, dass er seine Blase nicht entleeren konnte.

»Ich kann nicht. Es scheint lächerlich, aber jedes Mal, wenn das Boot stampft, verspanne ich mich.«

»Bei Wellengang zu pissen erfordert Geschick. Hier, setz

dich auf die Bank und pinkel in die Pütz.« Roarty reichte ihm eine rostige Schöpfbüchse. Potter beugte sich vor, mit einer Hand hielt er seinen Penis und mit der anderen die Pütz, doch sosehr er sich bemühte, er konnte keinen einzigen Tropfen abschlagen.

»Es nützt nichts«, sagte er.

»Wir werden erst in zwei Stunden zurückfahren. Da ich keinen Katheter dabeihabe, muss ich dich dort auf dem Felsen aussetzen.«

Potter ruderte zu dem flachen Felsen, auf dem sich der Seehund gesonnt hatte. Roarty hielt das Boot dicht am Felsen, während Potter hinauskletterte. Dann stand dieser auf dem Felsen, den Wind im Nacken, und genoss die Erleichterung, die er verspürte, als er in das schaumgefleckte Wasser unter ihm urinierte. Es war ein seltsames Gefühl, auf einem Felsen zu stehen, der nicht größer als ein Wohnzimmerteppich war, ringsumher das Meer und die fächelnden Wedel von Seetang an den Seiten. Am Rande des Felsen war eine kleine Lache Seehundblut zu sehen, und Roarty, ein glatzköpfiger Mann in einem inzwischen hundert Meter entfernten Boot, drillte einen weiteren Fisch.

Potter bemerkte den weißen Vogeldung zu seinen Füßen und begriff, dass der Felsen noch vor Eintritt der Flut überspült sein würde. Auf den kahlen Klippen über ihm war niemand zu sehen. Das einzige Anzeichen dafür, dass es eine Menschheit gab, war eine Reihe Treibbojen, die die Position der Hummerreusen markierten. Roarty und er waren mutterseelenallein in dieser Wildnis aus Klippen und Wasser. Im Morgengrauen würden die Fischer kommen, um ihre Reusen zu heben. Dann wäre der Felsen wieder nackt, und Vogeldung und Seehundblut wären fortgeschwemmt. Ihm fiel eine Geschichte ein, die er einmal über Verbrecher in Cornwall gehört hatte – man hatte ihnen einen Krug Wasser und einen Laib Brot gegeben und sie bei Ebbe auf einem Felsen ausgesetzt, wo sie auf den Tod durch Ertrinken warteten. Es war eine grausame Todesart: ohne jede Möglichkeit einer Rettung dem Steigen der Flut zusehen zu müssen. Roarty nahm den Fisch vom Haken, blickte über die Schulter und winkte. Potter beobachtete, wie er mit bedächtiger Mühelosigkeit auf den Felsen zuruderte, und wieder verspürte er die überwältigende Freiheit des Abends.

»Der menschliche Verstand ist ein Mysterium«, sagte er, als er ins Boot stieg. »Auf dem Felsen habe ich mich für einen Moment in einen gestrandeten Mann hineinversetzt, der die Flut steigen sieht, ohne dass ein Boot in Sicht wäre.«

»Du und ich, wir sind uns sehr ähnlich. Wir verfügen über etwas, was ich die Fähigkeit, sich Katastrophen auszumalen, nenne. Ohne sie kann man durchs Leben gehen, als wäre es ein Stück Garten mit einem zwei Meter hohen Zaun. Mit ihr gehört die Erfahrung allen menschlichen Lebens ganz dir. Ohne deinen Herd zu verlassen, bist du mit den Persern bei Salamis gewesen, mit Leonidas bei den Thermopylen und mit den Highlandern in Culloden.«

»Das hört sich an, als wäre man ein Feigling, der schon viele Male vor seinem Tod gestorben ist.«

»Nein, mit dieser Fähigkeit kann man die Katastrophe verhindern, indem man sie schon am Horizont ausmacht. Man kann den Fehler eines anderen Mannes vorhersehen, noch ehe er ihn begeht.«

»Aber kann man auch den eigenen Fehler vorhersehen?«

»Mein Gott, schau dir diese *gliobach* von Meeresvögeln an! Die kommen aus heiterem Himmel herabgestürzt.«

»Wonach tauchen sie? Köhler können's nicht sein.«

»Makrelen. Worauf sie's eigentlich abgesehen haben, sind die kleinen Fische, die die Makrelen an die Oberfläche zwingen.«

»Lass uns nicht lange warten«, sagte Potter.

»Makrelen machen nicht viel Spaß mit unserm Gerät, aber wenn du's ausprobieren willst, bitte sehr.«

Roarty warf den Motor wieder an und hielt geradewegs auf die Wolke kreischender Meeresvögel zu. Binnen weniger Minuten brodelte das Wasser um sie her von jagenden Fischen, überall glitzerten die silbrigen Schuppen böse zugerichteter Sprotten. Um die Fische nicht in die Tiefe zu treiben, wich Roarty dem Schwarm aus und umrundete ihn. So konnte Potter mittendrin angeln. Als die erste Makrele anbiss und er die Schnur einholte, sah er den metallischen Glanz des emporschießenden Fisches im Wasser. Es war eine neue Erfahrung. Anders als die Köhler näherten sich die Makrelen dem Köder pfeilschnell, umringt von Dutzenden von Rivalen mit offenem Maul.

»Willst du nicht auch dein Glück versuchen?«, fragte er, als er rund zwei Dutzend zur Strecke gebracht hatte.

»Hier braucht's kein Glück. Die hüpfen ja so gut wie von selbst ins Boot. Was willst du mit ihnen anfangen? So viele Fische kannst du doch gar nicht essen, bevor sie vergammeln.«

»Ich werde sie in deinen Pub mitnehmen. Unter deinen Gästen gibt's bestimmt welche, die ein Fischgericht zu schätzen wissen.«

»Für mein Gewerbe wird es Wunder bewirken.«

»Du bist ein schwer zu ergründender Mann, Roarty. Du tötest einen ungenießbaren Seehund und verschmähst eine saftige Makrele.«

»Vermutlich haben meine Vorväter noch getötet, um an Nahrung zu gelangen. Für mich ist es ein Sport, und das Wesen des Sports, ob mit der Angelrute oder mit dem Jagdgewehr, sind ein scharfes Auge und ein geschickter Arm. Makrelen zu töten erfordert kein Geschick, außer mit leichtem Gerät für Forellen. An einem Abend wie diesem beißen sie am nackten Angelhaken an. Das Einzige, was über die Größe des gesamten Fangs entscheidet, ist die Geschwindigkeit, mit der man sie vom Haken nimmt. Da ist doch ein Seehund etwas ganz anderes. Würdest du dich für einen Blattschuss schämen, aus sechzig Metern Entfernung, von einem schaukelnden Boot?«

»Für den Schuss selbst würde ich mich nicht schämen. In den schottischen Highlands habe ich Hochwild erlegt. Ich glaube, ich weiß, was ich aus sechzig Metern Entfernung leisten könnte. Wenn man Hochwild erlegt, fällt der tödliche Schuss am Ende einer langen und gekonnten Pirsch. Er ist das logische Resultat der Anstrengungen eines ganzen Nachmittags. Aber auf einen Seehund zu schießen, der sich auf einem Felsen sonnt, ist so, als würde man auf ein wehrloses Opfer schießen. Es zeigt keinen Sinn für Sportlichkeit oder Fairplay.«

»Es zeigt einen Sinn für Humor«, sagte Roarty und zog einen Flachmann aus der Tasche. »Magst du einen Schluck?«

»Nein, danke. Ich trinke keinen irischen Whiskey, außerdem hatte ich die Voraussicht, meinen eigenen mitzubringen.«

»Wieder die Fähigkeit, sich Katastrophen auszumalen. Könnte es sein, dass wir beide Pessimisten sind?«

»Wir sind skeptische Realisten, mein lieber Roarty. Wir sehen einander so, wie wir sind.«

Roarty stellte den Motor ab, und beide genossen den Inhalt ihrer Flachmänner, während um sie herum gefräßige Makrelen und zu Tode erschrockene Sprotten durchs Wasser jagten.

»Ich könnte schwören, dass mein Redbreast hier draußen stärker schmeckt. Das muss die Luft sein: ganz schwer von dem Geruch nach Fischöl.«

»Ich habe selten einen so herrlichen Abend erlebt.«

»Er ist noch nicht vorbei. Wenn es dunkel wird und die Köhler an der Oberfläche fressen, fahren wir zurück zum Éaló na Mágach.«

»Dann wird der lichtscheue Köhler am späten Abend also pelagisch?«

»Das wäre mir neu«, sagte Roarty. »Ich hätte den bescheidenen Köhler nicht für einen eigensinnigen Häresiarchen gehalten.«

»Pelagisch, nicht pelagianisch.«

»*Touché*«, sagte Roarty.

Hinter ihnen ging die Sonne unter, und der Wind hatte so an Schärfe gewonnen, dass Roarty sich veranlasst sah, seinen Aran-Pullover überzustreifen.

»Schau dir den Himmel an; uns stehen Wochen schönen Wetters bevor.« Roarty nahm eine Makrele und holte ein Messer aus der Gesäßtasche. Er hielt die Makrele in der linken Hand und schnitt mit der Schneide des Messers zum Schwanz hin einen langen, schmalen Streifen Haut ab. Dann nahm er einen Korken aus der Hosentasche und legte das Stück Makrelenhaut mit der Außenseite nach unten auf den Korken. Schließlich spießte er die Spitze des Hakens durch das dünne Ende des Streifens und hielt das Ganze Potter zur Begutachtung hin.

»Ein Kunstwerk«, sagte Potter. »Man könnte es mühelos mit einer silbernen Kaulquappe verwechseln.«

»In etwa zwanzig Minuten wird es tödlich sein.« Er reichte Potter Korken und Messer und warf den Motor wieder an. Als sie auf Éaló na Mágach zusteuerten, ließen sie ihre Angelschnüre ohne die Senkbleie auf der Wasseroberfläche schwimmen. Die Sonne war untergegangen, und das dunkelnde Wasser flimmerte ungewiss im Abendrot. Was die Fressgewohnheiten der Köhler am späten Abend betraf, sollte Roarty recht behalten. Im rasch abnehmenden Licht fing jeder von ihnen vier oder fünf Stück, die meisten davon stattliche Exemplare zwischen vier und sechs Pfund.

»Kein schlechter Ertrag«, sagte Roarty, drehte den Motor voll auf und nahm Kurs auf den Bootsslip. Der Küstenstreifen vor ihnen lag im Dunkeln, und die letzten Spuren rosafarbenen Lichts im Westen schwanden dahin.

»Es gibt da etwas, was ich schon lange zur Sprache bringen wollte«, sagte Potter, nachdem er seine Bemühungen, seine Pfeife anzuzünden, aufgegeben hatte. »Jeden, dem ich hier begegne, treibt nur eins um: die neue Kirche, ein hässlicher Kubus mit einem Kegel obendrauf, und das in einem Dorf, das einen herkömmlichen Bau mit Kirchturm haben sollte. Jeder hält sie für einen Schandfleck – für eine beschämende Monstrosität –, aber keiner hat den Mut, es auszusprechen. In London kennen wir seit vierzig Jahren primitive geometrische Architektur, und die Londoner haben gelernt, damit zu leben. Aber London ist nicht Donegal. Menschen, die vom Land und vom Meer leben, im Einklang mit dem Gang der Jahreszeiten, haben etwas Besseres verdient. Die Londoner sind von einer anonymen Bürokratie verroht worden, die jeder Strömung und jedem Strudel modischen architektonischen ›Denkens‹ zum Opfer gefallen ist. Hier leben wir, dem Himmel sei Dank, an einem Ort, dessen einzige Verbindung mit der Welt der Ideen deine *Britannica* ist –«

»Die Ausgabe von 1911«, betonte Roarty.

»Hier ist der Schurke nicht gesichtslos, sondern überlebensgroß. Und wir – du und ich – können ihn unter Kontrolle bringen. Der Kubus und der Kegel stehen zwar schon, und es ist zu spät, sie abzureißen. Aber gegen den Kalksteinaltar, der noch in Arbeit ist, können wir etwas unternehmen. Der Holzaltar der alten Kirche ist gut genug für diesen ›neuen Pavillon‹, um Cor Mogaills Lieblingsausdruck zu benutzen. Er wurde von Handwerkern in einer Epoche handwerklichen Könnens geschnitzt, warum ihn also zugunsten eines behauenen Kalksteinblocks ausmustern, den außer dem Kanonikus niemand will? Der hölzerne Altar geht zurück auf die Zeit der Großen Hungersnot. Er wurde mit Geldern bezahlt, die man dazu hätte verwenden können, Nahrungsmittel für die Hungernden und Sterbenden zu kaufen – ich zitiere nur den Dorfklatsch –, und doch soll dieses Mahnmal für die Unmenschlichkeit der organisierten Religion dem Feuer überantwortet werden, während an seiner Stelle ein polierter Kalksteinblock – eine willkommene *tabula rasa* – errichtet werden soll. Jeder weiß es, jeder sagt es, aber keiner hat den Mut zu sagen: ›Es reicht.‹«

»Was schlägst du also vor?«

»Wir brauchen jemanden, der das in die Hand nimmt. Wir müssen darauf beharren, dass der hölzerne Altar erhalten bleibt, und sei es nur zur Erinnerung an härtere und möglicherweise wahrere Zeiten, als Denkmal für die Handwerker, die sich von kranken Kartoffeln ernährten. Die Gemüter sind erhitzt. Der Zunder liegt bereit. Wir brauchen nur ein Streichholz dranzuhalten.«

»Ich bin ganz auf deiner Seite, aber hast du den Kanonikus bedacht?«

»Er ist der Schurke. Wegen seiner Baumanie und seiner Obsession mit Papst Julius II., dem Auftraggeber Raffaels und Michelangelos, sieht das Dorf Tork aus wie eine Bauhaus-Ausstellung.«

»Er ist ein schlauer alter Fuchs. Wir müssen behutsam vorgehen.«

»Deswegen habe ich mich dir ja anvertraut. Ich bin hier fremd. Wenn ich die Opposition organisiere, wird er mich als englischen Kommunisten brandmarken und in Verruf bringen, was wir zu erreichen versuchen. Ich bin durchaus bereit zu helfen, darf aber nicht als Anführer wahrgenommen werden.«

»Und was soll ich deiner Ansicht nach tun?«

»Berufe eine Versammlung ein und sorge dafür, dass alle deine Stammgäste kommen.«

»Wir werden einen Lenkungsausschuss benötigen.«

»Du und ich, wir werden lenken, ohne dass es danach aussieht. Um den demokratischen Schein zu wahren, werden wir Gimp Gillespie, Cor Mogaill – ich wünschte, ihr hättet weniger unaussprechliche Namen – und Rory Rua hinzubitten.«

»Ich glaube nicht, dass Rory Rua ein gutes Ausschussmitglied abgeben würde. Er ist zu sehr von sich überzeugt, um jemandem zuzuhören. Er bildet sich ein, alles schon zu wissen, nur weil er jeden Tag die *Irish Times* liest.«

»In dem Fall könnte es taktisch klug sein, sicherzustellen, dass er einer von uns ist. Besser, ihn aus unserem Zelt hinaus- als hineinpissen zu lassen«, sagte Potter.

»Ich beuge mich deinem überlegenen strategischen Sinn.«

Roarty stellte den Motor ab, und Potter ruderte langsam in die dunkle Bucht. Nachdem sie das Boot hochgewinscht hatten, stopften sie die Fische in zwei Säcke und trugen diese den steilen Pfad zur Straße hinauf.

»Bis nachher im Pub.«

Zufrieden mit dem Fang des Abends, fuhr Potter davon. Er war auf dem besten Wege, dem Kanonikus in Übereinstimmung mit dem reformerischen Geist des englischen Lollardismus seine wohlverdiente Lektion zu erteilen.

ELF

Nach der Sperrstunde nahmen Roarty und Susan in der Küche die Köhler aus. Obwohl Susan noch nie einen Fisch gesäubert hatte, lernte sie schnell. Noch ehe sie fertig waren, konnte sie Wirbelsäule und Schwimmblase ebenso mühelos entfernen wie Roarty.

Auch für ihn war es ein lehrreicher Abend gewesen. Potter war sein Mann, da war er sich inzwischen sicher, und sei es nur, weil er als weitere Lieferung eine Hand oder einen Kopf erwähnt hatte, was zu der Drohung im zweiten Brief des Erpressers passte. Das war sehr schade. Er mochte Potter wegen der intelligenten und unterhaltsamen Gespräche, die man mit ihm führen konnte, und gute Gesprächspartner waren so rar, dass man es sich genau überlegen musste, bevor man ihre Zahl verringerte. Leider würde er ihre Zahl verringern müssen, allein schon deswegen, weil er es sich nicht leisten konnte, in alle Ewigkeit fünfzig Pfund die Woche zu zahlen.

Er hatte bereits in Betracht gezogen, einen Unfall zu inszenieren, sobald sich die Gelegenheit bot. Potters Fähigkeit, sich Katastrophen auszumalen, machte es allerdings schwierig, einen »Unfall« zu arrangieren. Wäre es kurz vor Einbruch der Dunkelheit gewesen, hätte er ihn auf dem Felsen zurücklassen können. Bei zwei weiteren Stunden Tageslicht jedoch wäre es reichlich idiotisch gewesen. Ein Schafzüchter hätte ihn von den Felsenkuppen aus sichten können, außerdem wussten die Dorfbewohner, dass sie gemeinsam zum Fischen hinausgefahren waren. Er war sich vollauf bewusst, dass es keine leichte Aufgabe sein würde,

Potter auszulöschen. Er konnte kein Gift in seinen Drink mischen, ohne Gefahr zu laufen, dass es entdeckt wurde, und er würde wohl kaum die Chance bekommen, ihn mit einem Band der *Britannica* zu erschlagen. Die Mordwaffe müsste eine Jagdbüchse oder eine Schrotflinte sein, und weil Kugeln Drall- und Patronen Schlagbolzenmarkierungen aufwiesen, würde er ein anderes Gewehr auftreiben müssen. Besser war es, ein oder zwei Wochen zu warten, bis die Jagdzeit richtig begann; dann würde ein »Unfall« im Bereich des Möglichen liegen.

Über Potters Interesse an dem alten Altar freute er sich, auch wenn er sich nicht vorstellen konnte, wo es herrührte. Er glaubte nicht einen Augenblick lang, dass Potter nur die Handwerker feiern wollte, »die sich von kranken Kartoffeln ernährten«; ebenso wenig glaubte er, dass er aus reiner Herzensgüte danach strebte, Donegal vor dem Schicksal zu bewahren, das London ereilt hatte. Was immer seine Beweggründe sein mochten, er begrüßte sein Interesse. Jetzt hätten sie ein gemeinsames Ziel. Als Verschwörer gegen den Kanonikus würden sie mehr Zeit miteinander verbringen, und das würde ihm zu der erwünschten Gelegenheit verhelfen.

Es gab noch weitere Vorteile. Die Beteiligung an etwas Unpersönlichem wie Ausschussarbeit würde ihn von McGing ablenken. Er wäre in lebhafte Diskussionen verwickelt und hätte weniger Zeit, um über sein grausiges Geheimnis nachzugrübeln. Zusammen mit anderen Männern würde er sich einem gemeinsamen Ziel widmen, das sein Leben mit dem ihren verknüpfen und die Einsamkeit, die er mehr und mehr empfand, mildern würde.

Die Mordermittlungen hatten das Gefühl der Isolation, das er empfand, noch verstärkt. Eine in die Länge gezogene Tortur, die er nicht gern ein zweites Mal über sich ergehen lassen wollte. Erst Fragen um Fragen, danach die Wiederholung von Fragen, die er bereits beantwortet hatte, während McGing jedes seiner Worte in ein Büchlein notierte, das er unheilvoll »mein kleines schwarzes Buch« nannte. Die Kriminalbeamten nahmen Fingerabdrücke vom Tresen und suchten in jedem Zimmer nach Blutspuren, angestachelt von McGing, der sie immer wieder daran erinnerte, dass »wir nur ein Milligramm getrocknetes Blut brauchen, dann haben wir's«. Roarty begriff, dass er unter Verdacht stand, obwohl der Hauptkommissar ihm versichert hatte, dass die Vernehmung reine Routine sei. Aber die Art und Weise, wie sie in seinem Garten ihre Schäferhunde losließen oder wie McGing wichtigtuerisch von Spurenanalyse, somatischem und molekularem Tod faselte und von den Auswirkungen des Kühlens auf die Hypostase (was immer das war) – all das konnte keine Routine sein.

Die Mordkommission blieb vier Tage im Tal und verhörte jeden, den Eales gekannt hatte, stocherte in Gärten herum, suchte Seen und Flüsse ab, überprüfte Kühlschränke und Gefriertruhen und durchkämmte abgelegene Stellen in den Bergen. McGing begleitete die Beamten auf Schritt und Tritt, vordergründig als ihr Führer auf fremdem Terrain, in Wahrheit aber, um sie mit überflüssigen und oft grotesken Fragen zu belästigen. Als sie geschlagen abzogen, fasste er dies als persönlichen Affront auf. Bei seinem morgendlichen Black and Tan erzählte er Roarty, er habe den Eindruck, dass der Mord aus dem Wunsch heraus begangen worden sei, ihn zu quälen und zu provozieren.

»Wozu sonst hätte mir der Mörder den Fuß des Opfers geschickt?«, fragte er. »Es hat ihm nicht genügt, in meinem Revier den perfekten Mord zu begehen, er wollte mich wissen lassen, dass er ihn begangen hat. Nun, da macht er einen Fehler. Bis zu meiner Pensionierung sind es noch zwei Jahre, und ich habe vor, jeden einzelnen Tag davon der Aufklärung dieses Verbrechens zu widmen, vor dem die Fachleute kapituliert haben.« Roarty glaubte ihm; solange McGing im Dienst war, würde er nicht ruhen noch rasten.

Allerdings wurde er nicht nur vom Pech verfolgt. So traf es sich glücklich, dass der Brief an Eales erst ankam, als die Mordkommission nicht mehr vor Ort war. Da die Adresse mit der Maschine geschrieben war, geriet er in Versuchung, den Umschlag auf der Stelle McGing zu übergeben, doch seine Neugier behielt die Oberhand. Als er den Brief mit Wasserdampf geöffnet hatte, stellte sich heraus, dass er von Cecily stammte, die Eales fragte, was geschehen sei, und wissen wollte, wann er nach London kommen werde. Wie gut, dass er ihn geöffnet hatte. Wenn McGing ihn gesehen hätte, wäre das Mordmotiv offensichtlich gewesen. Cecilys Brief verbrannte er, nicht jedoch den Umschlag, denn er wusste, der Briefträger würde McGing womöglich verraten, dass für Eales Post gekommen sei. Er hatte den genialen Einfall, eine Broschüre für Katzenfutter, die Eales etliche Monate zuvor erhalten hatte, in den Umschlag zu stecken. Dann klebte er ihn wieder zu und händigte ihn McGing aus.

»Hast du Lust auf einen Absacker, Susan?«, fragte er, als sie den letzten Fisch ausgenommen hatten. Nach der Aufregung des Abends fühlte er sich einsam und ernüchtert und fand den Gedanken, vor dem Schlafengehen die Füße hochzulegen und sich mit ihr zu unterhalten, tröstlich.

»Ich nehme einen Gin Tonic«, sagte sie munter. »Es wäre schön, in aller Ruhe etwas zu trinken.«

Eine Melodie aus Schumanns Klavierquintett summend, ging er zum Tresen und kam mit einem Tablett zurück, auf dem die Getränke und eine Schale mit gesalzenen Erdnüssen standen. Susan saß auf dem alten Pferdehaarsofa und studierte ihre Fingernägel. Er stellte das Tablett auf den niedrigen Couchtisch und setzte sich erschöpft neben sie. Sie war eine billige Kraft; sie trank nicht viel, nicht so viel wie Eales, nur eine Flasche Bier vor dem Mittagessen, nach der sie aufstoßen musste, und abends ein oder zwei Gin Tonic, nach denen sie ein bisschen albern und ausgelassen wurde. Sie war ein unschuldiges Mädchen, das niemals peinliche Fragen stellte. Stets war sie umgänglich, stets hilfsbereit, und für schwierige Gäste fand sie jederzeit ein besänftigendes Wort. Sie war kaum zwanzig und nicht unansehnlich, aber auch nicht hübsch. Er fand sie seltsam attraktiv – kräftig gebaut, mit großen, wohlgerundeten Brüsten –, und soweit er wusste, hatte sie keinen festen Freund. Jetzt lächelte sie, und als er ihre vollen Lippen betrachtete, fragte er sich, was sie wohl dazu sagen würde, wenn er sie küsste. Vielleicht war sie noch nie geküsst worden. Ausgenommen in der Guy Fawkes Night oder auf dem Heimweg von einer Winterwanderung durch die Wildnis der Berge, und dann von einem stummen Schafzüchter, durch dessen Bartstoppeln der Regen rann.

Neben ihr auf dem Sofa zu sitzen übte eine Wirkung auf ihn aus, wie er sie, seit er ein junger Mann gewesen war, nicht mehr erlebt hatte. Sie hatte einen stämmigen Leib mit einem runden Bauch, der unter ihrem Gürtel leicht hervortrat, Brüste, die überzuquellen drohten, und starke, muskulöse Beine – all das lockte ihn in jenen angenehm verführerischen Halbschatten zwischen dem Bekannten und dem Unbekannten. Sie teilten sich ein Haus, in dem sie beide allein waren. Sie hatte ihr eigenes Zimmer; sie war frei wie ein Vogel, und sie schien zufrieden, all die Dinge zu erledigen, die in der Küche und in der Schankstube erledigt werden mussten. War es denkbar, dass sie ihn mit der Zeit als gelegentlichen Besucher in ihrem Bett akzeptieren würde? Ein ordentliches Nümmerchen würde ihm guttun; es würde ihn von seinen Sorgen ablenken und eine verjüngende Wirkung auf seinen breiter werdenden Körper haben. Und es könnte seine morgendliche Niedergeschlagenheit vertreiben, ein Leiden, das häufig erst dann nachließ, wenn er mindestens drei Gläser von dem »bernsteinfarbenen Elixier«, wie Potter es nannte, getrunken hatte. Er legte den Arm um Susans Schultern. Sie drehte sich zu ihm um und lächelte, was er als Zeichen herzlicher Kameradschaft wertete.

Und fünfzehn fassten sie um ihre Mitte
(Und Männer fragen: Wie keusch sind Barmädchen, bitte?)

Es half nichts. Er konnte sich nicht an den Namen des Dichters erinnern. In letzter Zeit hatte er ein Gedächtnis wie ein Sieb.
»Du trinkst lieber Gin Tonic als Whiskey?«, fragte er.
»Ja. Gin Tonic gibt mir das Gefühl, an einem warmen Tag am Meer zu sitzen, und vom Wasser her weht eine Brise.«
»Aber vor dem Mittagessen trinkst du immer ein Glas Bier.«
»Nach Bier muss ich immer aufstoßen. Vormittags geht das ja noch. Abends denke ich gern ans Meer.« Sie lächelte erneut, als halte sie ihn zum Besten.
»Bei mir ist es genauso«, sagte er. »Vormittags, nach einem Frühstück, auf das ich nicht sonderlich Lust habe, genieße ich ein Bier und einen guten Rülpser – was Dr. McGarrigle, Gott schütze uns vor seiner Behandlung, einen ›therapeutischen Ruktus‹ nennt.«
»Aber meistens trinkst du Whiskey?«
»Nur um den Alkoholpegel im Blut aufrechtzuerhalten.«
»Potter trinkt nur Glenmorangie«, sagte sie nachdenklich.
»Er ist ein guter Kunde. Magst du ihn?«
»Er ist sehr tiefsinnig. Immer sagt er weniger, als er denkt. Ich frage mich oft, was Nora Hession von ihm hält.«

»Ich frage mich oft, was er von ihr hält.«

Sie sah ihn zweifelnd an und lachte. Ihre Brüste hoben sich für einen Moment und strafften den Stoff ihres Oberteils. »Sie sind beide tiefsinnig«, sagte sie. »Tiefsinnige Menschen sind nur schwer zu ergründen.«

Er sehnte sich danach, seinen Kopf auf ihre Brüste zu betten und die Augen vor der Welt zu verschließen. Sie trug ein tief ausgeschnittenes Baumwollkleid, und wenn sie sich auf dem Sofa bewegte, war auf den Rundungen ihrer Brüste das zarte Spiel von Licht und Schatten zu sehen. Der dunkelste Schatten lag in der Vertiefung dazwischen. Er versuchte, sich einen Scherz in Erinnerung zu rufen, mit dem er sie zum Lachen bringen könnte – um zu sehen, wie ihre Brüste wie zwei große Wackelpuddinge wogten, und erneut jenes hilflose Verlangen zu erleben, das er als junger Mann bei den unerreichbaren Mädchen, für die er schwärmte, verspürt hatte. Er erzählte ihr, wie Budgeen Rua zu seinem Namen gekommen war, und ahmte Potters Aussprache von »Cor Mogaill« nach, doch sie lächelte nur mit den weißesten Zähnen und ließ ihre Brüste ganz und gar nicht wogen.

»Bist du Rechtshänderin oder Linkshänderin«, fragte er als letzte Zuflucht.

»Linkshänderin.«

Er nahm ihre Rechte, ihre Schicksalshand, und zog mit dem Nagel seines Zeigefingers die Lebenslinie an der Daumenbasis nach.

»Gute Neuigkeiten. Du wirst ein hohes Alter erreichen, aber ich kann dir nicht sagen, wo.«

»Was machst du da?«, fragte sie.

»Ich betaste deine Hügel. Du hast sieben davon, und der interessanteste ist der Venushügel. Er ist sehr fleischig, ein Indiz, dass du Liebe und Musik in Hülle und Fülle in dir hast.«

»Wo ist mein Venushügel?«

»Hier.« Er zeigte auf die Basis des Daumens und lud sie ein, sie selbst zu betasten.

»Sehr fleischig. Hoffentlich hast du recht.«

»Glaub mir, es stimmt.«

»Du Zigeuner!«

Als sie lachte, drohten ihre Brüste wie üppige Früchte aus ihrem Kleid hervorzuschwappen. Unfähig, der inneren Anspannung länger standzuhalten, zog er ihren Kopf an seine Schulter und legte seine freie Hand auf eine Brust. Diese fühlte sich durchaus nicht wie Wackelpudding an, sondern rund und voll wie eine Grapefruit, mit einer kräftigen Brustwarze, die sich unter ihrem Kleid versteifte. Kein Wunder, das Potter seinen Pub bereits als »Bristols Bar«, als Tittenbar, bezeichnete.

»Erzähl mir vom Berg«, sagte er und liebkoste ihre Brüste. Inzwischen waren seine Finger bereits unter ihrem Baumwollstoff.

»Es ist sehr einsam. Man sieht nur einen Hügel hinter dem anderen und weiße Straßen, die darüber führen, und hier und da vielleicht ein Haus und sechs oder sieben Schafe, die mit dem Rücken zum Wind an einem Hang grasen. Und man hört nur den Wind, der über die Heide pfeift.«

»Dann wohnst du also gern hier im Dorf?«

»Hier ist es nicht so still, und es ist mehr los, aber ich ziehe die Bergbewohner vor. Die Dorfbewohner halten sich für etwas Besseres.«

»Da hast du recht«, sagte er. »Stell sechs Häuser in eine Reihe, und du änderst die Natur der Menschen, die darin wohnen.«

Er drückte die Spitze ihres Nippels, als wäre es ein Klingelknopf, und küsste ihre glatten Lippen. Dabei inhalierte er den Geruch nach gebratener Leber, Schinkenspeck,

Zwiebeln und Gin Tonic, der in ihrem Atem lag. Es war ein betörender Geruch, der sein beschwipstes Gefühl schieren Draufgängertums verstärkte.

»Es ist das erste Mal, dass ich von einem bärtigen Mann geküsst werde. Fühlt sich angenehm weich an, nicht so rau wie ein Dreitagebart.«

Er drückte einen Kuss auf das Tal zwischen ihren Brüsten, und sie wand sich ein wenig, vielleicht weil sein Bart sie kitzelte. Als er das Kleid auf dem Rücken aufknöpfte und ihre Arme aus den Ärmel gleiten ließ, boten sich ihm zwei weiße Brüste mit braunen Nippeln dar, die zu den wildesten Küssen einluden.

»Du trägst keinen BH?«

»Im Sommer lasse ich sie gern an die frische Luft.« Er spürte, dass sie auf ihre Brüste genauso stolz war wie er einst auf seinen Penis. Wieder wand sie sich, diesmal sicher vor Wonne, sagte er sich.

Er legte sie rücklings aufs Sofa. Dann lag er zwischen ihren Beinen und küsste eine Brust nach der anderen, leckte die erigierten Nippel und bewegte sich von einem zum anderen wie ein Mann, der sich nicht entschließen kann, welcher von beiden den größeren Genuss bietet. Unterdessen streichelte sie mit kräftigen Fingern seinen Nacken und rieb seinen Kopf hinter den Ohren, wie sie es bei einer Kuh tun mochte, um sie vor dem Melken in die richtige Stimmung zu versetzen. Und er fand, dass sie überaus gutmütig war, ganz anders als seine verstorbene Frau mit ihrer Willensstärke, ihrem spindeldürren Körper und ihrer Entschlossenheit, sich niemals drängen zu lassen. Hätte Florence mit Adam im Garten Eden geweilt, die Menschheit befände sich noch immer im Zustand der Unschuld. Was Adam erregte, war nicht der rosige Apfel, sondern das Verlangen eines jeden Mannes nach pneumatischer Seligkeit. Wie immer bei der

Erinnerung an Florences unnachgiebiges Fleisch zog sich sein Magen zusammen. Um sich wieder in den Griff zu bekommen, ließ er seine Hand forschend Susans Bein hinaufgleiten. Kein BH. Kein Höschen. Susan, Gott segne sie, war eine neuzeitliche Eva und wie Eva Frischluftfanatikerin. Sie war feucht und verlockend, saftig wie ein Pfirsich. Obwohl er sich der großen Stille in seiner Hose deutlich bewusst war, öffnete er den Reißverschluss. In der Hoffnung, die Ofenhitze unter ihm werde ein sofortiges Erwachen auslösen, versuchte er es immer wieder mit einem Penis, der so schlaff war wie ein nichtsnutziger Wattwurm, höchstens als Köder zu gebrauchen. Er bedauerte es, Eales' Lustfinger überstürzt entsorgt zu haben, und streichelte ihre Klitoris mit einer Reverenz, die er nur als reumütig bezeichnen konnte. Ihren *mons veneris* fest gegen seinen Schenkel gepresst, klammerte sie sich an ihn an wie ein Kind in einem Sturm und krümmte sich mit einem leisen Stöhnen, das ebenso viel Schmerz wie Lust verriet.

»Das war wohl Schwerstarbeit?«, fragte sie.

»Ich bin hundemüde.« Zu beschämt, um ihrem Blick zu begegnen, ließ er den Kopf auf ihren Arm sinken.

Sie drückte seinen Kopf an ihren Busen, und er begann schwer zu atmen. Nicht gewillt, ihre offensichtliche Verwirrung zur Kenntnis nehmen, tat er so, als sei er eingeschlafen. Als er einen langen Schnarchlaut ausstieß, schob sie die Hand in seine Hose und befühlte die volle Länge seines schlummernden Penis, die, wie er sich noch immer gern einredete, beträchtlich war. Ein- oder zweimal zog sie die Vorhaut zurück, zuerst langsam, dann rascher, wobei sie ihn jedes Mal sanft, fast liebevoll knetete, während er wie ein träumender Hund seufzte und seinen Kopf tiefer in ihrem Busen vergrub. Susan, sagte er sich, war keine Fremde in dieser Gegend. Anders als Florence war sie eine geschickte

Wiedererweckerin, doch traurigerweise zeigte sich der Patient bei dieser Gelegenheit gegen alle bekannten Handreichungen widerständig. Schließlich musste sie sich die Niederlage eingestehen und schlüpfte unter ihm hervor, er aber fuhr fort, schwer zu atmen. Nach einer Weile kam sie mit einer Tagesdecke zurück, die sie sanft über ihn breitete, und küsste ihn auf die Wange. Die Augen noch immer geschlossen, hörte er das Klicken einer sich schließenden Tür und ihre schweren Schritte auf der Treppe.

Dem Schlaf nahe, diesmal echtem Schlaf, versuchte er sich ein Erinnerungsbild zu vergegenwärtigen: wie er an einem windigen Märzabend im Sund nach Kabeljau gefischt hatte. Eine bleierne See, die gegen den Bug platschte, der Himmel eine blau-schwarze Kuppel aus niedrigen Wolken und über dem Horizont im Westen eine Öffnung, durch die eine unsichtbare Sonne fedrige Wolken mit goldenem Licht beschoss. Es war ein solcher Kontrast: das bläuliche Schwarz über ihm, als wolle sich düstere Nacht herabsenken, und das Fenster aus Gold über dem Wasser, welches das wenige Licht spendete, das es an jenem Abend noch gab. Irgendwie war es ihm wie ein Abbild seines an Verzweiflung reichen Lebens vorgekommen, und stoisch hatte er sich über das Dollbord gebeugt, um einen Kabeljau einzuholen. Als er den Kopf wieder hob, war der Lichtstreif verschwunden. Alles war blau-schwarz, das Ebenbild einer allzu frühen Nacht.

Obwohl die Nacht warm war, wachte er fröstelnd auf. Als er auf die Armbanduhr sah, war es fast drei. Er merkte, dass er geschlafen haben musste, dass die Erschöpfung, die vorzutäuschen er sich so große Mühe gegeben hatte, echt war. Er nahm die Flasche Whiskey und sein leeres Glas zur Hand und schlich leise, damit Susan nicht wach wurde, die Treppe hinauf. Ohne das Licht in seinem Zimmer anzuknipsen, ging er zum Fenster. Als er eben die Hand hob, um die

Vorhänge aufzuziehen, erregte eine Bewegung auf der anderen Straßenseite seine Aufmerksamkeit. Jemand lauerte im Dunkel der gegenüberliegenden Giebelwand und blickte direkt zu seinem Haus herüber. Er fragte sich, wer es wohl sein mochte, und duckte sich zur Fensterecke, ohne den Blick von der Gestalt im Dunkel abzuwenden. Er musste nicht lange warten. Als die Kirchenuhr drei schlug, trat McGing ins Licht der Straßenlaterne und machte sich auf den Weg zur Polizeikaserne.

Roarty war erschrocken. Zwar wusste er, dass McGing gelobt hatte, den Mörder zu stellen, doch ihm war nicht klar gewesen, dass er selbst die Beute sein würde. Er bildete es sich nicht ein; es gab keinen anderen Grund, weswegen McGing sein Haus observierte. Bedauerlicherweise blieb ihm nur eines übrig: McGing von dem Mord abzulenken, indem er ihm etwas Dringlicheres zum Nachdenken gab. Er würde ihm eine halbe Stunde Zeit lassen, um in sein Bett zurückzukehren. Danach würde er zuschlagen.

Er legte die Rheinische Sinfonie auf und goss sich einen Whiskey ein. Undeutlich wurden ihm die Krux der Musik und die Krux seines Lebens bewusst. Als er sich einschenkte, zitterten seine Hände, aber das taten sie gewöhnlich jeden Morgen, und jetzt waren es nur noch zwei Stunden bis Sonnenaufgang. Ein Kissen zwischen seinen Kopf und die Wand geklemmt, setzte er sich im Bett auf und bemühte sich nach Kräften, McGing aus seinen Gedanken zu verbannen. Er stellte sich vor, wie Potter auf Carraig a' Dúlamáin pisste, ein zuverlässiger Freund, verglichen mit dem unberechenbaren McGing. Und er dachte an Cecily, wie sie mit leichtem Anschlag, der immerwährende Unschuld verhieß, *Papillons* spielte. Inzwischen war sie eine erwachsene Frau, die einem verkommenen Mistkerl aus Kerry verzweifelt Briefe schrieb, die Reinheit ihres Herzens überwältigt von der Vorherrschaft ihrer Klitoris. Und schließlich dachte er an die Frau, die sie zur Welt gebracht hatte, und fragte sich, weshalb er über die Wandlung, die ihre Tochter durchgemacht hatte, erstaunt sein sollte. Hätte er Florence sehenden Auges als Frau gewählt, wäre er selbst der schuldhafte Urheber seines Missgeschicks gewesen, so hätte er ihr möglicherweise verzeihen können. Stattdessen war er ausgenutzt, verarscht und beschissen worden von jener Namenlosen Instanz, die unbedachte Menschen Schicksal nennen.

Oberflächlich betrachtet, verdankte er seine Frau dem begabten Studenten Dantes und Rimbauds, Dusty Miller. Hätte Miller sich nicht mit dem Inhalt der Kasse aus dem Staub gemacht, wäre ein unauffälliges Mädchen namens Florence Kissane nicht in Roartys Leben getreten. Für Roarty war es zugegebenermaßen eine schwierige Zeit gewesen. Er hatte das Priesterseminar erst im Jahr zuvor verlassen und versuchte noch immer, sich selbst davon zu überzeugen, dass er die richtige Entscheidung getroffen hatte. Natürlich hätte er eine Stelle in einem Büro annehmen können, aber er fühlte sich zum Kneipenleben hingezogen, denn hier kreuzten sich Wege von Gut und Böse und erfuhren bei dieser Begegnung etwas über sich selbst und übereinander. Nach sechs Jahren des Eingeschlossenseins in einem Priesterseminar, in denen er sich täglich einer masochistischen Gewissensprüfung unterzogen hatte, verspürte er das Bedürfnis, mit Glatten *und* mit Groben zusammenzukommen, um sich des Verdachts zu entledigen, ein Kalb mit zwei Köpfen zu sein, ein Vorzeigeobjekt im Zirkus eines Seebads. Er musste sich auf einem »Feld voller Volk« verlieren, und er vermutete, dass dessen Pendant im 20. Jahrhundert ein Londoner Pub war.

In seinem ersten Jahr außerhalb der Seminarmauern hatte er keine Beziehung mit einer Frau gehabt. Die Möglichkeit, eine Prostituierte aufzusuchen, um ein für alle Mal seine Jungfräulichkeit loszuwerden, die für ihn sechs fruchtlose Jahre der Einkerkerung symbolisierte, hatte er verworfen. Er ging sogar noch einen Schritt weiter und fasste den Entschluss, seinem fleischlichen Verlangen nur im Angesicht der Schönheit nachzugeben, denn damals kam es ihm würdelos vor, das priesterliche Leben für etwas Geringeres aufzuopfern. Er wartete und wartete, doch es lief ihm keine schöne Frau über den Weg. Zuerst fragte er sich, welche Wirkung der Kuss einer wirklich schönen Frau haben mochte (heilend oder versengend?). Nach einer Weile fing er an, daran zu zweifeln, ob es in London überhaupt schöne Frauen gab. Falls ja, schienen sie jedenfalls nicht in Fitzrovia zu wohnen. So sehr war er auf die Idee der Schönheit fixiert, dass er von Florence, die seinen Freund Dusty im Pub abgelöst hatte, kaum Notiz nahm.

Sie stammte aus Tipperary, aus dem Goldenen Tal, wie sie es nannte, und roch noch immer nach Milch und Butterblumen, eine Leistung, die im Mief einer Kneipe selten genug war. Im Lauf der Wochen kamen sie hin und wieder ins Gespräch. Ihm fiel auf, wie tüchtig und entschlossen sie war, was der Wirt schon bemerkt haben musste, als er sie einstellte. Sie war schnell auf den Beinen, schnell beim Zapfen, schnell beim Kassieren und schlagfertiger als nötig, wenn ein Mitglied der literarischen Boheme glaubte, sie auf den Arm nehmen zu können. Im Unterschied zu Florence war der Wirt eher langsam im Kopf. Auf Spötteleien oder Sticheleien reagierte er, indem er lachte und sich außer Hörweite begab. Eines Abends, als ein ausnahmsweise nüchterner Journalist in seiner unmittelbaren Nähe sagte, sein Pub sei der am schlechtesten geführte in ganz London, lachte er noch lauter als gewöhnlich. Als Florence, die an der Kasse stand, ihn hörte, warf sie ihm über die Schulter einen Blick zu, und in diesem Blick erkannte Roarty ein Mädchen, das sich vor nichts im Leben fürchtete. Sie wirkte so gefestigt in ihrem Selbstbewusstsein, dass er sich fragte, ob es ihr womöglich an einer weiblichen Eigenschaft mangelte, die andere Frauen für selbstverständlich hielten – ein Gespür oder eine Intuition, eine spirituelle Dimension. Wie sein alter Professor für Moraltheologie zu sagen pflegte: »Niemand hat alle Gaben, und die Anwesenheit einer Gabe bedingt die Abwesenheit einer anderen.« Es kam ihm in den Sinn, dass er es mit einem Phänomen zu tun hatte, das er erkunden musste, und sei es nur, um seine Neugier Frauen betreffend zu befriedigen. Sie war alles andere als schön, aber ohne dass es ihm bewusst gewesen wäre, hatte der Begriff der Schönheit seine Vorrangstellung eingebüßt. Binnen weniger Wochen hatten sie sich angefreundet, gingen an ihren freien Tagen zusammen aus und verglichen ihre Träume und ihre Vorstellungen über die Zukunft, die sie erwarten mochte. Er war froh, sie gefunden zu haben, denn sie hatte nicht nur die mysteriöse Aura einer Frau, sondern auch eine Art, sich zu unterhalten, die er nur Männern zugetraut hatte.

Beide wollten unbedingt nach Irland zurückkehren. Von Anfang an sparten sie auf eine eigene Gastwirtschaft. Als ein kleiner Pub in Roartys Heimatdorf auf den Markt kam, kauften sie ihn mit der Zuversicht eines Paares mit »Londoner Erfahrung«, das in Donegal ein Geschäft eröffnete. Es war zwar nur eine heruntergekommene Spelunke, doch schon bald hatten sie sie in ein wohlsortiertes, komfortables Gasthaus verwandelt, ein natürlicher Treffpunkt für Klugscheißer aus dem Dorf ebenso wie ein Zufluchtsort für jeden unerschrockenen Reisenden, der sich im Urlaub in Glenkeel wiederfand. Seine Verwunderung darüber, dass er Florence nur durch Zufall entdeckt hatte, blieb ihm in den Anfangsjahren ihrer Ehe erhalten, bis ihm eines Morgens aufging, dass möglicherweise sie es war, die *ihn* entdeckt hatte.

Trotzdem hatte er diesen Gedanken nicht zwischen sie kommen lassen. Beide waren sie sparsam, ohne geizig zu sein, beide imstande, die Freuden auszukosten, die das Landleben ihnen bot. Jene frühen Jahre ihres gemeinsamen Lebens waren geradezu himmlisch. Er kümmerte sich um die Bar und Florence sich um die finanzielle Seite des Geschäfts. Sie führte die Bücher und bezahlte die Rechnungen, während er die Stammgäste mit schlagfertigen Antworten unterhielt und dabei das eine oder andere Gläschen Jameson genoss. Unterdessen taten sie ihr Bestes, eine Familie zu gründen. Keiner von beiden wünschte sich eine große Familie. Ein Sohn und eine Tochter würden reichen, darin waren sie sich einig, doch nach vier Jahren steten Bemühens hatten sie bei allem Eifer nichts vorzuweisen. Anders als Florence war Roarty nicht übermäßig beunruhigt; es kam ihm vor, als könne dieses *vie en rose* bis ins hohe Alter oder gar bis in den Tod so weitergehen. Doch eines Abends, als sie wieder einmal versuchten, ein Kind zu zeugen, ereilte ihn ein Missgeschick. Seit Monaten schon hatte er sich Sorgen um das allmähliche Verebben seines sexuellen Verlangens gemacht, es war, als liefe die Flut aus einer Flussmündung ab. Er merkte, dass er Maggie Hessions Brüste während der Messe nicht länger mit einem Gefühl unaussprechlicher Zärtlichkeit im Herzen betrachtete. Jetzt hatten die Dinge eine dramatische Wendung genommen. Zum ersten Mal in fünf Ehejahren hatte er versagt.

Gelähmt von der beängstigenden Stille weiter unten, lag er seiner Frau gegenüber. Sein Penis ruhte so schlaff auf seinem Schenkel wie der von Adam in Michelangelos Gemälde von seiner Erschaffung. Florence, stets eine Frau, die die Initiative ergriff, versuchte, ihm mit der Hand aufzuhelfen, doch Seine Lordschaft war resistent gegen alle Kunstgriffe zur Wiederbelebung, die sie im Repertoire hatte.

»Nicht meine Nacht«, sagte sie und drehte sich mit einem letzten Achselzucken von ihm weg.

Am folgenden Abend versuchten sie es vergeblich, am Abend darauf ebenso. Inzwischen war er beunruhigt, und Florence war es auch. Ihre Diagnose war einfach und unwiderleglich. »Deine Mannesschwäche ist alkoholbedingt«, sagte sie, »und das einzige Heilmittel ist totale Abstinenz.« Nicht ganz wahrheitsmäßig gab er an, nur eine halbe Flasche am Tag zu trinken, für einen Mann seiner Statur lächerlich wenig. Dennoch rührte er keinen Tropfen mehr an, da er ihr nicht noch mehr Druckmittel in die Hand geben wollte, als sie ohnehin schon hatte. Er war alt genug, um zu wissen, dass die gebräuchlichste wie auch die tödlichste Waffe einer Frau im Abnutzungskrieg der Ehe moralische Erpressung ist. Die Heilung war jedoch nicht so einfach wie die Diagnose. Nach einer Woche ohne Alkohol empfand er gelegentlich bebendes Verlangen, dem allerdings nur die betörende Darbietung der Flagge auf Halbmast folgte. In dem Wissen, wie dringend sie sich wünschte, dass er ihre Reliquie rieb, wurde er Florence gegenüber zärtlich, doch kaum war sie seeklar und gefechtsbereit, erschlaffte sein Penis mit einem schwachen Tröpfeln auf seinem Schenkel.

Ironischerweise wies er gerade jetzt als Abstinenzler die klassischen Symptome einer alkoholbedingten Mannesschwäche auf, wie sie der Pförtner in *Macbeth* benennt: »Darum kann man sagen, dass vieles Trinken ein Zweideutler gegen die Buhlerei ist: es schafft sie und vernichtet sie, treibt sie an und hält sie zurück, macht ihr Mut und schreckt sie ab, heißt sie sich brav halten und nicht brav halten ...« Und weit davon entfernt, von diesem gewöhnlichsten aller Männerwitze belustigt zu sein, machte er sich solche Sorgen, dass jede normale, selbstsichere Annäherung an seine Frau zu einem Ding der Unmöglichkeit wurde. Schon zu ihren besten Zeiten hatte ihn der Sex wie alle unsicheren Männer gerade dann überrumpelt, wenn er am verwundbarsten und am lächerlichsten war. Inzwischen waren die Komplikationen des Versagens so peinlich, dass es einfacher und vernünftiger war, gar nicht erst damit anzufangen. Florence erklärte sich fast zu bereitwillig einverstanden und sagte, es sei grausam, sie erst aufzureizen, nur um sie dann auf dem Trockenen sitzen zu lassen und ihr eine schlaflose Nacht zu bereiten. Und sie duldete keine bekannte Alternative zu voller peniler Penetration. Als er ihr zu erklären versuchte, es führten viele Wege zum Ziel, sagte sie ihm kurz und bündig, es führe nur ein Weg zu dem Ziel, ein Kind zu zeugen.

Bald gerann ihre anfängliche Stimmung mitfühlender Resignation zur Sauermolke langen Leidens. Sie gingen dazu über, in getrennten Schlafzimmern zu schlafen und ihr Frühstück in mürrischem Schweigen einzunehmen. Mitunter konnte er einfach nicht begreifen, weshalb das kürzeste und unbedeutendste Glied in seiner Anatomie in seinen Gedanken so viel Raum einnahm und seine innere Befindlichkeit diktierte, ganz zu schweigen von seinem Verhalten seinen Gästen gegenüber.

Bis dahin waren alle geschäftlichen Entscheidungen von ihm allein getroffen worden. Nun musste er feststellen, dass sie begonnen hatte, zusätzliche Fässer Stout zu ordern, ohne ihn zu Rate zu ziehen. Nur weil es ihm nicht gelungen war, dem Ritual entsprechend Kontraktionen in ihrer Vagina auszulösen, war er innerhalb eines Monats von einem Gastwirt zu einem Nichts geschrumpft. Wie erwartet, hatte ihre Dreistigkeit Methode. Sie nahm die Gelegenheit wahr, ungeniert Bierkutscher, Steuerbeamte, Eichamtsbedienstete, Handlungsreisende und jeden Fremden in Hosen, der geschäftlich in den Pub kam, anzusprechen. Sie war keine Schönheit, nicht die Sorte Frau, die Männern die Überzeugung einflößte, Annäherungsversuche seien eine Frage der männlichen Ehre. Florence war eine unauffällige graue Maus, die sich den Luxus, schüchtern aufzutreten, nicht leisten konnte, sondern genötigt war, ihre unmittelbare Verfügbarkeit zu annoncieren. Genau das musste sie getan haben, denn eines Tages etwa sechs Monate nach seinem ersten Versagen, sagte sie beim Mittagessen:

»Ich halte es nicht länger aus. Ich brauche einen Fick, und zwar einen guten, um das bisschen Verstand beisammenzuhalten, das mir noch geblieben ist. Ich werde dich nicht mit einem der Ortsansässigen kompromittieren. Stattdessen werd ich's am Donnerstag heimlich mit MacSwilleys Bierkutscher treiben. Ich sag's dir schon im voraus, weil ich nicht will, dass du mich für untreu hältst.«

Ihre brutale Logik verschlug ihm den Atem. Ihm drängte sich die Frage auf, weshalb es keine bedeutenden Philosophinnen gab. »Ich weiß es zu schätzen, dass du mir Bescheid sagst.« Er lächelte mit zurückhaltender Ironie.

»Denk nicht, dass es ein Liebesspiel ist, Tim. Meine biologische Uhr tickt, die verhängnisvolle Stunde naht. Ich will mir ein Kind machen lassen, bevor die Glocken läuten.«

»Ich werde dir nicht im Weg stehen. An dem besagten Tag werde ich auf die Jagd gehen.«

»Und wer kümmert sich um die Bar?«

»Ich hätte nicht gedacht, dass dir die Bar so am Herzen liegt.«

»Du wirst hier bleiben. Alles muss seinen gewohnten Gang gehen, damit die Kunden keinen Ehekrach wittern.«

»Du hast wirklich ein Gefühl für Schicklichkeit«, sagte er. Beinahe hätte er sich an einem Knorpel in dem verkochten Kammstück verschluckt, das sie ihm zubereitet hatte.

Wie immer setzte sie ihren Kopf durch. Er blieb in der Bar und ließ sich auf ein stockendes Gespräch mit Old Crubog ein, während ein Bierkutscher in breiten Stiefeln in der Küche Tee trank und sich oben auf ihr Bett fallen ließ. Der Vorfall hatte ihm eine Einsicht in das Wesen der Frau verschafft, die in ihrer Einfachheit fast brillant war. Wenn man mit dem ganzen Gerede über Michelangelo fertig war, ließ sich die Beziehung zwischen Mann und Frau auf eine schlichte Formel bringen:

G = E + P + K
wobei G = Glück; E = Erektion; P = Penetration;
und K = Kontraktion

Wenn ihm diese Wahrheit nur schon früher aufgegangen wäre! Was für Spaß sie gehabt hätten in den Tagen, als er ihr mit einem einzigen Stängel gleich zweimal zu Kontraktionen verholfen hatte. Typisch für die Schule des Lebens, dass sie alles immer zu spät lehrte: wenn dem Schüler das Wissen nichts mehr nützte.

»Ein ganz schöner Ansturm auf die Felsen heute«, hatte er in dem Bemühen, seine Gedanken wieder auf Alltägliches zu richten, zu Crubog gesagt.

»Das Meer kann nur eins von zwei Dingen tun: steigen oder fallen«, sagte Crubog abgeklärt.

»Und doch steckt es voller Überraschungen.« Roarty blickte hinaus auf Rannyweal.

»Das Meer ist eine Frau«, erwiderte Crubog. »Ein kluger Mann nimmt es nie als Selbstverständlichkeit.«

Der Bierkutscher kam und ging, und ein Zigarettenvertreter nahm seinen Platz ein. Je untreuer Florence war, desto höflicher wurde sie. Sie plauderte mit Roarty über die Stammgäste und versprach im Scherz, ihm Austern vorzusetzen, um seine Mattheit zu kurieren. Leider konnte er darauf nicht ebenso reagieren. Die Freude der Selbstvergessenheit war aus seinem Leben verschwunden. Wie konnte sie fünf Jahren seltenen Eheglücks den Rücken kehren und den Mann, der geholfen hatte, diese zu gestalten, wie einen ausrangierten Dildo behandeln? Hätte er moralische Schuld auf sich geladen, hätte er es ja verstanden. Aber für das Versagen seiner Erektion war er ebenso wenig verantwortlich wie dafür, dass die Erdachse gegenüber der Bahnebene um etwa 66° 33' geneigt ist. War es nicht typisch, dass eine so elementare Wahrheit den Verstand einer Frau, selbst einer so intelligenten Frau wie Florence, überstieg?

Mechanisch lebte er weiter. Er nahm zur Kenntnis, wie sie alle zwei Wochen nach Donegal Town fuhr und beschwingt zurückkehrte, und wunderte sich, warum zum Teufel er ihr nicht den Hals umdrehte. Trotzdem unternahm er nichts, und als sie ihm eines Tages mitteilte, sie sei schwanger, sagte er, es gebe nichts Befriedigenderes als unermüdlichen Einsatz, der von Erfolg gekrönt ist, jetzt könne sie ruhigen Gewissens auf das Glockengeläut warten. Zu seiner Überraschung nahm sie die Schwangerschaft ernst. Mit dem Mann oder den Männern, die ihren Samen in ihr ausgestreut hatten, traf sie sich nicht mehr und verbrachte die Tage der Turgeszenz auf dem Wohnzimmersofa, wo sie seichte Romane las und Türkischen Honig naschte. Dr. McGarrigle kam, betastete ihren Bauch und warnte Roarty, es bestehe das Risiko einer Frühgeburt. Als sie eine Woche später eilends nach Donegal Town ins Krankenhaus geschafft wurde, verspürte Roarty eine ängstliche Unruhe, die ihn überraschte. Er besuchte sie und erfuhr, dass es aufgrund ihres Alters zu Komplikationen gekommen sei. Ein gesundes Mädchen war mittels Kaiserschnitt geboren worden, und die Mutter lag auf der Intensivstation. Sie öffnete zwei hohle Augen und nahm seine Hand, und er wusste, dass sie sie nie wieder nehmen würde.

»Wir haben gute Zeiten miteinander erlebt, Tim«, flüsterte sie. »Zusammen haben wir es weit gebracht. Du wirst nie wissen, wie sehr du mir die ersten hundert Meilen verkürzt hast.«

Was konnte er sagen? In ihren Worten lag das ganze Gewicht der Tragödie des Lebens, keine Antwort, die er zu geben vermochte, würde sie mindern. Im Sterben wie im Leben hatte sie ihn besiegt.

Er kümmerte sich um das Kind, so gut er konnte, zunächst eher widerwillig; dann aber, als sie lächelte, wann immer er sich über ihr Bettchen beugte, zärtlich; und schließlich, als ihre ersten wundersamen Worte neues Leben ins Haus brachten, freudig. Sie war ein allerliebstes kleines Mädchen, dunkelhaarig und dunkeläugig, das ovale Gesicht leuchtend vor unschuldiger Intelligenz. Innerhalb eines Jahres hatte sie sein Leben von Grund auf verwandelt. Noch bevor sie zur Schule ging, brachte er ihr Lesen und Schreiben bei; er unternahm Spaziergänge mit ihr und erzählte ihr alles, was er über die Blumen und die kleinen Tiere des Tals wusste; er fuhr sie zweimal die Woche die siebzehn Meilen nach Garron, wo sie Klavierunterricht bei der besten Lehrerin der ganzen Gegend nahm; und als sie dreizehn war, schickte er sie auf die beste Klosterschule der Grafschaft. Sie war nicht Fleisch von seinem Fleische; aber sie war sein Augapfel. Und vielleicht gerade weil sie nicht Fleisch von seinem Fleische war, verspürte er das Bedürfnis, sie in einem Ausmaß zu formen, wie kein gewöhnlicher Vater es versuchen würde. Unablässig war er darum bemüht, ihr ein reiches Erfahrungsfeld zur Verfügung zu stellen, in dem ihre junge Persönlichkeit wachsen konnte, und wurde mit der Liebenswürdigkeit ihres Wesens belohnt, die auch an ihrem feinfühligen Klavierspiel abzulesen war.

Ihre Schulferien waren der Himmel. Das Haus hallte wider von Musik, und er aß, was sie kochte, und bat um mehr. Er konnte sehen, dass sie bereits über die anmutigen Bewegungen einer jungen Frau verfügte, aber noch zauderte er, sie über die fragwürdigen Absichten angehender Freunde aufzuklären. Er befand, dass es nicht nötig sei. In der Klosterschule war sie die Klassenbeste. Sie würde wohl imstande sein, die Tricks ungebildeter Bauernlümmel zu durchschauen!

Dann kam Eales mit seinen Katzen und verpflanzte sie in ein fäulniserregendes Feld, auf den Misthaufen des Lebens, wo gar nichts wuchs außer Düngerlingen mit schwarzen Lamellen. Zwei Wochen zuvor hatte er ihr geschrieben, um ihr mitzuteilen, sie habe ein Universitätsstipendium gewonnen, hatte sich ihre Freude ausgemalt und ihre Ungeduld, auf der Stelle nach Hause zu kommen. Leider wartete er noch immer auf ihre Antwort. Stattdessen hatte er ihren armseligen Brief an Eales. Er fragte sich, ob er selbst daran schuld war. Eine fürsorgliche Mutter hätte sie vor den unbeherrschbaren Gezeiten des Lebens gewarnt.

Die Sinfonie endete; sie ließ ihn mit einem Gefühl der Mehrdeutigkeit des Lebens, vielleicht auch Schumanns, zurück. Jetzt galten seine Gedanken der bösen Dreieinigkeit von Eales, Potter und McGing. Sie hatten sich in das Gewebe seines Lebens eingeflochten, als seien sie mit Hilfe eines theologischen Taschenspielertricks zu ein und derselben Person geworden, die Schöpfung seines eigenen unersättlichen Dämons. Tag um Tag bedrängten und marterten sie ihn mit ihrer Allgegenwart, bis er sich nach einem reinigenden Abführmittel sehnte, um in Geist und Körper jede Spur von ihnen zu tilgen. Doch in seinem Herzen wusste er, dass er ohne sie nicht länger er selbst wäre. War es nicht die obsessive Natur seines Vorstellungsvermögens, die all seine Erfahrungen färbte und den innersten Kern seiner Persönlichkeit formte? Wir alle sind Opfer unserer Eigenliebe, dachte er. Selbst wenn wir mit einem Schlag neu zusammengesetzt und optimiert werden könnten, würde es uns ebenso wenig danach verlangen, wie es einen Liebhaber Schumanns danach verlangt, seine Musik von einem Komponisten mit feinerem Gespür für Orchesterfarben neu instrumentiert zu hören, aus dem einfachen Grund, dass es nicht länger Schumann wäre.

Auf Zehenspitzen schlich er sich die dunkle Treppe hinab und verließ das Haus durch die Hintertür. Er holte ein Paar Gartenhandschuhe, einen Flachmeißel und einen Hammer aus der Garage und folgte der Straße, die nach Westen aus dem Dorf hinausführte. An der Kreuzung wandte er sich nach Norden und ging durch die Felder zurück, bis er sich vor der hohen Friedhofsmauer wiederfand. Plötzlich schreckte ihn der dumpfe Schlag eines Lachses auf, der sich im Fluss tummelte. Er kauerte nieder und schaute sich in alle Richtungen um. Er hielt den Zeigefinger vor die Nase, aber die Nacht war so dunkel, dass er ihn kaum sehen konnte. Ein finsterer Himmel lastete wie ein schwarzer Mantel auf den Schultern der Hügel, genau das Richtige für sein Vorhaben.

Er kletterte über die Bruchsteinmauer des Friedhofs und hielt sich einen Moment lang im Schatten des Glockenturms versteckt. Nachdem er sich vergewissert hatte, dass alles ruhig war, stahl er sich zum Fenster der Sakristei, streifte die Handschuhe über und stemmte mit aller Kraft das untere Schiebefenster hoch, dankbar, dass ein gedankenloser Ministrant den Haken nicht wieder in die Öse geschoben hatte. Binnen kurzem war er hineingestiegen. Da er früher selbst Messdiener gewesen war, hatte er keine Mühe, im Dunkeln den Weg zu finden. Bald stand er in der Tür zur Sakristei, einen Augenblick lang wie gebannt vom Flackern des Ewigen Lichts. Jedes Mal, wenn die Flamme nach oben züngelte, huschten gespenstische Schatten über die Wände und enthüllten Aspekte der Andachtsbilder und Gegenstände, die er bis dahin nie bemerkt hatte.

Mit dem nervenzermürbenden Gefühl, von einem Auge, das sich niemals schließt, beobachtet zu werden, bewegte er sich auf Zehenspitzen durchs Kirchenschiff. Die Almosenbüchse stand im Kirchenvorbau. Er brach sie auf und stopfte sich eine Faustvoll Münzen in die Hosentasche. Nach nur zwanzig Minuten war er wieder in seinem Zimmer, dankbar, dass die nächtliche Arbeit verrichtet war. Der Kanonikus würde eine Untersuchung anordnen, die McGing ein, zwei Wochen lang in Anspruch nehmen würde. Es wäre ein rätselhafter Fall, wenn auch nur deswegen, weil McGing sich nicht vorstellen könnte, welches Mitglied einer gottesfürchtigen Gemeinde die Armen frevelhaft um vierundneunzig Pence bestehlen würde. Roarty konnte sich eines gewissen Schuldgefühls nicht erwehren, und das war mehr, als er nach der Beseitigung von Eales empfunden hatte. Glücklicherweise konnte er seine Sünde wiedergutmachen, indem er der St Vincent de Paul Society in Dublin am nächsten Tag anonym zwei Pfund schickte. Schließlich war allgemein bekannt, dass die städtischen Armen mehr Zuwendung verdienten als ihre Cousins auf dem Land.

Als Roartys Gedanken sich kurz vor dem Einschlafen verliefen, rückte McGing in den Hintergrund, während Potter mit seiner ungewöhnlichen Ansicht, dass die Große Hungersnot »härtere und wahrere Zeiten« repräsentierte, größeren Raum einnahm.

ZWÖLF

»Hat jeder was zu trinken?«, fragte Roarty.

Er hatte die Tür zur Straße verriegelt und die Kasse hinter dem Tresen entfernt, damit es, falls McGing anklopfte, so aussah, als handele es sich nur um einen geselligen Umtrunk mit einigen engen Freunden.

»Lass uns die Sitzung eröffnen«, sagte Cor Mogaill aus der Tiefe des Kaminsessels. Sein scharf geschnittenes Gesicht glühte vor Ungeduld, das Gesicht eines Mannes, der lange von Revolution geträumt hatte und es kaum glauben konnte, dass er ihre Morgenröte noch erleben durfte. Er schleuderte seinen Rucksack von sich, legte die Füße darauf und inhalierte den Rauch seiner Zigarette so tief, dass Roarty sich fragte, ob das Nikotin bis zu seinen Zehen vordrang. Cor Mogaill war ein Naivling, sagte er sich; möglicherweise Marxist, aber trotzdem das Salz der Erde. Niemand, der mit einer Bügelsäge einem Toten das Schienbein durchtrennen würde, und viel zu ernst, um irgendjemandem geschmacklose Schulbubenstreiche zu spielen.

Roarty setzte sich neben Potter aufs Sofa, während Gillespie mit Notizheft und Bleistift am Tisch Platz nahm und Rory Rua, begleitet von Setanta, seinem Irish Setter, zusammengekauert auf einem Hocker in der Ecke saß. Potter, in Cordjackett, offenem Hemd und Twillhose, bot ein Bild weltmännischer Urbanität, die sich auf dem Land ganz zu Hause fühlt. Sonnengebräunt und mit feinen Gesichtszügen, athletisch und selbstbewusst, schaute er aus seinen schönen Augen, die bei aller betörenden Bläue Eiseskälte verrieten. Ein Vollblut, dachte Roarty, verglichen mit ihm ist Rory Rua ein Ackergaul. Potter hielt Rory Rua seinen Tabakbeutel hin, dieser nahm ihn mit der Unbeholfenheit eines Mannes entgegen, der keinen Sinn für Zeremonielles hat. Er musste sich die Haare gewaschen haben; sie wirkten röter als sonst, fast so rot wie das Fell seines Hundes, und die großen Sommersprossen im Gesicht und auf den Händen hätten auch die Flecken einer seltenen Hautkrankheit sein können. Er stopfte seine Pfeife, dabei entblößte er an beiden Handgelenken Salzwasserfurunkel. Rory Rua hätte ein halb geformtes amphibisches Geschöpf sein können, nicht ganz Mensch, eine prosaische Version Calibans. Allmählich werde ich überempfindlich, sagte sich Roarty und nahm einen therapeutischen Schluck aus seinem Glas.

»Wir alle wissen, weshalb wir hier sind«, begann er. »Bis wir einen Ausschuss gebildet haben, führe ich den Vorsitz. Als Erstes müssen wir einen Vorstand wählen. Als Präsidenten und Vorsitzenden schlage ich Kenneth Potter vor.«

»Ich unterstütze den Antrag, und ich denke, Setanta hier stimmt mir zu.« Rory tätschelte den Kopf des Hundes.

»Ich weiß es zu schätzen, dass ihr an mich glaubt«, sagte Potter lächelnd. »Aber ich fürchte, ich muss ablehnen. Ich bin hier ein Fremder, in den Augen des Kanonikus verdächtig und insofern eine Belastung in den Verhandlungen, die sich eventuell mit ihm ergeben. Vorstandsmitglieder sollten über jede Kritik erhaben sein. Hinter den Kulissen bin ich gewillt, jede erdenkliche Hilfe zu leisten, aber es geht nicht, dass ich in ein Amt gewählt werde. Deshalb schlage ich Mr Roarty als Präsidenten vor. Er ist eine geachtete Persönlichkeit im Tal und, davon bin ich überzeugt, für den Kanonikus weitgehend akzeptabel.«

»Ich befürworte den Antrag«, sagte Gillespie.

Es kam zur Abstimmung, und Roarty wurde gewählt.

»Ich danke euch«, sagte Roarty. »Wünscht die Versammlung, dass ich auch weiterhin den Vorsitz innehabe?«

Alle bis auf Cor Mogaill murmelten bejahend.

»Können wir nicht ein informelles Treffen mit ein paar Bierchen durchführen, ohne uns so wichtigtuerisch aufzuführen wie eine Horde Schullehrer auf ihrer Jahresversammlung?«, fragte er. »Ist all der Unfug – Anträge stellen und befürworten – bei Kumpeln wirklich notwendig?«

»Jetzt müssen wir einen Schriftführer wählen«, sagte Roarty, ohne ihn zu beachten.

»Wenn wir einen Schriftführer brauchen, schlage ich mich selbst für den Posten vor«, sagte Cor Mogaill.

Es trat ein langes Schweigen ein. Währenddessen sahen sie einander und den sich selbst befördernden Cor Mogaill an, der sich mit einem herausfordernden Blick in seinem Sessel zurücklehnte.

»Ich halte es für keine gute Idee, einen erklärten Marxisten zum Sekretär zu haben«, sagte Rory Rua. »Wir müssen Männer wählen, die sonntags zur Messe gehen und regelmäßig die Sakramente empfangen. Ich schlage Gimp Gillespie vor, weil er diese beiden Bedingungen erfüllt und weil er schreiben kann und in der Lage ist, uns im *Dispatch* zu wertvoller Publicity zu verhelfen.«

»Ich unterstütze den Vorschlag«, sagte Potter.

Es wurde abgestimmt, und Gillespie wurde gewählt. Cor Mogaill enthielt sich.

»Jetzt zum Schatzmeister. Darf ich um Nominierungen bitten?«, fragte Roarty.

»Ich bin sicher, dass Gimp einen guten Schriftführer abgeben wird«, räumte Cor Mogaill ein. »Aber ich glaube, ich würde einen ebenso guten Schatzmeister abgeben. Ich habe nichts dagegen, zur Messe zu gehen, solange unser Projekt läuft. Würde mich also bitte jemand nominieren?«

»Wo bleiben deine marxistischen Prinzipien?«, wollte Rory Rua wissen.

»Ich werde meine Haltung erläutern, aber, wie die meisten Politiker, erst nach meiner Wahl. Als aufrechter Staatsbürger weigere ich mich, ins Verhör genommen zu werden.«

»Das ist keine Kritik an deiner Ehrlichkeit, Coir Mogaill, aber ich glaube, ein Mann, der gestanden hat, die Almosenbüchse ausgeraubt zu haben, sollte nicht für die Finanzen einer Körperschaft verantwortlich sein, die sehr wohl als epochemachender Verein in die Geschichte der Kirche eingehen könnte.« Rory Rua sprach mit einem ungewohnten Funkeln in den Augen.

»Ich habe die Almosenbüchse nicht ausgeraubt.«

»Warum hast du dann dem Kanonikus und McGing das Gegenteil weisgemacht?«

»Weil ich wollte, dass McGing als Esel dasteht, wenn ich später alles leugne. Und als der Kanonikus mich gefragt hat, ob es der marxistischen Lehre entspricht, die Armen ihrer Kupfermünzen zu berauben, sah ich es als eine Gelegenheit an, ihn mit der Heiligen Schrift zu verwirren, indem ich ihn daran erinnert habe, dass das Neue Testament klar zu verstehen gibt, dass Gold und Silber schmutzig sind. Ich habe ihm gesagt, ich hätte das Geld ins Meer geworden, um es zu reinigen, bevor die Armen es erhalten. Habe ich mich deutlich genug ausgedrückt?«

»Cor Mogaill, du bist ganz schön verrückt«, sagte Roarty. »Jetzt glaubt jeder im Tal, du hättest die Almosenbüchse ausgeraubt. Warum hast du deinen guten Namen beschmutzt, indem zu dich zu einer Straftat bekennst, die du nicht begangen hast?«

»Ihr seid alle verbürgerlicht. Seit wann ist die Meinung von Kapitalisten, selbst von Kleinkapitalisten wie dir, für einen marxistischen Revolutionär von Bedeutung? Ich habe bereits versprochen, die Almosenbüchse zu reparieren und das Geld ›zurückzuerstatten‹ – ein Meisterstreich in meinem Krieg gegen Kirche und Staat. Loftus und McGing sind in seliger Unwissenheit befangen, während der wahre Übeltäter sich ermutigt fühlen mag, in der Hoffnung, dass ich erneut den Kopf hinhalte, ein schwereres Verbrechen zu verüben. Darin bin ich ein wahrer Revolutionär: Ich zersetze die Gesellschaft, indem ich ihre Sünden auf mich nehme!«

»Die Geste sieht eher Christus ähnlich als Marx«, sagte Potter lächelnd.

»Jedenfalls kannst du nicht Schatzmeister werden«, verkündete Rory Rua. »Deine Gedanken sind zu wirr, als dass du dich in ein hohes Amt wählen lassen kannst.«

»Scheiße, Pisse, Schwanz und Eier«, sagte Cor Mogaill.

»Ich nominiere Rory Rua als Schatzmeister«, sagte Gillespie.

Potter unterstützte den Antrag, und Rory Rua wurde ordnungsgemäß gewählt.

»Und was ist mit Potter und mir?«, wollte Cor Mogaill wissen.

»Ihr werdet beide ehrenamtliche Vorstandsmitglieder«, sagte Roarty und ging zum Tresen, um eine weitere Runde Bier zu zapfen.

Er war ebenso verärgert wie irritiert. Wie konnte er McGing auf Trab halten, wenn ihm Cor Mogaill jedes Mal einen Knüppel zwischen die Beine warf? Er musste sich etwas Schwerwiegenderes ausdenken, etwas Strafbareres als den Raub der Almosenbüchse, etwas, wozu sich selbst Cor Mogaill nicht »bekennen« würde. Dank Cor Mogaill konnte McGing sich jetzt wieder voll und ganz dem Mord widmen. Roarty blieb nicht mehr viel Zeit, und er hatte noch keinen Plan, wie er Potter loswerden konnte. Dennoch bereitete die Sitzung ihm Vergnügen. Es war ein neues Projekt, und mit etwas Glück würde es das beharrliche Gedankenmuster auslöschen, das ihn Tag und Nacht verfolgte.

»Als Nächstes müssen wir uns einen Namen für unseren Verein ausdenken«, gab er bekannt, als er mit einem vollen Tablett zurückkehrte.

»Du darfst das Pferd nicht von hinten aufzäumen«, riet Cor Mogaill. »Zuerst sollten wir uns überlegen, was wir bezwecken wollen.«

»Ich schlage einen Namen vor, der sich selbst erklärt«, sagte Roarty. »Gesellschaft zur Erhaltung des hölzernen Altars.«

»Zu prosaisch«, sagte Gillespie. »Wir brauchen einen Namen, der das Ohr betört und im Gedächtnis der Öffentlichkeit nachhallt. Wir brauchen ein aussprechbares Akronym wie UNESCO. Wir müssen an die Öffentlichkeitsarbeit denken. Und lasst euch gesagt sein, es gibt nichts, was Redakteure lieber mögen als einen schmissigen Namen. Die Spaltenbreite des *Dispatch* beträgt nur zwölf Pica, in Laiensprache zwei Zoll. Deshalb brauchen wir einen kurzen Namen für Schlagzeilen, weswegen ich Holzaltarverein vorschlage, was sich zu dem einprägsamen Akronym HAV verkürzen lässt.«

Cor Mogaill warf den Kopf zurück und brach in Gelächter aus. »Warum nennen wir ihn nicht gleich GfBM?«, johlte er. »Gesellschaft für Bockmist, denn was anderes redet ihr nicht.«

»Ich schließe mich Gillespie an«, sagte Potter. »Was wir hier brauchen, ist das gewisse Etwas.«

»Und was zum Teufel ist das gewisse Etwas?«, erkundigte sich Cor Mogaill. »Noch mehr Bockmist, oder ich bin eine Giraffe.«

»Es ist das nicht Quantifizierbare, das nicht Vorhersehbare. Das, was Wellington, Nelson und Churchill allen

Widrigkeiten zum Trotz zu großen Führern gemacht hat. Mit dem gewissen Etwas könnten wir Anstifter einer Revolution sein, einer liturgischen Konterrevolution, die die Uhren zurückstellt zu prätridentinischen Zeiten und unter der Soutane eines jeden Priesters und Bischofs im Land tausend Kerzen entzündet.«

»Kannst du dir die Hitze vorstellen?«, sagte Cor Mogaill. »Sie würde ihnen binnen Sekunden die Sackhaare versengen, falls sie überhaupt Eier haben.«

Roarty sah, dass Potter sich amüsierte. Er hatte das Talent, das Schlimmste aus Cor Mogaill herauszukitzeln, und wusste es. »Unser wichtigstes Ziel ist es, den hölzernen Altar zu erhalten«, sagte Roarty und rief die Versammlung zur Ordnung.

»Und Kanonikus Loftus womöglich aus dem Amt zu jagen«, sagte Cor Mogaill. »Lasst uns nicht eine Unschuld vortäuschen, die wir als Kinder der Finsternis nicht haben. Wenn wir wegen des Altars genügend Staub aufwirbeln, wird der Bischof von Raphoe wissen wollen, weshalb Loftus seine Gemeindemitglieder nicht bei der Stange hält. Es wird Fragen zum Brandy geben und möglicherweise einen Tapetenwechsel für unseren Kanonikus.«

»Wir dürfen uns nicht zu billiger marxistischer Kirchenfeindschaft verleiten lassen«, sagte Rory Rua. »Wir dürfen uns nicht den leisesten Hauch persönlicher Abneigung anmerken lassen. Wir alle müssen ehrenwert und rechtschaffen wirken und bei der Sonntagsmesse die vorderen Bänke einnehmen. Wir müssen von innen reformieren, nicht von außen.«

»Rory Rua, du Heuchler und Halunke!«, brüllte Cor Mogaill. »Sag die Wahrheit: Du scherst dich einen Scheißdreck um Religion. Das Einzige, was dich interessiert, sind Hummer.«

»Wenn wir weiter so aufeinander einprügeln, verdienen wir, die Streitgesellschaft genannt zu werden«, sagte Gillespie lächelnd.

»Und der Urheber eines so schwachen Witzes verdient, an seinen Geschlechtsteilen aufgehängt und mit einer Kugel seines eigenen verpissten Kots erschossen zu werden«, johlte Cor Mogaill.

»Wir reden so leicht daher«, sagte Gillespie, »aber diese Versammlung könnte ein Wendepunkt in der Geschichte der Kirche sein. Wir sagen nicht nur nein zum Kalksteinaltar; wir sagen nein zum Tischaltar, dem Herzstück der neuen Liturgie. Unser Nein, wenn wir es nur laut genug aussprechen, könnte, wie Kenneth uns in Erinnerung gebracht hat, der Beginn einer Konterrevolution sein.«

»Du hast das gewisse Etwas erwähnt, aber den Namen, der es enthält, hast du uns nicht verraten.« Roarty wandte sich an Potter.

»Das ist ganz einfach«, erwiderte Potter. »Die Anti-Kalkstein-Gesellschaft.«

»Klingt wie eine Gesellschaft für Spinner, eine geologische Variante der Flat Earth Society.« Cor Mogaill schüttelte den Kopf.

»Genau«, sagte Potter. »Wir brauchen einen Namen, der nicht zu feierlich klingt, etwas, was den Menschen beweist, dass wir Sinn für Humor haben und eine flüchtige Bekanntschaft mit der Theologie.«

»Ich glaube, du hast recht«, sagte Roarty und ließ abstimmen. Potters Vorschlag wurde per Handzeichen angenommen. »Jetzt müssen wir unsere Taktik besprechen«, fuhr Roarty fort.

»Wäre es nicht sinnvoller, unsere Strategie zu besprechen?«, schlug Cor Mogaill vor.

»Wir werden beides besprechen«, sagte Potter.

»Wir müssen eine öffentliche Versammlung abhalten, zu der jeder in der Gemeinde eingeladen wird. Aber zuerst müssen wir zeigen, dass wir es ernst meinen. Wir müssen dafür sorgen, dass in jeder Kaminecke über uns geredet wird.«

»Ich schlage vor, dass wir etwas tun, was schmerzlos und unerhört zugleich ist«, sagte Cor Mogaill. »Zum Beispiel damit drohen, dass wir die Kollekte vorenthalten und unsere freiwillige Arbeit verweigern. Das würde den Kanonikus am meisten kränken und dem Bischof zeigen, dass er die Kontrolle über seine Gemeinde verloren hat.«

»Nein«, sagte Rory Rua und hob eine sommersprossige Hand. »Wir müssen uns vernünftig zeigen. Ich würde nur so weit gehen, Parolen an die Wände zu schreiben und in der Dorfstraße Spruchbänder aufzuhängen. Wenn wir erst einmal die Unterstützung der Öffentlichkeit haben, überreichen wir dem Kanonikus eine Petition, mit einer Durchschrift für den Bischof.«

»Ein Foto von Spruchbändern mit Parolen wird der *Dispatch* mit Sicherheit veröffentlichen«, sagte Gillespie. »Ich schlage die Parole ›Wir wollen Waldholz‹ vor, weil sie sich in Schlagzeilen zu ›WWW‹ oder ›W3‹ abkürzen lässt.«

»Du denkst nur an Schlagzeilen«, sagte Cor Mogaill.

»Ich schlage vor: ›Holz vs. Kalkstein: Wo stehst du?‹«, sagte Roy Rua.

»Eine Parole ist eine glänzende Idee«, sagte Potter. »Aber es muss mehr sein als eine Parole! Es muss ein Schlachtruf sein, der dank unserem Freund Gillespie bald von einem Ende der Grafschaft zum anderen bekannt sein wird. Wir werden ihn an Häuserwände malen und ihn auf Stickern in den Heckscheiben unserer Autos präsentieren. Wir werden sogar eine auffällige Anzeige im *Dispatch* schalten.«

»Das alles hört sich sehr vielversprechend an, aber du hast uns den Schlachtruf nicht verraten«, sagte Cor Mogaill.

»HUA! HUA! HUA!«, rief Potter und hob eine geballte Faust.

»Und was bedeutet das?«

»Hände von Unserm Altar!«

»Hört sich nicht gut an«, sagte Cor Mogaill. »Ist weder irisch noch englisch. Eher wie ein Schlachtruf in einem der aufstrebenden Länder Afrikas.«

»Leck mich oder besauf dich, was immer dir am wenigsten passt«, sagte Potter höflich.

»Ich finde Potters Idee ausgezeichnet«, sagte Roarty. »Wir werden Spruchbänder und Sticker anfertigen. HUA! Ich sehe es schon zum Schlagwort der Nation werden.«

»Ich verstehe was von Beschriftung«, sagte Potter. »Am Wochenende mache ich mich an die Arbeit.«

»Wir hängen die Spruchbänder mitten in der Nacht auf«, sagte Roarty. »Wenn Loftus sie am Morgen auf dem Weg zur Messe sieht, werden sie die größte Wirkung entfalten.«

»Nein«, riet Potter ab. »Wir dürfen uns nicht wie Diebe in der Nacht verhalten. Wir müssen in der Glut des Mittags handeln und jeden wissen lassen, wer wir sind.«

Sie diskutierten eine weitere Stunde lang, bis Cor Mogaill, der die Rolle des Vorsitzenden übernahm, sie rügte, weil sie sich nur noch wiederholten. Als die Uhr zwei schlug, ging Roarty nach draußen, um sich zu vergewissern, dass die Luft rein war, und einer nach dem anderen verließen sie den Pub durch die Hintertür, Potter als Letzter.

»Wie wär's mit einem kleinen *deoch a' dorais?*«, fragte Roarty und fasste ihn am Ellbogen.

»Einem was?«

»Einem Scheidebecher?«

»Ein andermal gerne. Hab dreimal hintereinander eine lange Nacht gehabt und bin völlig geschlaucht. Ich muss mich wirklich aufs Ohr hauen.«

»Ich denke, wir können mit unserer Nachtschicht zufrieden sein«, sagte Roarty, noch immer in der Hoffnung, ihn aufhalten zu können.

»Nimm's mir nicht übel, aber es war eine sehr irische Nacht.«

»Und du warst der Irischste von allen.« Roarty lächelte ihm aufmunternd zu.

»*Hibernicis ipsis Hibernior.* Irischer als die Iren. Spielst du darauf an?«

»Du bist nicht der Erste, und du wirst nicht der Letzte sein. Ich glaube, ich sollte dir sagen, dass es mit deinen Vorläufern nicht ganz so glücklich ausgegangen ist.«

»Danke für die Rücksichtnahme. Ich werd's im Kopf behalten.«

Potter verschwand in die Nacht, eine schwer zu fassende, chamäleonartige Gestalt, unter Männern aber unbestreitbar wirkungsvoll. Er hatte es abgelehnt, Präsident zu werden, die Diskussion jedoch mehr als jeder andere beeinflusst, indem er sich so unbeteiligt gab, dass seine Ansichten stets Aufmerksamkeit verlangten. Schade, dass er nicht auf einen Drink blieb, denn ein Plausch, wenn der Geist ermattet war, mochte in so vieles, was im Dunkeln lag, einen Lichtstrahl werfen.

»Ein Mann, der sich nicht leicht in die Enge treiben lässt«, dachte Roarty, als er die Treppe hinaufstieg. »Vermutlich werde ich ihn ins Freie locken müssen.«

Er war zu wach, um zu schlafen. Dennoch ging er zu Bett und lag mit geschlossenen Augen auf dem Rücken. Nach einer halben Stunde legte er *Fünf Stücke im Volkston* auf und schlug in der *Britannica* den Artikel über Aquädukte nach. Das Cellospiel Pablo Casals' und die trockene technische Sprache des Enzyklopädisten bescherte ihm ein neues Gefühl der Behaglichkeit. Es kam ihm vor, als ob die subtilsten

Luxusgüter des Lebens ihm gehörten und seine größten Versuchungen intellektueller Natur seien.

DREIZEHN

Vom Westfenster seines Zimmers aus konnte Roarty das Pfarrhaus sehen. Nora Hession schloss die Eingangstür hinter sich und trippelte leichtfüßig die Auffahrt zwischen den Bäumen herunter. Sie hatte einen tänzelnden Gang, so lebhaft, dass man das Gefühl hatte, sie könne sich jeden Moment in die Lüfte schwingen. Sie war hochgewachsen und schlank, die Art Mädchen, mit dem der junge Yeats durch die Salley Gardens hätte schlendern können. Potter wusste gar nicht, was für ein Glück er hatte. Schade, dass sie in seinen, Roartys, jungen Jahren noch ein Baby war.

Kanonikus Loftus, der in Letterkenny auf Exerzitien gegangen war, würde nicht vor Samstag zurückkehren, und in seiner Abwesenheit schlief Nora bei ihrer Schwester oder möglicherweise bei dem schwer verliebten Potter. Das Pfarrhaus würde bis zum nächsten Morgen leer stehen, und ihm bliebe reichlich Zeit, zu tun, was getan werden musste. Er hatte nichts gegen den Kanonikus persönlich. Heute Abend wären die Bedingungen ideal. Er wusste, was zu tun war und wie es zu tun war.

Sein einziges Ziel bestand darin, McGing dazu zu bringen, über etwas anderes nachzudenken als den Mord, über den er sich mittlerweile jeden Tag langatmig verbreitete. Aus irgendeinem unerklärlichen Grund war er von Allegro wie besessen, so als wäre Eales' Kater der Schuldige. Dauernd kraulte er ihn hinter den Ohren, damit er schnurrte, doch Allegro blieb all seinen Liebkosungen gegenüber gleichgültig.

»Es ist unnatürlich für eine Katze, nicht zu schnurren«,

sagte McGing. »Allegro wirkt deprimiert, als beschäftige ihn etwas Schreckliches. Entweder das, oder er hat etwas Böses gesehen, das ihm keine Ruhe lässt.«

Roarty strich Allegro mit der flachen Hand über den Kopf und streichelte ihm mit dem Zeigefinger den Nacken. Allegro schloss die Augen und fing an zu schnurren.

»Das macht der Geruch nach Stout an Ihrer Hand«, sagte McGing. »Wenn Sie nichts dagegen haben, nehme ich ihn mit zur Polizeikaserne. Ich möchte ein kleines Experiment durchführen.«

»Er gehört Ihnen, so lange er bei Ihnen bleibt. Aber ich muss Sie warnen. Er ist sehr wählerisch. Bei mir hat er nur das Beste bekommen.«

Roarty lächelte, als McGing mit dem Kater zur Tür hinausging. Das Gefühl der Erleichterung hielt allerdings nicht lange an. Er fragte sich, was für ein »kleines Experiment« McGing wohl im Sinn hatte. Den ganzen September über hatte er sich gejagt gefühlt wie ein Hase, so als sei McGing jeder Hauch eines jeden seiner Gedanken bekannt. Das verstörende Gefühl der Selbstentblößung wurde von einer seelischen Kraftlosigkeit begleitet, die seinen Willen lähmte und ihn davon abhielt, etwas Zielgerichtetes zu tun. Obwohl Cecily ihm geschrieben hatte, sie wolle bei ihrer Tante in London bleiben und werde ihr Stipendium nicht antreten, war er so mit sich selbst beschäftigt, dass er kaum einen Gedanken an ihre Zukunft verschwendete. Statt nach London zu fahren, um sie nach Hause zurückzuholen, grübelte er teilnahmslos darüber nach, wie er sich von seinem früheren Ich so weit hatte entfernen können. Aus dem wirren Knäuel seiner qualvollen Gedanken schien es kein Entrinnen zu geben.

Er war das Seil bei einem Tauziehen zwischen zwei gleich starken Parteien, hierhin und dorthin gezerrt ohne

Hoffnung auf eine Lösung. Seine Gedanken an Potter und McGing fesselten ihn an einen Altar aus Stein, als wäre er ein Schlachttier, das in einem Ritual, das er nicht einmal ansatzweise begriff, geopfert werden sollte. Seine Gesundheit hatte gelitten; er hatte begonnen, um seinen Verstand zu fürchten. Selbst mit Hilfe einer Flasche Whiskey am Tag konnte er nachts kaum eine Stunde sorglosen Schlafes finden. Er wälzte sich im Bett herum und träumte von Ermittlungsverfahren, langwierigen Kreuzverhören und schaurigen Mahlzeiten mit Potter, deren Hauptgericht aus einem mächtigen Presssack bestand, zubereitet aus einem abgetrennten Kopf, der keinerlei Ähnlichkeit mit dem von Eales aufwies. Wem gehörte er dann? Das war das Rätsel, das ihn am Schlafen hinderte. Im frühen Morgengrauen wankte er müde ins Badezimmer, und die schwarzen Erinnerungen der Nacht klebten an ihm wie dichte Spinnweben. Ob wachend oder schlafend, es gab keine Atempause. Er musste drei Grog trinken, bevor seine Hand nicht länger zitterte und er sich mit dem Messer gefahrlos rasieren konnte. Der Gang zur Toilette war ein weiterer Albtraum, denn mit der ganzen Furcht des Hypochonders bemerkte er, dass sein Stuhl von Blut durchsetzt war, und beschwor Visionen von geierhaften Chirurgen in Weiß herauf, die auf einen künstlichen Darmausgang geradezu versessen waren. Wieder und wieder sagte er die Verse auf, die er früher einmal amüsant gefunden hatte:

Ich merkte, im Stuhl hatt' ich Blut
(Nur Tropfen, nein, keine Flut),
Ich unterbrach die Reiserei
Von Tallahassee nach Mumbai
Und bat 'nen Arzt, 'nen echten,
Ins hint're Ende mir zu spechten,

Um das Gerücht zu widerlegen,
In mir würd' sich ein Tumor regen.

Wie sich irgendjemand über Krebs lustig machen konnte, konnte er nicht begreifen. Sein Verstand war nur noch ein Kaleidoskop abstoßender Bilder. Roarty machte sich solche Sorgen, dass er einen Termin bei Dr. McGarrigle vereinbarte, der in Glenroe wohnte und mittwochs Sprechstunde in Glenkeel hielt.

McGarrigle war ein großer, sympathischer Mann, ein unermüdlicher Frauenjäger, der seine Chancen bei Jungen und Alten suchte, vorausgesetzt, sie wuschen sich regelmäßig und wussten die Bedürfnisse eines Mannes seiner gesellschaftlichen Stellung zu würdigen. Das Geheimnis seines Erfolgs bei Frauen lag darin, dass er feine Unterschiede zu machen vermochte. Keine von ihnen beklagte sich je über unerwünschte Avancen, denn Gegenstand eines Annäherungsversuches von ihm zu sein wurde als Gütesiegel der Ehrbarkeit aufgefasst, und von ihm »geheilt« zu werden war ein Vergnügen, das etlichen Witwen im Tal zuteil geworden war, gegen deren Beschwerden die Behandlung orthodoxerer Ärzte nichts ausrichten konnte.

Ungeachtet seiner Bereitschaft, den Phantasien seiner ideenreicheren Patientinnen gelegentlich entgegenzukommen, nahm Dr. McGarrigle seine ärztlichen Pflichten ernst. Als jemand, der abends selbst gern einen trank, ging er im Pub des Öfteren auf einen seiner Patienten zu und riet ihm, es sich sorgfältig zu überlegen, bevor er sein Glas leerte. »Wenn Sie austrinken, könnte es gut sein, dass Sie Ihr Leben um fast ein Jahr verkürzen«, sagte er dann. »Ich rate Ihnen nicht, das Glas wegzustellen. Ich will nur sichergehen, dass Sie den Whiskey umso mehr genießen, weil Sie ihn in vollem Bewusstsein der Folgen trinken.« Natürlich war er wohlgelitten, selbst bei Männern, deren Ehefrauen nach ein oder zwei Besuchen in seiner Sprechstunde von, wie er es nannte, »klimakterischer Melancholie« geheilt worden waren.

Seltsamerweise war die Eigenschaft, deretwegen ihn seine Stammpatienten besonders schätzten, der Hang, vielen von ihnen dieselbe Diagnose zu stellen, unabhängig von den Symptomen, die sie zeigten. Damit förderte er ein großes Gemeinschaftsgefühl in dem chaotischen Schiffbruch namens Alter. Einige Winter zuvor, als er die meisten der kranken Menschen wegen Blutvergiftung im Fuß versorgte, kam Old Crubog zu ihm und klagte über Rheuma in der linken Schulter, nur um zu hören, es sei ein Übertragungsschmerz, der seine Ursache im großen Zeh habe, eine schlichte Frage von »Metastase« oder, wie Crubog berichtete, »Metathese«. In diesem Jahr behandelte er dem Vernehmen nach die meisten Patienten wegen Gicht, doch niemand schien Einwände zu erheben. Eigentlich waren Patienten, die unter einer »Blutvergiftung im Fuß«, unter »Gicht« oder irgendeiner anderen Krankheit litten, die in jenem Winter in seiner Sprechstunde vorherrschend war, eher stolz auf ihren Status und überzeugt, sich keine Sorgen machen zu müssen. Schon lange zuvor hatte man beobachtet, dass tatsächlich nur solche Patienten starben, die prosaischerer Leiden wegen behandelt wurden.

Gimp Gillespie, der sich etwas darauf einbildete, Dr. McGarrigle richtig einzuschätzen, entwickelte die Theorie, dass dieser etwas habe, was sich nur wenigen Ärzten nachsagen ließ – einen professionellen Sinn für Humor. Im Grunde behandele er alle Patienten, die unter eingebildeten Krankheiten litten, nach demselben Muster, nämlich nach dem Grundsatz, dass ein Placebo gegen Blutvergiftung im Fuß ebenso wirksam sei wie ein Placebo gegen Rheuma. Roarty fragte sich, ob nicht eines der Placebos des guten Doktors ihn von allen seinen Beschwerden heilen könne.

»Na, was hat ein großer, starker Kerl wie Sie für Beschwerden?«, fragte McGarrigle. Er lächelte nicht, was Roarty als bedeutsam auffasste.

»Blut im Rektum«, sagte er, froh darüber, dass ihm im Gegensatz zu den meisten Patienten des Arztes das Wort »Rektum« geläufig war.

»Rektale Blutungen«, sagte McGarrigle. »Nicht so ungewöhnlich, wie Sie vielleicht denken. Schauen wir uns mal an, wo das Problem sitzt, Wortspiel nicht beabsichtigt.«

»Sie wollen mir doch wohl nicht irgendetwas in den Arsch stecken?«, fragte Roarty so beunruhigt, dass er das Wort »Anus« vergaß.

»Das könnte leider notwendig werden.«

»Würde es Ihnen etwas ausmachen, es vorher in der Hand zu wärmen? Hinten bin ich ziemlich empfindlich.«

»Es ist nicht das, was Sie denken«, sagte der Arzt und zog sich einen dünnen Gummischutz über den Zeigefinger, der Roarty aus einem unerfindlichen Grund an Eales' Lustfinger erinnerte.

»Versuchen Sie jetzt, Ihre Zehen mit den Fingerspitzen zu berühren.«

Roarty bückte sich und dachte an Eduard II., von 1307 bis 1327 englischer König.

»Mm!«, machte McGarrigle.

»Was?«

»Ich sagte ›Mm!‹, ein Geräusch, das Ärzte von sich geben, um der Diagnose auf die Sprünge zu helfen.«

»Und, was könnte es sein? Gicht?«, fragte Roarty hoffnungsvoll.

»Wie kommen Sie darauf, dass es Gicht sein könnte?«

»Ich esse viel und trinke viel. Ich treibe Raubbau an meinem Körper.«

»Gicht ist es nicht«, sagt McGarrigle bestimmt.

»Glauben Sie, es könnte ein Problem mit der Prostata sein?«, wagte Roarty sich verzweifelt vor.

»Strecken Sie beide Hände vor sich aus.«

Roarty sah, dass seine Hände zitterten, obwohl er versuchte, sie still zu halten.

»Wie viel trinken Sie am Tag?«

»Nicht mehr als eine Flasche.«

»Stout oder Whiskey?«, fragte McGarrigle ohne jeden Anflug von Humor.

»Whiskey.«

»Eine Flasche sollte reichen.«

McCarrigle nahm ihn gründlich in die Mangel, und am Ende fühlte sich Roarty gedrückt und gequetscht wie ein Klumpen Knetmasse. Als sei er des Lebens und des Todes plötzlich müde, setzte sich der Arzt an seinen Schreibtisch.

»Wie lautet das Urteil?«, fragte Roarty. »Hämorrhoiden?«

»Nein, es handelt sich nicht um Hämorrhoiden. Es ist etwas Schemenhafteres, das im Niemandsland zwischen Psyche und Soma lauert.«

»Und was soll das heißen?«

»Ich glaube, es ist ein Symptom von Stress, mentalem Stress.«

Vor lauter Erleichterung musste Roarty lachen. »Sind Sie sicher, es ist nicht unser alter Freund?«, fragte er.

»Unser alter Freund?« McGarrigle warf ihm einen Blick zu, wie ihn ein Todeskandidat dem anderen zuwerfen mochte.

»Ich sprech's nicht gern aus, weil ich ein bisschen abergläubisch bin. Eine Umschreibung für Krebs.«

»Ich kann es nicht mit Sicherheit sagen, und ich will Sie

nicht unnötig beunruhigen. Ich meine nur, dass wir nichts unversucht lassen dürfen. Ich werde Sie zur Untersuchung ins Krankenhaus von Sligo überweisen. Vermutlich besteht kein Grund zur Sorge, aber für gewöhnlich ist der moderne Hausarzt geneigt, das Urteil einer höheren Instanz zu überlassen. Könnten Sie weniger trinken, ohne dass Sie aufhören zu funktionieren?«

»Ich glaube nicht.«

»Sie könnten es versuchen.«

»Wenn ich es versuchen würde, wäre ich nicht ich selbst.«

McGarrigle stellte ein Rezept für Schlaftabletten aus, und Roarty fragte sich, ob er vielleicht eher einen Psychiater benötigte als einen Arzt. Was würde McGarrigle sagen, wenn er ihm von seinen beängstigendsten Symptomen berichtete: den kräftezehrenden Träumen über grausige Festgelage mit Potter oder Prometheus' Kämpfe mit einem Adler, der ein rotes Höschen trug? In vieler Hinsicht war Letzterer der entsetzlichere Traum, da Roarty jedes Mal schlaff vor Erschöpfung aus ihm erwachte. Hilflos musste er mit ansehen, wie sich ein flaumiges Adlerküken in einem Horst vor seinen Augen in einen ausgewachsenen Steinadler von furchterregender Kraft und Majestät verwandelte, der mit räuberischer Neugier auf ihn herabstarrte. Dann schleuderte er einen Speer auf die Brust des großen Vogels, den dieser mit seiner Schwinge mitten in der Luft abfing und zurückschleuderte. Der Zweikampf zwischen Mensch und Vogel dauerte bis in die frühen Morgenstunden an, bis Roarty verzweifelt auf den Vogel losging und ihm den Speer durchs Gabelbein stieß. Unbeirrt zog sich der Adler den Speer aus der Brust und rammte ihn mit einem aquilinen Lachen der Verachtung wieder hinein. Schließlich vollführte er einen doppelten Salto, wobei er unter seinem Schenkelgefieder ein rotes Höschen entblößte.

»Ich trage ein rotes Höschen, kannst du das nicht sehen?«, krächzte der große Vogel. »Ich bin unbezwingbar, du impotenter Trottel.«

Wenn Roarty aufwachte, schwitzte er vor Anstrengung, als habe er einen wirklichen Kampf mit einem wirklichen Adler ausgefochten. Obwohl sich das rote Höschen vermutlich auf Florence' Vorlieben in Sachen Nachtwäsche bezog, schlussfolgerte er, dass der Traum die tägliche Folter durch Potter und McGing symbolisierte, die in ihrer unerbittlichen Fortdauer nichts weniger als prometheisch war. Vielleicht war McGarrigle, ohne sich dessen bewusst zu sein, auf die Wurzel seiner Probleme gestoßen, für die die rektalen Blutungen nur ein Symptom waren. Sehr wohl möglich, dass der Arzt besonderen Einblick in die seelische Zerbrechlichkeit hatte, von der gestandene Trinker heimgesucht werden, und in das innere Dunkel, welches das Licht der Vernunft zu besiegen droht.

Eine Woche lang nahm er McGarrigles Tabletten ein und kam zu dem Schluss, dass böse Träume einem dicken Kopf am Morgen vorzuziehen waren. Bei jedem Toilettengang achtete er auf rektale Blutungen; danach war die einzige Erleichterung ein Spaziergang im Garten, wo er für einen Augenblick Einkehr bei dem verdorrten Nadelbaum hielt. Dieser lag nicht länger im Sterben, inzwischen war er tot. Dennoch goss Roarty morgens, bevor er sich dem Frühstück widmete, auch weiterhin die Wurzeln. Eimer um Eimer Wasser trug er ans untere Ende des Gartens und fühlte, wie die staubtrockenen Nadeln, braun wie Schnupftabak, zwischen seinen Fingern zerbröselten. Und doch zeichnete die kegelförmige Silhouette des toten Baumes im zunehmenden Zwielicht des September die Umrisse des Lebens nach. »Was lebendig wirkt, ist lebendig, aber nur für ein Auge, das selbst tot ist«, sagte er sich. »Hoffentlich werde ich nicht verrückt. Mit jedem Tag, der vergeht, ergebe ich immer weniger Sinn, sogar für mich selbst. Vielleicht sollte ich häufiger mit Susan reden. Sie ist ein großes, gesundes Mädchen, das nur gesunde Gedanken hat. Sie mag mich und ist freigebig mit ihrer Zeit und ihrem Körper, wenn ich von ihrer Freigebigkeit nur häufiger Gebrauch machen könnte.«

Er musste an Cecily in der Fremde denken, naiv und verletzlich, leichte Beute für jene Art von Schmeichelei, auf die ihre behütete Erziehung zu Hause und in der Schule sie nicht vorbereitet hatte. Das Leben, wie er es gekannt hatte, war zu Ende. Geblieben waren nur noch die Umrisse, Tage des Als-ob den Außenstehenden zuliebe, während sein inneres Leben erstarrt und erlahmt war. Er hatte eine Form der Verholzung durchgemacht, war zu einem Möbelstück in den Welten anderer Menschen geworden. Sie kamen zu ihm, um zu trinken, schüttelten ihm die Hand und flüsterten ihm den neuesten Witz ins Ohr; und er lächelte, zapfte Bier und nahm ihr Geld mit der Überzeugung einer Gliederpuppe in einer Varietévorstellung entgegen. Wo sollte das alles enden? Im Gefängnis? In Selbstmord? In einem weiteren Mord und einem nicht lebenswerten Leben? Indem er Eales vernichtet hatte, hatte er sich selbst vernichtet. Doch sein Instinkt galt nach wie vor dem Leben, und dieses keimte in ihm auf, als er Nora Hessions sorglose Schritte beobachtete, die sie auf der Straße ohne Zaun zum Cottage ihrer Schwester, möglicherweise auch zu Potters Haus führten.

Er ging nach unten, um Susan in der Schankstube zu helfen, und registrierte mit Interesse, dass Potter fehlte. Da er beschlossen hatte, sich auf sechs Whiskey zu beschränken, zog sich der Abend in die Länge; zwanzig Minuten wurden zu einer Stunde. Er freute sich, als der letzte Stammgast gegangen war und er und Susan mit dem Abwasch beginnen konnten. Um halb eins sagte er ihr gute Nacht und stieg langsam die Treppe zu seinen Zimmer hinauf. Da es für sein nächtliches Unternehmen noch zu früh war, legte er sich aufs Bettzeug, hörte sich Schumanns Klavierquintett an und las den Artikel über Alchemie in der *Britannica*. Leider blieb die Verwandlung, nach der er sich sehnte, reines Wunschdenken, sodass er den Plattenspieler leiser stellte und die Augen schloss. Mit einem Mal war er für die spontane Klarheit der Musik eines jungen Mannes voll empfänglich.

Zum ersten Mal hatte er das Quintett während seiner Flitterwochen in London gehört und sofort gewusst, dass es die Musik eines verliebten jungen Mannes war. Jahre später hatte er herausgefunden, dass Schumann es in den ersten seligen Wochen seiner Ehe mit Clara Wieck komponiert hatte; und obwohl seine eigene Ehe zu einer bitteren Medizin geworden war, empfand er Schumann gegenüber Dankbarkeit, weil dieser seine Wahrnehmung einer Realität bekräftigte, die er selbst als allzu flüchtig erlebt hatte. Dankbar auch für diese wenigen gestohlenen Momente der Transparenz in einer Welt, die so undurchsichtig geworden war, griff er nach seiner zerfledderten Biographie des Komponisten und schlug aufs Geratewohl eine Seite zum Ende hin auf:

Plötzlich, in der Nacht des 10. Februar, setzte die endgültige Auflösung der Persönlichkeit ein. Schumann war auch früher schon von Gehörstäuschungen gequält worden. Mittlerweile war aus einem Geräusch immer ein und derselbe Ton geworden. Als schlaflose Nacht auf schlaflose Nacht folgte, klang ihm alles Geräusch wie Musik, eine »Musik, so herrlich mit so wundervoll klingenden Instrumenten, wie man auf der Erde nie hörte«. In seinem zerrütteten Geist schienen ganze Kompositionen sich von selbst zu schreiben.

Nachdem Dietrich das Haus verlassen hatte, legte Schumann sich mit der klarsten Überlegung alles zurecht, was er mitnehmen wollte, und bat Clara, nach Dr. Böger zu senden, damit er in die Irrenanstalt gebracht werden könne. Er fürchtete sich vor der Nacht. »*Es ist ja nicht auf lange*«, *sagte er,* »*ich komme bald genesen zurück!*«

Anders als die Egomanie Nietzsches rührte Schumanns Wahnsinn von einer überempfindlichen Natur her, die zu vortrefflichster Selbsterkenntnis fähig war. In seiner Familie hatte es mentale Instabilität gegeben, und bereits als Dreiundzwanzigjähriger hatte Schumann Symptome einer Gemütskrankheit erlebt. Nach einer solchen Erfahrung musste er von einem Jahr zum nächsten in Furcht vor dem Wahnsinn gelebt haben, die düster wie eine Sturmwolke auf seinen Kopf drückte, bis die Hammerschläge der Erfahrung ihn endgültig zu Fall brachten. Leiden, hatte Roarty irgendwo gelesen, sei der sicherste Weg zur Selbsterkenntnis. Jetzt wusste er, dass Leiden allein nicht ausreichte. Man benötigte Nerven aus Stahl, um so lange zu überleben, dass man davon profitieren konnte, denn was nützte ein Leiden, das den Leidenden auslöschte?

Wer hatte mehr gelitten, Beethoven oder Schumann? Falls sich Leiden mit Hilfe einer Einheit wie »erg« messen ließe, würde die Antwort womöglich auf Beethoven hinauslaufen, und doch hatte dieser das Durchhaltevermögen und den Überlebenswillen besessen, um die Chorsinfonie, die Missa solemnis, die Diabelli-Variationen und die fünf letzten Streichquartette zu komponieren, wohingegen der arme alte Schumann der Anstrengung des Lebens bereits mit vierundvierzig erlag. Roarty hatte nicht den geringsten Zweifel, in welchem von beiden er eine größere Wesensverwandtschaft erkannte.

Ihm kam ein Frühlingstag in den Sinn, als er gerade eben acht Jahre alt war, ein Tag mit Lämmerwölkchen, die ihn an offene Felder und grasende Schafe erinnerten. Im Dorf stand ein großer weißer Krankenwagen, in dem der verrückte Lanty Duggan hockte. Er presste einen Strauß Hasenglöckchen an die Brust und schüttelte seinen großen, leeren Kopf, während ihm die dünnen grauen Haarlocken bis auf die Schultern fielen. Auf dem Heimweg von der Schule spähten Roarty und ein paar andere Jungen durch die offene Wagentür; Lanty summte immer wieder das Wort »Kruger« vor sich hin. Verständnislos starrte er sie an, Entsetzen in den großen roten Augen, und schleuderte ihnen die Hasenglöckchen ins Gesicht. Ein Dorfveteran namens Dúlamán trat von hinten an Roarty heran und krächzte:

»Verabschiede dich von Lanty. Du wirst ihn nie mehr wiedersehen.«

Roarty warf ihm einen Blick zu, als wäre auch bei ihm eine Schraube locker.

»Mach schon, Tim. Lanty ist dein Onkel, auch wenn du nichts davon wissen willst.«

Lanty Duggans Locken schaukelten wie Kuhglocken, als er Roarty am Ellbogen packte.

»Frag deinen nichtsnutzigen Vater, ob morgens seine Finger riechen«, wieherte er.

»Ist Lanty Duggan mein Onkel?«, fragte Roarty seine Mutter, als er nach Hause kam.

»Wer hat dir denn das erzählt?«

»Dúlamán.«

»Dúlamán sollte auf die Knie fallen und seine Gebete sprechen.«

»Ist Lanty Duggan dein Bruder, Mammy?«

»Er war mein Bruder, als wir Kinder waren.«

»Er hat gesagt, ich soll Daddy fragen, ob morgens seine Finger riechen.«

»Er weiß nicht, was er redet. Aber erwähne es deinem Vater gegenüber nicht; es könnte ihm nicht gefallen.«

Roarty wusste nur wenig über Lanty Duggan, außer was er aufgeschnappten Gerüchten und in späteren Jahren den Erzählungen seiner Mutter entnommen hatte: dass Lanty von Anfang an ein schwarzes Schaf gewesen sei. Mit siebzehn habe er versucht, sie zu vergewaltigen, danach sei er religiös geworden, was sich in einer starken Abneigung gegen Frauen geäußert habe. Da keine Frau ihn eines zweiten Blickes würdigte, war er entschlossen, Verliebten das Leben zur Hölle zu machen. Liebespärchen lauerte er auf und verprügelte sie mit seinem Spazierstock. Einmal jagte er einen Mann in die Flucht und riss dem Mädchen das Höschen vom Leib, bevor er sie mit einer Warnung davonkommen ließ. Gerechterweise musste man sagen, dass er kein gewöhnlicher Fetischist war; statt seine Trophäen zu sammeln, um sich einen Winterabend zu verkürzen, kletterte er auf einen Telegraphenmast und nagelte sie an den Querbalken – eine Mahnung für Passanten, dass Lanty Duggan da gewesen war.

Sein Vater war so erschrocken über seine Heldentaten, dass er ihm die Überfahrt nach Glasgow bezahlte und versprach, ihm unter der Bedingung, dass er dort blieb, drei Pfund die Woche zu schicken. Doch das Leben eines Emigranten war nichts für Lanty. Nach vier Monaten kehrte er mit neu erworbenen Kenntnissen in schottischer Dichtkunst und einem Krummstab, der, wie er behauptete, früher einmal James Hogg, dem Schäfer von Ettrick, gehört hatte, ins Tal zurück. Offenbar hatten die Schotten ihn von seiner Misogynie geheilt, denn nunmehr begann er, das Leben eines stillen Landstreichers zu führen, der jeden Winkel seiner Gegend kennt. Im Sommer hauste er in einem Zelt, das er überallhin auf dem Rücken mit sich trug und jedes Mal, wenn er vom Einbruch der Nacht überrascht wurde, auf einer Wiese neben der Straße aufschlug; und im Winter ließ er sich in einer leeren Scheune oder auf einem Heuboden nieder und trat nur bei Tageslicht ins Freie, um sich im Schutz eines Felsens oder einer Hecke an einem Feuer aus Torf und Reisig zu wärmen.

Er sah sich als den Letzten der alten Fianna und führte das Leben Oisíns, nachdem ihn die Kampfgefährten seiner Imagination alle verlassen hatten. Es war ein romantisches Bild, das der Wirklichkeit nicht standhielt. Den Tag verbrachte er damit, Milch, Eier, Fisch, Kartoffeln, Steckrüben und Kohl zu erbetteln sowie Torf, um ein Feuer zu machen, auf dem er seine Mahlzeit zubereiten konnte. Auf seine Weise war er ein Feinschmecker. Fabrikbrot aus dem Geschäft aß er nie. Er bestand auf selbstgebackenem Sodabrot und selbstgemachter Butter, und nicht jede Hausfrau im Tal konnte diese speziellen Bedarfsartikel nach seinem Geschmack herstellen. Kein Wunder also, dass er in jenen Häusern willkommen geheißen wurde, wo die Hausfrau seine Bettelei als Kompliment und Auszeichnung auffasste. Bei solchen Gelegenheit pflegte er zu sagen, es gebe zwei Dinge, die nicht jede Frau zuwege bringe – Sodabrot und Butter –, und zu wissen, wie viel Soda in Ersteres und wie viel Salz in Letztere gehöre, sei das halbe Geheimnis.

Obwohl einige ihn für einen Trottel hielten, wurde er im Allgemeinen als Fürst der Bettler angesehen, da er niemals Geld akzeptierte. An Markttagen hielten ihm betrunkene Bauern im Pub Pfundnoten unter die Nase, nur um ihn in Versuchung zu führen. Obwohl er so viel Whiskey und Stout annahm, wie er trinken konnte, hatte man nie erlebt, dass er sich die Hände mit Bargeld schmutzig machte. So war es keine Überraschung, dass viele Talbewohner ihn für einen Heiligen hielten, wenn auch für einen Heiligen, der sich weder wusch noch rasierte und der sich die Haare in schmierigen Locken bis auf die Schultern wachsen ließ. Womöglich hätte seine Heiligkeit förmliche Anerkennung durch die Kirche gefunden, wenn ihn nicht die männlichen Wechseljahre aus dem Gleichgewicht geworfen hätten. In seinem dreiundsechzigsten Lebensjahr verließ ihn, wie die Ortsansässigen es umschrieben, jedes Schamgefühl. Mit offenem Hosenstall saß er am Straßenrand, sonnte seinen Schwanz und sein Skrotum und erinnerte die Vorübergehenden daran, dies sei der einzige sonnengebräunte Schwanz in der Christenheit. Es sollte schlimmer kommen. Er begann, sich für kleine Mädchen zu interessieren. Er fing sie ab, wenn sie von der Schule nach Hause kamen, und bot ihnen im Austausch für »intime persönliche Dienstleistungen«, so der Lehrer, Karamellbonbons an. Wie vorherzusehen war, setzte dies den Heldentaten Oisíns ein Ende. Der Gemeindepfarrer redete ein Wörtchen mit dem Sergeant, der ein Wörtchen mit dem Arzt redete, und bevor Lanty Duggan »Christenheit« sagen konnte, hatte der Krankenwagen ihn in die Irrenanstalt gebracht.

Dúlamán behielt recht. Lanty Duggan kehrte nie mehr zurück. Ein Jahr später starb er in der Zwangsjacke. Er hatte sich die Kehle nach schönen Frauen heiser gebrüllt. Roarty blieb eine Erinnerung an einen übelriechenden alten Mann in einem Krankenwagen, der einen Strauß Hasenglöckchen umklammerte, und plötzlich fürchtete er um sich selbst. Es kam ihm vor, als sei das Leben nicht etwa zu kurz, sondern länger, als ihm lieb war. Tag um Tag dehnte sich in weite Ferne, eine staubige Ebene, die der Reisende allein und ohne fremde Hilfe durchqueren musste. Jeder Tag war eine ganze Lebensspanne, voller Fallgruben, Begegnungen und unerwünschter Gespräche, die den sehnsuchtsvollen Geist erstickten und die Körperkräfte erschöpften. Wäre er nur nicht mit einem so lebhaften Gedächtnis gesegnet gewesen! Obgleich es ihm das Vergnügen ermöglichte, ganze Artikel der *Britannica* auswendig lernen zu können, war es zugleich ein Fluch, da es alte Schmerzen und Wunden aufbewahrte, die man am besten vergaß.

Sein Bewusstsein war größtenteils das Produkt seiner Erfahrung, und die Kraft seiner Erfahrung rührte aus seinem ungewöhnlich guten Gedächtnis. Wenn er es doch nur so beherrschen könnte, wie ein Reiter sein Pferd beherrscht! Wenn er doch nur unterdrücken könnte, was er vergessen wollte, und sich allein an jene Dinge erinnern würde, die mit einem warmen Leuchten einhergingen! Seine rege Vorstellungskraft, die sein Leben zu gewöhnlichen Zeiten bereicherte, veranlasste ihn jetzt dazu, auch dort nach endloser Bedeutung zu suchen, wo vielleicht gar keine beabsichtigt war. Sein Leben war zu einem Buch geworden, das genaue Textanalyse verlangte. Mittlerweile konnte er nicht einen von Potters wohlklingenden Sätzen hören, ohne ihn für sich zu wiederholen, den Tonfall zu verändern und abzuwandeln in der Hoffnung, vermittelst geheimer sprachlicher Alchemie Potters schreckliches Geheimnis aufzudecken. Ebenso wenig konnte er Zeit mit McGing verbringen, ohne in Gedanken bei der hingebungsvollen Zielstrebigkeit eines Jägers zu verweilen, der in seine Beute halb verliebt war, einfach weil es *seine* Beute war und sonst niemandes. Wenn er sich gegen den Stich, den diese Begegnungen ihm versetzten, doch nur betäuben könnte! Wenn er doch nur einen Tag der Selbstvergessenheit genießen könnte, ohne eine Flasche Whiskey hinunterkippen zu müssen, um bis zum Abend einen Zustand der Besinnungslosigkeit zu erreichen!

Er legte Schumanns Klavierkonzert auf und bildete sich ein, im flüchtigen Dunkel des ersten Satzes eine Vorahnung des kommenden Wahnsinns zu entdecken. Es war nur eine vorübergehende Andeutung, zerschmettert von Blitzen himmlischen Lichts, und sosehr er sich bemühte, er konnte den Mangel an geistiger Robustheit, den er so gerne heraushören wollte, nicht wahrnehmen.

Um halb drei, als der Mond untergegangen war, stahl er sich nach unten, holte aus der Küche eine Reisetasche, in die er ein Paar dicke Wollsocken, ein Paar Handschuhe, eine Taschenlampe, einen Flachmeißel und einen Fäustel stopfte sowie eine Schachtel Zigaretten, Zigarettenasche und verkohlte Streichhölzer aus dem Papierkorb in der Schankstube, den Potter nur PK nannte. Schließlich holte er aus seinem Versteck unter der Spüle einen kleinen Beutel mit blauem Mergel oder Geschiebelehm, schlich zur Hintertür hinaus und nahm die Seitenstraße hinter der Ard Rua, wo er weniger Gefahr lief, einem Auto oder einem Fußgänger zu begegnen.

Er hielt sich kurz unter den Bäumen beim Pfarrhaus versteckt und lauschte auf jedes ungewöhnliche Geräusch, doch er hörte nur das Flattern eines Vogels, den er aus dem Schlaf geschreckt hatte, und das Stöhnen eines angepflockten Esels auf der benachbarten Wiese. Durch das durchlässige Dach des Astwerks über ihm blickte er zu den Sternen auf und stellte fest, dass der Wind aus Westen kam und vom Meer her Wolken aufzogen. Zitternd vor Erwartung öffnete er die Reisetasche, zog die Wollsocken über seine Schuhe und streifte die Handschuhe über. Er hielt sich weiter im Dunkel der Bäume, pirschte sich an das Haus heran und überquerte behände den Rasen zur Rückseite.

Mit einem leichten Schlag des Hammers zerbrach er die Scheibe des Küchenfensters, zog sich rasch in den Garten zurück und blieb horchend stehen. Er wartete zehn Minuten und lauschte auf die leiseste Regung auf der Straße oder im Haus, aber alles blieb still. Wieder pirschte er sich heran, und binnen weniger Minuten hatte er das Fenster geöffnet und war hindurchgeklettert. Als prominentes Mitglied des Kirchengemeinderats, der mit dem Kanonikus von Zeit zu Zeit geschäftlich zu tun hatte, kannte er sich im Haus so gut aus, dass er geradewegs auf die kleine Tür unter der Treppe zusteuerte, wo der Kanonikus seinen Jahrgangsrotwein und die Gewehre aufbewahrte, die er Besuchern mit gesellschaftlichem Einfluss zu zeigen pflegte.

Er nahm die beiden Schrotflinten des Kanonikus heraus, lehnte sie in der Diele an die Wand, wo Nora Hession sie am Morgen sehen würde, und legte zu seinem und Susans Genuss zwei Flaschen Bordeaux in seine Reisetasche. Er und Susan aßen sonntags immer gemeinsam spät zu Mittag, und wer wusste schon, was sich erreichen ließ, wenn jeder von ihnen eine Flasche getrunken hatte. Als er die Rumpelkammer des Kanonikus durchstöberte, stieß er auf eine keulenförmige Ledertasche, die, wie er wusste, eine .22 Remington-Büchse enthielt. Diese gehörte Dr. Loftus, dem Bruder des Kanonikus, der von Zeit zu Zeit zum Jagen nach Glenkeel kam.

Roarty öffnete die Tasche und balancierte die Büchse im Dunkeln auf den Händen. Eine schöne Waffe, angenehm zu handhaben, und er wusste, dass sie sich in ausgezeichnetem Zustand befand. Mit der Rechten umfasste er den Kolbenhals und tastete mit dem Zeigefinger nach dem Abzug. Nachdem er den Sicherungsflügel umgelegt hatte, zielte er auf die Mitte des halbrunden Oberlichts über der Eingangstür. Er betätigte den Abzug und lauschte anerkennend dem entschiedenen Klicken des Schlagbolzens. Sehr befriedigend, vorausgesetzt, am anderen Ende des Laufes befand sich der Richtige. Es würde ein Blattschuss sein müssen, denn einem Leidensgenossen unnötige Schmerzen zuzufügen war nicht sein Stil. Eine professionelle Tat, kalt und klinisch ausgeführt, schnell und sicher wie der Tod des Seehunds auf Carraig a' Dúlamáin.

Er schob die Büchse wieder in ihre Hülle und ging ins Wohnzimmer, verstreute den blauen Mergel und trat ihn auf dem neuen Teppichboden des Kanonikus fest. Einen Aschenbecher füllte er mit Zigarettenstummeln, Zigarettenasche und sieben abgebrannten Streichhölzern. Er vergaß nicht, auch auf dem Mahagonitisch des Kanonikus etwas Asche zu verteilen. Schließlich ging er zur Anrichte und richtete den Strahl seiner Taschenlampe auf die Flaschen. Den Bushmills und den Jameson überging er und blieb an einer ungeöffneten Flasche Glenlivet hängen. Er schenkte sich ein halbes Glas von dem Whisky ein und kippte, ohne davon zu kosten, die Hälfte des Rests in den Ausguss. Er bat Gott um Verzeihung für die unverzeihliche Verschwendung. Dann stellte er die Flasche neben das Glas auf den Tisch und rückte einen Sessel und den ledernen Schemel des Kanonikus heran. Dann fiel ihm ein, ein bisschen von dem blauen Mergel auch auf dem Schemel zu verstreuen, was ihn in einen Freudenrausch versetzte, der über den Anlass weit hinausging.

Einen Moment lang blieb er an der Tür stehen und leuchtete auf den Tisch. Für McGing, wenn er am Morgen herbeigerufen würde, um die Ermittlungen aufzunehmen, wäre es ein verwirrender Anblick. Er würde es als persönlichen Affront auffassen, dass jemand die Frechheit besaß, in ein Haus einzubrechen, das nur eine halbe Meile von der Polizeikaserne entfernt war, ein Jagdgewehr zu stehlen, acht oder neun Zigaretten zu rauchen, den Teppichboden zu verschmutzen und eine halbe Flasche vom besten Scotch des Kanonikus zu trinken, bevor er sich aus dem Staub machte. In einer der bestüberwachten Gemeinden hatte dergleichen einfach nicht zu geschehen. Roarty musste lachen, als er mit der Reisetasche und dem Gewehr durchs Fenster kletterte. Zum ersten Mal, seit er Potters Bogmail-Brief erhalten hatte, fühlte er sich wieder im Vollbesitz seines Lebens.

Er ging durch die Wiesen zum Fluss, überquerte die Minister's Bridge und fand einen abgelegenen Abzugskanal, an den er sich aus seiner Kindheit erinnerte. Er schob die Binsen am Eingang beiseite, kroch hinein und versteckte das Gewehr im obersten und trockensten Teil. Dann kroch er rückwärts wieder heraus, zog sich die Wollsocken von den Schuhen, füllte sie mit Steinen und schleuderte sie an der tiefsten Stelle in den Fluss.

Er fühlte sich sehr beschwingt. Sein Kopf war klar, die düstere Beklemmung, die seit Wochen an ihm nagte, hatte sich verflüchtigt. Er hatte seinen Beruf verpasst. Im Grunde war er ein Mann der Tat, der ins falsche Zeitalter hineingeboren worden war. Statt die Kameraderie der Offiziersmesse oder das Lagerfeuer von Entdeckungsreisenden zu genießen, führte er das untätige Leben eines Gastwirts, dazu verdammt, einem unzivilisierten Menschenschlag Pints vorzusetzen, die niemand angemessen würdigte.

Als er um vier Uhr nach Hause kam, kratzte er mit seinem Taschenmesser die Etiketten von den beiden Flaschen Bordeaux und schlief tief und fest bis zum Morgen. Um zehn Uhr stand er auf. In der Küche traf er Susan an, die einem ausgehungerten Allegro ein Frühstück aus Speckscheiben und Blutwurst servierte.

»Dieser McGing hat kein Gespür für Katzen«, sagte sie ernst. »Allegro billiges Whiskas aus der Dose vorzusetzen! Er müsste es besser wissen!«

»Der hat's weder mit Katzen noch mit Hunden«, sagte Roarty und fasste sie dankbar um ihre Mitte. »Trau keinem Mann, dem kein Tier trauen würde.«

VIERZEHN

Potter las in einem Buch über Moore, das Margaret ihm geschickt hatte. Es war typisch für ihnen kindlichen Humor, fand er, dass sie von der Idee eines Moors, in dem man verschwinden konnte, belustigt war. »Überleg doch mal«, schrieb sie. »Die Ankündigung ›Ich muss mal eben verschwinden‹ gewinnt für dich eine ganz neue und erfrischende Bedeutung. Wie schade, dass ich die Erfahrung nicht teilen kann.« Obwohl sie überrascht gewesen wäre, es zu hören, las er das Buch mit Interesse und in dem Wissen, dass er seinem Fundus obskurer und für ihn völlig unnützer Informationen etwas hinzufügte.

Nun wusste er, dass die Moore an der Westküste Irlands, anders als die in der Zentralebene, als Deckenmoore eingestuft wurden. Er hatte nicht übel Lust, Margaret einen langweiligen Brief zu schreiben und ihr weitschweifig den Unterschied zwischen ombrogenen und soligenen Moortypen auseinanderzusetzen, ganz zu schweigen von Hochmooren, Niedermooren und Übergangsmooren. Das würde ihr eine Lehre sein und sie davon abbringen, ihm ironisch gemeinte Geschenke zu schicken. Wenn sie ihn doch nur in Ruhe ließe, damit er die Vergangenheit endlich vergessen und reinen Tisch machen konnte! Sie gab sich nicht damit zufrieden, ihn zu verlassen, mindestens einmal die Woche musste sie ihn unbedingt daran erinnern, wie gut sie sich amüsierte. »Du und ich, wir teilen vergangene Versionen unserer selbst«, hatte sie geschrieben. »Es mögen Versionen sein, die wir hinter uns gelassen haben, aber sie sind kostbar. Wir dürfen sie nie vergessen. Wir müssen für immer Freunde bleiben.« Margaret war ein Rätsel. Er würde sie nie verstehen, er konnte sich nicht im Entferntesten vorstellen, was sie plante. Verglichen mit ihr war Nora Hession, obwohl sie auf irische Art rätselhaft war, ein offenes Buch. Frauen, dachte er, waren ein völliges Mysterium, und natürlich machte genau das einen Großteil ihrer Faszination aus.

Er trat ans Küchenfenster. Es war die letzte Oktoberwoche, und die meisten Bäume im Garten waren kahl. Im vergangenen Monat hatte er Tag für Tag den scheinbar willkürlichen Wechsel der Farben verfolgt, hier ein Olivgrün, dort ein helles Gelb oder Braun; und er hatte die Blätter fallen sehen, wie sie zu zweit oder dritt lautlos durch die unbewegte Luft schwebten. Wenn er morgens aufstand, rechnete er damit, dass ein nächtlicher Wind sie alle fortgeweht hatte, doch die Nächte waren, für die Jahreszeit ungewöhnlich, auch weiterhin windstill, und die meisten Blätter blieben an den Bäumen hängen. Dann aber, am Wochenende, schlug das Wetter um und brachte eine ruhige trockene Kälte mit sich, die durch die Steinwände des Cottage drang, und als er am Sonntagmorgen aufwachte, waren die meisten Blätter abgefallen, so als hätte der nächtliche Frost ihre geschwächten Stiele abgekniffen.

Eine große Drossel ließ sich auf der Eberesche nieder, deren rote Beeren bis auf ein unerreichbares Büschel an der Spitze eines herabhängenden Zweiges abgefallen waren. Potter erinnerte sich an Sommermorgen und frühstückende Vögel, und er bemerkte, dass die farnähnlichen Blätter, einige ein kränkliches Gelb, andere ein verblasstes Grün, aussahen, als gehörten sie zu anderen Bäumen. Sein Blick wanderte zu der Trauerweide am Bach, deren überhängende Zweige hin und her wogten wie Stoffbänder und über einen Kreis schwarzer klebriger Erde fegten, auf der nichts wuchs. Von einem Bergahorn löste sich ein einzelnes Blatt und blieb auf dem feuchten Lehm darunter haften, ein trostloser Anblick, der Potter abermals an Margaret denken ließ. Sie hatte ihn aus freien Stücken verlassen, aber er würde sie niemals ganz los sein. Er würde sie am Hals haben, wenigstens so lange, bis sie einen anderen Mann fand, der in der Lage wäre, das Vakuum zu füllen, das er in ihrem Leben hinterlassen hatte. Im Pantheon einer jeden Frau gab es mehrere Nischen, und ein Mann konnte nur eine davon besetzen, denn kein Mann verfügte über alle Gaben. Falls er Nora Hession heiratete, was würde sie von Margarets Briefen halten? Und falls Margaret heiratete, was würde ihr Mann von ihrer obsessiven Beschäftigung mit einem »alten Lover« halten, der, in Margarets Worten, nicht viel besser war als ein »alter Säufer«? Doch er überquerte die Brücke, noch bevor der Fluss erreicht war. Er würde in der Gegenwart leben und sich mit der Zukunft erst befassen, wenn sie eingetreten war.

Der Tag verblich am Himmel. Über dem Nordberg scharten sich tintenschwarze Wolken zusammen, während in einer Ecke im Westen ein einziger purpurner Lichtstrahl die schweren Quellwolken über dem Meer durchstieß. Es war ein Ebenbild seines enttäuschenden Lebens, so weit entfernt von dem hehren Ideal, mit dem er in die Welt hinausgezogen war. Trotzdem war er dankbar für den einen Lichtstrahl, der Nora Hession hieß. Es begann zu regnen, und mit dem Regen setzte Traurigkeit ein. Nichts war vollkommen, am wenigsten das Wetter. Er summte das Adagio einer frühen Mozart-Sinfonie vor sich hin, das Margaret sich sonntags nachmittags immer gern angehört hatte.

Trotz seiner Erinnerungen gab es vieles, wofür er dankbar sein musste. Die letzten beiden Monate hatte er genossen. Wie er vorausgesagt hatte, war Nora aufgeblüht. Binnen weniger Wochen hatte sich ihre Stimmung aufgehellt, und sie war zu einer glücklich lachenden jungen Frau geworden, die nur in seltenen Augenblicken von Zweifeln an der Realität dessen heimgesucht wurde, was ihnen beiden widerfuhr. Sie kam zum Cottage und bereitete ihm auf dem offenen Torffeuer Mahlzeiten zu, schlichte Mahlzeiten, die dieselbe feine Würze hatten wie ihr Sinn für Humor. Zuerst ging sie mit ihm in einer Mischung aus Schüchternheit und Verlangen ins Bett, die ihn an seine Jugend erinnerte und dazu führte, dass er sich ihr näher fühlte, als er es eigentlich war. Später war sie offen und liebevoll und begegnete ihm als gleichwertige Partnerin, die die Gabe hatte, ihm Momente der Selbstironie und glücklicher Selbstentdeckung zu bescheren. Noch nie zuvor hatte er das Gefühl gehabt, etwas so Unerwartetes zu teilen, etwas, das sich von all seinen früheren Erfahrungen so sehr unterschied. Er ging mit ihr auf ein paar Drinks ins örtliche Hotel, fuhr mit ihr zum Abendessen nach Donegal Town und zu Spaziergängen in den Bergen und an den Klippen, wo sie durch seinen Feldstecher spähte und schon bald lernte, die selteneren Vogelarten zu erkennen, an denen er interessiert war. Sie unterhielten sich über alles, nur nicht über ihre Beziehung, was eine willkommene Abwechslung war nach Margarets neu gewonnener Leidenschaft für jene Art von Seelenzergliederung, die jedwede Spontaneität verhindert und das Gefühl hevorruft, dass das Leben nicht mehr sei als ein zu bespöttelndes Puppenspiel.

Wenn er nicht auf dem Berg arbeitete oder mit Nora Hession zusammen war, widmete er sich den Aktivitäten der unberechenbaren Anti-Kalkstein-Gesellschaft. Er widmete ihr viel zu viel Zeit, einfach deswegen, weil sie ohne sein ständiges Drängen eines natürlichen Todes gestorben wäre. Der sogenannte Vorstand hätte, vorausgesetzt, es war genug zu trinken da, einem Esel das Ohr abgekaut, ohne irgendeinen Gedanken auf Taten zu verschwenden. Bei den abendlichen

Vorstandssitzungen schien Roarty durchaus gewillt, nur um schon am folgenden Tag zerstreut und geistesabwesend zu wirken. Manchmal kam man einfach nicht dahinter, was ihm durch den Kopf ging. Rory Rua, wenngleich vernünftig und scharfsinnig, war nicht bereit, den Kanonikus zu verärgern, während Gimp Gillespie eher ein Mann der Worte als der Taten war, und seine Worte setzte er nach einem unabänderlichen Schema. Sein nichtssagendes Protokoll einer ihrer erregtesten Sitzungen las sich wie eine boshafte Parodie auf die Angelegenheiten der irischen Landfrauenvereinigung.

Nur Cor Mogaill war bereit, auf Worte Taten folgen zu lassen. Er und Potter hängten in der Dorfstraße Transparente auf und verteilten unter den Autobesitzern des Tals Aufkleber. Sie organisierten eine gutbesuchte Versammlung im Dorfsaal, sprachen in jedem Haus der Gemeinde vor und sammelten Unterschriften für eine Petition an Kanonikus Loftus mit Durchschrift an den Bischof, doch der Kanonikus rührte sich nicht. Sie hatten Drohungen von der Kanzel erwartet und zumindest ein Bestätigungsschreiben des Bischofs, doch stattdessen stießen sie auf eine Mauer kirchlichen Schweigens.

Potter glaubte nicht einen Moment lang daran, dass Loftus sich kampflos geschlagen geben würde, und er war entschlossen, koste es was es wolle zu beweisen, dass er und seine Freunde mit ihrem Latein nicht am Ende waren. Nach langem Hin und Her überredete er Roarty gegen Rory Ruas Empfehlung, eine öffentliche Versammlung einzuberufen, auf der die Möglichkeit erörtert werden sollte, so lange jede finanzielle Unterstützung für die neue Kirche zu verweigern, bis der Kanonikus nachgab. Zusätzlich drängte er Gimp Gillespie, einen lebhaften Artikel für eine der Dubliner Tageszeitungen zu verfassen, denn es war bekannt, wie empfindlich der Bischof auf negative Publicity reagierte. Gillespie jedoch hatte eigene Vorstellungen von seiner ordnungsgemäßen Rolle. »Ich bin ein Mann aus Donegal und schreibe für Leute aus Donegal, kein prinzipienloser Schmierfink, der für Dubliner Asphalttreter schreibt. Die würden ja nicht mal wissen, was 'ne anständige Mahlzeit ist, wenn sie eine sähen.«

Gillespies Weigerung, sich für etwas einzusetzen, war eine weitverbreitete Erscheinungsform der Tücken des irischen Charakters. Nach allem, was Potter seit seiner Ankunft gesehen hatte, mochte er die Iren. Bei sich zu Hause waren sie deutlich attraktiver als im Ausland – Reisen tat ihnen nicht gut, genau wie ihrem Nationalgetränk. Was er nicht verstehen konnte, war ihre Bereitschaft, auf bloßes Gerede hereinzufallen. Sie schienen zu glauben, dass etwas, wenn man nur lange genug darüber sprach, eintreten würde, ohne dass man einen Finger oder Zeh rühren musste. Eine entschuldbare Einstellung, solange das Gespräch selbst geistreich war. Im Gegensatz dazu war er zu dem Schluss gelangt, dass es sich bei dem sogenannten Erfindungsreichtum irischer Gesprächskunst um einen Mythos handelte, den wortkarge Engländer in Umlauf gebracht hatten.

Seiner Ansicht nach waren die Iren keine großen Unterhaltungskünstler im Stile Dr. Johnsons; sie waren große Redner, zufrieden damit, über einem Pint Stout nach dem anderen drauflozuplaudern, sprachliche Luftschlösser zu bauen, ohne einen Gedanken auf die Sache oder den Sinn zu verwenden. Wenn das Wesen eines Gesprächs Kommunikation war, dann bestanden die Iren den Test nicht, da sie sich auf die Ausschmückung des Nebulösen kaprizierten. Irische Gespräche waren wie jene keltischen Ziermuster im *Book of Kells,* die aus einem schlichten Motiv bestanden, etwa einer Schlange, die sich zu tausend dekorativen Knoten verwirrt, bevor sie schließlich ihren eigenen Schwanz verschlingt. So kleingeistig, dass er den Iren beizubringen wünschte, wie man ein Gespräch führt, war er nicht, aber dem einen oder anderen von ihnen hatte er bereits vorgemacht, wie man eine Sache anpackt. Jetzt würde er noch einmal mit Gillespie sprechen, in der Hoffnung, dass er die Torheit seines Weges endlich einsah.

In der zunehmenden Abenddämmerung fuhr er ins Dorf. Große Regentropfen prasselten gegen die Windschutzscheibe und trommelten auf das Dach. Er hatte Nora versprochen, sie um acht Uhr, wenn sie dem Kanonikus das Abendessen serviert hätte, auf einen entspannten Drink ins Hotel auszuführen. Sie würden vor dem großen Torffeuer mit der langen Kaminzange sitzen und einfache Geschichten über ihren Arbeitstag austauschen. An diesem Abend würde er ihr von seinen Hoffnungen berichten und sie ihm vielleicht von ihren. Er hatte ihr mehr über seine Vergangenheit erzählt als sie ihm von ihrer. Sie war eine zurückhaltende Person, gelassen an der Oberfläche, aber mit Tiefen; eine empfindsame Frau, der die Liebe mehr als einmal schmerzlich zugesetzt hatte. Er spürte, dass sie gern mit ihm zusammen war, aber mehr als das konnte er nicht sagen. Vielleicht würde er sie niemals richtig kennenlernen, und vielleicht kam es darauf auch gar nicht an. Schließlich hatte er das Gefühl gehabt, Margaret zu kennen, nur um sich von ihr anhören zu müssen, er sei einer von diesen Männern, die nie eine Frau richtig kennenlernen würden, da es ihm an jener Einsicht fehle, die das Überschreiten von Grenzen überhaupt erst möglich mache. Er durfte nicht an Margaret denken, denn wenn er an sie dachte, wurde er an so viele Dinge erinnert, die er lieber vergessen wollte.

Gillespie wohnte am oberen Ende des Dorfes in einem niedrigen reetgedeckten Cottage mit großen Dachvorsprüngen, die sich im Lauf zweier Jahrhunderte immer weiter herabgeneigt hatten. Wie es den örtlichen Gepflogenheiten entsprach, öffnete Potter die Tür, ohne anzuklopfen. Er traf Gillespie an seinem Schreibtisch an, zwei lange Zeigefinger über eine altertümliche Schreibmaschine gekrümmt. Auf dem Bücherregal über ihm befanden sich die Werkzeuge seines bescheidenen Gewerbes – Brewer, Bartlett, Chambers und Fowler –, und an der Wand lagen hohe Stapel verstaubter Zeitungen, alte Ausgaben des *Donegal Dispatch*, aus denen er, wenn es kaum Neuigkeiten gab, schamlos abschrieb. Er starrte Potter durch eine stahlgeränderte Brille an, die ihm das Aussehen einer weisen alten Eule in einem Buch mit Kinderversen verlieh.

»Was schreibst du da?«, fragte Potter.

»Notizen für den *Dispatch* der kommenden Woche.«

»Wartest du nicht einmal ab, dass eine Neuigkeit sich ereignet?«

»Ich kenne sie bereits«, sagte Gillespie und reichte ihm einen maschinegeschriebenen Bogen.

Potter setzte sich an den Tisch und las. Er hatte wieder das Gefühl äußerster Fassungslosigkeit, das ihn jedes Mal befiel, wenn er mit einer Kostprobe von Gillespies vorgefertigter Prosa konfrontiert wurde.

Ein sanftes, gütiges und wohltätiges Mitglied der Gemeinde von Baltimore in Gestalt von Miss Detta Cunningham ist zu ihrem ewigen Lohn entschlafen. Obwohl die Verblichene seit ihrer Emigration nach Amerika gegen Ende des vergangenen Jahrhunderts nicht wieder in ihr Heimatdorf Tork zurückgekehrt war, warf die Nachricht von ihrem Tod letzte Woche einen düsteren Schatten auf Glenkeel. Sie hatte gerade ihren sechsundneunzigsten Geburtstag gefeiert und war viele Jahre lang die Chefköchin General Eisenhowers gewesen, bevor er Präsident wurde.

In bergigen Gemarkungen ist die Kartoffelernte die beste seit Menschengedenken. Verantwortlich für die reiche Ernte, darin sind die Landwirte sich einig, ist die feuchte, torfige Erde, gepaart mit einem langen, heißen Sommer ohne Mehltau. Vor allem für die Sorte Arran Banners war es ein hervorragendes Jahr.

In Glenkeel berichten die Ladenbesitzer von einer frühen Nachfrage nach Weihnachtskarten dieses Jahr, wobei religiöse Themen stärker als sonst bevorzugt würden. Diese frühe Nachfrage wird als höchst bedeutsam eingeschätzt. Ein erstaunter Ladenbesitzer teilte Ihrem Korrespondenten mit, dass die Kunden die steigenden Preise und die hohen Portokosten entweder ignorieren oder aber beschlossen haben, dass ihre Entscheidung, im letzten Jahr keine Karten zu verschicken, zu sehr einem Scrooge ähnlich sah, um eines Volkes würdig zu sein, das in den Fußstapfen des hl. Patrick wandelt.

»Aber was du da geschrieben hast, enthält nicht *ein* wahres Wort!«, sagte Potter lachend. »Es liegt kein düsterer Schatten auf Glenkeel. Niemand steht nach Weihnachtskarten an. Teufel noch eins, Mann, wir haben erst Oktober. Warum denkst du dir diese Lügengeschichten aus, wenn du eine Kolumne mit lauter Wahrheiten über die Kampagne der Anti-Kalkstein-Gesellschaft hättest schreiben können? Oder sind diese scheinbar idiotischen Mitteilungen eine ausgefeilte Allegorie für etwas anderes?«

»Du verstehst nicht, dass es für die ›Notizen und Nachrichten aus Donegal‹ einen allgemein akzeptierten Stil gibt, der unbedingt eingehalten werden muss. Wenn jemand stirbt, liegt unweigerlich ein düsterer Schatten auf der Gegend. Ein Toter wird immer als Mann von gediegenem Charakter beschrieben, der aus einer hochangesehenen Familie stammt, und eine verstorbene Frau als gütig, sanft und wohltätig. Sollten diese althergebrachten Beiworte jemals ausgelassen werden, würden die Verwandten der verstorbenen Person wissen wollen, weshalb. Ich habe von einem Korrespondenten in Garron gehört, dem man zwei blaue Augen verpasst hat, weil er das Wort ›gediegen‹ falsch geschrieben hatte.«

»Ich beschwere mich nicht über den Stil. Ich beschwere mich über die Themen. Warum nicht über etwas schreiben, wovon in den Pubs alle reden: Sodomie in Ballinamuck; die Drohung, sich nicht länger an der Kollekte zu beteiligen; der Einbruch beim Kanonikus: das gestohlene Gewehr und der gestohlene Bordeaux? Würdest du für eine Zeitung in der Fleet Street arbeiten, würde man dich auf der Stelle feuern. Bei der *Times* hätten sie dich gar nicht erst eingestellt.«

»Ich schreibe, was die Leute lesen wollen. Über Sodomie in einem christlichen Land wollen sie nichts lesen.«

»Dies ist keine Gesellschaft von Selbstdarstellern, Gillespie. Die einzige Stimme, die wir haben, bist du, und deine Notizen sind das einzige Spiegelbild ihrer selbst, das die Leute von einer Woche zur nächsten zu sehen bekommen. Sie lesen keine Bücher, und sie sehen nicht fern. Sie lesen nur deine Notizen, und du setzt ihnen das hier vor!«

»Du begreifst nicht, Potter. Meine Notizen lesen sie nur deswegen, weil sie von vornherein wissen, was drinsteht. Es ist nicht das Neue oder das Sensationelle, worauf sie aus sind, sondern Bestätigung und Beschwichtigung, und das immer wieder. Aus genau demselben Grund hören sie sich gern die alten Geschichten und Legenden an. Von deiner Anti-Kalkstein-Gesellschaft wollen sie nichts wissen; im Sommer wollen sie etwas über Makrelenschwärme vor der Küste lesen, im Herbst etwas über Rekordernten und im Winter etwas über unpassierbare Straßen – Dinge, die ihnen versichern, dass die Welt noch in Ordnung ist. Wenn du wissen willst, welches Bild diese Gesellschaft von sich selbst malt, geh zu Roarty's und hör dir die Gespräche in der Bar an. Die kommen in dieser Gesellschaft der Kunst am nächsten.«

»Nein, Gillespie. *Du* gehst zu Roarty's und hörst sie dir an. Dann kehrst du zurück und schreibst deine Notizen.«

»Trink was, Potter. Du nimmst das alles viel zu ernst.«

»Danke, ich möchte nichts trinken. Ich bin gekommen, um dich noch einmal zu fragen, ob du für die Dubliner Tageszeitungen ein paar kluge Worte über die Anti-Kalkstein-Gesellschaft schreiben wirst. Ich kann dir ein paar Fotos von der Kirche und von unseren Spruchbändern beschaffen, um deiner Attacke Gewicht zu verleihen.«

Gillespie ging zur Anrichte und kam mit zwei vollen Gläsern Whiskey wieder.

»Tut mir leid, bis zu Glenmorangie hab ich mich noch nicht hochgearbeitet. Ich fürchte, ich hab nur irischen Whiskey da.«

»Dann solltest du mir besser reichlich Wasser geben. Irischer Whiskey pur verursacht bei mir scheußliches Sodbrennen.«

Gillespie verschwand in die Küche und kehrte mit einem beeindruckend großen Krug Wasser zurück, den er neben Potters Ellbogen auf den Tisch stellte.

»Ich warte immer noch auf deine Antwort«, sagte Potter.

»Wozu die Eile? Kannst du dich nicht zurücklehnen, die Beine ausstrecken, deinen Drink genießen und deinen Geist über höflichen Floskeln schweben lassen?«

»Wenn du es nicht tust, werde ich es tun.«

»Nun, was hält dich ab?«

»Kann ich mir deine Schreibmaschine leihen?«

»Ja, vorausgesetzt, du gibst sie mir rechtzeitig für die Notizen der nächsten Woche zurück.«

»Wenn du willst, schreibe ich sie für dich, und ich verspreche dir, nichts zu erfinden.«

»Du hast dich verändert, Potter. Als du hierhergekommen bist, dachte ich, du hättest Sinn für Humor. Diese Anti-Kalkstein-Geschichte hat dich ganz und gar in Beschlag genommen. Wo ist deine Philosophie abgeblieben, Mann?«

»Apropos in Beschlag nehmen, du musst einen Enthüllungsbericht über McGing schreiben. Der Mann ist verrückt. Neulich hat er mich praktisch bezichtigt, Gewehr und Bordeaux des Kanonikus an mich genommen zu haben.«

»Wie Roarty sagt – das Gesetz, wenn es durch McGing personifiziert wird, ist nicht nur ein Esel, sondern ein ungeheurer Esel. Ich kann mir nicht vorstellen, wieso er ausgerechnet dich auf dem Kieker hat.«

»Er hat gesagt, dass der Einbrecher sich im Pfarrhaus ausgekannt haben muss und dass Nora mich informiert haben könnte. Und er hat gesagt, der Einbrecher hätte eine halbe Flasche Glenlivet getrunken, eine volle Flasche Bushmills dagegen nicht einmal angerührt, was offenbar kein Ire, der etwas auf sich hält, jemals tun würde.«

»Du hättest ihm erwidern sollen, dass kein Katholik, der etwas auf sich hält, jemals einen protestantischen Whiskey aus dem Norden trinken würde, wenn er auch einen Scotch haben kann.«

»In all diesem irischen Stammesdenken werde ich mich nie zurechtfinden. Ich hab ihm gesagt, dass ich am liebsten Glenmorangie trinke, nicht Glenlivet, und dass ich eine völlig ausreichende Winchester besitze.«

»McGing hält sich für den neuen Holmes. Ob du's glaubst oder nicht, einmal hab ich ihn in vollem Ernst sagen hören: ›Meine Methode basiert auf der Beobachtung von Nebensächlichkeiten.‹«

»Was also wirst du unternehmen?«

»Ich?«

»Wirst du ihn in der Lokalpresse als gefährlichen Irren entlarven, oder wirst du über Kartoffeln schreiben?«

»Du möchtest gern, dass ich über die Blume eines einzigen Sommers schreibe. Ich schaue weit voraus. Ich schreibe über den im Boden verborgenen Wurzelstock, der jedes Jahr aufs neue Blüten treibt.«

»Gillespie, du bist unmöglich«, sagte Potter und stand auf, um zu gehen.

»Wozu die Eile? Bleib, bis wir die Flasche geleert und uns im philosophischen Gespräch verwirklicht haben.«

»Ich fürchte, ich muss gehen. Ich führe Nora ins Hotel aus, für ihre Art des philosophischen Gesprächs.«

»Was kann ich als Junggeselle dazu sagen? Des Adlers Weg am Himmel, der Schlange Weg auf einem Felsen, des Schiffes Weg mitten im Meer und eines Mannes Weg an einer Jungfrau. Drei sind mir zu wunderbar, und das vierte verstehe ich nicht.« Gillespie schenkte ihm ein schiefes Lächeln.

»Komm morgen Abend auf einen Drink zu mir. Ich habe eine volle Flasche Glenmorangie, und ich besorge ein paar Flaschen Guinness, um uns auf die Sprünge zu helfen.«

»Potter, du bist ein Gentleman. Und unsere Diskussion über die Blume und den Wurzelstock werden wir fortführen.«

Potter legte bei Roarty's einen Zwischenstopp ein, weil er hoffte, nach dem Feuer des irischen Whiskeys werde ein großer Glenmorangie seine Kehle kühlen. Roarty zeigte sich von seiner liebenswürdigsten Seite. »Ich habe Neuigkeiten für dich«, sagte er lächelnd. »Der Kanonikus hat sämtliche Vorstandsmitglieder für Freitag um acht zu einer Besprechung ins Pfarrhaus eingeladen. Endlich hat er angebissen, der Teufel.«

»Ich frage mich, was er vorhat«, sagte Potter.

»Teufeleien! Was sonst?«, sagte Roarty.

Potter trank langsam und genüsslich seinen Whisky und erörterte mit Crubog die Frage, ob man Schnepfen vor dem Braten ausnehmen sollte. Als er sich zum Gehen wandte, fasste Roarty, der gerade Gläser einsammelte, ihn am Arm.

»Ich hab gehört, wie du dich über Schnepfen unterhalten hast. Hättest du Lust, am Morgen nach dem nächsten Vollmond auf Schnepfenjagd zu gehen? Wenn die Nacht davor klar und still ist, bleiben sie in der Nähe sitzen, genau richtig für einen Schuss.«

»Nichts wäre mir lieber«, sagte Potter, entschlossen, die größere Beute zu machen.

FÜNFZEHN

Ein Abend ohne Whiskey war eine harte Prüfung für Roarty. Aus diesem Grund mied er normalerweise Orte ohne griffbereiten Vorrat an dem »bernsteinfarbenen Elixier«. So verstand es sich von selbst, dass er einem Abend fast vollständiger Abstinenz im Wohnzimmer von Kanonikus Loftus nicht mit Vorfreude entgegensah. Er war zuversichtlich, dass der Kanonikus so zivilisiert sein würde, ihnen einen Drink anzubieten, aber es wäre eben »ein« Drink, nicht Drinks, jedenfalls keine ausreichende Menge, um die Gurgel eines Gewohnheitstrinkers zu befeuchten. Da es bereits sieben war, blieb ihm nur noch eine Stunde, um den Alkoholpegel in seiner Blutbahn aufzufüllen und für eine Glut körperlichen Behagens zu sorgen, die mindestens zwei weitere Stunden anhalten würde. Obwohl er sich soeben seinen sechsten doppelten Whiskey des Abends eingeschenkt hatte, war er noch immer nervös und sich der Kontraktion seiner Muskeln, seiner Nerven oder was immer es war, was dieses Gefühl des Unwohlseins hervorrief, bewusst. Weder im Stehen noch im Sitzen vermochte er sich zu entspannen. Alles, aber auch alles wirkte mit schmerzhafter Unmittelbarkeit auf ihn ein.

Die einzige Ausnahme, die einzige Oase der Freude in seinem Leben war Susan. Inzwischen kam sie häufiger in sein Bett, oft wenn er es am wenigsten erwartete. Anders als Florence schien sie gegen seine unkonventionellen Liebestechniken nichts einzuwenden zu haben. Sie war eine jener Frauen, die Vergnügen an der Erforschung dubioser Nebenwege finden. Vergangene Nacht hatte sie mit einem Lächeln zu ihm gesagt: »Du und ich, wir haben ein Geheimnis, das wir mit niemandem teilen können. Wir sind Mitglieder eines Zweierklubs, und das macht uns zu etwas Besonderem.« Sie konnte den komischen Aspekt seiner misslichen Lage sehen, und es kam ihm vor, als schätze sie ihn nur umso mehr. In Türöffnungen streifte sie ihn absichtlich, und wenn niemand sonst da war, stand sie in der Bar so dicht neben ihm, dass ihre Brüste an seinem Oberkörper rieben. Nach der Sperrstunde setzte sie sich auf seinen Schoß, streichelte seinen Bart und erlaubte ihm, ihre Brüste zu küssen. »Du bist der beste Liebhaber, den eine Frau sich nur wünschen kann«, sagte sie einmal zu ihm und schob ihre Hand in seine Unterhose. »Das reinste Vergnügen und kein Risiko.«

Dennoch empfand er Bedauern. Inzwischen hatte er sie so gern um sich, dass er sich Sorgen machte, sie könnte rastlos werden und zugunsten einer besser bezahlten Stelle kündigen. Mehr denn je war er auf Eales' Lustfinger angewiesen und bereute es zutiefst, ihn zusammen mit seinem Besitzer zur letzten Ruhe gebettet zu haben. Aber hatte er das wirklich? Er konnte sich nicht recht erinnern. Sein Gedächtnis versagte. Wo steckte der Finger jetzt? Noch immer im Moor oder unter Potters Kopfkissen? Wenn er die richtige Adresse wüsste, könnte er sich selbst einen bestellen. Die Adresse stand in Eales' Sexmagazin, das sich ebenfalls in Potters Besitz fand, jedenfalls seinem ersten Erpresserbrief zufolge. Er musste sich etwas einfallen lassen, um an einen heranzukommen. Es war genau die Art Spielzeug, die Susan schätzen würde. Außerdem würde allein der Name sie belustigen.

Seltsamerweise träumte er nicht von ihr, trotz größter Bemühungen. Das starre Muster seiner Gedanken verurteilte ihn dazu, nur von Florence zu träumen. Nacht um Nacht erschöpfte sie ihn durch ihre Unersättlichkeit, behandelte ihn wie einen unzuverlässigen Dildo, demütigte ihn, wann immer seine Batterie leer war. Eines Nachts drang er unbeschnitten in sie ein und zog seinen Penis ohne Vorhaut wieder heraus. Er suchte zwischen den Laken nach ihr, doch sie war nirgends zu finden. Das Grauen fällte seinen Mast auf der Stelle. »Ich will meine Vorhaut wiederhaben«, schrie er, »und ich werde nicht eher ruhen, als bis ich sie gefunden habe.«

»Du wirst sie dort finden, wo du sie zurückgelassen hast«, spottete sie. »Du brauchst nur den Schlüssel zur Kammer.«

Seine Träume hatten ihn davon überzeugt, dass er seine Impotenz Florence zu verdanken hatte. Wäre sie eine normale, gesunde Frau wie Susan gewesen, hätte ihn niemals die Furcht vor unerforschten Nischen ergriffen. Vielleicht hätte er Medizin studieren sollen. Die klinische Sektion von Leichen, sowohl männlichen wie weiblichen, hätte die ganze gruselige Angelegenheit entmystifiziert. Er hätte die Funktion eines jeden Rädchens, Hebels und Ritzels gewusst, und das Wissen sowohl des Namens wie der Funktion hätte ihn gefeit. Der berühmte Dr. Johnson hatte einmal gesagt, der einzige Zweck des Schreibens bestehe darin, »die Leser in die Lage zu versetzen, das Leben besser zu genießen oder besser zu ertragen«. Was fürs Schreiben galt, galt auch fürs Wissen. Seine Impotenz war nichts weiter als die Impotenz des Nicht-Wissens; dies erklärte sein Gefühl, dass die Welt ein Ort namenloser Angst war. Die größte Furcht des Mannes war, wie er sehr wohl wusste, die Furcht vor der Vagina. Dr. Eustace Chesser musste es begriffen haben, als er sein Buch *Liebe ohne Furcht* betitelte. Roarty hatte gehört, wie Potter es in einem literarischen Gespräch mit Gimp erwähnte. Vielleicht sollte er sich mit einem Exemplar bewaffnen. Nach dem Gehörten zu urteilen, wäre es nach dem Avoirdupois der *Britannica* eine vergleichsweise leichte Lektüre.

Als er an diesem Morgen vor dem Pub gestanden hatte, war er von einer Furcht ganz anderer Art heimgesucht worden. Er hatte müßig einem roten Lieferwagen entgegengeblickt, der über die Minister's Bridge fuhr, als ihn plötzlich eine Hand an der Schulter packte und ihm einen Schauer über den Rücken jagte. Als er sich umdrehte, war es Flanagan, der oberste Leuchtturmwärter, in voller Uniform. Roarty musste ihn aus den Augenwinkeln bemerkt und die Uniform mit dem Gesetz in Verbindung gebracht haben. Der Vorfall öffnete ihm die Augen, er war der lebende Beweis für das nervenzerrüttende Gefühl der Verunsicherung, mit dem er in den vergangenen beiden Monaten gelebt hatte, ein Gefühl, das Potters letzter Brief durchaus nicht gemindert hatte. Er lautete:

Liebster Roarty:
  Ich weiß, warum Du die Remington des Kanonikus gestohlen hast, und das bringt mich in der Endphase weiter in Führung. Bei meinem Anwalt habe ich einen verschlossenen Umschlag hinterlegt, der für den Fall, dass mir etwas Ungewöhnliches oder Unerwartetes zustoßen sollte, ungeöffnet der Polizei übergeben wird. Deutlich genug?

                                                                Bogmailer

Er hatte den Brief fünf- oder sechsmal gelesen und ihn auf jede denkbare Bedeutungsnuance überprüft, aber beeindruckt war er immer noch nicht. Es war ein unbeholfener Versuch zu bluffen, unbeholfen, da Tote nicht mehr aussagen können. Potter konnte schwarz auf weiß festhalten, dass er Zeuge des Mordes geworden sei; er konnte den Fundort der Leiche und den Namen des Mörders nennen; doch eine Verurteilung würde er nicht bewirken. Allerdings, es würde zu Verdächtigungen und zu Fragen kommen, aber er, Roarty, würde dafür sorgen, dass er befriedigende Antworten parat hatte. Und da er den Erpresser mit Bargeld bezahlte und nicht mit Schecks, gab es nichts, was ihn mit ihm in Verbindung brachte. Für Potter würde es ein böses Erwachen geben. Wenn er sich's genau überlegte, war »Erwachen« schwerlich das passende Wort. Eine mögliche Lösung rückte in greifbare Nähe, doch sein suchender Geist weigerte sich, zur Ruhe zu kommen. Über eines jedoch war Roarty froh. Der Einbruch nahm McGing völlig in Anspruch. Den Mord hatte er fast schon vergessen; er redete von nichts anderem als dem gestohlenen Gewehr.

»Wenn ich nur das richtige Handwerkszeug hätte – ich könnte dieses Verbrechen innerhalb eines Tages lösen«, hatte er bei seinem morgendlichen Black and Tan gesagt.

»Es gibt Mittel und Wege.« Er nickte wissend. »Obwohl der Dieb vorsichtig war, hat er auf dem Teppich elektrostatische Fußspuren hinterlassen. Ich muss nur Styroporkügelchen auf den Boden streuen. Wegen der elektrischen Ladung, die die Schuhe zurückgelassen haben, werden die magnetisierten Kügelchen haften bleiben und mir Größe und Form seiner Schuhe verraten.«

»Warum tun Sie's dann nicht?«, fragte Roarty.

»Sligo und Dublin kooperieren nicht. Woher sollen die Styroporkügelchen kommen, wenn nicht von dort? Und die Zigarettenstummel, die ich zur Analyse eingesandt habe, sind wahrscheinlich im Mülleimer gelandet. Von einem gestohlenen Gewehr will niemand etwas wissen. Nur bei Mord horchen sie auf.«

»Sie wollen damit doch wohl nicht etwa sagen, dass wir einen weiteren Mord benötigen?«, fragte Roarty ernsthaft.

»Nein, natürlich nicht. Aber rein von der Warte des Kriminalpolizisten aus betrachtet, neige ich zu der Annahme, dass es helfen würde. Mord, ebenso wie seine Begleiterscheinung, der Tod durch den Strick, hilft ganz wunderbar, sich zu konzentrieren.«

»Es muss Anhaltspunkte geben, die Ihnen entgangen sind«, überlegte Roarty. »Fingerabdrücke zum Beispiel.«

»Es gibt keine. Ich habe jeden Zentimeter des Raums abgesucht. Die einzigen Fingerabdrücke, die ich gefunden habe, gehören zum Kanonikus und zu Nora Hession. Wir haben es hier mit einer abgefeimten Intelligenz zu tun, einem wahren Moriarty. Vermutlich hatte er den Weitblick, Handschuhe zu tragen.«

»Wenn Sie ihn erwischen, werden Sie berühmt.«

»Wenn ich ihn erwische, habe ich auch den Mörder, da bin ich sicher. Oh, ein cooler Typ – hat eine halbe Flasche Malt Whisky getrunken und sieben Zigaretten geraucht, bevor er den Tatort verlassen hat.«

»Er muss sehr selbstbewusst sein, dass er das Gesetz so verachtet«, sinnierte Roarty.

»Mein Polizisteninstinkt sagt mir, dass es noch schlimmer kommen wird. Aber was mich wirklich beunruhigt, ist die viele Zeit, die ich ihm widme.«

»Ist das nicht Ihre Aufgabe?«

»Neulich habe ich in einem amerikanischen Buch über Kriminologie gelesen, dass Kriminalbeamte weniger Zeit auf Fälle verwenden, die sie lösen, als auf solche, die sie nicht lösen.«

»Sie meinen, je mehr Zeit Sie auf einem Fall verwenden, desto geringer die Chance, ihn zu lösen?«

»Ich meine, dass ein Fall, der gelöst werden kann, schnell gelöst werden wird.«

»Mit anderen Worten, nur leichte Fälle werden gelöst?«

»Aber was ist schon ein leichter Fall?«, fragte McGing, dem das Interesse seines Gesprächspartners Vergnügen zu bereiten begann.

»Ein leichter Fall dürfte einer sein, bei dem die Identität des Täters auf der Hand liegt.«

»Was für den einen Polizisten ein leichter Fall ist, bringt einen anderen sehr wohl durcheinander. Für jeden Topf den richtigen Deckel, für jeden Kriminellen den richtigen Polizisten – darin liegt das Geheimnis. Ein Krimineller mag jahrelang straffrei ausgehen, bis er zufällig an den richtigen – aus seiner Sicht: den falschen – Polizisten gerät.« McGing sah Roarty an, als hätte er mehr gesagt, als er sollte.

»Verstehe ich nicht.«

»An einen Polizisten mit dem richtigen Einfühlungsvermögen, einen Mann, der in die dunklen Windungen des gesetzlosen Geistes spähen kann und sogar dessen nächsten Spielzug vorausahnt. Der große Sherlock Holmes löste seine Fälle durch logische Deduktion, aber meiner Ansicht nach reicht Vernunft ohne Intuition nicht aus. Im perfekten Kriminalbeamten ist das, was wir Kriminologen das Kognitive und das Intuitive nennen, perfekt austariert. Beides ist notwendig, da eines das andere nährt. Daher mangelt es einem Mann, dem es an dem einen mangelt, auch an dem anderen. Ich glaube nicht, dass ich unbescheiden bin, wenn ich sage, dass ich mehr Intuition besitze als Holmes.«

»So wie's aussieht, brauchen Sie in dieser Gemeinde jede Unze davon«, sagte Roarty aufmunternd.

»Deswegen habe ich ja mit Ihnen diskutiert. Sie haben mir soeben zu einem neuen Ermittlungsstrang verholfen.«

»Wie das?«

»Das darf ich Ihnen nicht verraten, noch nicht«, sagte McGing, richtete seine Dienstmütze und verließ mit einem Winken den Pub.

Um fünf Minuten vor acht brachen Roarty und Potter zum Pfarrhaus auf. Der Kanonikus, in düsterer kanonischer Kleidung, öffnete selbst die Tür und führte sie ins Wohnzimmer, wo Cor Mogaill, Rory Rua und Gimp Gillespie bereits auf einem der Sofas zu beiden Seiten des Kamins versunken waren. Der Kanonikus, hochgewachsen, mit markantem rotem Gesicht und auffällig sparsamen Worten und Gesten, bot ihnen Bier oder Whiskey an. Sie plauderten unverfänglich über das Wetter, während er die Getränke einschenkte und mit seinem Schweigen den Ernst des Anlasses unterstrich. Dann setzte er sich in den Sessel direkt vor dem großen Torffeuer, streckte zwei lange Beine aus, wobei er weiße Wollsocken unter den schwarzen Hosenaufschlägen entblößte, und legte die Finger beider Hände aneinander, als wollte er ein Gebet sprechen. Cor Mogaill blickte zu Roarty, der seinerseits zu Potter blickte. Einen Moment lang lähmte das Schweigen ungewisser Erwartung sie alle.

»Werden Sie die Sitzung eröffnen, Kanonikus, oder soll ich es tun?«, fragte Potter und brach den Bann des Kanonikus.

Der Kanonikus starrte erst ihn, dann die anderen an, bevor er sich räusperte, so wie er es gewöhnlich auf der Kanzel vor der Predigt tat. Roarty nippte an seinem Whiskey und wünschte, er hätte seinen Flachmann mitgenommen. Schließlich hätte er später vielleicht auf die Toilette gehen können, nicht um sich zu entleeren, sondern um sich abzufüllen.

»Als Ihr geistliches Oberhaupt habe ich Sie nicht hierhergebeten, um Ihnen zu predigen«, begann der Kanonikus. »Ich habe Sie eingeladen, um einige meiner Gedanken zu der neuen Kirche mit Ihnen zu teilen, damit wir als vernünftige Männer Gottes einvernehmlich auseinandergehen. Als ich nach Glenkeel kam, war das Dach der alten Kirche undicht, die Bänke waren wurmstichig, der Fußboden uneben, die Fenster morsch und der Altar eine Schande für seinen erhabenen Zweck. Was muss ich tun?, fragte ich mich. Renovieren oder neu bauen? Ich wusste um die Bürde der Kosten. Eines Abends dann, als ich am Meer spazieren ging, blickte ich zu den Wolken über dem Sonnenuntergang auf und schaute eine moderne Kirche, einen einfachen Bau, einen Kegel auf einem Kubus, und ich wusste, dass der Himmel mir eine Antwort geschickt hatte.«

»Es ist eine Vision, die nur ein sehr frommer Mann haben könnte«, sagte Rory Rua. »Ich habe mein ganzes Leben auf See zugebracht und bei Sonnenuntergang kein einziges Mal einen Kegel auf einem Kubus geschaut. Da sieht man's wieder mal.«

»Was sieht man?«, fragte Cor Mogaill.

»Den göttlichen Ratschluss«, äußerte der Kanonikus. »Die Möglichkeit müssen wir in Betracht ziehen. Als Mann Gottes in einer sündigen Welt wusste ich, dass es Schwierigkeiten geben würde. Ich wusste, ich würde jenen entgegentreten müssen, die sich eine Kirche ohne Turm nicht vorstellen können. Ich wusste, ich würde geschmäht werden, so wie Papst Julius II. dafür geschmäht wurde, dass er in der Sixtinischen Kapelle Michelangelos *terribilità* zugelassen hatte.«

»Ich hoffe, Sie vergleichen einen geometrischen Kegel auf einem Kubus nicht mit der ausgeschmückten Decke der Sixtinischen Kapelle«, sagte Cor Mogaill.

»Was ich in den Wolken schaute, war eine einfache Kirche, aus einfachem Material erbaut, eine Kirche, die etwas von dem kargen Leben unserer heiligsten Zönobiten vermittelt. Eine Kirche, deren Umriss das einfache Leben wiedergibt, das wir hier führen.«

»Warum haben Sie dann ins westliche Querschiff ein großes, teures Fenster eingelassen, das fast bis zum Boden reicht?«, wollte Cor Mogaill wissen. »Ich finde, es lenkt ab, um es milde auszudrücken.«

»Wenn Sie öfter zur Messe kämen, Cor Mogaill, würden Sie sich vielleicht daran gewöhnen. Ich möchte nur hinzufügen, dass es einen göttlichen Zweck verfolgt. Wenn Sie hinausblicken, was sehen Sie? Nichts als die Grabsteine auf dem Friedhof, die Sie an Ihr nahes Ende mahnen.«

»Da haben Sie recht, Kanonikus. Genau dieser Gedanke kam mir letzten Sonntag während der Messe«, schwärmte Rory Rua. »Ich dachte, die Grabsteine wären in die Kirche eingedrungen.«

»Aber es reicht nicht aus, an den Tod zu denken. Man muss den Tod fürchten, die Gewalt von *timor et tremor* und von William Dunbars bekanntestem, auf Schottisch und Lateinisch verfasstem Gedicht verspüren:

Die ird'schen Wonnen sind verfänglich,
Die falsche Welt ist höchst vergänglich,
Das schwache Fleisch, der schlaue Feind – o weh:
Timor mortis conturbat me.

Das schottische Idiom brauche ich nicht zu übersetzen, denn dank der Besiedlung Ulsters durch die Schotten kommt Dunbars Englisch dem Dialekt, den Sie alle sprechen – ausgenommen Mr Potter natürlich –, ziemlich nahe.«

»Das alles haben wir schon gehört«, sagte Cor Mogaill. »Wir sind hier, um den Kalksteinaltar und die Ideale der Anti-Kalkstein-Gesellschaft zu bereden.«

»Darauf komme ich gleich zu sprechen.« Der Kanonikus hielt die Hand in die Höhe, aber nicht, um seinen Segen zu erteilen. »Der alte Holzaltar war sehr schön geschnitzt und wunderbar anzusehen, aber er ist wurmstichig und nicht mehr zu reparieren. Der Staub, der aus ihm herausrieselt, fällt jedes Mal in den Kelch, wenn ich ihn während der Messe enthülle. Der neue Altar ist von strenger Nüchternheit, in Übereinstimmung mit dem nackten Mauerwerk des Lettners und den nackten Betonblöcken der Wände. Kann etwas einfacher und unserem Schöpfer wohlgefälliger sein als der Stein, den Er mit eigener Hand geschaffen hat?«

Der Kanonikus sah der Reihe nach jeden von ihnen an, als fordere er sie zum Widerspruch heraus. Potter blickte zu Roarty, der in sein leeres Glas starrte.

»Sie haben mit schönen Worten für Ihre neue Kirche und Ihren neuen Altar plädiert, Kanonikus«, sagte er, als er merkte, dass er der Sprecher der Opposition sein sollte. »Ich stelle die Aufrichtigkeit Ihrer Beweggründe nicht in Abrede, doch Ihre Argumente werden den Ängsten und Zweifeln, die Ihre Gemeindemitglieder dazu veranlasst haben, die Anti-Kalkstein-Gesellschaft zu gründen, nicht gerecht.«

»Eine Handvoll meiner Gemeindemitglieder.«

»Wie ich, Kanonikus, sind Sie ein Fremder in diesem Tal, ein ›Hereingewehter‹, um den hiesigen Ausdruck zu verwenden. Ein Zugvogel, heute hier und morgen vielleicht in einer anderen Gemeinde. Sie mögen es gut meinen, aber Sie müssen auch nicht Ihr ganzes Leben lang mit den Fehlern leben, die Sie hinterlassen. Das, leider, ist das Los Ihrer Gemeindemitglieder. Wer im Tal geboren ist und sein Leben hier verbringen wird, ist besser qualifiziert als ich, Sie daran zu erinnern, was ihm der alte Altar bedeutet. Ich denke, Tim Roarty, der, anders als Sie und ich, hier geboren und aufgewachsen ist, vermag das besser als jeder andere.«

Fasziniert hatte Roarty beobachtet, wie das Gesicht des Kanonikus, als er Potters lieblich-scharfe Töne vernahm, hochrot anlief. Das Blut stieg ihm in die Wangen, breitete sich über Kinn und Hals aus und verschwand unter seinem engen weißen Kollar. Es war das Gesicht eines Mannes, der es gewohnt war, in unterwürfigem Ton angesprochen zu werden, und der in Potter eine rufschädigende Bedrohung seiner unangefochtenen Selbstherrschaft sah.

»Der hölzerne Altar ist kein unvergleichlicher Schatz wie der Kelch von Ardagh oder das *Book of Kells*«, begann Roarty. »Er ist eher ein Stück Lokalgeschichte, geschnitzt von hiesigen Handwerkern, deren unmittelbare Nachkommen noch immer sonntags zur Messe gehen. Er hat vier oder fünf Generationen von Talbewohnern kommen und gehen sehen; er hat ihre Taufen, ihre Trauungen und schließlich ihre Begräbnisse erlebt. Er ist ein wesentlicher Bestandteil der Lebenserfahrung eines jeden Mannes und einer jeden Frau in dieser Gemeinde. Nun soll dieses Symbol der Lokalgeschichte dem Feuer überantwortet und durch einen unscheinbaren ›Tischaltar‹ ersetzt werden, wie man ihn in jeder x-beliebigen irischen Stadt findet. Wir haben die Anti-Kalkstein-Gesellschaft gegründet, um sicherzustellen, dass ein unverzichtbarer Bestandteil unserer Geschichte nicht einfach weggeschoren wird. Wir haben nichts gegen den Klerus, Kanonikus, aber wir werden uns nicht wie Lämmer zur Schur führen lassen.«

Potter hörte mit gesenktem Kopf zu, als Roarty seine Ansprache hielt. Er hatte sich gut ausgedrückt, auf merkwürdige Art aber sein Ziel verfehlt. Seine Vortragsweise ähnelte so sehr der des Kanonikus, dass er sich fragte, ob Roarty einen besseren Kanonikus abgegeben hätte als dieser selbst. Roarty war ein Rätsel. Niemand wusste, was er wirklich glaubte. Und er nahm an, dass Roarty auch an die Anti-Kalkstein-Gesellschaft nicht glaubte. War er einer jener unglückseligen Männer, die dazu geboren waren, an nichts zu glauben? Er mochte Roarty, aber verstehen würde er ihn nie.

»Der Tischaltar ist nicht meine Erfindung«, sagte der Kanonikus. »Er ist eine Eigentümlichkeit der neuen römischen

Liturgie, die aus den großen Debatten des Zweiten Vatikanischen Konzils hervorgegangen ist.«

»Galimathias, nicht Theologie«, sagte Cor Mogaill, erhob sich und sprach zu ihnen, als spreche er während eines Wahlkampfes von der Ladefläche eines Lastwagens. »Fragen Sie jeden Theologen, Kanonikus. Das Letzte Abendmahl, und daher die erste Messe, wurde an einem Holztisch, nicht an einem Kalksteintisch gefeiert.«

»Halt die Luft an, Cor Mogaill, und gib deinem Arsch 'ne Chance«, rief Rory Rua und zupfte an Cor Mogaills Ärmel. »Wir können unsere Meinungsverschiedenheiten auch diskutieren, ohne den Kanonikus zu beleidigen.«

»Der Kanonikus kann auf sich selbst aufpassen«, sagte Loftus streng. »Sie sind beide im Unrecht. Sie, Cor Mogaill, wegen Ihrer unbotmäßigen Sprache, und Sie, Rory Rua, weil Sie einen Teil der Anatomie erwähnen, der dem Gegenstand, den wir erörtern, fremd ist. Angemessener wäre es gewesen, Cor Mogaill, wenn Ihr Verweis auf das Letzte Abendmahl von einem Mann gekommen wäre, der jeden Sonntag zur Messe geht und regelmäßig die Sakramente empfängt.«

»HUA! HUA! HUA!«, brüllte Cor Mogaill mit erhobener Faust.

»Ich habe Sie nicht eines unziemlichen Streites wegen hierhergebeten, sondern um Ihnen, lassen Sie es mich so ausdrücken, einen bescheidenen Vorschlag zu unterbreiten«, sagte der Kanonikus. »Seit einiger Zeit verfolge ich mit großem Interesse das Vorgehen von Mr Potters Firma Pluto Explorations Inc. Zunächst aber muss ich ein Stück Lokalgeschichte erzählen, das einige von Ihnen in Ihrer Begeisterung für die Anti-Kalkstein-Gesellschaft übersehen haben mögen. Seit dem 17. Jahrhundert liegen die Schürf- und Oberflächenrechte am Südberg bei der Church of Ireland, deren Name sich, um es auch für Mr Potter verständlich zu machen, als Tory Party beim Gebet in Irland übersetzen lässt.«

Roarty nahm in den Augen des Kanonikus ein freudiges Funkeln wahr, das er nur als boshaft deuten konnte. Der Kanonikus hatte seinen Stierkopf gegen die Rückenlehne des Sessels sinken lassen und die Arme über dem geräumigen Bauch verschränkt, als sei er zuversichtlich, den Gang der Diskussion nach Belieben manipulieren zu können. Roarty beugte sich vor, um ja nichts zu verpassen, und bemerkte, dass Rory Rua und Gimp Gillespie es ihm gleichtaten. Der Kanonikus räusperte sich und fuhr fort:

»Dreihundert Jahre lang haben die hiesigen Bauern der Church of Ireland einen Pachtzins für Weiderechte am Berg gezahlt. Aus Gründen, die ich nicht herausgefunden habe, wurde das Pachtverhältnis 1926 beendet. Ich habe einen Anwalt zu Rate gezogen und festgestellt, dass Sie als hiesige Bauern in den fünfzig Jahren, die seit 1926 verstrichen sind, zumindest eine Art Gewohnheitsrecht an der Beweidung erworben haben. Die schwierigere und damit die kostspieliger zu beantwortende Frage lautet, ob Sie nicht auch andere Rechte am Berg erworben haben. Mr Potters Firma hat sich eine Fünf-Jahres-Option auf die stillgelegte Mine gesichert, mit dem Recht, sie für 5000 Pfund zuzüglich einer bescheidenen Nutzungsgebühr, falls wieder mit dem Abbau von Baryt begonnen wird, auf fünfundzwanzig Jahre in Pacht zu nehmen. Wir alle wissen, welche Partei das beste Geschäft macht: Mr Potters Firma. Und es besteht kein Zweifel, welche Partei das schlechteste Geschäft macht: Sie, die hiesigen Bauern, deren Rechte nicht berücksichtigt worden sind.«

»Völliger Unfug«, sagte Potter, »und ein gehöriger Schuss Stuss!« Er blickte zu den anderen Vorstandsmitgliedern, aber sie hörten ihm nicht zu; erwartungsvoll schauten sie den Kanonikus an.

»Heute mag das weithergeholt klingen, aber wird es das auch in zehn Jahren? Meine Erkundigungen haben ergeben, dass das Vorkommen am Südberg an die 700 000 Tonnen Erz enthalten könnte. Bei bescheidenen 25 Pfund pro Tonne unbehandelten Gesteins ließe sich das gesamte Vorkommen auf 17,5 Millionen Pfund veranschlagen, wovon der größte Teil die Taschen von Mr Potters amerikanischer Firma füllen wird. Die Amerikaner werden der Church of Ireland, die sich in Geschäften nicht besser auskennt als in Theologie, nur ein Almosen gewähren. Sie werden das unbearbeitete Gestein verschiffen und dieses Land mit minimalem ökonomischem Nutzen und die Bauern, deren Rechte sie sich angeeignet haben, ohne einen roten Heller zurücklassen.«

»Das alles ist nur eine Ausgeburt Ihrer ausschweifenden Phantasie. Reine Fiktion«, warf Potter ein.

»In Gegenwart des Kanonikus wird nicht geflucht!«, mahnte Rory Rua.

»Ich habe nicht geflucht!«, fauchte Potter.

»Ich hab gehört, dass du ›Fick‹ gesagt hast«, beharrte Rory Rua. »Wir alle wissen, was das bedeutet.«

»Lassen Sie Mr Potter ausreden«, sagte der Kanonikus lächelnd. »Ich glaube, er hat ›Fiktion‹ gesagt. Es bedeutet, dass etwas nicht buchstäblich wahr ist ... Aber was wollten Sie sagen, Mr Potter?«

»Ich fürchte, ich habe schlechte Neuigkeiten für Sie. In den Proben, die bisher analysiert worden sind, ist der Anteil an Baryt zu gering, als dass ein Abbau sich lohnen würde. Das Londoner Büro hat mir mitgeteilt, dass mein Team noch vor Jahresende zurückbeordert wird, es sei denn, ein Wunder geschieht.«

Der Kanonikus hob die Hand und lächelte. »Es liegt in Plutos Interesse, die Größe der Lagerstätte zu verheimlichen und operative Schwierigkeiten hervorzuheben. Man glaubt, seinen Willen durchsetzen zu können, indem man das eine sagt und das andere tut, aber man hat nicht mit einem gewissen Kanonikus in der Diözese Raphoe gerechnet. Ich schlage vor, die hiesigen Bauern in einer entschlossenen und lautstarken Gruppe zu organisieren, da sie alle, Sie eingeschlossen, Anspruch auf gewisse Rechte am Berg haben. Ich werde herausfinden, worin diese Rechte bestehen, und darauf drängen, dass sie anerkannt werden. Ich denke, Sie werden mir zustimmen, dass der Zeitpunkt gekommen ist, die Anti-Kalkstein-Gesellschaft aufzulösen und die Flagge der Anti-Ausbeutungs-Gesellschaft zu hissen.«

»Wir sind beidhändig genug, zwei Flaggen zu hissen«, sagte Cor Mogaill.

»Das ist nicht möglich. Wenn Sie wollen, dass ich die Anti-Ausbeutungs-Gesellschaft anführe, werden Sie die andere beerdigen müssen. Ich bin nicht unbescheiden, wenn ich sage, dass ich höheren Ortes (ich beziehe mich auf diese Welt, nicht auf die nächste) Freunde habe und Freunde innerhalb der juristischen Bruderschaft, deren Dienste wir werden in Anspruch nehmen müssen. Sie wissen, dass ich kein Verlierertyp bin. Bei diesem Unterfangen gilt das Wort Christi: ›Wer nicht mit mir ist, der ist wider mich.‹ Sind Sie mit mir, Roarty?«

Roarty musterte das herausfordernd vorgereckte Kinn des Kanonikus. Der war ein ungehobelter Mann ohne Potters Finesse, und auf seine verschlagene Art hatte er die Antwort auf die Anti-Kalkstein-Gesellschaft gefunden. Am Südberg gab's ›Gold‹, und einiges davon mochte dazu beitragen, den Erpresser zu bezahlen.

»Nun, Roarty?«, fragte der Kanonikus.

»Ich bin mit Ihnen«, murmelte Roarty und wagte es nicht, zu Potter zu blicken.

»Rory Rua?«

»Sie können auf mich zählen, Kanonikus.«

»Gillespie?«

»Ich habe zwar Vorbehalte, bin aber trotzdem mit Ihnen.«

»Cor Mogaill?«

»Wohlan nun, ihr Reichen, weinet und heulet über euer Elend, das über euch kommen wird! Euer Reichtum ist verfault ... Euer Baryt ist verrostet, und sein Rost wird euch zum Zeugnis sein und wird euer Fleisch fressen wie ein Feuer.«

Der Kanonikus hob erneut eine väterliche Hand und lachte.

»Selbst ein Marxist kann die Heilige Schrift für seine Zwecke falsch zitieren. Darf ich Ihnen eine größere Autorität als Jakobus nennen? Christus selbst hat gesagt: ›Ein Arbeiter ist seines Lohnes wert.‹ Hier, mein lieber Cor Mogaill, stehen wir auf der Seite der Engel.«

»Der gefallenen Engel?«, fragte Cor Mogaill. »Kanonikus, ich glaube, Sie haben Machiavelli gelesen.«

»An meinen Methoden ist nichts Unaufrichtiges oder Selbstsüchtiges. Ich will vollkommen offen sein. Sie alle werden einen Anteil an den anfallenden Gewinnen haben, und sonntags wird, so hoffe ich, ein Prozentsatz Ihres Anteils seinen Weg auf den Sammelteller finden. Kurzum, dies ist eine jener seltenen und befriedigenden Gelegenheiten, da es möglich ist, Gott und Mammon gleichzeitig zu dienen.«

Cor Mogaill gab einen schrillen Quiekser von sich und wühlte wie verrückt in seinem Rucksack. Er zog ein Bündel zerfetzter Zeitungen hervor und hielt eine davon der Gesellschaft hin.

»Ich sage nur dies eine«, rief er, als er die Stelle gefunden hatte: »›Lasst uns immer wahrhaft arm sein. Wenn wir nichts haben, kann es niemand von uns nehmen. Besitzen wir nichts, kann nichts uns besitzen. Nur ein vollkommen armer Mensch ist vollkommen frei.«

»Sie sind mir ein schöner Marxist!«, höhnte der Kanonikus.

»Ich bin ein Marxist der etwas anderen Art. Ich strebe nicht nur eine Umverteilung des Wohlstands an. Ich strebe auch eine Umverteilung des Leidens an. Und wir alle wissen, wer das verteilt!«

»Ein wahrer Marxist würde sagen, dass man das eine nicht ohne das andere umverteilen kann ... Aber mein lieber Potter, Sie sind sonderbar schweigsam.« Der Kanonikus schenkte ihm ein selbstzufriedenes Lächeln.

»Ich bin verblüfft, wie schnell meine Freunde sich haben bekehren lassen. Neulich noch haben sie zur Unterstützung ihrer Anti-Kalkstein-Ideale den Kleinen Katechismus und päpstliche Bullen angeführt.«

»Die Launen des menschlichen Verstandes und Herzens sind es, die das menschliche Leben so faszinierend machen. Wir leben, und manchmal lernen wir. Aber jetzt müssen wir Geschäftliches erledigen, Geschäftliches, das Sie in Verlegenheit bringen könnte, Mr Potter. Als Diener Plutos kann man schwerlich von Ihnen erwarten, dass Sie sich einer Verschwörung anschließen, um die Firma ihrer Profite zu berauben. Insofern würden wir es verstehen, wenn Sie sich zurückziehen möchten.«

»Ich habe nicht den Wunsch zu bleiben.« Potter sah sich unter den kleinlauten ehemaligen Vorstandsmitgliedern der aufgelösten Anti-Kalkstein-Gesellschaft um.

»Ich auch nicht«, sagte Cor Mogaill und schloss sich ihm an.

Als der Kanonikus die beiden zur Tür begleitete, fragte sich Roarty, was um alles in der Welt er am nächsten Abend zu Potter sagen sollte. Der Kanonikus kehrte zurück und rieb sich die Hände, zufrieden, dass seine Taktik aufgegangen war.

»Jetzt können wir die Köpfe zusammenstecken«, sagte er und schenkte ihnen, zu Roartys großer Überraschung, einen weiteren Drink ein.

SECHZEHN

Potter saß, ein Ölkännchen und einen Bausch Werg auf dem Stuhl neben sich, am Fenster des Cottage. Nachdem er den Vormittag auf der Jagd verbracht hatte, reinigte er seine Büchse. Es war fast drei Uhr, in einer Dreiviertelstunde etwa würde die Sonne untergehen, und das Novemberlicht verblasste bereits. Die Sonne verbarg sich schüchtern irgendwo im Westen und hatte die Federwolken, die wie fadenscheinige Vorhänge am hohen Himmel hingen, mit tiefem Abendrot durchdrungen. Unter ihnen drängten längliche Streifen blau-schwarzer Wolken vom Meer herein, in düsterem Kontrast zu dem ruhigen himmlischen Licht in den höheren Regionen.

Standen diese rötlichen Wolken tatsächlich reglos am Himmel, oder wirkte es nur so im Vergleich zu der rasenden Aktivität weiter unten? Er dachte an ein Rundbild von Tiepolo, schloss ein Auge und beobachtete die Wolken durch das Astwerk der Eberesche. Mählich, fast unmerklich zogen sie ostwärts, und er fragte sich, was ein Meteorologe von den verschiedenen Geschwindigkeiten des Windes in unterschiedlicher Höhe halten mochte. Würde er mit einem Wetterumschwung rechnen, oder würde er sagen, dass es sich lediglich um ein weiteres Beispiel dafür handele, wie leicht ein ungeschultes Auge sich irreführen lässt? So vieles im Leben war eine Frage der Täuschung.

Das Novemberwetter der vergangenen Woche hatte nichts Täuschendes gehabt. Es war streng und kalt, so kalt, dass er sich veranlasst sah, aus dem Schlafzimmer auszuziehen und in der Küche zu schlafen, im Alkovenbett neben dem Kaminfeuer, das er nie ausgehen ließ. Jetzt versprach der Himmel zum ersten Mal seit vierzehn Tagen Regen. Potter hatte die ersten Novemberwochen genossen; sie führten ihm immer wieder aufs Neue vor Augen, wie schön die Landschaft zu Beginn des Winters war. Jeden Tag begrüßte ihn auf dem Weg zu seiner Arbeit am Berg die sich spät erhebende Sonne.

Die eisigen Morgen ließen ihn erschauern, nicht nur vor Kälte, sondern auch vor Verwunderung über die unzähligen Dinge, denen der Frost die Qualität graphischer Schlichtheit verliehen hatte: abgefallene Blätter in der Auffahrt, deren Adern und gezackte Ränder sich grau hervorhoben; Zweige, die aussahen, als wären sie des Nachts von unsichtbarer Hand mit einem Pelz versehen worden; der abgenutzte Torpfosten, auf dem ein Schwamm aus grauem Raureif saß; und die kahlen dunklen Bäume im Garten, in deren Geäst die Drosseln wie Unglücksbringer hockten. Der Frost hatte alles in einfache, karge Formen verwandelt, wie auf dem Gemälde eines Künstlers ohne Auge für Details.

Insbesondere ein Morgen war Potter in Erinnerung geblieben. Er war früh aufgestanden, um auf Ross Mór Vögel zu beobachten. Die hinter Wolken verborgene Sonne beschien den grauen Raureif nicht, der bis auf den Flecken schwarzer Erde unter der Trauerweide überall lag. Er lag auf den Ziegeldächern der Häuser; auf den Wellblechdächern der Ställe und Scheunen; auf den Schlusssteinen der Mauern; auf den felsenharten Kohlköpfen in den Gärten; und auf dem Pflaster der Auffahrt zum Cottage.

Als er sein Frühstück zubereitet und verzehrt hatte, hatte die Sonne sich durch die Wolken gebrannt, und der Raureif war geschmolzen. Die Äste des Apfelbaums, auf denen vorher eine graue Schicht gelegen hatte, waren jetzt von glänzendem Schwarz, und wie Perlen hingen klare Tröpfchen von ihnen herab, die leuchtend zu Boden fielen, je höher die Sonne stieg. Einen kostbaren Augenblick lang kam es ihm vor, als würde dieses Schmelzen und Tröpfeln niemals enden – bis ihm klar wurde, dass seine Zeit im Tal sehr wohl endlich war, dass er die letzten Wochen seines Aufenthalts verlebte. Das Gefühl, dass etwas zu Ende ging, war ein Schock, so als habe er zu spät im Leben entdeckt, dass er sterblich war.

An jenem Morgen auf Ross Mór hatte er Glück gehabt. Er hatte ein Merlinmännchen erblickt, das auf einen Wiesenpieper herabstieß, und später eine Kornweihe, die seinem Vogelkundebuch zufolge in Donegal nur selten anzutreffen war. An dem Tag selbst hatte er sich keine Notiz gemacht, und so schlug er in seinem Taschenkalender Samstag, den 27. November auf und schrieb:

Ross Mór 9.00–11.00 Uhr – Ein Merlinmännchen gesehen, das einem Wiesenpieper den Kopf abriss. Eine Kornweihe flog niedriger, als es ihre Art ist.

Beunruhigt von der trostlosen Leere im Zentrum der Dinge, blickte er aus dem Fenster und hoffte auf einen Schimmer Bedeutung oder gar Bestärkung. Welcher Art Bedeutung oder Bestärkung? Er wusste es nicht. Auf der Straße wälzte sich Rory Ruas Esel, die Hinterbeine gen Himmel gestreckt, die Vorderbeine gekrümmt. Als er sich wieder aufrappelte, gesellte sich ein anderer Esel zu ihm, der seinem Gefährten in verspielter Kameraderie am Hals knabberte. Schon bald hatte das Ganze den Anschein geruhsamer Homoerotik. Potter sah ihnen mit voyeuristischem Wohlgefallen zu, zwei Eselhengsten, die unbefangen ihre Leistengegend beschnüffelten, während sie langsam ihre schwarzen Penisse ausfuhren, als wären es herabhängende Ziehharmonikas. Er konnte sich der Frage nach der Natur dessen, was er gesehen hatte, nicht erwehren. Sex war zwar nicht die einzige Realität, vielleicht aber doch die einzige Realität, die machtvoll genug war, um, wenigstens vorübergehend, das Bewusstsein des Todes auszulöschen und die Erinnerung an ein Merlinmännchen, das einem arglosen Wiesenpieper den Kopf abgerissen hatte.

Rory Ruas Irish Setter kam mit einem Knochen die Auffahrt herauf. Vorsichtig scharrte er im Feld seines Herrchens eine flache Grube aus, bedeckte den Knochen mit Erde und prüfte schnüffelnd das Ergebnis seiner Arbeit, bevor er den Eseln mit wütendem Gebell die Lust an ihrem Liebesspiel nahm. Offensichtlich war der Hund ein Polizist, und die Esel waren die fehlgeleitete Menschheit, die in ihrem allgemeinen Streben nach Genuss nur ihrem Instinkt folgte. Ebenso gut hätte Potter auch in Soho sein und von einem Fenster aus das bunte Treiben unter ihm beobachten können. Aber wozu sich nach Soho bemühen, wenn er hier das ganze menschliche Leben, das primitivste und das ungehemmteste, kostenlos genießen konnte? Ihm war danach, ins Bett zu gehen und sich die Decken über den Kopf zu ziehen. Seit jenem kränkenden Abend beim Kanonikus litt er unter Willensschwäche; einer Art Oblomowismus, der es ihm unmöglich machte, auch nur die einfachste Entscheidung zu treffen.

Als er sich vom Fenster abwandte, nahm er aus den Augenwinkeln eine Bewegung wahr. Eine graue Ratte mit unbehaartem Schwanz verschwand in einem Loch in der Gartenmauer. Im Handumdrehen entnahm er seiner Hosentasche zwei Patronen, lud das Gewehr, schob den unteren Teil des Schiebefensters hoch und stützte den Doppellauf auf dem Fensterbrett ab. Während er mit entsicherter Waffe wartete, erinnerte er sich an einen hellen Samstagmorgen im Oktober, als Rory Rua Korn gedroschen und er selbst in einiger Entfernung vom Getreidehaufen gestanden und jede der fliehenden Ratten ins Jenseits befördert hatte. Es war eine kostspielige Vernichtungsmethode gewesen, aber Rory Rua hatte sie gefallen und ihm selbst an einem Vormittag, da er nichts Besseres zu tun hatte, zu etwas Zerstreuung verholfen.

Die Ratte tauchte wieder auf, lugte, die spitze Schnauze am Boden, hierhin und dorthin und hielt auf eine halb verzehrte Kartoffel zu, die neben einem umgedrehten Hummerkorb lag. Potter zielte, und als die Ratte sich umdrehte und von ihrer Mahlzeit aufblickte, drückte er ab. Überflüssigerweise hielt er das Gewehr, den Kolben fest gegen die Schulter gepresst, einen Moment lang in Position, doch die Ratte war bereits tot. Überwältigt von einem lähmenden Gefühl der Lächerlichkeit, tat er sein Bestes, um die Assoziation mit einem viktorianischen Fotografen zu unterdrücken, der eine Aufnahme machte. Was ihm gerade dieses Bild ins Gedächtnis rief, war die Art, wie die Ratte ihn im Augenblick des Todes angeschaut hatte. Dann sah er sich wieder ein Foto von Margaret machen, und wie gewöhnlich war sie auf Albernheiten aus und wiederholte jedes Mal, wenn er die Kamera auf sie richtete, das Wort »Ameisenscheiße«. Er verwarf den Gedanken als unerheblich. Schließlich war es ihm gelungen, die Ratte zu erschießen, etwas, wofür Oblomow niemals die nötige Willensstärke aufgebracht hätte.

Befriedigt nahm er die Zange neben dem Kamin zur Hand, hob den schlaffen grauen Körper an und schleuderte ihn über die Gartenmauer, damit der Hund sich daran gütlich tun konnte. Als er ins Haus zurückkehrte, setzte er sich hin, um von neuem sein Gewehr zu reinigen.

Heute Abend würde er nicht zu Roarty's gehen. Er würde zu Hause bleiben, ein Buch lesen und ein, zwei Schluck aus der Flasche Glenmorangie trinken, die er für Notfälle in der Anrichte aufbewahrte. Seit Roarty und Gillespie in ihrer Diskussion mit dem Kanonikus klein beigegeben hatten, war er nicht mehr so regelmäßig wie früher in den Pub gegangen. Er hätte wissen müssen, dass die Iren trotz einer Handvoll kirchenfeindlicher Schriftsteller von Natur aus priesterhörig waren. Mochten sie sich auch über die Arroganz ihrer ignoranten Geistlichen lustig machen, wenn diese ihnen den Rücken kehrten – sobald sie sich einer Soutane und einem Chorhemd gegenübersahen, machten sie mit einer Eilfertigkeit, die ebenso viel mit Aberglauben wie mit Religion zu tun hatte, einen Kratzfuß und sagten: »Jawohl, Hochwürden.« Wenn es nur das Überbleibsel einer Haltung aus der Zeit der Katholikenverfolgung gewesen wäre, als der Priester für jemanden galt, der im Hostiengefäß zusammen mit der Eucharistie die Zukunft des Volkes bei sich trug, hätte er es ja noch verstanden; doch soweit er feststellen konnte, gab es in der klassischen irischen Literatur keine satirischen Porträts geiler Mönchlein oder käuflicher Ablasshändler. Es gab keinen irischen Chaucer des 14. Jahrhunderts, keinen irischen Wycliffe, nur die früheren Exzesse asketischen Mönchtums. Doch der Sog ethnischer Eigenarten entschuldigte Roartys, Gimp Gillespies und Rory Ruas Verrat keinesfalls. Alle drei waren Männer von Verstand. Sie wussten, was sie taten, und sie taten es nicht nur, um dem Kanonikus zu Gefallen zu sein, sondern in der Hoffnung, ihre Taschen zu füllen.

Diese Erfahrung, so unangenehm sie war, hatte ihm die Augen geöffnet. Er war allzu verständnisvoll gewesen, übereifrig, das zu genießen, was er als den *genius loci* angesehen hatte. Er war gleichgültiger geworden, weniger bereit, im Pub einer anschaulichen Wendung zu applaudieren; und er glaubte gern, dass seine neue Ambivalenz eine emotionale, vielleicht auch eine intellektuelle Bereicherung darstellte. Glücklicherweise konnte er sich nach wie vor auf Nora Hession verlassen. Sie hatte eine Art, Hindernisse mit Leichtigkeit zu nehmen, die auf den ersten Blick unüberwindlich schienen, und sie besaß die Gabe, ihn, wenn er es wieder einmal übertrieb, zum Lachen zu bringen. Während Margaret Ärger in ihm auslöste und ihn in absurde Situationen brachte, konnte Nora aus Chaos Ordnung herstellen und ihn mit einem Lachen von seiner schlechten Laune befreien. Sie war so vernünftig, so darauf geeicht, alles aus einem praktischen Blickwinkel zu betrachten, dass er sich mitunter fragte, ob sie ihn durchschaute – ein Gedanke, der ihn stärker beunruhigte, als er sich eingestehen wollte.

Er legte Putzstock, Öl und Werg weg und befestigte das Gewehr in seiner Halterung über der Küchentür. Dann schaltete er das Licht an, ließ vor der eindringenden Nacht die Jalousien herab und goss sich ein großes Glas Whisky ein, das ihm eine Stunde lang Gesellschaft leisten würde. Als er sich in seinem Kaminsessel zurücklehnte, sprangen ihm die vertrauten Annehmlichkeiten des Cottage ins Auge. Es war eine echte Bauernkate mit niedrigem Reetdach, Steinfußboden, weißgekalkten Wänden, Feuerstelle, einem durch Vorhänge abgetrennten Alkovenbett, einem Zwischenboden über der Küche und einem Hängeboden über dem unteren Schlafzimmer. Von innen wie von außen sah sie wie das genaue Gegenteil der modernen Bungalows aus, die profitgierige Bauunternehmer mittlerweile für Touristen errichteten; sie verlegten Asbestplatten unter den Reetdächern und warteten mit Anachronismen wie gefliesten Fußböden, hölzernen Zimmerdecken, Zentralheizung und fließend Wasser auf. Dieses Cottage hatte braune Torfsoden und rauchgeschwärzte Sparren unter dem Reetdach, hatte einen offenen Kamin mit verrußtem Schwenkarm und von

Muscheln zerfressene Balken, die von einer Wand bis zur anderen reichten und offenbar zur Zeit der Segelschifffahrt als Treibgut an Land gespült worden waren.

Am besten gefiel ihm das offene Torffeuer. Zwar stand neben der Anrichte ein Gaskocher, doch den benutzte er nur, um sich morgens schnell eine Tasse Tee zu machen. Meist kochte er über dem Torffeuer, das dem Essen ein feines Aroma verlieh, einen intensiven Geschmack, den er besonders bei Lammeintopf aus dem Fleisch des Bergschafs mochte.

Vom einzigen Regalbrett im Cottage nahm er Gimp Gillespies Buch zur Hand, einen Bericht über Irland während der Großen Hungersnot, verfasst von einem zu Besuch weilenden englischen Philanthropen: *Narrative of a Recent Journey of Six Weeks in Ireland: In Connexion with the Subject of Supplying Small Seed to Some of the Remoter Districts; with Current Observations on the Depressed Circumstances of the People, and the Means Presented for the Permanent Improvement of Their Social Condition*. Er streckte die Beine auf der Kaminplatte aus, und als er das erste Kapitel aufschlug, fragte er sich undeutlich, ob er nicht bei einem Londoner Verleger Interesse für einen ähnlichen Aufsatz über den drückenden Einfluss der katholischen Kirche von heute auf die Lebensumstände des irischen Volkes mit Vorschlägen zur Verbesserung ihrer intellektuellen Bedingungen wecken könnte.

Als er eben mit dem dritten Kapitel begann, hatte er das Gefühl, dass sich hinter der Wand eine Maus geregt hatte, und blickte auf. Wieder hörte er das Geräusch, ein leises Klopfen wie das eines Zeigefingers auf einer Handtrommel, eine Sekunde später gefolgt von einem metallischen Pling. Er schaute auf seine Armbanduhr und berechnete, dass das Pling immer im Abstand von vier Sekunden erfolgte. Regen, dachte er, obwohl er zwischen dem Klopfen und dem Pling nichts weiter hören konnte. Als er die Tür öffnete, merkte er, dass die Nacht von dem Geräusch fallenden Wassers erfüllt war. Es tröpfelte von den Dachvorsprüngen, flüsterte in den Bäumen und gurgelte in der Rinne neben dem Giebel; doch sosehr er sich anstrengte, die Quelle des Klopfgeräusches konnte er nicht identifizieren. Das Pling kam jedenfalls von einem umgedrehten Eimer unter dem Rand des Alkovendachs. Seine Neugier war befriedigt, und er kehrte zum Kamin und zu seinem Buch zurück. Die Wärme drinnen und der Regen draußen vermittelten ihm ein unerwartetes Gefühl des Wohlbefindens; ein Gefühl der Sicherheit, wie es einem Mann von vierzig Jahren anstand, der bei guter Gesundheit war und längst keine materiellen Sorgen mehr hatte.

»Ich werde meinen Weg gehen und Roarty, Gimp Gillespie und Rory Rua den ihren gehen lassen«, murmelte er. »Das Leben ist zu kurz und die Welt zu groß, um sich mit Bagatellen aufzuhalten. Mit den unsterblichen Worten Gimp Gillespies, wenn er angesäuselt ist: ›Verstehst Philosophie, Schäfer?‹«

Plötzlich ging die Tür auf, und Nora Hession trat aus der Nacht herein. Das Wasser, das von ihrem grauen Regenmantel tropfte, bildete einen Kreis auf dem steinernen Fußboden.

»Bin ich froh, im Trockenen zu sein!«, sagte sie und drückte die Tür zu.

»Und ich bin froh, dass du gekommen bist! Ich bin über einem Buch eingenickt, dabei habe ich versucht, wach zu bleiben.«

Er nahm ihren Mantel und hängte ihn an den Türhaken. Dann küsste er sie auf die Wange, trug sie zum Kaminsessel in der Ecke und setzte sie ab.

»Der Kanonikus ist nach Glenroe gefahren, um die Beichte abzunehmen«, sagte sie. »Er wird erst nach neun wieder zurück sein.«

»Gut, dass er wenigstens einige seiner Pflichten erfüllt. Sonst würde ich dich nie zu Gesicht bekommen.«

Er zog ihre nassen Schuhe aus und stellte sie neben ihren Sessel, sodass sie nicht in der direkten Hitze trockneten. Sie hatte das Geheimnis und die Erregung der Nacht mit hereingebracht und die kleine Küche im Nu verwandelt. In Strümpfen saß sie vor dem lodernden Feuer, die Füße auf dem Steinboden, und nahm das Glas Wein, das er ihr anbot, wie ein Geschenk für eine Königin entgegen. Ihr Gesicht leuchtete vor Freude über ein Gespräch, das an keinen von beiden Ansprüche stellte. Das war eine der Qualitäten, die er an ihr mochte, die Tatsache, dass man sie, anders als Margaret, zufriedenstellen konnte. Sie war intelligent, ohne eine Intellektuelle zu sein, und hin und wieder war sie originell auf eine Weise, die nichts mit dem zu tun hatte, was sie auf den Frauenseiten der Zeitungen gelesen hatte. Im Gespräch spielte sie keine Spielchen, um zu beweisen, dass sie anders war; sie glaubte an alles, was sie sagte, zumindest solange sie es sagte. Am besten aber war, dass man ihr wahrlich nicht vorwerfen konnte, schrill zu klingen; ihre Stimme war sanft, und selbst wenn sie lächelte, verriet die Tiefe ihrer dunklen Augen eine verstörende Ahnung von der letztlichen Einsamkeit der Nacht.

»Bevor du hereingekommen bist, dachte ich gerade, dass meine Zeit hier zu Ende geht.«

»Wenn du nur genug Baryt gefunden hättest ...«, sagte sie lächelnd.

»In gewisser Weise bin ich froh, dass wir nicht genug gefunden haben. Zumindest wird es den beiden Erzspeichelleckern Roarty und Gillespie eine Lehre sein.«

»Ich teile deine Meinung über den Kanonikus nicht, Ken. Das gehört zu den Dingen, auf die wir uns nie einigen werden.«

Er stand auf und setzte sich auf die Armlehne ihres Sessels. »Komm mit mir mit, Nora. Komm nach London, in ein neues und größeres Leben. Wir können ja im Sommer immer für einen Monat hierher zurückkommen. Wir werden ein Cottage mieten und die Zeit damit verbringen, Orte zu erkunden, die wir noch nicht erkundet haben.«

»Warum bleibst du nicht hier bei mir?«

»Ich bin hierher entsandt worden. Wenn die Arbeit beendet ist, bleibt mir nichts mehr zu tun.«

»Du könntest eine Stelle beim Grafschaftsrat bekommen.«

»Ich kann mir den Hungerlohn vorstellen, den sie mir bezahlen würden, nicht genug, um dir das Leben zu bieten, das du gewohnt bist.« Er nahm ihre Hand und drückte sie an seine Wange. »Denk drüber nach, Nora. Komm mit nach London.«

»Ich bin vor zwei Jahren nach London gegangen und zurückgekommen.«

»Ich weiß. Du bist nach London gegangen und zurückgekommen, und es war ein sehr kalter Tag.«

»Es war nicht kalt«, sagte sie ohne jeden Humor. »Es war mitten im Sommer, so heiß, dass ich in der U-Bahn mangels frischer Luft ohnmächtig geworden bin. Wenn ich an London denke, denke ich daran, wie ich an Sonntagnachmittagen einsam in öffentlichen Parks gesessen und mich leer gefühlt habe, weil ich nichts Besseres zu tun hatte.«

»Mit mir wird es anders sein. Wir werden eine Menge Freunde haben, ein hübsches Haus und einen großen Garten. Du könntest Zwiebeln und Tomaten anbauen. Wenn du möchtest, könntest du Kartoffeln anbauen.«

»Ich werde nicht nach London gehen«, sagte sie bestimmt.

»Dann komm ins Bett, du unmögliches Mädchen.«

Er verriegelte die Tür, knipste das Licht aus und legte seine Sachen über eine Stuhllehne. Die züngelnden Flammen warfen groteske Schatten, die einander an den Wänden jagten. Als sie sich auszog, erfasste der Feuerschein ihre weißen Schenkel und die Wölbung ihres Hinterns, und ihm kam in den Sinn, dass Velázquez sie hätte sehen sollen, bevor er seine *Venus vor dem Spiegel* malte. Er nahm ihren Ellbogen und drehte sie zu sich in seine Arme. Eng umschlungen standen sie vor dem Kamin, und die Hitze des Feuers umspielte angenehm ihre nackten Beine. Er trug Nora zu dem Alkovenbett hinter den Vorhängen, sie legten sich zwischen die warmen Decken, und der Widerschein des Feuers leuchtete durch den dünnen Stoff der Vorhänge und rötete die Wände, in Kontrast zu den dunklen Sparren unter dem Reetdach.

Ruhig lagen sie einander in den Armen, denn jede Bewegung, selbst der einfache Akt des Küssens, wäre überflüssig gewesen, so vollkommen war das Vergnügen, das sie verspürten, da ihre Haut die des anderen berührte.

»Was ist mit deinen Laken passiert?«, fragte sie nach einer Weile.

»Die sind in der Wäsche. Es sind die einzigen, die ich habe.«

»Es ist schön, zwischen Decken zu liegen. Man spürt sie bewusster auf der Haut.«

»Für diejenigen von uns, die keine Scheiche sind, sind sie erotischer als Seide.«

Zärtlich küsste er sie auf Lippen, Augenlider, Hals und Brüste. Dann lagen sie wieder reglos mit verschlungenen Beinen da, und sein erigierter Penis drückte gegen ihren flachen Bauch. Die Straffheit ihres Körpers spendete ihm sonderbaren Trost, führte ihn näher an ihren lebendigen Kern und rief etwas Göttliches in ihm wach, etwas, was die falschen Verheißungen eines großen Busens niemals hätte zum Leben erwecken können. Wieder küsste er ihre Brüste, klein und fest wie Cox Orange-Äpfel, und plötzlich und unerwartet war sie bereit, ihn zu empfangen. Wegen seiner engen Vorhaut und Noras anatomischer Eigentümlichkeiten musste er sich behutsam bewegen. Als er zum ersten Mal mit Mädchen auszugehen begann, hatte er sich wegen seiner Vorhaut Sorgen gemacht. Der Facharzt in der Harley Street, den er aufsuchte, hatte gemeint: »Keine ausgeprägte Phimose, nicht so ernst, dass ein chirurgischer Eingriff erforderlich wäre, nur ein Ärgernis, mit dem Sie sich abfinden müssen.« Dann lernte er Margaret kennen, deren geräumige Herberge ihn mit einer neuen Art Liebesleben bekannt machte, die ihn an die träumerische Atmosphäre von Debussys *Prélude* über die Empfindungen eines Fauns an einem heißen Nachmittag denken ließ. Jetzt hatte Nora Hession ihn aus dieser Träumerei geweckt, mit einem warmen Schmerz an der Spitze seines Penis, der seine Lust ebenso hinauszögerte, wie er sie erhöhte. Der Facharzt in der Harley Street musste mit einer anderen Margaret verheiratet gewesen sein. Nur das erklärte sein Unvermögen, die Poesie dieser unbeschreiblichen Verquickung von Schmerz und Lust zu würdigen. Möglicherweise war eine enge Vorhaut der Beginn aller Poesie und Philosophie; er fragte sich, ob dieses Leiden irgendwo in der klassischen Literatur erwähnt wurde. Wie sollte ein Mann ohne einen solchen Vorzug ein feines Gespür für Zauber und Schrecken des Liebesakts entwickeln? Vielleicht machte Napoleons Vorhaut ihm zu schaffen, als er sagte: »Heute nicht, Joséphine«, und am folgenden Morgen nach Moskau aufbrach, um mit dem weiterzumachen, was er seiner Ansicht nach am besten konnte. Und natürlich wäre die Geschichte Englands anders verlaufen, hätte Heinrich VIII. eine enge Vorhaut gehabt.

»Das war eher verhalten«, sagte sie, als er sich verausgabt hatte. »Komisch, dass es nie das Gleiche ist. Ist es auch für dich jedes Mal anders?«

»Sex ist eine Art Sonnenuntergang. Keiner gleicht dem andern.«

»Ist es für dich wirklich jedes Mal anders? Sag die Wahrheit.«

»Männer wägen Dinge nicht so sorgsam ab wie Frauen.«

»Männer sind zu unempfindlich, um Sex in vollem Ausmaß zu würdigen.« Sie drückte leicht seinen geschrumpften Penis. Dann nahm sie ihn in die Hand und rieb die Spitze an ihren Schamlippen, und als sie ihn küsste, schmeckte er ihre Zunge. Er hatte geglaubt, alles erlebt zu haben, doch ihr unerwarteter Kuss belehrte ihn eines Besseren.

»Sind Männer wirklich unempfindlicher als Frauen?«, fragte sie und ließ seinen Penis zwischen ihren Schenkeln ruhen.

»Wir nehmen den Sonnenuntergang halt unterschiedlich wahr, das ist alles.«

»Wenn Sex der Sonnenuntergang ist, was ist dann der Sonnenaufgang?«, fragte sie kichernd.

»Der Sonnenaufgang war, als ich dich, dank Gimp Gillespie, zum ersten Mal erblickte.«

»Wenn das stimmt, dann bringen Männer wohl den größten Teil des Tages damit zu, an jede Frau zu denken, der sie begegnen, oder?«

»Ich kann nicht für alle Männer sprechen. Ich bringe den größten Teil des Tages damit zu, an dich zu denken.«

»Du sagst die nettesten Dinge, Ken. Wenn sie nur wahr wären.« Sie legte den Zeigefinger an die Lippen und flüsterte: »Geh nicht weg. Bleib so liegen. Lass uns seinen Moment ganz ruhig sein.«

Sie erschlaffte in seinen Armen, und nach wenigen Minuten war sie eingeschlafen. Er fühlte sich überglücklich und sagte sich, dass sie bei einem Mann, dem sie nicht vertraute, niemals eingeschlafen wäre. Er hatte sich in sie verliebt, weil sie anders war als jede andere Frau, die er je kennengelernt hatte. Sie hatte einen einfachen Geschmack, aber sie war nicht einfältig. Sie kannte ihr Herz und all dessen Irrungen, und auch seine »Wirrungen«, wie sie es nannte, konnte sie ihm verdeutlichen. Sie war schlank, aber sehr weiblich, eine Frau mit Einsichten, die ihn oft überraschten und ihn zu Selbstfindung, hin und wieder auch zu Selbstkritik veranlassten. Bisweilen kam ihm der Gedanke, dass sie eine komplementäre Ausdehnung seiner eigenen Persönlichkeit war, eine Erkenntnis, zu der ihm keine andere Frau verholfen hatte. Inzwischen musste er sich fragen, ob er sich alles nur eingebildet hatte, da die meisten Frauen, die er in London gekannt hatte, ihn für einen eingefleischten Frauenhasser oder, wie sie es nannten, für ein »Chauvinistenschwein« hielten.

Aber derartige Überlegungen gehörten nicht zur Sache. In ihrer Weisheit hatte Nora ihn vor eine einfache Wahl gestellt. Im Tal bleiben und ein Leben in beengten Verhältnissen, aber voller Liebe führen oder ohne sie nach London zurückkehren und seine Entscheidung möglicherweise ein Leben lang bereuen. Natürlich hatte sie recht. Sie war hier geboren und gehörte hierher, in diese kleine, in sich geschlossene Gemeinschaft. Sie war eine Blume von großer Schönheit, aber die Blume *eines* Landstrichs. In den rauen Winden jener anonymen und amorphen Welt, die er Heimat nannte, würde sie verwelken und verdorren. Er überlegte, ob er sich wirklich aufrichtig bemühte, einen Ausweg aus einer unmöglichen Situation zu finden, oder ob er sich davor drückte, dem, was getan werden musste, ins Auge zu sehen. Es gab keinen schmerzfreien Ausweg. Wenn Margaret in ihrer Allwissenheit Kenntnis von seiner misslichen Lage hätte, würde sie sagen, er habe diese selbst heraufbeschworen; hätte er sie rechtzeitig um Rat gefragt, hätte sie ihm den Ausgang vorhersagen können.

Was also war die Zukunft? Die unerreichbare englische Rose seiner Phantasie? Eine andere Margaret? Oder gar eine andere Diana Duryea? Diana war Jägerin. Er hatte sie bei einem Presseempfang kennengelernt, auf dem er die Werbetrommel für ein »neues und überlegenes Fallrohr« rührte. In dem überfüllten Raum war sie, ein Glas in der Hand, selbstbewusst auf ihn zugegangen.

»Ich hoffe, Sie halten mich nicht für ungebildet«, lächelte sie. »Aber was in aller Welt sind Fallrohre?«

Er beugte sich über ihre üppig wallende Mähne und flüsterte ihr eine Antwort ins Ohr.

»Oh, Sie sind mir vielleicht einer, das sehe ich gleich«, sagte sie lächelnd. Dann bat sie ihn, sich noch einmal zu ihr herabzubeugen, und als er es tat, flüsterte sie ihm zu, sie sei Redaktionsassistentin der Zeitschrift *Lift*.

»Und wen wollen Sie liften?«, fragte er zum Scherz.

»Ich meine Lifts, verstehen Sie, Aufzüge, Fahrstühle. Übrigens bin ich Amerikanerin.«

»Und was wollen Sie in einem Lift mit Fallrohren anfangen?«

»Ich finde immer, dass eine dumme Frage die beste Gesprächseröffnung ist. Sehen Sie, wir liegen schon auf der gleichen Wellenlänge. Weder Sie noch ich verbringen unsere Abende damit, über Fallrohre nachzudenken. Das Leben ist am schönsten, wenn man die Zeit angenehm verbringt.«

Sie tranken einige Gläser zusammen, und nach dem Empfang tranken sie noch ein paar in einem Pub in Chelsea und schließlich in seiner Wohnung in Fulham. Zu dem Zeitpunkt war sie bereits »*Brahms and Liszt*«, wie sie in Nachahmung des reimenden Cockney-Slangs ihrer Mitbewohnerin sagte, also *pissed,* betrunken. Während er Kaffee aufsetzte, lag sie mit gespreizten Beinen auf seinem Bett und schirmte ihre Augen mit den Armen gegen das Licht ab. Und während der Kaffee durchlief, liebte er sie unter Zuhilfenahme eines Präservativs, das seine empfindliche Vorhaut schützte. Als sie fertig waren, war der Kaffee bereits kalt, aber sie sagte, sie liebe Eiskaffee und werde auch kalten Kaffee trinken, da dieser ja fast schon Eiskaffee sei. Während er über ihre blaugeäderten Brüste nachdachte und daran, dass sie, weil sie so weit auseinanderstanden, nicht eben geeignet waren für ekstatischen Coitus inter mammas, hatte sie sich mit wenigen geschickten Handgriffen angekleidet und sich vor seinem Spiegel die Haare gekämmt.

»Das war ein klitoraler O.«, sagte sie und ließ die Haare von ihrem Kamm auf seinen frisch schamponierten Teppichboden fallen. Das Wort »klitoral« durchbohrte sein Trommelfell gleich mit einem dreifachen Stich – er hatte es noch nie mit amerikanischem Akzent sagen hören, es war kein Wort, das er täglich in den Mund nahm, und es war das erste Mal, dass auf das Wort ein »oh« folgte. Was sollte dieses »oh«?

»Das war ein klitoraler O.«, sagte sie abermals. »Ich dachte, es würde dich freuen, das zu hören.«

»Und was ist ein klitoraler, oh? Im Ingenieurwesen ist mir der Begriff, soweit ich weiß, noch nicht untergekommen.«

»Ein klitoraler Orgasmus im Gegensatz zu einem vaginalen.«

»Das alles ist mir neu. Vermutlich habe ich ein zu behütetes Leben geführt. Oder vielleicht liegt's daran, dass Engländerinnen die Männerwelt über diese kleinen Feinheiten gern im Dunkeln lassen«, sagte er in dem Bemühen, ihre Gedanken von der Möglichkeit weiterer klitoraler Stimulation abzulenken.

»Du überraschst mich, Süßer. Es ist ein grundlegender Unterschied, den jedes bekennende Mitglied der technologisch-Benthamitischen Gesellschaft kennen sollte. Die meisten amerikanischen Männer wissen darüber Bescheid, aber leider besteht auch zwischen Theorie und Praxis ein himmelweiter Unterschied.«

»Ich persönlich glaube nicht an all diese feministischen Theorien. Als gewöhnlicher Rein-raus-Mann bin ich eher in den praktischen Dingen zu Hause. Wenn du mich fragst, wird die Zwei-Orgasmen-Lehre in hundert Jahren etwa so viele Anhänger haben wie die Vier-Säfte-Lehre in der Medizin heute.«

Sie schlang beide Arme um ihn und drückte ihn mit so ungestümer Kraft, dass er sich in ihren Händen so hilflos vorkam wie gekneteter Kitt.

»Was ich an dir mag, ist nicht so sehr dein Witz als dein kleiner Hintern. Wir Amerikanerinnen lieben Männer mit knackigen Ärschen. Bei einer neueren Umfrage fanden neununddreißig Prozent der Frauen in Greenwich Village das Attraktivste an einem Mann einen kleinen Arsch, während sich nur zwei Prozent nach einem großen Penis sehnten. Siehst du, du brauchst vor uns Frauen also keine Angst zu haben. Wir sind nicht die Geier, für die du uns hältst. Ich bin auf deiner Seite. Ich mag deine Visage, wie meine Mitbewohnerin sagen würde.«

Als er hinter ihr die Treppe hinunterging und sie in ein Taxi setzte, war er ziemlich erschöpft. Er sah sie nie wieder, aber ihre kampflustige Redeweise konnte er nicht vergessen, ebenso wenig ihre Bereitschaft, sein empfindlichstes Teil zu verschlingen, weil ihr nach einem »Nachschlag« war.

Nora stupste ihn an. Er konnte es kaum glauben, dass er geschlafen hatte.

»Wir müssen beide eingenickt sein«, sagte sie. »Es ist halb neun. Ich geh jetzt besser, ehe der Kanonikus zurückkommt.«

Sie zogen sich um Dunkeln an. Nach der Wärme der Decken fröstelten sie, außerdem war das Kaminfeuer erloschen, während sie geschlafen hatten.

»Du redest im Schlaf, Ken«, sagte sie.

»Das wusste ich nicht. Was hab ich denn gesagt?«

»Irgendwas mit Minen, glaube ich. Baryt oder vielleicht Kohle. Das Einzige, was ich verstanden habe, war das Wort ›Klitterung‹«.

Er schaltete das Licht an und küsste sie voll dankbarer Verwunderung über das große Glück, sie gefunden zu haben.

SIEBZEHN

In strömendem Regen brachte er sie zum Tor des Pfarrhauses und fuhr dann, entgegen seinem früheren Entschluss, direkt zu Roartys Pub, dieser verräucherten Höhle männlicher Phantasien, wo man den Kummer über die Enttäuschungen des Lebens und unehrenhafte Absprachen wenigstens für eine Stunde vergessen konnte. Es war Samstagabend und die Bar entsprechend voll. Er ging geradewegs in die Ecke neben dem Fenster, wo Gimp Gillespie, Crubog und Cor Mogaill einen Brückenkopf errichtet hatten und ohne den Vorzug wissenschaftlicher Kenntnisse darüber debattierten, ob Wattwürmer Hermaphroditen seien. Cor Mogaill meinte, Wattwürmer seien in Wahrheit Regenwürmer und verfügten daher sicherlich auch über deren sexuelle Eigenschaften. Da sie Tun und Treiben der Regenwürmer alle eifrig studierten, wurde die Unterhaltung eine Zeitlang recht lebhaft.

Potter bestellte eine Runde und versuchte, Interesse für die komplizierte Beweisführung Cor Mogaills aufzubringen, doch in Gedanken war er bei Nora und einem Dilemma, das ihn nicht loslassen wollte. Jetzt, im nachhinein, fand er sie eigensinnig, ja starrköpfig, doch wenn er mit ihr zusammen war, hatte er der zwingenden Logik ihrer Argumente nichts entgegenzusetzen. »Argumente« war natürlich das falsche Wort. In Wirklichkeit ging es um tiefsitzende Gefühle. Die Lösung, nach der er sich sehnte, widersprach ihrer ganzen Art, die Dinge zu sehen. Er fragte sich, ob es selbstsüchtig von ihm war, sein eigenes Glück über das ihre zu stellen, dann aber sagte er sich, dass die meisten Männer in seiner Situation genau dasselbe täten. Wenn er seine Gedanken doch nur mit einem Freund teilen könnte! Gillespie war wohl kaum unparteiisch und Roarty, sein einziger anderer Freund, nur selten wirklich nüchtern. Er blickte sich in der Schankstube um und sagte sich, dass sein Gefühl der Isolation in Wahrheit ein Gewinn war, unverzichtbarer Bestandteil einer reichen Lebenserfahrung. Das hatten die großen Entdecker der viktorianischen Zeit schon vor ihm herausgefunden. Er musste sich nicht von den Tröstungen vertrauter Jugendfreunde einlullen zu lassen.

Um Mitternacht kam er nach Hause, und da er noch nicht gleich zu Bett gehen wollte, legte er Torf nach, machte sich eine Tasse Kaffee und schlug das dritte Kapitel in Gimp Gillespies Buch auf. Es war ein interessantes kleines Buch, doch in seiner gegenwärtigen Stimmung hätte ein Krimi vielleicht eine größere Chance gehabt, die abgrundtiefe Düsternis aus seinem Gemüt zu vertreiben. Seit seiner Ankunft war er damit beschäftigt gewesen, die Zerstreuungen zu genießen, die das Landleben ihm zu bieten hatte. Nun aber hatte er sich zurückgezogen, um Bilanz zu ziehen, und in der ungewohnten Stille hatte er genügend Zeit für leichte Lektüre. Normalerweise las er keine Krimis. In London hatte er nicht die Zeit gehabt, außerdem fand er, dass ihnen jenes Inkommensurable fehlte, welches dafür sorgt, dass Erdichtetes wahrer ist als Fakten. Natürlich fehlte gerade jenen Titeln, die mit einer aufdringlichen Fülle von Fakten protzten, diese Zutat umso offenkundiger. Dennoch, jetzt, da draußen Wind und Regen tobten, vom Meer Gischt aufstob und sich über die Felsen unterhalb des Cottage ergoss, hätte er Spaß an einem guten Krimi gehabt.

Um zwei Uhr hatte er das Buch ausgelesen, bedeckte die langsam erlöschende Glut mit Asche und zog sich aus. Die Küche hatte ihre Wärme verloren; an seinen bloßen Knöcheln spürte er den Luftzug, der unter der Tür hereindrang.

Die Bettvorhänge zitterten in der Zugluft, aber das war nicht von Belang. Gleich würde er dahinter liegen, gemütlich unter warmen Decken, in denen noch der Duft von Nora Hessions Körper hing. Er zog die Decken bis unters Kinn und schloss die Augen. Draußen tobte eine wilde Nacht. Die Tür drückte gegen den Riegel, die Bergesche schlug gegen die Fensterscheibe, der Regen prasselte auf die steinerne Schwelle, und die trockenen Dachsparren knarrten unter der Wucht des rasenden Windes. All das waren ganz unterschiedliche Geräusche, die er nacheinander identifizieren konnte, doch dann mischten sie sich zu einer Wagner'schen Klangfülle, die sein Hirn umnebelte, bis er in den Schlaf sank.

Er erwachte von einem Geräusch, das sich wie ein dumpfer Schlag und splitterndes Glas anhörte, dann wurde ihm klar, dass er einen Gewehrschuss aus nächster Nähe gehört hatte. Er ließ sich aus dem Bett fallen, legte sich flach auf den kalten Steinfußboden und wartete auf einen zweiten Schuss oder das Geräusch sich zurückziehender Schritte, doch außer dem wirren Lärm von Wind und Regen war nichts zu hören. Er hielt den Kopf unten, kroch über den Fußboden und berührte mit der Hand eine Glasscherbe. Jemand hatte einen Schuss durchs Fenster abgegeben, und wer immer es war, er würde es vielleicht noch einmal versuchen. Im Dunkeln tastete er nach seinen Socken, und als er sie nicht fand, schlüpfte er mit nackten Füßen in seine Schuhe und band diese zu. Gebückt schlich er zur Hintertür, zog sich den Mantel über den Schlafanzug, nahm seine Büchse von der Wand, schob zwei Patronen in die Verschlusskammer und steckte vier weitere in seine Hosentasche.

Da der Schuss von der Vorderseite des Hauses gekommen war, hielt er es für das Beste, den Eindringling von hinten zu überraschen. Vorsichtig entriegelte er die Hintertür und schlüpfte lautlos ins Freie. Mit dem Rücken zur Scheunenwand blieb er stehen, starrte in die Dunkelheit zu beiden Seiten und achtete auf jedes verräterische Geräusch, jede Bewegung. Es regnete noch immer; das Wasser, das vom Dachvorsprung tropfte, rann ihm kalt über den Nacken. Langsam bewegte er sich auf die Gartenmauer zu und schlich sich, den Kopf unter die Mauerkrone geduckt, hinter die Hecke an der vorderen Ecke des Cottage.

Zentimeter um Zentimeter hob er den Kopf, doch in der Dunkelheit war nicht einmal das weißgetünchte Cottage zu erkennen. Der Himmel schien gerade mal einen Meter über seinem Kopf zu hängen. Er fiel ihm schwer, zu atmen; er befürchtete, jeden Augenblick husten zu müssen. Er hob einen Stein auf und warf ihn über die Hecke, sodass er mit einem dumpfen Schlag auf den Steinplatten vor der Haustür landete. Er lauschte, aber kein Laut. Es hatte keinen Sinn, im Freien zu bleiben, wo ihm der Wind um die Knöchel peitschte und der Regen in Rinnsalen über Hals und Brust lief. Behutsam, ohne ein Geräusch ging er zurück zur Hintertür. Er war noch immer aufgewühlt. Es war eine Erleichterung, wieder im Trockenen zu sein.

Seine Armbanduhr zeigte halb vier an; er würde fast fünf Stunden warten müssen, bevor er der Sache in der relativen Sicherheit des Tageslichts nachgehen konnte. Er trocknete sich Hals und Haare ab und schenkte sich ein großes Glas Whisky ein, dann kauerte er sich in seinem Morgenmantel vor das inzwischen fast ganz erloschene Feuer und wärmte seine Füße. Er war so fassungslos, dass er kaum einen Gedanken an den anderen reihen konnte. Was hatte er verbrochen, um eine solche Feindseligkeit auszulösen? Noch dazu an einem Ort am Ende der Welt, wo einfaches Leben und einfaches Denken die Bewohner so philosophisch gestimmt hatte, dass sie stets auf morgen verschoben, was sie nicht heute erledigen mussten. Ganz bestimmt die Tat eines Witzbolds, vielleicht Cor Mogaill oder jemand, der versuchte, Cor Mogaill in Schwierigkeiten zu bringen.

Wer immer den Schuss abgefeuert hatte, kannte offensichtlich seine Gewohnheiten. Normalerweise wäre man davon ausgegangen, dass er im Schlafzimmer nächtigte, wie er es den ganzen Sommer über getan hatte. Erst seit dem Kälteeinbruch Ende Oktober hatte er begonnen, im Alkovenbett zu schlafen, neben dem Kaminfeuer. Nur sehr wenige Menschen hatten Zugang zu dieser Information – Nora Hession, Gillespie, Roarty und Rory Rua –, und keiner von ihnen kam wirklich als Verdächtiger in Frage. Bis weit nach vier Uhr blieb er nachdenklich am Feuer sitzen. Als er schließlich zu Bett ging, legte er sich als Vorsichtsmaßnahme mit dem Kopf ans Fußende des Bettes. Obwohl er nicht damit rechnete, schlafen zu können, nickte er sofort ein. Als er gegen neun erwachte, war durch das runde Loch in der Jalousie das Tageslicht zu sehen.

Wie erwartet, war eine der Glasscheiben im unteren Teil des Schiebefensters zerbrochen. Im Bettvorhang befand sich ein Einschussloch, und in der Wand des Alkovens, keine fünfzehn Zentimeter oberhalb des Kissens, auf dem sein Kopf gelegen hatte, steckte eine Kugel. Er öffnete die Haustür, an die ein Blatt aus einem Notizbuch geheftet war. Eine einfache Warnung in roten Blockbuchstaben: »Hände weg von meinem Mädchen.«

Es musste wohl tatsächlich das Werk eines Witzbolds sein, dachte er. Aber hätte ein Witzbold einen Schuss mit so unheimlicher Genauigkeit abgefeuert? Es blieb ihm nichts anderes übrig, als den Vorfall McGing zu melden.

Er saß am Tisch und zog ein Frühstück in die Länge, das ihm nicht schmeckte. Alle, einschließlich des Witzbolds, waren jetzt wahrscheinlich in der Neun-Uhr-Messe und fragten sich, ob die Predigt je zu Ende ging. Auf der anderen Seite des Fensters versuchte ein schimmerndes Licht, den grauen Morgendunst zu durchdringen, wie auf einem Gemälde des späten Turner. Von den schlanken Ästen der Bergesche im Garten fielen kleine Tröpfchen, nicht die perlengleichen Tröpfchen eines hellen Sommermorgens, sondern die trüben Tröpfchen des sonnenlosen Winters. An der Unterseite eines Astes zählte er vier herabhängende Tröpfchen. Eine Drossel landete auf der Astspitze, und drei der Tröpfchen fielen herunter und prallten auf ihrem Weg zur Erde von einem anderen Ast ab. An jedem anderen Morgen hätte er sich über die Genauigkeit seiner Beobachtung gefreut, heute jedoch bedeutete sie ihm nichts. Die Kraft, die sein Interesse auf die winzigsten Naturerscheinungen lenkte, hatte sich verausgabt wie eine Woge an einem ansteigenden Ufer. Er ärgerte sich über sich selbst, weil er seine »Freunde« so falsch eingeschätzt hatte. In seiner Begeisterung für alles, was an der Dorfkultur ungewöhnlich und amüsant war, hatte er Glenkeel wohl eher romantisiert, doch Romantik war schließlich kein Verbrechen. In keinem zivilisierten Land würde deshalb jemand auf einen schießen, nicht einmal ein vertrockneter Altphilologe.

Er gab McGing genügend Zeit, sich von der langweiligen Predigt des Kanonikus zu erholen. Er traf ihn beim Frühstück in seiner Uniform an. Seine Dienstmütze lag auf dem Tisch – neben einem überquellenden Teller mit gebratener Leber, Speck, Zwiebeln, Blutwurst und einem Berg gebuttertem Toast.

»Und was kann ich so früh an einem Sonntagmorgen für Sie tun?«, fragte er.

Potter setzte sich ihm gegenüber an den Tisch. Er ließ sich eine Tasse schwarzen Kaffee reichen, lehnte das Angebot von gebuttertem Toast mit Orangenmarmelade jedoch ab.

»Letzte Nacht, als ich im Bett lag, hat jemand aus nächster Nähe einen Schuss auf mich abgefeuert, und ich möchte wissen, wer es war.«

Als wollte er auf die Ernsthaftigkeit von Potters Mitteilung angemessen reagieren, setzte McGing seine Dienstmütze auf, fuhr aber fort zu essen, ohne die Augen vom Teller zu heben.

»Reden Sie weiter, ich höre«, sagte er, nachdem mindestens eine Minute vergangen war.

»Er hat mein Fenster zerschossen, meinen Kopf nur um Haaresbreite verfehlt und diese Notiz an meine Tür geheftet.«

»Hände weg von meinem Mädchen«, las McGing vor, den Mund voll mit durchwachsenem Speck.

»Meinen Sie, das könnte Loftus gewesen sein?«, fragte Potter.

McGing sah von seinem Teller auf und blickte Potter an, als würde er über den Hauptverdächtigen nachdenken.

»Was immer man über irische Gemeindepfarrer sagen mag, sie laufen nicht herum und schießen auf Mitglieder ihrer Gemeinde.«

»Loftus hat ein Motiv. Er billigt meine Beziehung zu Nora Hession nicht, das hat er mir klar und deutlich zu verstehen gegeben.«

»Sie tun gut daran, es zu erwähnen. Wir dürfen einen Mann nur seines Priesterkragens wegen nicht ausschließen, aber wir dürfen ihn auch nicht voreilig verdächtigen. Loftus kommt aus einer jagdbegeisterten Familie. Sein Bruder ist Arzt und der beste Schütze der Grafschaft. Vielleicht würde der Kanonikus auf Sie schießen, wenn Sie weglaufen, aber nie würde er so tief sinken, dass er auf leichtes Ziel schießt.«

Potter nahm sich einen Augenblick Zeit, um über diese Information nachzudenken. »Was halten Sie dann von der Sache?«, fragte er schließlich.

McGing kaute langsam auf einem Knorpel in seinem Speck herum und spuckte ihn auf den Rand seines Tellers.

»Es gibt zwei Möglichkeiten. Jemand hat's aus Jux getan, oder jemand hat's ernst gemeint. Es gibt nicht viele Menschen, die Ihren Tod herbeiwünschen würden, aber es gibt eine ganze Menge, die Ihnen vielleicht den Wind aus den Segeln nehmen möchten – nur zum Spaß, verstehen Sie. Wir Iren sind berühmt für unseren Sinn für Humor.«

»Der Schuss ist aus persönlicher Animosität abgefeuert worden. Es gibt keine andere vernünftige Erklärung.«

»Ich stimme mit Ihrer Analyse überein, Mr Potter. Mehr noch, ich kann mir ziemlich gut vorstellen, wer der Täter ist.«

»Wer?«

McGing schenkte sich eine weitere Tasse Kaffee ein und stocherte mit dem Fingernagel an einem Backzahn herum.

»Das zu erfahren würde Ihnen zum gegenwärtigen Zeitpunkt nicht weiterhelfen.«

»Es könnte mir helfen, mich vor weiteren Angriffen zu schützen.«

»Nun gut. Der Hauptverdächtige ist Gimp Gillespie.«

»Aber das ist mein Freund!«

»Ich tippe aus einem sehr guten Grund eher auf Gimp als auf den Kanonikus. Wie Ihnen jeder Psychologe erklären wird, ist es gefährlicher, zwischen einen Mann und seine Phantasien zu treten als zwischen einen Mann und sein Hausmädchen.«

»Sie sprechen in Rätseln, Sergeant.«

»Gimp könnte eifersüchtig sein. Er ist verrückt nach Nora Hession, ist es schon immer gewesen, aber sie blickt nicht einmal in seine Richtung. Das Leben, Mr Potter, ist sehr ungerecht, wie Nora Hession am eigenen Leib erfahren hat. Aus Liebe zu einem nichtsnutzigen Schlingel ist sie durch die Hölle gegangen, und jetzt verabreicht sie Gillespie dieselbe Medizin – sie ist darauf aus, sich am gesamten männlichen Geschlecht zu rächen. Passen Sie auf, Mr Potter, Sie könnten der Nächste sein. Sie halten sich für etwas Besonderes, aber wenn's ihr zupass kommt, wird sie Sie vor die Tür setzen. In ihren Augen sind Sie nur Kanonikusfutter. Wenn Sie den Witz gestatten.«

»Ich lasse meine Freundin nicht auf diese Weise verleumden, Sergeant.«

»Ganz, wie Sie wollen. In unserer kleinen Republik hier hat die Meinung eines jeden Menschen das gleiche Gewicht.«

»Aber doch wohl nicht den gleichen Wert!«

»Haben Sie schon mal vom Fall des zertrampelten Heuhaufens gehört?«

»Selbstverständlich. Ein Klassiker der Ermittlungsarbeit in dieser Gegend«, sagte Potter, als er merkte, dass McGing weit ausholen würde.

»Nun, es gibt da einen noch merkwürdigeren Fall, den Fall der Höschen des priesterlichen Hausmädchens. Die waren im Garten des Priesters von der Wäscheleine gestohlen worden, drei Stück, die Nora Hession gehörten. Natürlich suchte ich das Pfarrhaus auf, um Nachforschungen anzustellen, doch der Kanonikus wollte alles unter den Teppich kehren – er werde nicht zulassen, dass es wegen der Höschen seines Hausmädchens einen Skandal im Lokalblatt gibt, sagte er. Am besten sollte man die ganze Sache vergessen, vermutlich sei es die Tat eines vorüberziehenden Kesselflickers mit drei nacktärschigen Frauen. Aber die Kirche ist nicht die Polizei und McGing nicht auf den Kopf gefallen. Ohne dass Loftus davon wusste, fing ich an, seinen Garten zu überwachen. Drei Wochen später, kurz nach Mitternacht, ertappe ich meinen dreisten Gimp, wie er sich unter einen

Birnbaum duckt, keine hundert Meter von einer gewissen Wäscheleine entfernt, an der zwei von Nora Hessions rosa Höschen baumeln. Ich ihn also abgeführt und den Kanonikus aus dem Schlaf geklopft.

›Was ist?‹, fragte er und steckte den Kopf aus dem Schlafzimmerfenster. ›Geht's um einen Krankenbesuch?‹

›Hier spricht die Polizei‹, sagte ich. ›Eben habe ich Gimp Gillespie dabei erwischt, wie er versuchte, die Unterwäsche Ihres Hausmädchen zu stehlen‹ – ich konnte vor dem Priester nicht gut ›Höschen‹ sagen. Er kam im Mantel herunter, und ich erzählte ihm, ich hätte Gimp angetroffen, wie er sich unter dem Birnbaum herumdrückte.

›Und was, glauben Sie, hatten Sie um diese Zeit in meinem Garten zu suchen?‹, wollte der Kanonikus wissen.

›Ich wollte ein paar Birnen stehlen‹, sagte Gimp.

›Ein paar was?‹, fragte der Kanonikus.

›Vor dem Zubettgehen hatte ich die *Bekenntnisse* des heiligen Augustinus gelesen und war bei der Stelle angelangt, wo er ein paar Birnen stiehlt. Nun, ich konnte der Versuchung des Birnbaums in Ihrem Garten einfach nicht widerstehen, Hochwürden.‹

›Ich wusste gar nicht, dass Augustinus Birnen gestohlen hat‹, sagte der Kanonikus. ›Ich dachte, seine Sünden hätten mehr mit unheiliger Liebe zu tun gehabt.‹

›Er hat aber auch Birnen gestohlen‹, sagte Gimp.

›Die *Bekenntnisse* sind eine gute katholische Lektüre. Sie sollten sich schämen, einen Anlass zur Sünde darin zu sehen. *Tolle lege, tolle lege.*‹

›Soll ich ihn festnehmen, Kanonikus?‹, fragte ich.

›Lassen Sie ihn laufen‹, sagte der Kanonikus. ›Sagen Sie ihm: Gehe hin und sündige hinfort nicht mehr.‹

Das ist der Kanonikus, kein Sinn für das Gesetz. Aber ich, so gut wie jeder andere im Tal, weiß, was Gimp im Garten vorhatte. Jemand, der die Höschen eines priesterlichen Hausmädchens so unwiderstehlich findet, kann auch einen hinterhältigen Schuss auf einen Mann abgeben, von dem er glaubt, er habe seine Hand hineingeschoben.«

»Ich muss doch sehr bitten«, sagte Potter, der in Redewendung und Körperhaltung auf einmal sehr englisch war.

»Zum Glück sind Fetischisten bekanntermaßen nicht sehr effektiv.«

»Wenn Sie das Zischen der Kugel gehört hätten, würden Sie diesen durchaus effektiv nennen.«

»Sie erkennen das Muster, das sich hier zeigt, nicht wahr?«

»Welches Muster?«

»Unterhosen!«, sagte McGing und trat mit einem Becher Kaffee ans Fenster, so wie Kriminalbeamte es im Kino tun.

»Unterhosen?«, fragte Potter, überzeugt, dass McGing irre geworden war.

»Höschen«, sagte McGing und musterte ihn, als sei er ein Einfaltspinsel.

»Was ist mit denen?«

»Erst verschwinden Nora Hessions Höschen von der Wäscheleine, dann die zerrissenen Höschen auf dem zertrampelten Heuhaufen, jetzt ein Schuss auf Sie in der Dunkelheit. Die drei Vorfälle sind miteinander verknüpft, sehen Sie das nicht?«

»Aber wie?«

»Ich muss Ihnen eine sehr persönliche Frage stellen, Mr Potter. Hat Nora Hession in Ihrem Cottage eins ihrer rosa Höschen liegen gelassen? Wenn dem so ist oder wenn Gimp einen Grund hat, es zu glauben, kommen wir der Sache vielleicht auf die Spur.«

»Ich darf Ihnen versichern, Sergeant, dass ich keine Kenntnis darüber habe, von welcher Farbe oder aus welchem Stoff Miss Hessions Unterwäsche ist.«

»Dann ist etwas faul in der Gemeinde von Glenkeel. Jahrelang waren die einzigen Straftaten, die hier begangen wurden, Wilderei, Alkoholkonsum nach der Sperrstunde und der gelegentliche Ansturm auf Poteen zu Weihnachten, alles mannhafte Vergehen, Zeichen einer gesunden Gemeinschaft. In den letzten sechs Monaten hatten wir Raub, Mord, noch mehr Raub und jetzt versuchten Mord. Es kann nicht sein, dass die ganze Bevölkerung plötzlich kriminell geworden ist; es ist sehr viel wahrscheinlicher, dass dies das Werk eines einzelnen Mannes ist, eines Dorf-Moriarty. Lassen Sie mich Ihnen eines sagen: In mir wird er seinen Holmes finden, also helfen Sie mir.«

Potter kratzte sich am Kopf und wünschte, er hätte es mit einem phantasielosen englischen Constable zu tun, der sich ein paar Notizen machen und vernünftige Schlüsse ziehen würde.

»Wenn Sie die Identität des Verbrechers kennen, worauf warten wir dann noch?«

»Auf eine Kleinigkeit, die man ›Beweis‹ nennt. Alles, was wir im Moment haben, sind Vermutungen. Aber die Zeit ist auf unserer Seite. Schritt für Schritt und unaufhaltsam werde ich die Indizien zusammentragen. Da fällt mir ein – wir müssen schnell zum Tatort, falls irgendein Beweisstück übersehen wurde oder verloren gegangen ist. Was zum Beispiel ist mit der Kugel?«

»Sie steckt noch in der Wand, da bin ich sicher.«

»Gut. Ein Amateur, der eine Kugel mit dem Taschenmesser aus der Wand pult, könnte sie verkratzen und so die Drallmarkierungen beseitigen, alles wertvolles Beweismaterial. Die Kugel wird uns verraten, ob sie aus dem gestohlenen Gewehr abgefeuert wurde. Haben Sie die Patronenhülse gesehen?«

»Ich fürchte, ich habe keine bemerkt.«

Sie stiegen beide in Potters Auto, und auf der Fahrt zum Cottage hielt McGing einen so zwingenden Vortrag über forensische Ballistik, dass Potter einen Augenblick lang das Gefühl hatte, in den besten Händen zu sein. McGing war zwei Männer in einem. Der eine, der die Intelligenz einer Elster besaß, war eine Schatztruhe an forensischem Wissen. Der andere, der die Schlüsse zog, war ein unfähiger Schwachkopf.

ACHTZEHN

Potter kleidete sich sorgfältiger an als gewöhnlich, denn er glaubte, dass der Erfolg einer Jagd bis zu einem gewissen Grad von der passenden Kleidung des Jägers abhing. Eine Jagd war, wie der Besuch einer Oper, eine besondere Gelegenheit; es gehörte sich nun einmal, dass man im entsprechenden Aufzug erschien. Nachdem er seine dornenfesten Knickerbocker, einen dicken Rollkragenpullover, eine Reitjacke und eine Mütze aus Tweed übergezogen hatte, schaute er in den Spiegel und erklärte sein gewandeltes Äußeres zu einem eindeutigen Erfolg.

In der vergangenen Woche hatte er ständig gegrübelt und wollte sich nun in der Hoffnung, ein morgendlicher Jagdausflug mit Roarty werde ihn für ein paar Stunden von seinen Sorgen ablenken, den Tag freinehmen. Seit dem hinterhältigen Schuss hatte er das Gefühl, in Gefahr zu schweben; er verstand einfach nicht, und das beunruhigte ihn ebenso wie die Angst um seine körperliche Unversehrtheit. Obwohl seine Freunde, besonders Roarty und Gillespie, aufrichtige Besorgnis um seine Sicherheit gezeigt hatten, konnte er sich des Gefühls nicht erwehren, dass es irgendwo im Tal jemanden gab, der seinen Tod herbeiwünschte. Manchmal sehnte er sich danach, wieder in seinem Londoner Vorort zu sein, jeden Morgen nach Charing Cross zu pendeln und sich über das Wetter, verspätete Züge und unverantwortliche Gewerkschafter zu beschweren.

Er stopfte sich mehrere Handvoll Patronen in die Hosentaschen, hängte sich die Jagdtasche über die Schulter, nahm sein Gewehr von der Wand und schloss die Tür hinter sich ab. Der Morgen war trocken und kalt, und aus Nordosten wehte ein so scharfer Wind, dass er einen Polarfuchs hätte aufspießen können. Auf dem Sattel des Hügels saß eine große rote Sonne, und als er ins Dorf fuhr, stellte er fest, dass er ohne Schmerzen direkt in sie hineinblicken konnte, so dicht war der Dunst auf den höher gelegenen Hügeln. Da Roarty's noch nicht geöffnet war, betrat er die Bar durch die Hintertür. Er traf seinen Freund hinter dem Tresen bei der Lektüre einer Zeitung an; die Fensterläden waren geschlossen, die Lichter eingeschaltet. Etwas wie ein Heiligenschein aus Tabakrauch hing über Roartys schimmernder Glatze.

»Du bist früh dran«, bemerkte Roarty.

»Du hast gesagt, wir würden vor neun aufbrechen.«

»Da liegt noch ein Dunstschleier. Warten wir eine halbe Stunde, bis er sich verzogen hat. Hier, trink was, um dich aufzuwärmen, auf Kosten des Hauses. Ich genehmige mir auch noch ein Gläschen auf die Schnelle, nur so viel, um das Zittern in meiner Hand loszuwerden.«

»Ist ziemlich frisch da draußen«, sagte Potter.

»Hast du den Geruch bemerkt, den der Wind herüberträgt?«

»Könnte ich nicht behaupten.«

»Den hat man hier nur im Oktober, November und März, wenn der Wind aus Nordosten kommt. Crubog nennt ihn *gal phiútair*. Er meint, es sei der Kohlegeruch aus Derry.«

Roarty kam mit den Drinks hinter dem Tresen hervor, und sie setzten sich ans Feuer und zündeten ihre Pfeifen an.

»Ein guter Morgen, um Schnepfen zu schießen«, sagte Roarty nach einer Weile. »Die werden ganz in der Nähe sitzen, und nach einer ganzen Woche Tauwetter dürften sie in guter Verfassung sein. Nach einer Frostperiode sind sie immer schön fett – du weißt ja, wenn es taut, kriechen die Würmer an die Oberfläche.«

»Bei dem Vollmond letzte Nacht haben sie sich bestimmt satt gefressen.«

»Genau das meine ich. Heute Morgen haben sie einen gut gefüllten Kropf und sind viel zu schläfrig, um sich von der Stelle zu rühren, bis wir in Schussweite sind. Wir werden beide reichlich Beute machen, wart's nur ab.«

»Rory Rua sagt, es kommt nicht auf die Jagdbeute an, sondern auf den Ort, wo man sie erlegt. Er glaubt, die wilden Orte in den Hügeln drücken der Seele eines Mannes ihren Stempel auf.«

»Rory Rua hat nicht das geringste Interesse an der Tierwelt. Der sieht nicht weiter als sein Gewehrlauf, und was noch schlimmer ist, er brät das Wild, gleich nachdem er's geschossen hat.«

Roarty spuckte mitten ins Feuer. Potter sah ihn an, erstaunt, dass er so früh am Tag schon mit solcher Bestimmtheit sprach.

»Bist du schon mal mit ihm auf die Jagd gegangen?«, fragte Roarty.

»Ein- oder zweimal.«

»Er hat zwei verfaulte Backenzähne. Sie stinken, wenn er lacht, deswegen gehe ich neben ihm immer auf der Luvseite.«

»So löst ein Jägersmann das Problem«, sagte Potter. Er bemerkte, das Roartys Hand leicht zitterte, als er sein Glas hob. Und doch konnte er sein Gewehr so schnell herumreißen, dass es keine Rolle spielte.

Seit jenem verunglückten Abend mit dem Kanonikus war er sich einer trüben Unterströmung in seiner Beziehung zu Roarty bewusst, und anfangs hatte er sich gefragt, ob es nur Einbildung war. Hatte Roarty ein schmerzliches Geheimnis, das er gerne geteilt hätte, mit Worten jedoch nicht auszudrücken vermochte? Oder war es nur das Schuldgefühl, weil er einen Freund enttäuscht hatte? Er fing Sätze an, ohne sie zu beenden, oder er vergaß, was er sagen wollte. Er lud ihn ein, nach der Sperrstunde noch auf einen Drink dazubleiben, als wolle er den Grund für seinen Kummer offenbaren, doch bei diesen späten Tête-à-têtes kam nie etwas anderes heraus als das unverbindliche Geplauder zweier Jäger: ob man Schnepfen besser gegen den Wind oder mit dem Wind stellen und ob man Schrotgröße 6 oder lieber Schrotgröße 9 verwenden solle. Potter hätte ihm gerne aus seinen Schwierigkeiten geholfen, wollte aber nicht neugierig wirken. Er gelangte zu dem Schluss, dass Roarty unglücklich war über die Art, wie er der Anti-Kalkstein-Gesellschaft den Rücken gekehrt und sich auf die Seite der Teufelspartei geschlagen hatte, oder aber, dass er einsam war und sich nach der Art Freundschaft oder Seelenverwandtschaft sehnte, die er bei keinem der Männer am Ort finden konnte.

Um halb zehn verabschiedeten sie sich von Susan und erklommen den Hang des Hügels oberhalb vom Dorf. Grouse, Roartys Springer Spaniel, folgte ihnen auf dem Fuße. Roarty trug eine bräunliche Donkeyjacke über einem Aran-Pullover und hatte einen Rucksack bei sich, der groß genug war für den ambitioniertesten Schützen. Langsam stiegen sie hügelan und blieben immer wieder stehen, um auf das Gewirr der Häuser und die sich dahinschlängelnde Dorfstraße hinabzublicken. Als sie auf der Hochebene angekommen waren, luden sie ihre Gewehre, und auf ein Zeichen von Roarty lief Grouse voraus und durchstöberte mit gründlichem Eifer das Gelände. Er war ein erfahrener Jagdhund. So konzentriert er auch vorging, in Gedanken war er stets bei Roarty und bereit, jedem seiner Kommandos zu gehorchen. Bald schon scheuchte er in einem Schilfgestrüpp einen Hasen auf. Roarty riss sein Gewehr hoch und zielte zwischen die Ohren. Der Hase überschlug sich mitten im

Sprung und fiel, sauber in den Kopf geschossen, zu Boden. Trotz seines morgendlichen Zitterns gab es an Roartys Treffsicherheit nichts auszusetzen.

Um müheloser und schneller schießen zu können, beschlossen sie, die Schnepfen mit dem Wind zu stellen. Eine Schnepfe würde in ihre Richtung, gegen den Wind, aufsteigen, und wenn sie eine Sekunde in der Luft verharrte, bevor sie abdrehte, würde sie ein ruhenderes Ziel abgeben, als wenn sie in Schussrichtung flog. Wenn sie sich mit dem Wind näherten, wären sie natürlich nicht so lautlos, aber nach einer hellen, ruhigen Nacht würden die Vögel am frühen Morgen ruhig sitzen.

Als Nächstes war Potter an der Reihe. Von einem Trampelpfad vor ihm stieg mit lautem Quorren eine Schnepfe auf. Er erwischte sie, als sie einen Augenblick in der Luft hing, bevor sie im Zick-Zack-Flug abstrich. Beim zweiten Mal hatte er nicht so viel Glück. Ein weiß-braunes Flimmern, und ganz in seiner Nähe stieg eine weitere Schnepfe auf. Überrascht beschloss er, zu warten, bis sie ihre Ausweichmanöver beendet hatte, und ihr dann hinterherzuschießen. Er musste die Entfernung oder die Fluggeschwindigkeit falsch eingeschätzt haben; und Roarty, hundert Meter weiter weg, hob mit gespieltem Entsetzen die Hände. Doch genau in dem Moment stieg vor Roarty eine weitere Schnepfe in die Lüfte, und mit mühelosem Schwung hob er sein Gewehr und erlegte den Vogel wie die besten Schnepfenjäger mitten im Ausweichflug.

Um die Mittagszeit hatten sie den gesamten Hügel durchstreift und es an allen von Schnepfen bevorzugten Orten versucht, an Tümpeln, Abläufen und den feuchten Stellen, die Roarty so gut kannte. Potter war mit dem morgendlichen Jagdausflug zufrieden. Er hatte ein Hasenpaar und acht Schnepfen zur Strecke gebracht, bei den Schnepfen betrug das Verhältnis zwischen Schuss und Abschuss fünf zu vier. Ein aus Nordosten kommender eisiger Hagelschauer lenkte sie eine Zeitlang von der Jagd ab. Sie suchten eilig Zuflucht in einem verfallenen Kuhstall, der zu einem behelfsmäßigen Schafspferch umgewandelt worden war, und beim Rennen schlug Potters Jagdtasche gegen seine Hüfte.

»Wie sieht's bei dir aus?«, fragte Roarty, als sie im Windschatten der Bruchsteinmauer Schutz gefunden hatten.

»Ein Hasen- und vier Schnepfenpaare. Und bei dir?«

»Ein Rammler und sieben Schnepfenpaare. Einer meiner besseren Tage. Hab nur einen Schuss vergeudet.«

Sie zündeten sich ihre Pfeifen an, und die Hagelkörner überzogen die grünlich-braunen Berge mit Weiß und sprangen vor ihnen von den Felsen. Grouse kam, die Schnauze auf dem Boden, herbeigelaufen und suchte die Wärme von Roartys Bein. Roarty tätschelte ihn unterm Kinn und gab ihm einen Vollkornkeks.

»An einem Morgen wie heute ist er sein Gewicht in Gold wert«, sagte Potter.

»Ein reinrassiger Spürhund wäre hier verschwendet. Grouse hat eine Nase und einen Verstand und weiß sie zu gebrauchen. Er ist ein Alleskönner; versteht von allem etwas.«

»Hab ich auch gerade gedacht. Wenn jedermann mit solcher Intelligenz zu Werke ginge, würde die Welt besser funktionieren.«

»Ich wünschte, McGing wäre genauso tüchtig«, sagte Roarty. »Ich vermute, du hast nichts weiter von ihm gehört?«

»Er kennt den Schuldigen, behauptet er. Benötigt nur noch Beweise.«

»Dir zuliebe hoffe ich, dass er ihn findet. Ist bestimmt nicht gut für deinen Seelenfrieden, wenn auf dich geschossen wird.«

»Man erschrickt ganz schön, das kann ich dir sagen. Man wagt, über den nächsten Drink hinaus zu denken.« Mit einem Gefühl der Absurdität merkte er, dass er seine Empfindungen von einem Standpunkt aus beschrieb, den er als Roartys wahrnahm.

»Es ist gut, hin und wieder mit dem Bösen konfrontiert zu werden. Führt einem die Überreste des Guten in einem selbst vor Augen.«

Er fragte sich, ob Roarty noch immer in der Theologie befangen war, die er in seiner Zeit im Priesterseminar aufgesogen hatte, und da es ihm widerstrebte, sich in solcherlei Metaphysik verwickeln zu lassen, holte er sein Taschentuch hervor und schneuzte sich.

»Das ›Böse‹ ist ein kleines Wort von großer, großer Bedeutung«, sagte er. »Ich ziehe es vor, ›Unordnung‹ zu sagen, oder meinetwegen Gesetzlosigkeit oder Kriminalität.«

»Wenn du die physische Präsenz des Bösen spüren würdest, würdest du es nicht einfach nur für Gesetzlosigkeit halten. Das weiß ich, denn ich habe sie gespürt. Es ist ein Geruch, der das ganze Haus durchdringt und in jedem Zimmer hängen bleibt, und noch wenn du nach draußen gehst, kannst du ihn im Wind riechen.«

»Was immer es ist, wovon du redest, es muss im Innern sein. Der Geist, der das Böse bemerkt, tut es nur deswegen, weil es eine rudimentäre Präsenz im Geist selbst ist.«

»Wie erklärst du dann das hier? In den letzten vierzehn Tagen bin ich mir des Bösen als einer fortwährenden Präsenz bewusst gewesen. Manchmal riecht es wie ein Acker voll verfaulender Kohlköpfe und manchmal wie Schweißfüße. Ich war froh über den Geruch im Wind heute Morgen. Er hat geholfen, den anderen Geruch zu überdecken.«

»Aber heute Morgen lag gar kein Geruch im Wind«, sagte

Potter und zog an seiner Pfeife. »Zumindest keiner, den ich wahrnehmen konnte.«

»Dann stimmt was nicht mit deinem Riecher. Vom Schlafzimmerfenster aus hab ich gesehen, wie Grouse seine Nase in den Wind hielt, und mich gefragt, was ihn beunruhigen könnte. Das war eine gute halbe Stunde, bevor ich den Geruch selbst bemerkt habe.«

Hunde und Menschen, wir alle sind genarrt, zitierte Potter bei sich und überlegte, ob er korrekt zitierte. Noch vor zwei Monaten hatte er Roarty für einen praktischen, nüchternen Mann gehalten, für genau den Typus Mann, der sich von Gedanken oder Ahnungen, die seinem erklärten Glaubenssystem entgegenstehen, niemals verunsichern lassen würde. Vielleicht hatte er sich von seinem malerischen Bart und seiner langsamen, aber amüsanten Ausdrucksweise täuschen lassen. Jetzt aber überlegte er, ob Roarty aus einem Grund, den er nicht einmal annähernd erraten konnte, von einem verschimmelten Kern in seinem Innersten geplagt wurde.

Nachsichtig hörte er zu, als Roarty die beiden Manifestationen des Bösen definierte: das Böse, das eine leibliche Inkarnation hat, und das Böse, das zu nichts und niemandem in Beziehung steht – die beängstigendste Erscheinungsform, die der Mensch kennt. Er und Roarty lebten in zwei getrennten Welten, was in gewisser Weise seltsam schien, da sie doch so seelenverwandt waren. Vielleicht erwartete Roarty, dass er ein Zeichen gab, etwas sagte, was die Realität seiner düsteren Wahrnehmungen bestätigte und ihn für immer von der Bürde des Selbstzweifels befreite. Er klopfte seine Pfeife auf einem Stein aus und fragte sich, ob Roarty unter Umständen ein latenter Homosexueller war, der eine Abzweigung verpasst hatte, ein ruheloser Mann, der sich der

Betrachtung von Unwägbarkeiten zugewandt hatte, um seinem eigentlichen Dilemma zu entrinnen.

»Hattest du Angst in der Nacht, als man auf dich geschossen hat?«, fragte er, als sei die Frage eine logische Folge aus seinem Vortrag über das Böse.

»Ich war viel zu wütend, um Angst zu haben. Es hat mir nicht gefallen, so abrupt aus dem Schlaf gerissen zu werden.«

»Du bist ziemlich isoliert da oben in dem Cottage. Warum kommst du nicht runter und wohnst bei mir? Du kannst dir eines der drei Gästezimmer aussuchen. Du würdest direkt über der Schankstube wohnen, ein unschätzbarer Vorteil für einen Mann, der gerne trinkt.«

»Das ist wirklich sehr nett von dir, aber ich glaube, fürs erste bleib ich, wo ich bin.«

»War nur so ein Gedanke«, sagte Roarty und kraulte Grouse hinter den Ohren.

Der Hagelschauer hatte aufgehört. Wortlos gingen sie den Hügel hinab, und Potter überlegte, ob Roarty die Schnepfenjagd weniger der Beute als des Gespräches wegen arrangiert hatte.

NEUNZEHN

Sonntag, 19. Dezember
Der große »Lappentaucher« auf dem Lough of Silver stellte sich als Gänsesäger heraus, eine seltene Erscheinung in dieser Gegend. Flog mit einem Quaken in Richtung Lough of Gold und ließ mich mit einer Teichralle zurück, die eine weiße Unterseite aufleuchten ließ. Roartys schwarzen Wasservogel habe ich nicht entdecken können. Eine Manifestation des Bösen, die nur für ihn sichtbar ist?

Potter legte sein Tagebuch beiseite und häufte mehr Torf auf das Feuer. Es war noch kälter geworden. Eine feuchte, schleichende Kälte, die durch die Kleidung drang, und nur der Whisky verhinderte, dass einem das Mark in den Knochen gefror. Hier waren die Tage deutlich kürzer als in London, obwohl Donegal nur drei Grad weiter nördlich lag. Am schlimmsten war es morgens, wenn er mit eingeschalteten Scheinwerfern zur Arbeit fuhr und ihm der hochgeschlagene Mantelkragen die Kälte in den Hinterkopf rieb, während seine Füße in den klammen Gummistiefeln zu erfrieren drohten.

An diesem Morgen war er ganz verwirrt aufgewacht. Es war so dunkel, dass er zuerst dachte, der Wecker habe zu früh geklingelt. Als er durch die Vorhänge blinzelte, stellte er fest, dass sich ein dichter Nebel aufs Tal gesenkt hatte und den Tagesanbruch hinauszögerte. Der Himmel schien die Hügelspitzen verschluckt zu haben, und aus einem schweren Grauschleier ragten die Cottages an der Küste schemenhaft wie Gespenster. Er ging zur Frühmesse, wo er

Nora Hession antraf, die ihm versprach, am Abend bei ihm vorbeizukommen. Er musste den ganzen Vormittag über an sie denken. Den Nachmittag verbrachte er an den Seen und beobachtete durch seinen Feldstecher Wasservögel. Mit allem, was er tat, war er unzufrieden. Er konnte der Hölle, die er selbst war, einfach nicht entrinnen.

Es musste doch einen Ausweg aus diesem Labyrinth eingebildeter Hindernisse geben, dachte er. Hätten sie doch nur einen Faden, dem zu folgen sie sich einigen konnten! Wir alle schaffen uns unsere eigenen Schwierigkeiten, und um alles nur noch zu verschlimmern, stellen uns andere Menschen vor noch ausgeklügeltere Schwierigkeiten. Jeder meint es gut; jeder handelt in gutem Glauben; doch das Resultat ist ein Durcheinander, das niemand sich gewünscht hat. Selbst wenn er sie dazu überreden könnte, mit ihm fortzugehen, würde sie nur dahinwelken und ihre Anmut einbüßen und die Ruhe und das Wohlbefinden, das sie so gut auf andere zu übertragen verstand. Das Leben, so schien es, war voller Möglichkeiten, die sich am Ende doch nicht nutzen ließen; Brücken zeichneten sich ab, führten jedoch nirgendwohin. Er schenkte sich einen Whisky ein und fragte sich, ob es überhaupt Sinn hatte, ihn zu trinken. Gedankenverloren wendete er die frischgewaschenen Bettlaken um, die zum Trocknen auf zwei Stuhllehnen vor dem Feuer hingen.

Es war eine verheerende Woche gewesen; angefangen hatte es mit Gimp Gillespies sensationslüsternem Artikel in einer der Dubliner Sonntagszeitungen. Unter dem sperrigen Titel »Ausbeutung, Reformation und versuchter Mord in Donegal« erzählte Gimp die Geschichte eines englischen Ingenieurs, der als Vertreter einer ausländischen Firma, die versucht habe, das wertvollste Barytvorkommen des Landes in die Hände zu bekommen, beinahe in seinem Bett ermordet worden wäre. Zunächst habe der Ingenieur, ein gewisser Kenneth Potter, einen wohlmeinenden, wenn auch etwas naiven Eindruck gemacht. Allem Anschein nach sei er in der Absicht nach Donegal gekommen, die Menschen zum Lollardismus zu bekehren, den Gimp für seiner Leser als vorlutherischen Protestantismus bezeichnete. Um sein Programm durchzuziehen, habe er eine Anti-Kalkstein-Gesellschaft gegründet und viele der unschuldigen Ortsansässigen zu seinen Überzeugungen bekehrt. Entlarvt habe ihn erst der wachsame Gemeindepfarrer, der im Lollardismus und in der Anti-Kalkstein-Gesellschaft einen Vorwand für betrügerische Ausbeutung erkannt habe.

Potter konnte kaum glauben, dass er einen Artikel über sich selbst las. Er hatte Gimp Gillespie für einen Freund gehalten, für einen amüsanten Schreiberling, der seine literarische Erfüllung in harmlosen Notizen über Rekordkartoffelernten, reißende Füchse und saisonale Makrelenschwärme vor der Küste fand. Gillespie hatte seine Gastfreundschaft genossen, seinen Glenmorangie getrunken und seine sorgfältig auf den eigenen Schnabel gespießten gebratenen Schnepfen verzehrt – wie konnte er jetzt derart verleumderischen Unsinn zu Papier bringen? Am folgenden Morgen traf ein Telegramm der Zentrale ein, das ihn nach Dublin zurückbeorderte und ihn, zumindest vorübergehend, von Gillespie ablenkte. Sobald er den Gesichtsausdruck seines amerikanischen Chefs sah, wusste er, dass Gillespie noch mehr Schaden angerichtet hatte, als er sich vorgestellt hatte.

»Ich kann alles erklären«, hatte er Ben Shockley versichert, einem schwergewichtigen Mann mit beeindruckendem Bürstenhaarschnitt, der nicht dazu beitrug, die Größe seines Schädels zu schmälern. »Das alles ist der Phantasie eines Provinzjournalisten entsprungen, der keine Achtung vor der Wahrheit hat.«

»Haben Sie eine Anti-Kalkstein-Gesellschaft gegründet, ja oder nein?«, fragte Shockley mit transatlantischer Direktheit.

»Ja, aber –«

»Und haben Sie gesagt, Sie würden den Lollardismus nach Donegal bringen?«

»Das war ein Scherz.«

»Sie haben den Verstand verloren, Potter, und ich scherze nicht. Ich bin überrascht, dass man Sie nicht erschossen hat – und fertig.«

»Das Ganze ist verdreht und unverhältnismäßig übertrieben worden –«

»Sehen Sie nicht, dass Sie die Geschäftstätigkeit dieser Firma in Irland um wenigstens zehn Jahre zurückgeworfen haben? Sie haben den Namen Pluto in den Dreck gezogen. Wir bewegen uns hier auf politisch prekärem Terrain. Wie leicht wird einem Ausbeutung vorgeworfen, wie schnell sind geifernde Politiker bereit, sich aufs hohe Ross zu schwingen! Meine Unternehmensphilosophie lautet: Zurückhaltung üben und in Ruhe den Profit maximieren. Ich will keinen Ärger. Ich will keine Publicity. Und was tun Sie? Sie fahren in Knickerbockern und mit Kaliber 12 Patronen nach Donegal, um den Einheimischen den Lollardismus zu predigen. Sie sind ein gefährlicher Einfaltspinsel, Potter. Für den Außendienst sind Sie nicht geeignet. Ich rufe Sie in die Zentrale zurück, zu einem Schreibtischjob, denn zu etwas anderem taugen Sie nicht.«

»Sie können mich mal«, sagte Potter.

»Nehmen Sie das zurück«, sagte Shockley.

»Ihre Zurückhaltung und Ihre Profitmaximierung können Sie sich sonst wohin stecken. Ich merke durchaus, wenn ich unerwünscht bin. Ich fahre zurück nach Donegal, um meine Sachen zu holen.«

»Je schneller, desto besser«, sagte Shockley. »Sie sind nicht verpflichtet, die einmonatige Kündigungsfrist einzuhalten.«

Beim Hinausgehen erfuhr er von Shockleys Sekretärin, dass alle Operationen in Donegal vorläufig eingestellt und auch die anderen Ingenieure im Norden der Grafschaft zurückbeordert worden waren. Es war ihm gleichgültig. Er war nicht länger verpflichtet, irgendeinen Menschen zufriedenzustellen, ausgenommen sich selbst und Nora. Er würde als freier Mann nach Glenkeel zurückfahren, zumindest als freierer Mann.

Nora kam um sechs zum Abendessen und machte sich daran, über dem Torffeuer einen Hasenschmortopf zu kochen. Die Voraussetzungen waren denkbar ungünstig. Es war ein alter Hase, nicht lange genug abgehangen, und Potter hatte nicht alle notwendigen Zutaten im Haus. Während Nora sich mit dem Gemüse befasste, häutete und zerlegte er den Hasen für sie. Er trank einen Whisky mit Wasser, sie ein Glas Wein. Während das Fleisch schmorte, lagen sie hinter dem Vorhang auf dem Bettzeug, und er streichelte sie und sagte ihr, wie sehr er sie liebe. Sie wirkte recht munter. Jedenfalls wirkte sie nicht beunruhigt oder unglücklich. Mitunter hatte es den Anschein, als habe sich zwischen ihnen nichts geändert, doch vor sich selbst konnte er das Unbehagen, das ihn quälte, nicht verheimlichen. Sie schliefen nicht miteinander, irgendwie schien es fehl am Platz. Nicht, weil einer von ihnen etwas gesagt hätte, nein, es war, als liege etwas zwischen ihnen im Bett, das sie bedrängte. Das alles war ganz sonderbar, so sonderbar, dass er sich immer wieder fragte, ob er es sich nur einbildete.

»Ich wollte es dir schon lange sagen, Ken. Ich bin schwanger.«

»Bist du sicher?«

»Ja, im zweiten Monat.«

»Das ist die beste Neuigkeit, die ich je gehört habe.« Er küsste sie, griff nach ihrer Hand und führte sie an seine Wange. »Das ist das Beste, was uns passieren konnte. Jetzt musst du mit mir nach London kommen.«

»Ich kann nicht«, sagte sie. »Mein Leben ist hier, bei den Menschen, die ich kenne. Warum bleibst du nicht hier bei mir? Dann könnten wir beide glücklich sein.«

»Wovon sollen wir leben? Ich müsste Hummerfischer werden wie Rory Rua.«

»Du könntest eine Stelle als Straßeninspektor oder dergleichen finden.«

»Man würde mir einen Hungerlohn zahlen. Ich liebe dich, Nora. Ich möchte dir ein gutes Leben bieten. Hier geht das nicht.«

»Ich hab dir doch gesagt, dass ich Städte nicht mag. Ich mag das Land und die salzige Meeresluft.«

»Was wird hier aus dir werden? Wovon willst du leben? Und was wird der Kanonikus sagen?«

»Er wird sagen: ›Den Seinen gibt's der Herr im Schlaf‹.«

»Du hast ein rührendes Vertrauen in den irischen Klerus.«

»Ich hab's ihm schon gesagt.«

»Du hast es ihm gesagt, bevor du's mir gesagt hast?«

»Ich konnte nicht anders. Er hat gehört, wie ich mich heute Morgen im Badezimmer übergeben habe.«

»Und was hat er gesagt?«

»Er hat mir die Hand auf die Schulter gelegt und gesagt, dass ich sofort die Beichte ablegen und um Absolution bitten muss, dann werde schon alles in Ordnung kommen. Er hat seine Stola geholt und mir im Wohnzimmer vor dem kalten Kamin die Beichte abgenommen.«

»Und ich nehme an, du hast dich hingekniet?«

»Ja.«

»Und du hast ihm von uns erzählt?«

»Ich musste ihm alles sagen. Hätte ich es nicht getan, hätte ich keine Vergebung erlangt. Am Ende fühlte ich mich ganz schwach. Er hat mir auf die Beine geholfen, und die Kraft seiner Hand schoss wie ein Stromschlag durch meinen Körper.«

»Hat er während dieser Kraftübertragung etwas gesagt?«

»Er hat meine Hand genommen und gesagt, ich solle mir keine Sorgen machen, meine Sünde sei vergeben, so wie Maria Magdalenas vergeben worden sei. Er sagte, sie sei der erste Mensch gewesen, dem Christus nach seiner Auferstehung erschien. Plötzlich habe ich meine Kraft wiedererlangt.«

»Was für eine Frechheit. Ich hätte große Lust, zum Pfarrhaus zu gehen und ihm eine reinzuhauen.«

»Was ist denn in dich gefahren, Ken?«

»Du hast also nichts dagegen, mit Maria Magdalena verglichen zu werden? Herrgott noch mal, das war eine Prostituierte.«

»Du begreifst nicht, Ken. Der Kanonikus ist ein sehr frommer Mann. Er wird dafür sorgen, dass mir nichts geschieht.«

»Du bist auf den Kanonikus nicht angewiesen. Ich werde dafür sorgen, dass du alles hast, was du brauchst. Das Kind, das du in dir trägst, ist unser Kind. Wir haben es gemeinsam gezeugt. Es gehört uns beiden. Und ich bin stolz darauf, was wir geleistet haben. Ich werde für dich und das Kind sorgen. Du wirst nicht auf Almosen angewiesen sein.«

»Dann bleib hier. Wir brauchen keine Reichtümer. Wie es so schön in dem Song heißt: ›*All you need is love*‹.«

Es war hoffnungslos. Sie bewegten sich im Kreis. Dennoch unternahm er einen letzten Versuch. »Ich liebe dich, Nora. Ich empfinde für dich etwas, was ich noch für keine andere Frau empfunden habe. Ich bin entschlossen, meinen kleinen Sohn oder meine kleine Tochter heranwachsen zu sehen. Ich verspreche dir, ich werde in Kontakt bleiben. Ich werde zurückkommen.«

»Was ich jetzt brauche, ist Ruhe. In Ruhe gelassen zu werden. Meine Schwester Maggie ist Krankenschwester. Ich bin in guten Händen.«

»Was ist dir wichtiger, unsere Gefühle füreinander oder das Kind?«

»Das ist eine Frage, die ich nicht beantworten möchte.«

»Also das Kind?«

»Nun, immerhin ist sie mein Kind auf eine Weise, wie sie niemals deins sein kann. Ich trage sie in mir. Bald werde ich ihre ersten Tritte spüren, sagt Maggie.«

»Oder seine ersten Tritte!«

»Seine oder ihre, jedenfalls bin ich es, der sie spüren wird. Ich schaue lieber mal nach dem Topf. Ich glaube, ich kann gegartes Fleisch riechen.«

Sie sprachen nicht weiter über ihr Dilemma. Beim Abendessen erzählte sie ihm vom Dorfgeschwätz, wer was über wen sagte. Sie war so lebhaft wie immer. Er lächelte über ihre Scherze und bemühte sich, seinen Schmerz über die Zurückweisung und seine emotionale Zerrissenheit zu verbergen.

»Es ist eine sternenklare Nacht. Ich gehe mit dir zurück«, sagte er mit dem Hintergedanken, dass ein Spaziergang zumindest länger dauern würde als eine Autofahrt. Vielleicht würde sie unterwegs zwischen zwei Sätzen innehalten und auf die flatternden Bewegungen eines schlafendes Vogels in einer Hecke lauschen oder sagen: »Bleib noch eine Woche, Ken. Das gibt uns mehr Zeit. Wer weiß, vielleicht finden wir ja doch noch einen Ausweg.«

»Ich bin müde nach all der Aufregung«, antwortete sie. »Vielleicht solltest du mich lieber zurückfahren.«

Vom Tor des Pfarrhauses aus sah er der sich langsam entfernenden Gestalt nach, wie sie die Auffahrt zu der schweren Tür hinaufging, die sie verschluckte und sich mit einem dumpfen Geräusch hinter ihr schloss. Er stand da und kam sich töricht vor. Er blickte zu dem hohen Haus auf und dachte, dass sie aus seinem Leben verschwunden war, ins Dunkel des Ungewissen.

Er empfand Ärger und Verwirrung. Wäre der Kanonikus tatsächlich ein frommer Mann gewesen, hätte ihn das Ganze nicht so aufgewühlt. Doch der Kanonikus war eitel, oberflächlich und anmaßend, ein Wichtigtuer, der sich unablässig in das Leben anderer Menschen einmischte. Da er weder ein objektiver Beobachter noch ein neutraler Ratgeber war, hatte er kein Recht, sich einzumischen. Hinter der Fassade des Priesters war auch er nur ein Mann mit denselben Eitelkeiten und Trieben, die alle Männer wahnsinnig machen. Wie konnte Nora, eine intelligente Frau, nur so naiv sein? Wenn sie unbedingt zur Beichte gehen wollte, hätte er sie nach Garron oder sogar nach Donegal Town gefahren, wo sie einem Wildfremden beichten konnte, den sie nie wieder zu Gesicht bekommen würde. Einem selbstverliebten Pfau wie dem Kanonikus zu beichten räumte diesem einen Platz in ihrem Leben ein, den selbst er, Potter, nicht innehatte und den er niemals anstreben würde. Das war das Einzige, was eine unbeschwerte Beziehung zwischen einem Mann und einer Frau überhaupt möglich machte: dass keiner von beiden die wahren Gedanken des anderen kannte.

Zu seiner eigenen Überraschung fand er sich im Cottage wieder. Die Freudlosigkeit der Küche war so unerträglich, dass er nicht einmal seinen Mantel auszog. Die Situation erforderte eine Strategie der Verzweiflung, jene Art Strategie, die alle Voraussagen und Erwartungen über den Haufen wirft. Mit einem ausgeprägten Gefühl persönlichen Versagens fuhr er schnurstracks zu Roarty's, denn es verlangte ihn nach den harmlosen Täuschungsmanövern männlicher Kameradschaft.

ZWANZIG

Gillespie hatte ihn in der erklärten Hoffnung zum Abendessen eingeladen, er möge das Tal seiner vorzüglichen Küche wegen in Erinnerung behalten. Da Potter den örtlichen Klatsch über Gillespies heroische Essgewohnheiten kannte, stellte er sich darauf ein und nahm nur ein leichtes Mittagessen zu sich. Er rechnete nicht damit, dass Gillespie eine Flasche seines besten Weins entstauben würde, und so wickelte er eine Flasche seines eigenen bescheidenen Bordeaux in eine Zeitung und legte sie auf den Beifahrersitz seines Wagens. Nachträglich fiel ihm ein, dass sein Gastgeber sich wohl kaum die Mühe machen würde, einen Glenmorangie zu besorgen, und er hielt es für eine gute Idee, unterwegs auf einen Aperitif bei Roarty's haltzumachen.

Zu seiner Überraschung traf er am Tresen Gillespie an, der in ein Gespräch mit Crubog und Cor Mogaill vertieft war.

»Ich hoffe, ich habe nicht den falschen Abend erwischt«, antwortete er auf Gillespies Gruß.

»Hier gibt's keine falschen Abende«, erklärte Gillespie.

»Und wer kocht das Abendessen?«

»Das Abendessen ist im Ofen. Entspann dich und lass dich von deinem Gastgeber zu einem Willkommenstrunk einladen.«

Crubog lachte, und Cor Mogaill zwinkerte Potter zu. »Ich hoffe, du hast deinen längsten Löffel dabei«, sagte er.

»Gimp ist bekannt für seinen Mangel an Besteck.«

Das alles war gut gelaunter Ulk, und Gillespie schien es nichts weiter auszumachen. Nach ein oder zwei Runden traten Potter und Gillespie den Rückzug an und gingen, in einen schneidenden Wind gelehnt, die Straße hinauf. Gillespies Küche war sauber, aber unaufgeräumt; auf dem Tisch lag ein Bündel Zwiebeln, auf dem Fußboden stand ein Kasten Guinness, auf der Arbeitsplatte neben einem großen Kohlkopf eine Flasche irischer Whiskey, in der Spüle lagen Karotten, überall standen Töpfe und Pfannen herum.

»Für eine Tischgesellschaft sind zwei Personen wirklich das Minimum«, sagte Gillespie.

»Die Regel, der wir in London folgen, lautet: nicht weniger als die Grazien und nicht mehr als die Musen.«

»Und wie viele wären das?«

»Nicht weniger als drei, nicht mehr als neun.«

»Na, wenn klassische Bildung nicht etwas Großartiges ist!«, rief Gillespie, schälte sich aus seinem Pullover und krempelte die Ärmel auf. Er reichte Potter ein Glas und die Flasche Jameson und bat ihn, sich einzuschenken. Er selbst öffnete eine Flasche Stout und sah zu, wie der vieläugige Schaum beim Eingießen an der Seite des schräg geneigten Glases aufstieg.

»Du schrubbst die Kartoffeln, und ich hacke die Zwiebeln fein. Für Frühlingszwiebeln ist es leider die falsche Jahreszeit. Wir kochen die Kartoffeln mit der Pelle und in Meerwasser, um ihnen das gewünschte *je ne sais quoi* zu geben. Und übertreib's nicht mit dem Säubern; die Erde, in der sie gewachsen sind, macht einen Teil ihres Geschmacks aus.«

»Servierst du sie in der Schale, mit der Erde und allem Drum und Dran?« Potter blickte besorgt drein.

»Nein, ich mache *brúitín*. Manche Leute nennen es auch Champ oder Colcannon.«

»Und was ist das ... Bruuutiiin?«

»Stampfkartoffeln mit Zwiebeln oder Frühlingszwiebeln, Butter und einem kleinen Schuss Milch.«

»Ich glaube, ich kann Bratenduft riechen. Was für Fleisch ist es denn?«

»Wir essen geschmorte Crubeens, eine Spezialität des Hauses, die nur hochgeschätzten Gästen vorbehalten ist.«

»Was sind Crubeens?«

»Schweinshaxen, für Zartbesaitete: Schweinepfötchen, von Auserwählten als Delikatesse angesehen. Vom Metzger lasse ich mir immer die Hinterfüße geben, da ist mehr Fleisch dran.«

Potter fühlte sich nicht wohl in seiner Haut. Für Schweinefleisch hatte er sich noch nie begeistern können. Den wöchentlichen Schweinebraten in der Schule hatte er verabscheut, doch nicht einmal in der Schule hatte man ihm Schweinefüße vorgesetzt. Als Nächstes trug Gillespie ihm auf, ein paar Karotten zu schälen und kleinzuschneiden, während Gillespie selbst den Kohlkopf in der Mitte teilte und sich daran machte, ihn mit einem angsteinflößenden Küchenmesser zu zerkleinern.

»Ich hoffe, du gehörst zur Kohlfraktion«, sagte er. »Wenn ja, bereite ich den ganzen Kopf zu.«

»Eigentlich eher nicht, aber hab früher schon öfter Kohl gegessen. Meine Mutter hat immer gesagt, Kohl ist gut für den Charakter.«

»Da hat deine Mutter recht gehabt, Potter. Ich koche den Kohl erst, dann schwenke ich ihn leicht im Fett der Crubeens. Hat deine Mutter das auch so gemacht?«

»Nein, sie gehörte nicht zur Crubeen-Fraktion.« Er blickte zu Gillespie hinüber, um herauszufinden, ob er ihn auf den Arm nahm, doch sein Gastgeber war in grimmigem Ernst mit Gemüseschneiden beschäftigt.

Als schließlich alles auf dem Herd stand, ruhten sie sich von ihren Mühen aus und genossen, einen »wohlverdienten Aperitif«, wie Gillespie es nannte. Sie saßen an dem blanken

Kiefernholztisch, lauschten auf das Blubbern und Zischen der Kartoffeln in dem großen Kochtopf und erörterten Cor Mogaills kampflustigen Debattierstil, allerdings ohne selbst in ihn zu verfallen.

»Tut mir leid, dich zu verlieren, Potter«, sagte Gillespie schließlich. »Ich vermute, du wirst Nora mitnehmen.«

»Das würde ich gerne, aber sie weigert sich rundheraus mitzukommen. Anscheinend war sie schon einmal in London. Um nichts in der Welt wird sie dorthin zurückkehren.«

»Es ist nicht London, es ist der Kanonikus«, sagte Gillespie entschieden.

»Der Kanonikus hat damit nichts zu schaffen. Sie mag keine Großstädte. Sie sagt, nicht einmal in Dublin würde sie leben wollen. Für Nora ist es entweder ›die salzige Meeresluft‹ oder gar nichts.«

»Du kennst ihre Geschichte nicht, Potter. Sie ist in den Kanonikus verliebt. Das weiß jeder. Wir alle waren erstaunt, dass du's geschafft hast, sie volle vier Monate von ihm abzulenken.«

»Mach dich nicht lächerlich. Nora und ich, wir lieben uns. Für mich gibt es kein anderes Mädchen. Ich habe ihr zwei Heiratsanträge gemacht, aber sie ist nicht so selbstsicher wie andere Mädchen. Ich werde in Kontakt bleiben. Sie braucht Zeit, um herauszufinden, wie es um ihr Herz steht.«

»Du musst den Tatsachen ins Auge sehen, Potter. Wenn sie dich liebte, würde sie dich heiraten. Das sage ich dir als Freund.«

»Das Kind, das sie in sich trägt, hat sich zwischen uns gedrängt. Langer Rede kurzer Sinn – es nimmt sie ganz in Beschlag.« Er bereute, es gesagt zu haben. Gillespie war eine Plaudertasche. Kein Mann, der den Mund halten konnte.

»Sie ist also schwanger?«

»Vielleicht. Ich hätt's dir nicht sagen sollen. Behalt's einstweilen für dich.«

»Tut mir leid, Potter. Du musst ganz krank vor Sorge sein.«

»Wenn sie mit mir nach London gehen würde, wäre alles in Ordnung. Was soll hier aus ihr werden? Im Pfarrhaus kann sie nicht bleiben. Und ihre alte Stelle als Lehrerin wird man ihr auch nicht wiedergeben, da bin ich mir sicher. Stell dir den Skandal vor.«

»Du brauchst dir keine Sorgen zu machen. Ihr wird schon nichts zustoßen. Hier gibt es eine lange Tradition, sich umeinander zu kümmern. Vielleicht ist es das Beste, was ihr je passieren konnte. Sie kann zu mir kommen und bei mir wohnen. Ich würde ihr jederzeit einen Platz in meinem Leben einräumen.«

»Ich liebe Nora. Ich mache mir Sorgen, weil ich weiß, dass keiner von euch Manns genug wäre, dem Kanonikus die Stirn zu bieten, sollte er sich gegen sie wenden. Es würde genauso ausgehen wie die Geschichte mit der feigen Anti-Kalkstein-Gesellschaft.«

»Du vergisst, dass auch ich in sie verliebt bin, und ich habe die Hoffnung noch nicht aufgegeben. Ich verdiene genug, dass wir beide gut leben können, und ich habe zwei leere Schlafzimmer. Wir könnten in diesem Haus residieren wie der König und die Königin von Saba.«

»Das Gemüse müsste jetzt gar sein.« Potter suchte nach einem höflichen Weg, um den peinlichen Meinungsaustausch zu beenden.

Gillespie schüttete die Kartoffeln ab und bat Potter, sie zu pellen. Es waren herrliche Kartoffeln, von gleicher Größe, mit glatter Schale und so mehlig, dass Potter es schade fand, sie zu zerdrücken. Genau das aber tat Gillespie mit einem großen hölzernen Kartoffelstampfer, einem »Stößel«, der angeblich aus prähistorischen Zeiten stammte und den er von einer Zigeunerin bekommen haben wollte. Während er die Kartoffeln zerdrückte, gab er etwas heiße Milch, Butter und feingewürfelte Zwiebeln hinzu und stampfte immer weiter, bis die Mischung eine glatte Paste war. Als Nächstes ließ er das Fett von den gebratenen Crubeens abtropfen und schmorte einen ganzen Berg des gekochten Kohls darin, um ein »Zusammenwirken der Aromen« zu erzielen.

Gillespie mochte kein großer Koch sein, sagte Potter sich, aber in der Küche erwies er sich als äußerst effizient. Wie vorauszusehen war, musste er die Karotten nur betrachten, um sie für auf den Punkt gar zu erklären. Er war der Typ Mann, der keine Mahlzeit zubereitete, mit der er nicht zufrieden war – ein Talent, das nicht jedem Junggesellen vergönnt ist. Potter konnte zwar ein Kotelett oder Steak grillen, Eier kochen, braten und pochieren, doch ein Rührei bekam er nie so hin wie seine Mutter. Das war eins der vielen Dinge, die er von ihr hätte lernen sollen, aber nicht gelernt hatte. Allein aus diesem Grund hielt er die Gegenwart einer patenten Frau im Leben eines Mannes für eine Frage der Notwendigkeit. Nora war eine solche Frau. Ihre mannigfachen Gaben würden einem Do-it-yourself-Fanatiker wie Gillespie gar nicht auffallen. Gillespie war absolut selbstständig und daher absolut selbstzufrieden. Was Nora brauchte, war ein Mann wie er, der sich ohne sie nicht vollständig fühlen würde.

Endlich stand alles auf dem Tisch. Potter schenkte den Bordeaux ein, Gillespie hob den Deckel eines bronzenen Schmortopfes von beachtlicher Größe und gab den Blick auf acht Schweinefüße frei, die jeweils mit dem oberen und dem unteren Ende nebeneinander auf dem Grund des Topfes lagen. Potter verging auf der Stelle der Appetit.

Noch nie in seinem Leben hatte er so viele abgehackte Füße auf einem Haufen gesehen oder sich auch nur vorstellen können, jeder davon mit vier scharfen Zehen, zwei großen und zwei kleinen. Was aber seinem Appetit letztendlich den Gnadenstoß versetzte, war der Gedanke an die Bauernhöfe, auf denen sie bis zu den Knöcheln – oder sagte man Fesselgelenken? – in Gülle herumgewatet waren.

Gillespie legte zwei der größten Crubeens auf Potters Teller, suchte sich dann selbst einen aus und begann, ihn mit der Hand zu essen. Vorsichtig untersuchte Potter einen der Crubeens vor ihm und bemerkte die rauen Ballen unter den großen Zehen und die lose, blutleere Haut, die von feinen Borsten bedeckt war. Mit dem Zeigefinger strich er über die Borsten, die fast unsichtbar, aber doch deutlich vorhanden waren. Nicht einmal in der Schule hatte man ihm ein so befremdliches kulinarisches Erlebnis zugemutet.

»Sie sind köstlich«, sagte Gillespie. »Man kann sie sehr schön auslutschen. Ich schlage vor, wir ignorieren die Anweisung des Talmud: Beim Essen soll man ein Drittel des Magens mit Speisen füllen, ein Drittel mit Getränken und den Rest leer lassen.«

»Ich würde lieber der Praxis der alten Griechen folgen, wenn ich mich nur an sie erinnern könnte. Kannst du's?«

»Tut mir leid, aber da kann ich dir auch nicht weiterhelfen. Die alten Klassiker waren nie mein Revier.«

Potter tat so, als spräche er dem Essen zu, aber mit dem Herzen war er nicht dabei. Zwar schmeckte der gebratene Kohl ganz passabel, jedenfalls annehmbarer als gekochter Kohl, doch die Vorstellung, dass er im Fett der Schweinefüße geschwenkt worden war, lief dem Urteil seiner Geschmacksnerven zuwider. Mit dem Bruuutiiin jedoch war er zufrieden. Er war schmackhafter als jeder Kartoffelbrei, den er je gegessen hatte, nur ergab Kartoffelbrei allein noch keine Mahlzeit. Wie Dr. Johnson einmal gesagt hatte: »Dies war sicherlich ein gutes Abendessen; aber es war kein Abendessen, zu dem man einen Mann einladen konnte.« Während Potter zusah, wie Gillespie sich durch den Haufen Schweinefüße und Gemüse auf seinem Teller vorarbeitete, versuchte er, sich an die Moral von Äsops Fabel von dem Storch zu erinnern, der von einem Fuchs zu Gast gebeten worden war. Inzwischen konnte er die missliche Lage des Storches voll und ganz verstehen. Dessen angemessene Antwort hatte darin bestanden, den Fuchs zu einem ähnlich unmöglichen Essen zu bitten. Aus seiner Schulzeit und von gelegentlichen Auslandsreisen kannte er selbst einige solcher Abendessen. Wenn sich seine Zeit im Tal nicht dem Ende zuneigte, würde er seinem Gastgeber Gleiches mit Gleichem vergelten.

Als Gillespie den letzten Crubeen verschlungen hatte, räumte er das Geschirr ab und tischte Kräcker, Käse und Weintrauben auf. Als er die Getränke zum Tisch brachte, schwankte er und hätte beinahe das Gleichgewicht verloren. Er fing sich und stellte Potter, der bemerkte, dass sein Gastgeber ziemlich betrunken war, die Flasche Jameson und ein sauberes Glas hin. Beim Verlassen des Pubs war Gillespie noch nüchtern gewesen. Der Bordeaux, den er als sehr genießbar bezeichnet hatte, hatte ihn erledigt. Gillespie kehrte mit vier Flaschen Guinness für sich selbst zurück und stellte sie in Griffnähe auf den Tisch.

»Jetzt, wo die Formalitäten beendet sind, können wir mit dem eigentlichen Geschäft des Abends beginnen«, sagte er. »Trinken und reden.«

In der kleinen Küche war es ziemlich warm geworden. Potter lockerte seine Krawatte und knöpfte den obersten Hemdknopf auf. Gillespie schenkte sich ein Guinness ein und machte sich über die Weintrauben und den Käse her.

»Leidest du jemals unter Zweifeln, Potter?«, fragte er, den Mund voller Trauben.

»Religiösen Zweifeln?«

»Nein, einfach nur unter Zweifeln. Es gibt zwei Sorten von Menschen: Menschen, die unter Zweifeln leiden, und Menschen, die unter Gewissheiten leiden.«

»Ich persönlich würde mich eher für das Vergnügen der Gewissheit entscheiden, als in der Folterkammer des Zweifels zu leben.«

»Menschen, die unter Gewissheit leiden, sind langweilig. Könnte irgendjemand selbstgewisser und langweiliger sein als Rory Rua?«

»Ich finde Rory Rua sehr einnehmend«, sagte Potter und begann sich zu fragen, wohin das Gespräch mit Gillespie wohl führen mochte.

»Ich glaube, du bist selbst ein Zweifler, Potter. Deshalb hat man dich so gerne um sich. Du verfügst über einen Verstand, der stets hinter das Offensichtliche schaut. Das weiß ich, weil ich über genau denselben Verstand verfüge. Er lässt dich nicht eine Minute in Ruhe. Aber es bedeutet auch, dass du allen immer eine Nasenlänge voraus bist. Du siehst alles voraus, wenn auch nur als entfernte Möglichkeit. Ich sehe den Zweifel als ein Geschenk des Himmels. Wir sollten dankbar sein für all die Einsichten, die er uns beschert.«

Potter hatte nicht die geringste Ahnung, worauf Gillespie hinauswollte. Dieser hatte eine leidenschaftlich ernste Miene aufgesetzt, als sei er drauf und dran, in eine seiner melancholischen Stimmungen zu verfallen. Kelten waren nun einmal so, in der einen Minute grübelten sie über die Dunkelheit der Winternächte und in der nächsten über die Herrlichkeit eines Sommertages. Offenkundig hatte Gillespie das Gefühl, dass jedermann so dachte und fühlte wie er selbst.

»Zum Beispiel, bist du dir bei Nora wirklich sicher?«,

fragte er. Das war eine seltsame Frage, und sie traf Potter aus heiterem Himmel. Fragend blickte er in Gillespies verschlossene Miene, und Gillespie erwiderte seinen prüfenden Blick.

»Ich bin mir nicht sicher, ob ich verstehe, worauf du hinauswillst, Gillespie.«

»Bist du sicher, dass du der Vater des Kindes bist?«

»Du willst doch wohl nicht andeuten, dass du es bist?«, sagte Potter lachend, aber doch mit leichtem Unbehagen.

»Leider nicht. Aber versteh mich nicht falsch. Ich will dich nur auf gewisse Möglichkeiten aufmerksam machen. So wie ich die Sache sehe, ist das Leben ein Fluss, und wir alle rudern gegen die Strömung. An dem einen Ufer befinden sich die Wahrscheinlichkeiten, am anderen die Möglichkeiten. Es liegt an uns Ruderern, an welches Ufer wir uns halten. Die Abenteuerlustigen verfolgen die Möglichkeiten, Menschen, die auf Nummer sicher gehen, die Wahrscheinlichkeiten.«

»Gillespie, das ist tief, zu tief für mich.«

»Welcher Engländer hat gesagt: ›Bevormunde niemals, erkläre dich niemals.‹?«

»Ich glaube, das Sprichwort lautet: ›Entschuldige dich niemals, erkläre dich niemals.‹ Aber um die fruchtlosen Spekulationen zu beenden und deinen misstrauischen Geist zu besänftigen, lass mich dir versichern, dass ich Nora auf eine Weise kenne, wie noch kein anderer Mann sie gekannt hat. Sie war Jungfrau, als wir uns zum ersten Mal geliebt haben. Es gibt Dinge, die sich nicht vortäuschen lassen, mein lieber Gillespie.«

»Du und ich, Potter, wir sind beide Opfer. Wir haben beide Kränkungen von der Hand des Kanonikus erlitten. Wie der Teufel schläft er nie. Vertreibe ihn an einer Front, und bevor du Zeit hast, dich umzusehen, rückt er an einer anderen heran.«

Potter war ärgerlich, aber es entsprach nicht seiner Art, es zu zeigen. Inzwischen konnte er Gillespie einschätzen. Als verschmähter Liebhaber musste er mit den Qualen der Eifersucht Bekanntschaft gemacht haben; und es gab keinen sichereren Weg, sich für eine alte Verletzung zu rächen, als Eifersucht in dem Mann zu säen, den er als seinen Rivalen betrachtete. Gillespie war nicht der fröhliche Kumpel, für den er ihn gehalten hatte.

»Gillespie, der Kanonikus ist doppelt so alt wie sie, alt genug, um ihr Vater zu sein.«

»Oder ihre Vaterfigur!«

»Ich bin ihre Vaterfigur. Ich bin zehn Jahre älter als Nora. Ich liebe sie, und sie liebt mich. Und damit basta!«

»Gesprochen wie John Bull selbst. Was ich an den Engländern so mag, ist ihre unerschütterliche Objektivität. Wir Iren sind da viel zu hitzköpfig.«

Potter fühlte sich unwohl. Jede Diskussion über die Engländer und die Iren war mit explosiven Möglichkeiten behaftet, besonders im Zustand fortgeschrittener Trunkenheit. Er griff nach dem einzigen Thema, das in Irland unter Garantie selbst die stürmischste alkoholische See zu glätten vermochte. Dichtung war etwas, auf das jeder sich verständigen konnte, da niemand sicher sein konnte, worum es darin ging.

»Ich bewundere die Iren vor allem für ihre Dichtung«, sagte er. »Mir scheint, die tiefsinnigste Frage in der gesamten Literatur wird von Captain Boyle in *Juno und der Pfau* gestellt.«

»Und welche Frage wäre das?«, fragte Gillespie.

»Was sind die Sterne?«

Beim Zitieren achtete Potter darauf, nicht den Dubliner Akzent nachzuahmen, damit sich der andere nicht beleidigt fühlte, falls er ihn nicht hinbekam. Gillespies Augen leuchteten auf. Potter hätte schwören können, dass er das Klicken der Weichen im Kopf des anderen Mannes hörte.

»Hab ich mir nicht oft genug ebendiese Frage gestellt?«, sinnierte Gillespie nostalgisch. Er war in Fahrt, und nun gab es nichts mehr, was ihn aufhalten konnte. Potter entspannte sich und schenkte sich noch einen Whiskey ein. Ihr Gespräch über Dichtung, genauer gesagt, über Gedichtfetzen, an die sie sich aus ihrer Schulzeit erinnerten, dauerte bis weit nach Mitternacht an, und im Verlauf des Gesprächs stimmten sie, was die Verdienste eines jeden Dichters und Dichterlings in der englischen und irischen Literaturgeschichte anging, völlig überein.

»Sieh mal an, wie spät es ist«, sagte Potter schließlich. »Vielen Dank für einen überaus anregenden Abend. Ich werde nie wieder Schweinshaxen essen, ohne mir das erste Mal in Erinnerung zu rufen, dass ich eine gekostet habe.«

»Was zählt, ist das erste Mal«, stammelte Gillespie. »Ich habe den Abend auch genossen. Es geht doch nichts über eine gute Unterhaltung über Literatur.« Er versuchte, sich von seinem Stuhl zu erheben, und scheiterte ehrenvoll.

»Nein, steh nicht auf. Ich finde bestimmt allein hinaus.«

»Ich glaube, ich werde *in situ* schlafen. Es gibt Momente im Leben eines jeden denkenden Mannes, in denen das Schlafzimmer keine Verlockung mehr darstellt.«

Es war fast eins, als Potter nach Hause kam. Weder war das Essen besonders appetitlich noch der Abend sonderlich bereichernd gewesen. War Gillespie ein Naivling oder einer dieser irischen Exzentriker, die keine Ahnung haben, welche Wirkung ihre Art zu reden auf andere Menschen hat? Es war nicht einfach gewesen, die richtigen Antworten zu geben. Gillespie konnte die ungeheuerlichsten Dinge vom Stapel lassen und dabei wie ein Vierjähriger grinsen. In der falschen Gesellschaft hätte er sich einen Faustschlag ins Gesicht und eine blutige Nase geholt.

Er war enttäuscht, nicht nur von Gillespie, sondern auch von sich selbst. Obwohl er eine halbe Flasche Bordeaux und eine halbe Flasche Jameson getrunken hatte, fühlte er sich noch immer stocknüchtern. Zu dieser Morgenstunde war eine so verstörende geistige Klarheit unnatürlich. Außerdem war er hungrig, reizbar und unbedingt auf leibliche Genüsse angewiesen. Er pochierte zwei Eier und verzehrte sie mit gebuttertem Toast, wonach sein Zustand sich zu bessern begann. Er hatte schon immer zur Frühstücksfraktion gehört. Es war ein ermutigender Gedanke, dass er in weniger als sechs Stunden ein weiteres Frühstück zu sich nehmen würde. Er machte sich bettfertig, auch wenn er wusste, dass er nicht würde schlafen können.

EINUNDZWANZIG

Roarty hielt ein Becherglas mit seinem Urin ins Licht der Badezimmerlampe und drehte es langsam in der Hand wie ein Gastwirt, der das erste Glas Bier von einem frisches Fass probiert. Obwohl die Flüssigkeit nicht trübe war, sah sie doch nicht wie sein Urin aus. Eher ähnelte sie einem Malt Whisky und dies aus gutem Grund, dachte er reumütig. Er bemerkte die Sedimente, die auf den Boden des Glases abgesunken waren, roch an seinem Inhalt und wünschte, es wäre etwas so Harmloses wie Hopfen oder Smegma. Dann schüttete er den größten Teil des Inhalts ins Toilettenbecken und goss den Rest in eine leere Pillenflasche, um sie dem in sexuellen Dingen so bewanderten McGarrigle zur Untersuchung zu überlassen.

Nachdem er sich vergewissert hatte, dass Susan Mooney das Licht gelöscht hatte, schlich er sich in sein Zimmer zurück. Lautlos schloss er die Tür ab und holte unten aus dem Kleiderschrank Dr. Loftus' Jagdbüchse hervor. In der vorangegangenen Nacht hatte er sie aus dem Abzugskanal geborgen und balancierte sie nun behutsam, aber genussvoll auf den Händen. Obwohl sie recht deutliche Gebrauchsspuren zeigte, musste sie einen achtsamen Besitzer gehabt haben. Nur das konnte ihren ausgezeichneten Zustand erklären, dachte er, und strich mit seinem Zeigefinger über den leicht abgenutzten Vorderschaft. Es war ein Uhr. Er musste noch eine Stunde totschlagen, gerade lang genug, um sich Schumanns Erste und Vierte Sinfonie anzuhören. Er legte die Erste Sinfonie auf den Plattenspieler, streckte sich auf dem

Bett aus und las den Artikel über »Brücken« durch, einer seiner Lieblingsartikel in der *Britannica*.

Nachdem er sich einige Formeln eingeprägt hatte, ließ er den Band auf die Tagesdecke sinken und schloss die Augen. In den letzten paar Tagen war ihm deutlicher als gewöhnlich die Flüchtigkeit der menschlichen Wahrnehmung zu Bewusstsein gekommen. Uns kommen Erkenntnisse, einen Augenblick lang bereiten sie uns Vergnügen oder auch Schmerzen, dann zerfallen sie wie ausglühende Kohle. Selbst bei einem Menschen mit gutem Gedächtnis wird die bestimmte Erfahrung eines Tages nicht exakt bis zum nächsten bewahrt, denn jene Erfahrungen, die wiederkehren, um uns zu quälen oder zu erfreuen, sind jedes Mal, wenn wir sie uns in Erinnerung rufen, einem grundlegenden Wandel unterworfen. Das Leben, sagte er sich, ist ein Palimpsest getilgter Erfahrungen. Jene Florence, die er jeden Tag heraufbeschwor, war weder das sorglose Mädchen, das er einst geliebt hatte, noch die tüchtige Geschäftsfrau, zu der sie in ihren mittleren Jahren geworden war. Die Erinnerung hatte sie in einen fürchterlichen Drachen verwandelt. Seine Erinnerungen an die Schule waren gleichermaßen lebhaft, aber stellten sie wirklich die Realität der Schule dar, oder waren sie fiktive Auswüchse seiner Phantasie, die jedes Mal, wenn er sie abrief, eine neuerliche Veränderung erfuhren?

Wenn er jetzt zurückblickte, war seine Schulzeit von einem vernichtenden Gefühl der Unwirklichkeit überschattet. Während andere Jungen davon geträumt hatten, Arzt, Anwalt oder Ingenieur zu werden, hatte er im Unterricht gesessen und sich gefragt, wohin all diese Worte führen mochten, hatte höchstens herausfinden wollen, ob sie sich auf irgendetwas anderes als aufeinander bezogen. Geschichte, etwas, was seine jugendliche Einbildungskraft hätte beleben sollen, erstarb, sobald sie an sein Ohr drang. Der Lehrer redete langatmig und verwirrend über Wallensteins Feldzüge und übertrieb die Verwicklungen des Dreißigjährigen Krieges auch noch, sodass Wallenstein für ihn ein bloßer Name blieb, statt zu einer Person zu werden, und die Fürstentümer Friedland, Sagan und Mecklenburg Orte ohne Substanz waren, die nichts wachriefen als die Übelkeit erregende Angst, mit der er die rosafarbenen Prüfungsunterlagen betrachtete. Und als der Lehrer ihnen erzählte, Wallenstein sei nach einem Bankett von schottischen Protestanten und irischen Katholiken aus seiner eigenen Armee ermordet worden, war Roarty weder überrascht noch betrübt, sondern vielmehr überwältigt von der Sinnlosigkeit eines weiteren Bildungsbrockens, der für den Rest seines Lebens wie Treibgut immer wieder an die Oberfläche seines Geistes gespült werden würde.

Im letzten Schuljahr, als die anderen Jungen sich auf die Universität vorbereiteten, hatte er keine Ahnung, was er tun wollte, denn alles geschah wie in weiter Ferne, und auf der ganzen weiten Welt gab es nichts, wonach es ihn wirklich verlangte. Er zog den vorläufigen Schluss, dass die Schlacht nicht in der Welt, sondern in seinem Inneren ausgefochten werden musste, eine Auffassung, die ihm ein zufällig gehörtes Gespräch zwischen einem Franziskaner und einem Lehrer bestätigte, der den Orden verlassen und seine Rückversetzung in den Laienstand beantragt hatte.

»Und wie findest du heute die große Welt?«, hatte der Franziskaner gefragt.

»Versuchst du herauszufinden, ob du recht daran getan hast, ihr den Rücken zu kehren?«, sagte der Lehrer lächelnd.

»Es ist eine armselige Welt, wie ich nur allzu gut weiß«, sagte der Franziskaner. »Man kann sie von einem Ende zum anderen durchqueren und wird doch mit leeren Händen zurückkehren.«

Dieser kurze Wortwechsel hatte Roarty nachhaltig beeindruckt. Als ein Spiritaner in die Schule kam, um für seine Missionsgesellschaft zu werben, verpflichtete sich Roarty, dem Orden beizutreten, als sei es die selbstverständlichste Sache der Welt. Er trat dem Orden aus Abscheu vor dem Durcheinander der Menschheit und aus einer romantischen Neigung zur Enthaltsamkeit bei, für die er im Priesterseminar jedoch nur wenig Belege fand.

Die Last leerer Erfahrung lag schwer wie die Last von tausend Jahren auf seinen Schultern. Seine unglückliche Schulzeit hatte er überlebt. Erst jetzt, nach einem Menschenalter immer neuer Selbstfindung, da er eine falsche Erinnerung auf die andere gehäuft hatte, begann er unter der Bürde zusammenzubrechen. Indem er sich erinnerte und neu erschuf, hatte er beschnitten und verfeinert, hatte die fleischige Frucht verzehrt, bis nur noch der bittere Kern übriggeblieben war. Seine Erinnerungen umfassten nicht mehr Länge, Breite und Tiefe seiner Erfahrungen; es waren giftige Destillate, die in ihrer Konzentration tödlich geworden waren. Florence war nicht tot. Sie war auferstanden, um ihn zu bekriegen, um seine Männlichkeit zu vernichten, um seine geistige Gesundheit im Innersten zu bedrohen. Wenn er sein Leben noch einmal so durchleben könnte, wie er es gelebt hatte, wäre er geheilt. Wenn er seine Erinnerungen nur eintauschen könnte, beispielsweise gegen die von Potter, würde er Frieden finden, ohne täglich mit der bösartigen Kröte in seinem Herzen kämpfen zu müssen. Doch wenn er seine Erinnerungen eintauschen könnte, würde er damit nicht ebenjene Persönlichkeit preisgeben, die zu erhalten er sich so anstrengte?

Seine Erinnerungen an das Priesterseminar waren zerstörerischer als die an die Schule, denn im Seminar hatte ihn das Wissen um das Ende seines verrückten Onkels gequält.

In seinem Abschlussjahr hatte ihn der Präsident des Kollegs in sein Arbeitszimmer gerufen und ihm einen anonymen Brief ausgehändigt, den er von einer »wohlmeinenden Person« erhalten hatte und in dem stand, dass Timothy Roartys Onkel wegen seiner Vorliebe für Sex mit jungen Mädchen in einer Irrenanstalt gestorben war. Der Absender fragte, ob der Neffe eines so degenerierten Menschen jene Reinheit des Herzens besitzen könne, die für einen geweihten Priester unerlässlich sei.

»Entsprechen diese Angaben den Tatsachen?«, hatte der freundliche alte Präsident gefragt.

»Im Wesentlichen ja«, hatte Roarty gesagt.

»Wir alle sind Versuchungen ausgesetzt, einige bedauerlicherweise mehr als andere, und wir alle müssen sie mit den Waffen bekämpfen, die uns der Herr in Seiner Liebe und Weisheit gegeben hat. Schau in dein Herz, mein Sohn, und sieh, was du dort findest. Solltest du je mit mir sprechen wollen, stehe ich dir zur Verfügung.«

Roarty schaute in der Tat in sein Herz, fand aber nur den Gestank verdrängter Begierde und unerfüllter Fleischeslust. Er erinnerte sich daran, wie er in den Ferien die jungen Mädchen beobachtet hatte, die in ihren weißen Erstkommunionskleidern vom Speisgitter zurückkehrten, und wie er sie zuinnerst begehrt hatte. Er war nicht von seiner Bank aufgestanden, wie es vielleicht Lanty Duggan getan hatte, denn so weit von der Realität war er noch nicht abgekommen. Doch was, wenn er es in künftigen Jahren täte? Lanty Duggan lebte in ihm, ein übelriechender alter Mann, ein Verderber der Unschuld. Er hatte das Priesterseminar verlassen, um dem alten Adam zu entfliehen, der ihn, das wusste er, in einem zölibatären Leben unerbittlich verfolgt hätte. Jetzt, wo er in mittleren Jahren war, wendete sich die Schlacht zugunsten des alten Mannes. Es traf sich, dass er impotent war, doch seine Impotenz kleidete seine Gelüste in die phantastischsten und grellsten Formen und Farben und drohte ihn von der Heerstraße in Hecken und Gräben zu drängen, als wäre er ein wilder Vagabund in den Hügeln. Lanty Duggan war, wie Florence, noch am Leben. Er war eine Made in seinem Gehirn, die täglich an seinem Verstand zehrte.

Er nahm das Gewehr, öffnete das Schloss und lud fünf Patronen in das Magazin.

»Die Viktorianer fürchteten sich vor dem Armenhaus, die Menschen der Moderne fürchten sich vor dem Irrenhaus«, murmelte er.

Er schlich die Treppe hinunter und mied vorsorglich die lose Stufe, die knarrte. Der sternlose Nachthimmel hing tief. Zwischen den Häusern war es stockdunkel und so kalt, dass es hätte schneien können. Er zog sich den Wollschal bis unters Kinn und nahm die Straße ohne Zaun, die den Hügel hinauf und zu Rory Ruas Cottage führte.

Am Morgen war Crubog in die Bar gekommen und hatte gekräht, was für ein gutes Geschäft er gemacht habe – er habe Rory Rua seinen Hof verkauft, für 4250 Pfund und eine warme Mahlzeit am Tag, solange er lebe.

»Ich hab nicht wegen des Geldes verkauft«, erklärte er besänftigend, »sondern wegen der warmen Mahlzeiten. In meinem Alter hat kein vernünftiger Mensch mehr Lust, das bisschen Zeit, das ihm noch bleibt, in der Küche zu verbringen.«

»Du hättest dir einen besseren Koch aussuchen können«, sagte Roarty lächelnd. »Du hättest an einen Mann verkaufen können, der eine Frau hat. Rory Rua kocht nie etwas anderes als Eier und Kartoffeln. Womöglich wirst du in deinem Alter noch auf halbe Ration gesetzt.«

»Darum habe ich mich schon gekümmert. Er muss mir jeden Tag etwas anderes kochen, an fünf Tagen in der Woche

Fleisch und mittwochs und freitags Fisch. Überlass das getrost dem alten Crubog. Der ist so gerissen wie ein Anwalt.«

»Dann ist also alles unter Dach und Fach?«, fragte Roarty so unbekümmert, als ginge ihn das alles nichts an.

»Nein, am nächsten Markttag gehen wir beide zu unseren Anwälten.«

Obwohl Roarty über den Verkauf erbost war, bewahrte er die Ruhe. Während er seinen nächsten Schritt plante, unterhielt er sich mit Crubog über den Bodenfrost und warnte ihn vor Schnee. Crubog wollte davon nichts wissen; er sagte, der Himmel sehe überhaupt nicht nach Schnee aus. »Wo soll der denn herkommen?«, fragte er und klopfte mit seinem Glas auf den Tresen, was seine Art war, einen weiteren Whiskey zu bestellen.

Als Roarty sich zum Dosierer umwandte, dachte er an all die Gratisgläser Whiskey, die er Crubog in den Schlund gegossen hatte, in der Hoffnung, dieser werde ihm sein »großes Stück Land am Berg« verkaufen. Diese Whiskeys hatten ihn gutes Geld gekostet und gaben ihm ein persönliches Anrecht auf Crubogs Hof, den Rory Rua ihm nun auf unredliche Weise entrissen hatte. Das war nicht fair. Hätte er gewusst, dass es Crubog um eine warme Mahlzeit am Tag zu tun war, hätte er sie mühelos bereitstellen können. Susan war eine fähige Köchin. Crubog hätte nicht nur seine Drinks, sondern auch seine Mahlzeiten im Pub einnehmen können. Er hätte sich Wege sparen können – eine äußerst vernünftige Lösung. In der Tat hätte er Crubog einen Gefallen getan: Der schlaue alte Schuft hätte an jedem Tag der Woche wie ein Prinz gegessen, nicht wie ein Bettelknabe.

Noch war nicht alles verloren. Die Übertragung des Eigentums war noch nicht abgeschlossen; und bislang hatte noch kein Geld den Besitzer gewechselt. Es blieb ihm also noch genügend Zeit, Rory Rua einen solchen Schrecken einzujagen, dass er von dem Geschäft zurücktrat. Er war sich nicht sicher, wie er ihm am besten einen Schrecken einjagen konnte, vermutete aber, dass er sich, wenn im Schlaf eine Kugel an seinem Ohr vorbeizischte, aufsetzen und gründlich überlegen würde, ob er den Kauf wirklich abschließen sollte. Um Klarheit zu schaffen und ihn über den Ernst der Lage nicht im Zweifel zu lassen, hatte Roarty eine kleine Notiz vorbereitet, die er an seine Tür heften wollte. Es war eine kryptische Notiz, in Druckbuchstaben verfasst und in einer anderen Handschrift als der, die er für Potter hinterlassen hatte, und sie würde in McGings Augen gleich mehrere Fragen aufwerfen.

Über seinen eigenen Einfallsreichtum musste er innerlich lächeln. Er trat auf den Grünstreifen, um das Geräusch seiner Schritte zu dämpfen. Merkwürdigerweise stand das Hoftor weit offen. Er blieb an einem der Pfeiler stehen und entsicherte das Gewehr. Irgendwo zwischen den Bäumen zu seiner Linken kreischte eine Katze. Er ging in die Hocke, um zu sehen, ob er die Umrisse des Hauses und der Wirtschaftsgebäude gegen den Himmel ausmachen konnte. Von der Rückseite des Hauses kam ein gedämpftes Geräusch wie das Schnaufen einer Kuh, gefolgt von dem Klirren einer Kette. In seiner Hosentasche tastete er nach den Keksen, die er für Setanta mitgebracht hatte, dann bewegte er sich mit dem Rücken zur Hecke langsam vorwärts. Plötzlich wurde ihm bewusst, wie schnell sein Herz schlug. Mit ausgestrecktem Arm stahl er sich über den Hof, bis er den Kieselrauputz der Giebelwand spürte. Etwas Weiches strich an seinem Bein entlang. Noch immer angespannt auf das leiseste Geräusch lauschend, bückte er sich und gab dem Hund einen der Kekse. Er bewegte sich die Mauer entlang, dabei setzte er vorsichtig einen Fuß vor den anderen, damit er nicht einen leeren Eimer oder eine Flasche umstieß. Die

Stalltür stand offen, drinnen brannte ein schwaches Licht. Offenbar war Rory Rua noch auf und kümmerte sich um eine kranke Kuh. Es war zu riskant, weiter vorzudringen. Er würde zurückgehen und eine günstigere Nacht abwarten.

Als er sich umdrehte, ergriffen ihn von hinten zwei kräftige Arme und drückten seine Ellbogen fest gegen seine Rippen. Mit der ganzen Macht seines riesigen Körpers drehte Roarty sich ruckartig herum und hob den Angreifer hoch. Dieser ließ einen Augenblick los und umklammerte, um das Gleichgewicht wiederzuerlangen, den Lauf des Gewehres. Verzweifelt versuchte Roarty, das Gewehr festzuhalten, und drehte sich in die entgegengesetzte Richtung um. Der andere Mann verlor den Halt und riss das Gewehr im Fallen mit nach unten. Es gab einen lauten Knall, und Roarty spürte den Rückstoß in seinen Händen. Stöhnend umkrallte der Mann Roartys Bein. Roarty reagierte, indem er sich mit einem Tritt befreite und die Gewehrmündung auf die schwer atmende Brust des Mannes presste. Aus dem Dunkel kam ein einziges geröcheltes Wort.

»Bogmail.« Die Stimme klang gepresst, doch er erkannte die raue Stimme Rory Ruas. Irgendwie wusste er, dass dieses Wort sein letztes sein würde. Als er sich über die dunkle Masse beugte, fand er das Handgelenk, aber nicht den dazugehörigen Puls. Seine Hände zitterten heftig, und auf Brust und Stirn stand ihm kalter Schweiß.

Roarty erster Impuls war, so schnell wie möglich nach Hause zurückzueilen, doch zunächst, dachte er, musste er sichergehen, dass sein Peiniger wirklich tot war. Er schleifte den leblosen Körper ins Haus und schaltete das Licht in der Küche ein. Der Schuss war in die Brust gedrungen; Rory Rua hatte seine letzte Forelle gekitzelt, seinen letzten Hummerkorb mit Ködern bestückt, seinen letzten Hasen verspeist, ohne ihn abhängen zu lassen. Roarty streckte den Leichnam auf dem Alkovenbett aus, zog die Vorhänge zu und untersuchte seine eigene Kleidung auf Blutflecken. Er hatte Glück gehabt. Nur der Ärmel seiner Donkeyjacke hatte einen kleinen Spritzer abbekommen, und um den würde er sich kümmern, wenn er wieder zu Hause wäre.

Einer plötzlichen Eingebung folgend, ging er in den Raum hinter dem Kamin und öffnete die Schublade des Nachttischs. Er brauchte nicht lange zu suchen. Unter einem Gewirr von Socken lag Eales' Sexmagazin. Mit ein bisschen Glück enthielt es eine Anzeige für den heißersehnten Lustfinger und andere kleine exotische Raffinessen. Der sagenumwobene Finger wäre eine nette Überraschung für Susan, dachte er, als er das Magazin in seine Jackentasche stopfte. Sie war die Sorte Frau, die am Sex die lustige Seite zu würdigen wusste. Zum Valentinstag in weniger als zwei Monaten würde er ihr etwas Amüsantes bestellen.

Er machte das Licht aus, schloss die Haustür ab, löschte die Sturmlaterne im Kuhstall, zog das Hoftor hinter sich zu und stapfte die Auffahrt hinab. Seine unwillkürlich zuckenden Finger umkrampften das Gewehr. Er versuchte nachzudenken, doch vor lauter Aufregung wirbelten seine Gedanken zusammenhangslos durcheinander. Er war ein echtes Glückskind. Niemand, am wenigstens McGing, würde jemals herausfinden, weshalb Rory Rua gestorben war. Er war überrascht, als er am Abzugskanal bei der Minister's Bridge ankam, denn er hatte gar nicht bemerkt, dass seine Schritte ihn dorthin gelenkt hatten.

ZWEIUNDZWANZIG

In der Nacht schneite es. Am Morgen dämpften die leicht dahinschwebenden, umherwirbelnden Flocken bei ihrem Fall in das weiße Tal noch immer jeden Laut. Von seinem Fenster im oberen Stockwerk aus beobachtete Roarty, wie sie im Garten gegen die rauen Baumstämme wehten, auf Astknoten und Baumwunden weiße stumme Glöckchen bildeten und die Äste darüber beschwerten, sodass ihre dunklen Unterseiten wie unmögliche Schatten aussahen. Auf der östlichen Seite des toten Nadelbaums lag der Schnee in großen Tupfern – weiße Blüten wie Rosen im Juni, als habe das saftlose Holz unerwartet Blüten getrieben. Als Bild betrachtet, wirkte es exotischer, faszinierender und origineller als alles, was er je in einer Kunstgalerie gesehen hatte.

Der weiße Südberg in der Ferne war an den Stellen, wo Bäche die Hänge herabflossen, schwarz gezeichnet und der Weg ohne Zaun, der von Roartys Cottage hinunterführte, im allgemeinen Weiß von Feld und Hügel verschwunden. Roarty kam es vor, als sei das gesamte Tal in einer einzigen Nacht von einem herrlichen, aber tödlichen Pilz befallen worden, der alles zu ersticken drohte, was da atmete und sich regte. Er seufzte. Obwohl die Wärme des ersten Drinks in seinem Inneren ihre forschenden Fühler rührte und streckte, hatte er das Gefühl, dass auch er von einem Pilz erstickt wurde, gegen den es keinen irdischen Schutz gab.

Er hätte nicht im Traum daran gedacht, dass Rory Rua der Erpresser war; so überzeugt war er von Potters Täterschaft. Er würde Potters freundliche, wenn auch sparsame Konversation vermissen, seine Art, Dinge in der Schwebe zu lassen, als sei das Gesagte so selbstverständlich, dass er jedes Interesse daran verloren habe, es zu sagen. Bevor er den Pub verlassen hatte, um mit Gimp zu Abend zu essen, hatte er versprochen, noch einmal auf einen letzten Drink vorbeizuschauen. Langsam, aber sicher wurde die Welt zu einem Ort abwesender Freunde. Nun würde er allein sein mit Eales' und Rory Ruas Geistern, und wenn Potter erst einmal fort war, würde es niemanden mehr geben, der Cor Mogaill in die Schranken weisen konnte. Falls Rory Rua in seinem letzten Brief die Wahrheit gesagt hatte, würde die Geschichte des Mordes und der Stelle, wo sich Eales' Leichnam befand, der Polizei in wenigen Tagen bekannt sein. Noch mehr Nachforschungen, noch mehr einfältige Fragen. Er würde geduldig ausharren, die Nerven behalten und, wie Asquith so schön gesagt hatte, »abwarten und zusehen«.

Reine Indizienbeweise, selbst wenn man zwei Forellen im Milchkrug fände, würden ihm keine Verurteilung einbringen. Nicht Beweismaterial war der Feind, das wusste er. Der wahre Feind war die Müdigkeit des Geistes, das *taedium vitae,* von dem sein alter Theologieprofessor immer gefaselt hatte. Für jeden Menschen kommt einmal der Zeitpunkt, wenn das Spiel nicht mehr der Mühe wert ist. Das Merkwürdige indessen war, dass Florence sein Denken weit mehr in Anspruch nahm als McGing. Sein einziges Bollwerk in dem Zermürbungskrieg, den sie gegen ihn führte, war Susan. Ohne sie würde er untergehen. Wie schade, dass es ihm nicht gegeben war, sie glücklich zu machen. Die Schuld an seiner Impotenz hatte er immer Florence' sexueller Gier und grundlegender Gefühlskälte zugeschoben. Susan, Gott segne sie, war voller Phantasie und dachte sich begeistert immer neue erotische Situationen aus. Sie und er hatten gelernt, sich zu begnügen, doch eines Tages würde sie in grüneren Gefilden Erfüllung suchen, und wer könnte es ihr verübeln? Das Leben war so ungerecht. Man wurde mit einer Wunde geboren und konnte nichts anderes tun, als notdürftige Strategien zu entwickeln, um mit ihr zu leben.

Wenn man darüber nachdachte, bestand das Leben nur aus einer endlosen Folge von Problemen, die Schlange standen, um Aufmerksamkeit zu erheischen. Ganz vorn in der Schlange stand Rory Rua. Wenn man einmal annahm, dass es keinen Beweis für die Erpressung gab, würde selbst der scharfsinnigste Polizist niemals erraten, weshalb er ihn hätte ermorden wollen. Schließlich war er einer seiner besten Kunden gewesen, ein Mann, mit dem er nie ein böses Wort gewechselt hatte. Dieser Gedanke wirkte wie ein Tropfen Öl, der die aufgewühlte Oberfläche seines Geistes glättete. Vielleicht bestand die beste Selbstverteidigung in einer Art Verzögerungstaktik: Überquere die Brücke erst, wenn der Fluss erreicht ist; verschiebe auf morgen, was du heut nicht musst besorgen. Klischees enthielten eindeutig ein gutes Stück Wahrheit. Wäre es nicht komisch, wenn er die Saat zu seiner Rettung in einer Binsenweisheit fände? Das war genau die Art Unsinn, die für Potter Sinn ergab. Potter würde darauf achten, keine Überraschung zu zeigen; er würde es verstehen, denselben Eindruck zu erwecken wie sonst auch: weniger zu sagen, als er könnte. Es war gespannt auf seine Abreisestrategie. Crubog, Cor Mogaill und Gillespie hatten alle versprochen, rechtzeitig aufzustehen, um sich von ihm zu verabschieden. Potter war einer jener Menschen, die, wohin sie auch gehen, Wohlwollen erregen, sich dessen erstaunlicherweise aber nicht bewusst sind.

Er ging nach unten, aß zum Frühstück einen Räucherhering und warf die Gräten Allegro hin. In einer flüchtigen Anwandlung von Schwelgerei verweilte er bei einer zweiten Tasse Kaffee und freute sich, dass Susan in der Schankstube damit beschäftigt war, Gläser zu polieren. Fast hatte er es geschafft, den perfekten Mord zu begehen. Vielleicht sogar zwei. Aber das war ein hohler Triumph. Obwohl er der Strafe des Gesetzes bislang entgangen war, hatte sein Leben sich unwiderruflich geändert. Er war nicht länger der Roarty, den er gekannt hatte; er war ein Hochstapler, der so tat, als sei er Roarty, ein Heuchler, den die Leute für Roarty hielten, und indem sie auf dem alten Namen bestanden, bestätigten sie ihn in der Illusion, er sei in der Tat der wahre, unwandelbare, immergrüne Roarty, stets für ein Lachen zu haben und dann und wann für einen Drink auf Kosten des Hauses, wenn er in guter Stimmung war und man selbst der einzige Gast im Pub. All das war nur Verstellung, für die Augen anderer bestimmt. Um ein erfolgreicher Mörder zu sein, benötigte man das Temperament und die Konstitution eines Ochsen. Starke Gliedmaßen hatte er schon immer gehabt, aber starke Gliedmaßen allein waren nicht genug. Seine Achillesferse saß anderswo; nicht etwa in einem allzu zarten Gewissen, das über tiefwurzelnde Reue grübelte, sondern in seinem zwanghaften Gemüt, das ihm nicht einen Augenblick Frieden gegönnt hatte, sowohl, was den Erpresser, als auch, was McGing betraf. Sein Leiden war keine Heimsuchung des Himmels, sondern ein Charakterfehler; die Saat des Leidens war in seinem eigenen Schädel aufgegangen.

Nun sah er sich mit einem Krieg konfrontiert, der an zwei Schauplätzen gleichzeitig stattfand: einem Bilderkrieg im Kopf und einem Bodenkrieg in der schwabbeligen Ansammlung anarchischer Einzelteile, die sich »Körper« nannten. Von diesen beiden war es der Krieg im Kopf, den er fürchtete. Verglichen mit diesem war der Krieg im Körper geradezu lachhaft in seiner Banalität. Morgen würde er zu einer Kontrolluntersuchung ins Krankenhaus von Sligo fahren, wo er mit Männern zu tun hätte, die in einem Universum von Ursache und Wirkung lebten und die nichts entdecken würden, was sie nicht schon im Körper eines anderen gesehen hatten. Die Angelegenheiten des Geistes, die Gespenster, die ihn nachts am Schlafen hinderten, waren nicht allgemeingültig; sie gehörten einem Universum an, das nur ihn betraf, einem Universum jenseits der Grenze alles dessen, was sich mit einiger Zuversicht behaupten ließ. Es gab nur einen Roarty, so wie es nur einen König Lear gab.

Er lächelte über seine Narretei und sagte sich, dass ihm das alles nicht mehr wichtig war. Seine Lebensfreude war verkümmert. Jeder Drink war zu einem kräftezehrenden Drehkreuz geworden, das er durchschreiten musste, um zum nächsten zu gelangen. Cecily, einst ein Engel, hatte ihn verlassen, und den Mann, den er gerne seinen Freund genannt hätte, hätte er fast umgebracht. Vergnügen fand er nur noch darin, Susans Haut zu berühren. Es war außerordentlich, was für eine Wirkung diese Haut auf ihn hatte, so glatt und blass, wie sie war, nahezu weiß. Schon oft hatte er sich gefragt, wie es wohl wäre, mit ihr in einer lauen Sommernacht bei Vollmond nackt im Garten zu sitzen. Das Mondlicht auf diesen Schenkeln, auf dieser seidigen Haut – das musste man sich einmal vorstellen! Ein-, zweimal hatte er daran gedacht, ihr von seinen Phantasien zu erzählen, aber natürlich hätte sie ihn nicht verstanden. Sie hatte einfach keine Ahnung von ihren unbeschreiblichen Herrlichkeiten. Nur deshalb verschwendete sie ihre Lieblichkeit in der Wüstenei seines Bettes. Er hatte sie nicht vergessen. Er hatte seinen Anwalt aufgesucht und die notwendigen Änderungen an seinem Testament vorgenommen.

Der Gedanke daran, etwas Gutes getan zu haben, ließ ihm einen angenehmen kleinen Schauder über den Rücken laufen, der in seiner Andeutung frühlingshafter Erneuerung geradezu sexueller Natur war. Ihr Freude zu machen, sogar noch nach seinem Tod, trieb ihm unerwartete Tränen in die Augen. Eigentlich seltsam, dass er nach wie vor solcher Güte fähig war; schade, dass all dies zu spät geschah. Bevor sie in sein Leben trat, hatte er sich gefragt, wohin der alte Roarty verschwunden war, der einsiedlerische Möchtegern-Gelehrte, der ganze Artikel aus der *Britannica* auswendig lernte und in den frühen Morgenstunden Schumann hörte. In ihrer ersten Arbeitswoche hatte Susan ihm gezeigt, dass er noch nicht ganz gestorben war.

Damals hatten sie allein in der Schankstube gesessen, als sie sagte: »Dieser Crubog hat ein lebhaftes Auge.« In diesem Augenblick spürte er, wie sein Puls sich beschleunigte, etwas, was er seit Jahren nicht mehr erlebt hatte. Es war wie der heilige Paulus auf der Straße nach Damaskus, der Beginn seiner Wiedergeburt; den ganzen Tag freute er sich auf die Nacht und auf ihre spaßige Art, ihn in ein Leben zurückzurufen, das gewiss nicht perfekt für sie war, für ihn jedoch einzigartig und daher unvergleichlich. Florence hatte er nie auf diese gemächliche, unbekümmerte Art geliebt; mit ihr war alles unoriginell und vorhersehbar. Susan dagegen war eine geborene Philosophin. Einmal hatte sie ihre Hand an seinem Penis herabgleiten lassen und zärtlich zu ihm gesagt, ein halber Laib Brot sei besser als gar keiner. In der Wärme ihrer geflüsterten Worte fand er Poesie, ja sogar einen Hauch des Göttlichen. Ein- oder zweimal hatte sie ihm den Gedanken eingegeben, nun wisse er, wie es sich anfühle, Catull zu sein. Das war natürlich absurd. Vielleicht war es nur deswegen, weil sie ihm eines Nachts von einem lahmen Spatzen erzählte, den sie im Garten entdeckt hatte.

Das Wichtigstes, was er von ihr lernte, war, dass er in all den Jahren unrecht daran getan hatte, Frauen nach ihrer Figur und ihrem Gesicht zu beurteilen. Das sicherste Zeichen war jenes sommermorgendliche Leuchten, das man in den Augen mancher Frauen sah, ganz gleich, wie alt sie waren, und natürlich das Kribbeln und der beschleunigte Herzschlag, wenn sie zwei scheinbar einfache Wörter auf eine Weise miteinander verbinden, wie man es nie zuvor gehört hat. Von diesen Dingen hatte er nicht gewusst, bis er Susan begegnete. Hätte er sie bereits als junger Mann gewusst, was für ein Fest wäre sein Leben geworden! Stattdessen war er Florence begegnet.

Er spülte seine Tasse und seine Untertasse ab und ging in die Schankstube, um sich einen Drink zu genehmigen. Es schneite noch immer. Während er am Torffeuer saß, gut verdünnten Whiskey schlürfte und die Zeitung las, verging langsam der Morgen. Um halb zwölf kam Crubog herein, gebückt unter dem Gewicht von zwei Mänteln, und beschwerte sich darüber, wie schwierig es in seinem Alter doch geworden sei, in Gummistiefeln zu gehen. Kurz danach traf Cor Mogaill ein, auf seinem Rucksack hatte sich Schnee angesammelt, der, als er schmolz, eine Wasserlache auf dem Steinfußboden hinterließ. Mittags schaute der Postbote mit einem Brief von Cecily vorbei. Sie werde Weihnachten mit ihrem neuen Freund nach Hause kommen, der, dem beiliegenden Foto nach zu urteilen, ein unbedeutender schmächtiger Jüngling war, den man glattweg umpusten konnte, um sich dann zu fragen, wo es ihn wohl hingeweht hatte. Er würde ihn nicht vorschnell beurteilen. Er würde »abwarten und zusehen«, ob Eales' Beseitigung vergeblich gewesen war. All das war zu schmerzhaft, um darüber nachzudenken. Das Leben war so voller Ironie, dass er sich fragte, ob es nicht einfach nur ein Taschenspielertrick war, den ein Großer Zauberer mit Sinn für schwarzen Humor der Menschheit vorführte.

Potter kam um eins und legte ein Paar wollene Handschuhe und einen burgunderroten Schal auf den Tresen. Er hatte vor dem Eingangstor zum Pfarrhaus eine Stunde mit Nora im Auto verbracht und war von Roarty, Crubog und Cor Mogaill innerlich schon abgerückt. Die Karten mochten gezinkt, der Würfel gefälscht sein, doch seinen Platz am Spieltisch würde er niemals aufgeben. Sie hatte ihm gesagt, dass sie ihn liebe, dass Gott keine Tür schließe, ohne eine andere zu öffnen. Nachdem er sich von Nora verabschiedet hatte, fühlte er sich regelrecht beflügelt. Er würde ein Geduldspiel spielen, bei dem das Leben selbst sein unbezwinglicher Partner wäre. Sollte das Schlimmste eintreten, würde es ihm nicht an Findigkeit fehlen.

»Du brichst heute also auf?«, fragte Roarty und stellte ihm seinen Glenmorangie neben den Schal und die Handschuhe.

»Wenn ich über den Hügel komme.«

»Der Bus heut Morgen hat's geschafft. Mit deinem Wagen wirst du keine Mühe haben. Nein, nein, der geht aufs Haus.«

»*A deoch a' dorais,* wie ihr hier sagt! Prost allerseits!«

»Nun, ich hoffe du hast dich hier gut amüsiert«, sagte Roarty lächelnd.

»Ich muss gestehen, es gab da den einen oder anderen Moment, und ich gehe so gesund und munter fort, wie ich gekommen bin. Es mag Leute geben, die sagen, ich hätte Glück gehabt.«

»Schade, dass Sie nicht mehr Baryt entdeckt haben, Mr Potter«, sagte Crubog mit ehrlichem Bedauern.

»Nein, das wäre euer aller Ruin gewesen. Schade ist nur, dass ihr die Anti-Kalkstein-Gesellschaft aufgegeben habt. In die hatte ich große Hoffnungen gesetzt.«

»Traurigerweise ist sie jetzt eins der großen ›Was, wenn‹ der Kirchengeschichte«, sagte Cor Mogaill hinter seiner Zeitung hervor.

»So wie ich die Sache sehe, ist der einzige Mensch, der Grund zur Zufriedenheit hat, der Kanonikus«, erinnerte Potter die anderen. »Der hat euch alle ausgetrickst.«

»Früher hatten wir die herrschende Schicht der Protestanten«, sagte Cor Mogaill. »Jetzt ist es die herrschende Schicht der Katholiken. Und beide herrschen mit derselben Mischung aus Eigennutz und Zynismus. Der Kanonikus wusste, dass es hier kein Baryt gibt, aber er wusste auch um die Macht der Habgier. Nicht umsonst bestreitet er seinen Lebensunterhalt mit den sieben Todsünden.«

»Wo steckt denn Gillespie?«, fragte Potter und sah sich um.

»Der ist wahrscheinlich damit beschäftigt, für die Meldungen der nächsten Woche etwas Schwülstiges über dich zu schreiben«, sagte Roarty tröstend.

Cor Mogaill schlug mit der Handfläche zweimal gegen die Wand und stieß einen gedehnten, schrillen Laut aus, dem Wiehern eines Pferdes nicht unähnlich. »Gimp hat's wieder mal geschafft«, kreischte er und hielt sein Exemplar des *Donegal Dispatch* hoch. »Hört euch das an:

Von jetzt bis Weihnachten wachen die Bewohner von Glenkeel aufmerksam über ihre Hühner, Gänse und Truthähne, weil sie befürchten, dass ihr Mastgeflügel in höchster Gefahr schwebt: Auf der Suche nach erstklassigem Geflügel für den lukrativen Weihnachtsmarkt fallen Putendiebe über die Ställe her.

Seit jemand vor fast zehn Jahren aus Jux Crubogs Truthahn gestohlen hat, setzt er diesen Absatz jedes Jahr in die Zeitung. Aber jetzt hört euch das hier an:

In der vergangenen Woche hat die Polizei unter der energischen Führung von Sergeant McGing Razzien in den Häusern von

Schwarzbrennern durchgeführt, von denen viele emsiger sind, als Landwirte es im Winter sein sollten. Von einem erfahrenen Poteenbrenner wurden die Razzien als die gründlichsten in der langen Geschichte der Schwarzbrennerei bezeichnet. Wie aus verlässlicher Quelle verlautet, wurden hundert Gallonen Maische und Geräte im Wert von hundert Pfund beschlagnahmt.

Der Mann ist plemplem«, sagte Cor Mogaill.

»Gestern Abend beim Essen war er gut in Form und hat Dutzende Gedichte heruntergespult«, sagte Potter. »Ich konnte gar nicht mithalten.«

»Gedichte!«, sagte Cor Mogaill. »Hab ich nicht gesagt, der ist plemplem?«

»Wir haben schon überlegt, ob Sie womöglich eingeschneit sind«, sagte Roarty, als der in einen dicken Mantel gehüllte McGing im Türrahmen stand. »Ein Black and Tan?«

»Genau das Richtige.«

In diesem Augenblick kam eine schwarze Katze mit weißen Pfoten herein und sah sich in der Schankstube um.

»Das ist doch Andante!«, sagte Cor Mogaill. »Den würde ich überall wiedererkennen.«

Roarty war so erstaunt, dass er McGings Pint überlaufen ließ.

»Der Kater war entweder auf Brautschau oder im Krieg«, sagte Potter ernst. »Seht euch sein Gesicht und sein Fell an.«

»Der ist völlig erledigt«, stimmte Crubog zu. »Er kann kaum laufen.«

»Das ist Andante«, sagte McGing. »Diese weißen Pfoten kann man nicht verwechseln. Wo zum Teufel hat er sich herumgetrieben?«

»Offenbar mit Eales, einmal zum Hades und zurück«, sagte Cor Mogaill und trat ans Fenster. »Kaum zu glauben, aber da ist er. Und wo Andante ist, dürfte Eales bald folgen.«

»Das ist nicht lustig, Cor Mogaill«, rügte McGing, ging aber trotzdem zum Fenster, um selbst hinauszuschauen.

»Armer Andante, du siehst ja ganz ausgehungert aus.« Roarty kraulte den Kater unterm Kinn. »Ich besorg dir einen Bissen zum Frühstück.«

Er war völlig durcheinander. Ganz unerwartet waren die Dinge außer Kontrolle geraten. Er musste versuchen, sich normal zu verhalten, wusste aber nicht, wie. Zerstreut öffnete er in der Küche eine Dose Ölsardinen und gab diese auf einen Teller; an einem gewöhnlichen Tag hätte er nicht im Traum daran gedacht, einer Katze gute Sardinen vorzusetzen. Er goss ein wenig Milch in eine Schale und stellte den Teller und die Schale in der Schankstube vor Andante auf den Boden. Mit dankbarer Anmut schleckte die Katze die Milch, dann schnüffelte sie an den Sardinen und kehrte ihnen den Rücken.

»Ist der kleine Teufel nicht etepetete? Eales' Imitat in Katzenform«, sagte Cor Mogaill.

Alle sahen zu, wie Andante die Schankstube durchquerte und den Kopf an McGings Hosenaufschlag rieb.

»Er hat Sie ins Herz geschlossen, Sergeant. Er versucht, Ihnen etwas mitzuteilen«, erklärte Cor Mogaill. »Wenn das Kerlchen sprechen könnte – seine Liebesabenteuer wären ein Vermögen wert.«

Allegro kam aus der Küche hereinspaziert und hob wie zum Gruß freundschaftlich die Pfote. Er hielt geradewegs auf Andante zu und begann, sein übel zugerichtetes Gesicht zu lecken.

»Kater sind schon komisch«, grübelte Cor Mogaill. »Würden zwei Männer anfangen, sich gegenseitig das Gesicht abzulecken, würden wir sagen, sie treiben's ein bisschen zu weit.«

Potter hatte für Cor Mogaills Versuche, witzig zu sein, nichts übrig, zog sich die Handschuhe an und nahm seinen Schal.

»Mögen Sie noch eins?«, fragte Roarty, als McGing sein Glas leerte. Alle wussten, dass McGing nie mehr als ein Glas trank, aber die Frage war Teil eines eingespielten Rituals, so wie des Kanonikus »Meine lieben Brüder in Christo« ein Signal war, der Predigt zuzuhören.

»Erst die Arbeit, dann das Vergnügen«, antwortete McGing, wie es üblich war. »Ich bin im Begriff, den herzlosesten und perversesten Mörder in der Kriminalgeschichte Irlands zu verhaften.«

Es trat so jähes Schweigen ein, dass die Luft gefror. Roarty nahm ein Geschirrtuch zur Hand, auf der Hut, sich mit keinem einzigen Wort zu verraten. Er war der Einzige, der sich rührte.

»Und wer, bitte, ist das, wenn ich fragen darf?« Potter legte seinen Schal wieder auf den Tresen.

»Rory Rua. Ich bin auf dem Weg, um ihn festzunehmen wegen des Mordes an Eamonn Eales, Barkeeper ohne festen Wohnsitz, und wegen des versuchten Mordes an Kenneth Potter, Engländer.«

»Das kann ich nicht glauben«, sagte Potter. »Rory Rua ist durch und durch Gentleman. Seit ich sein Cottage bezogen habe, hat er mir mehr Steckrüben, Pastinaken und Karotten geschenkt, als ich essen konnte.«

»Er hat dich gemästet, um dich zu schlachten«, sagte Cor Mogaill.

»Als ich heute Morgen mit dem Schlüssel zu ihm wollte, war er nicht zu Hause. Die Tür war abgeschlossen, und im

Schnee waren merkwürdigerweise keine Fußabdrücke zu sehen.«

»Rory Rua würde keiner Fliege was zuleide tun«, sagte Roarty, nachdem er sich von dem Schock erholt hatte. »Haben Sie irgendwelche Beweise gegen ihn?«

»So viele, wie ich brauche. In den stillen Stunden der Nacht habe ich darüber gebrütet und die Festnahme so lange hinausgezögert, bis ich die Gewissheit seiner Schuld nicht länger ertragen konnte. Verstehen Sie, ich muss vorsichtiger vorgehen als ein Inspektor von Scotland Yard. In den unermesslichen Weiten Londons kann ein Polizeibeamter seine Fehler getrost vergessen, nicht jedoch auf dem Land, wo die menschlichen Beziehungen zwischen dem Verbrecher und dem Gesetzeshüter am engsten sind.«

»Ich bin verblüfft«, sagte Potter. »Die Natur der Beweise haben Sie aber immer noch nicht erwähnt.«

»Es handelt sich vor allem um Indizienbeweise«, räumte McGing ein. »Andererseits werden die meisten Straftäter durch ›die Beweiskraft der Indizien‹ überführt, wie es ein berühmter Anwalt einmal genannt hat. Wenn Sie ein Verbrechen begehen wollen, müssen Sie bedenken, dass die meisten Straftäter ein Geständnis ablegen, wenn sie es gar nicht müssten.«

McGing nahm kerzengerade Haltung an, drehte sich mit militärischer Präzision auf dem Absatz um und marschierte aus dem Pub. Sein Fahrrad hatte er an der Polizeikaserne zurückgelassen. Roarty sah ihm nach, wie er an der Kreuzung abbog und die Straße ohne Zaun hinaufging.

»Der meint's ernst«, sagte Roarty. »Er geht zu Rory Rua.«

»Ich bin sicher, dass er unrecht hat«, sagte Potter.

»Rory Rua kann's nicht gewesen sein«, sagte Crubog. »Der kauft doch meinen Hof.«

»Recht oder unrecht, jedenfalls hat er uns ein großartiges Gesprächsthema für die Winterabende beschert«, brachte Cor Mogaill ihnen in Erinnerung.

»Leider werde ich an euren Beratungen nicht teilnehmen können. Ich muss mich auf den Weg machen, bevor ich eine Zwangsvorladung bekomme.« Potter griff erneut nach seinem Schal und wickelte ihn sich zweimal um den Hals.

»Grüß Churchill von mir, oder wer immer derzeit euer Taoiseach ist«, sagte Cor Mogaill lächelnd.

Potter ignorierte ihn und ging zusammen mit Roarty zur Tür.

Es hatte aufgehört zu schneien, und die Sonne blendete. Als sie aus dem Windfang traten, sprang sie das Weiß des Schnees von allen Seiten an. Aus einem windstillen Himmel kam, zusammen mit dem Sonnenlicht, die Kälte herab, zwickte ihre Ohren und ihre Knöchel und ließ die Haarwurzeln ihrer Bärte erstarren. Es war ein Tag, an dem man ein Buch hätte lesen oder mit einem Drink am Kamin hätte sitzen sollen. Vor der Kirche weiter oben in der Straße entlud eine Gruppe Arbeiter den neuen Kalksteinaltar. Sie waren ganz auf ihre Arbeit konzentriert, und wer wollte ihnen einen Vorwurf daraus machen? Arbeit war Arbeit. Ohne sie wären wir erledigt. Arbeit regiert die Welt. Potter blickte auf die leeren Fenster des Pfarrhauses hinab. Zwar hatte er eine Schlacht gegen Eitelkeit und Nichtigkeit verloren, nicht aber den Krieg. Der würde weitergehen; und, falls nötig, in alle Ewigkeit.

»Was wirst du sagen, wenn du wieder in London bist?«, fragte Roarty auf seine spöttische Art.

»Ich werde sagen, dass ich für den Winter nach Donegal gegangen und wieder zurückgekehrt bin und dass es sehr kalt war.«

»Das ist alles?«

»Gibt's denn sonst noch was?« Einen Moment lang wirkte Potter nachdenklich.

»Es tut mir leid, einen guten Gast zu verlieren, ganz zu schweigen von einem guten Freund. Sollte es dich je wieder in diese Gegend verschlagen, musst du unbedingt vorbeischauen. Ein Willkommen und ein Glenmorangie erwarten dich.«

»Nur nicht sentimental werden. Ich komme wieder. Heute Morgen habe ich zum ersten Mal Geschmack an Cor Mogaills Gesprächskunst gefunden. Nicht einmal Loftus mit seiner Fremdenfeindlichkeit kann mich abhalten.«

Machte er Witze?, fragte sich Roarty. Vielleicht nicht. Es war typisch für Potter, hinter sich ein Fragezeichen in der Luft hängen zu lassen. Roarty wandte sich um und stieg langsam die Treppe zu seinem Zimmer hinauf. Etwas, was er schon so viele Male getan hatte. Potter betrachtete seinen breiten nichts preisgebenden Rücken und fühlte sich an Loftus erinnert. Beide waren kräftige Männer.

Inzwischen war das Sonnenlicht so gleißend, dass er einen Moment lang Gillespie nicht erkannte, der mit einer hohen Pelzmütze und in einem dunkelgrünen Mantel, der ihm bis zu den Knöcheln reichte, auf der gegenüberliegenden Seite der Straße stand. Sein Verhalten hatte etwas Zweideutiges, das nicht zu seinem enthusiastischen Lächeln passte. Als Potter zu ihm trat, sprach Gillespie, als habe er keine Erinnerung an den vergangenen Abend und an seine ausufernden Reden nach dem Essen. Er wirkte so ausgelassen, dass Potter das Gefühl hatte, er werde ihm gleich ohne jeden erkennbaren Grund einen Klaps auf den Rücken geben. Wahrhaftig, Gillespie war ein Mann der Extreme. An einem Tag konnte er der leutseligste Zechkumpan sein, am nächsten der unverschämteste Mann Europas.

»Du fährst heute ab. Dann ist es wohl an der Zeit, Lebewohl zu sagen?«

»Eher *Au revoir,* würde ich meinen. Ich habe hier noch einiges zu erledigen. Ich gehöre zu den Männern, die den Dingen gern auf den Grund gehen.«

»Ein interessanter Ausdruck – Gedanke, meine ich. Wir sollten in Kontakt bleiben. Wenn du mir deine Adresse dalässt, halte ich dich über den Stand des Spiels auf dem Laufenden. Die größten Fehler im Leben entstehen dadurch, dass man zu wenig weiß, und das zu spät. Das Spiel, das wir hier am besten spielen, ist Hurling. Älter und schneller als euer Kricket.« Gillespie lächelte breit und knuffte Potters Arm.

»Ich werde dir ganz bestimmt schreiben.« Potter bemühte sich, ihn loszuwerden, ohne ihn zu kränken. »Und noch mal danke für ... alles.«

Hinter ihnen ertönte ein Schuss, und sein Echo rollte über ihre Köpfe hinweg.

»War das ein Gewehr?«, fragte Gillespie.

»Hat sich angehört wie eine Jagdbüchse«, sagte Potter.

»Vielleicht sollten wir nachforschen. Wer weiß, man könnte einen Artikel für den *Dispatch* daraus machen.«

»Darum sorgt nicht für den andern Morgen; denn der morgende Tag wird für das Seine sorgen ... Es gibt Dinge, die man am besten unerforscht lässt«, sagte Potter. »Wie Roarty mir gegenüber einmal bemerkt hat, entstehen die größten Fehler im Leben dadurch, dass man zu viel weiß.«

Gillespie machte Anstalten, die Straße zum Pub zu überqueren. Plötzlich blieb er, von einem Gedanken überwältigt, stehen.

»Das ist doch ohne jeden Sinn, Potter. Wie kann ein Mensch zu viel wissen? Was zum Teufel könnte er damit gemeint haben?« In seinem lächerlich langen Mantel erinnerte er Potter an einen soeben aus dem Krimkrieg heimgekehrten Infanteriesoldaten.

»Wir alle mischen uns zu sehr in unsere eigenen Angelegenheiten ein, in Dinge, über die wir zu viel wissen«, versuchte Potter eine Erklärung.

»Na, wenn das nicht typisch ist! Kurz vor deinem Aufbruch machst du noch ein neues Fass auf, und zwar ein richtig großes. Den Baryt-Test hast du nicht bestanden, Potter, aber jetzt glaube ich, dass du auf Gold gestoßen bist. Das verlangt nach einer Tischgesellschaft. Hattest du nicht gesagt, nicht weniger als die Grazien?«

»Nächstes Mal koche ich«, versprach Potter. »Und damit wir auf die richtige Zahl kommen, laden wir Roarty ein.«